John Connolly est né à Dublin en 1968. Il a été journaliste pendant cinq ans à l'*Irish Times*, journal auquel il contribue encore aujourd'hui, avant de se consacrer à plein-temps à l'écriture.
Tout ce qui meurt (Presses de la Cité, 2001), son premier roman, a été un best-seller aux États-Unis et en Grande-Bretagne. Depuis, d'autres titres ont paru, mettant tous en scène le détective Charlie Parker – *...Laissez toute espérance* (2002), *Le Pouvoir des ténèbres* (2004), *Le Baiser de Caïn* (2003), *La Maison des miroirs* (2013), *L'Ange noir* (2006), *La Proie des ombres* (2008), *Les Anges de la nuit* (2009), *L'Empreinte des amants* (2010), *Les Murmures* (2011), *La Nuit des corbeaux* (2012), *La Colère des anges* (2013) et *Sous l'emprise des ombres* (2015) – à l'exception des *Âmes perdues de Dutch Island* (2014). Plusieurs de ses œuvres sont en cours d'adaptation pour le cinéma. *Le Chant des dunes* (2016) est son dernier roman paru aux Presses de la Cité.
Aujourd'hui, John Connolly est considéré outre-Atlantique comme l'un des maîtres du roman noir à l'américaine.

Retrouvez toute l'actualité de l'auteur sur :
www.johnconnollybooks.com

SOUS L'EMPRISE
DES OMBRES

DU MÊME AUTEUR
CHEZ POCKET

LES ÂMES PERDUES DE DUTCH ISLAND

DANS LA SÉRIE CHARLIE PARKER

TOUT CE QUI MEURT
… LAISSEZ TOUTE ESPÉRANCE
LE POUVOIR DES TÉNÈBRES
LE BAISER DE CAÏN
L'ANGE NOIR
LA PROIE DES OMBRES
LES ANGES DE LA NUIT
L'EMPREINTE DES AMANTS
LES MURMURES
LA NUIT DES CORBEAUX
LA MAISON DES MIROIRS
LA COLÈRE DES ANGES
SOUS L'EMPRISE DES OMBRES

JOHN CONNOLLY

SOUS L'EMPRISE DES OMBRES

*Traduit de l'anglais (Irlande)
par Santiago Artozqui*

Titre original :
THE WOLF IN WINTER

Pocket, une marque d'Univers Poche,
est un éditeur qui s'engage pour la préservation
de son environnement et qui utilise du papier fabriqué
à partir de bois provenant de forêts gérées
de manière responsable.

Le Code de la propriété intellectuelle n'autorisant, aux termes de l'article L. 122-5, 2° et 3° a, d'une part, que les « copies ou reproductions strictement réservées à l'usage privé du copiste et non destinées à une utilisation collective » et, d'autre part, que les analyses et les courtes citations dans un but d'exemple et d'illustration, « toute représentation ou reproduction intégrale ou partielle faite sans le consentement de l'auteur ou de ses ayants droit ou ayants cause est illicite » (art. L. 122-4).
Cette représentation ou reproduction, par quelque procédé que ce soit, constituerait donc une contrefaçon, sanctionnée par les articles L. 335-2 et suivants du Code de la propriété intellectuelle.

La première édition de cet ouvrage a paru en 2014
chez Hodder & Stoughton,
une compagnie Hachette-Royaume-Uni.
© 2014, Bad Dogs Books Limited.

© 2015, Presses de la Cité, un département de place des éditeurs,
pour la traduction française
ISBN 978-2-266-26203-3

A Swati Gamble

Gerald Hausman a eu la gentillesse de m'autoriser à tirer une citation de son livre *Meditations with the Navajo* (Bear & Company/Inner Traditions, 2001).

« The Divine Wolf », d'Adonis, traduit vers l'anglais par Khaled Mattawa, est cité avec l'aimable autorisation de l'auteur et de Yale University Press, éditeur d'*Adonis : Selected Poems* (2010), recueil dans lequel figure ce poème.

J. C.

I

LA CHASSE

« Lycaon fuit, épouvanté. Il veut parler, mais en vain. Ses hurlements troublent seuls le silence des campagnes. »

OVIDE, *Les Métamorphoses*[1]

---

1. Livre I (163-252), dans la traduction de M.-G.-T. Villenave. *(Toutes les notes sont du traducteur.)*

1

La maison était délibérément quelconque : ni trop grande ni trop petite, ni trop bien tenue ni délabrée. Elle se trouvait sur une parcelle de dimensions modestes aux abords de la ville de Newark, dans le comté de New Castle, l'un des plus peuplés du Delaware. Newark en avait pris un coup en 2008, lorsque l'usine de montage de Chrysler et la centrale de distribution voisine avaient fermé leurs portes, mais elle abritait encore l'université du Delaware, et vingt mille étudiants peuvent dépenser beaucoup d'argent quand ils s'y mettent vraiment.

Cette ville n'était pas un choix de résidence étonnant de la part de l'homme que nous traquions. Proche de la frontière de trois Etats – la Pennsylvanie, le New Jersey et le Maryland –, elle se trouvait à deux heures de voiture de New York. Cela dit, cette baraque n'était qu'un des nombreux trous à rats qu'il s'était aménagés et qu'il avait acquis au fil des ans par l'intermédiaire de l'avocat qui le protégeait. Son unique caractéristique était sa consommation d'énergie : les factures d'électricité étaient bien plus élevées que celles de toutes les autres planques que nous avions découvertes. Elle semblait être utilisée régulièrement. Davantage qu'un lieu de stockage pour des pièces de sa collection, plutôt une sorte de base.

Il se faisait appeler Kushiel, mais pour nous il était le Collectionneur. Il avait tué un de nos amis, Jackie Garner, à la fin de l'année précédente. Dans sa version personnelle de la justice, le Collectionneur aurait appelé ça « œil pour œil », et il était vrai que Jackie avait commis une consternante erreur, une erreur qui avait eu pour conséquence la mort d'une femme proche du Collectionneur. Pour se venger, ledit Collectionneur avait abattu notre ami sans pitié, alors que Jackie était désarmé et à genoux devant lui, mais il nous avait également fait comprendre qu'à présent nous étions tous dans sa ligne de mire. Nous aurions pu nous mettre en chasse juste à cause de ce qu'il avait fait à l'un des nôtres, mais nous savions qu'il se passerait de toute façon peu de temps avant qu'il décide que la menace que nous représentions serait bien moindre avec six pieds de terre au-dessus de nos têtes, aussi avions-nous l'intention de le coincer et de le descendre avant qu'il ait commencé à se mettre au boulot.

Une lumière brillait dans une des pièces de la maison. Les autres se trouvaient toutes dans le noir. Une voiture, dont l'arrivée nous avait signalé la présence éventuelle du Collectionneur, était garée dans l'allée. De fait, dans les buissons qui bordaient celle-ci, nous avions installé un système d'alarme sans fil à détecteur de mouvement. Quand quelque chose le déclenchait, il envoyait un message à nos téléphones portables dès lors que ses rayons n'étaient pas coupés une deuxième fois dans les dix minutes. En d'autres termes, il permettait à un livreur de passer, mais tout véhicule qui stationnait sur place pendant un certain temps l'activait.

Bien sûr, cela supposait que le Collectionneur ne viendrait pas à pied ou en taxi, mais nous pensions qu'il avait trop d'ennemis pour s'en remettre à la chance en matière d'itinéraires de repli et qu'il disposerait toujours d'au moins un véhicule en parfait état de marche. Lorsque nous avions découvert cette planque, nous n'avions pas pris le risque de pénétrer dans le garage sans fenêtre qui se trouvait à droite de la maison. Le simple fait d'installer les petits émetteurs à infrarouge dans les buissons était en soi un sacré pari, et nous ne nous y étions résolus qu'après nous être assurés qu'il n'y avait pas déjà un système d'alarme dans le jardin.

— T'en penses quoi ? demanda Louis.

Sa peau foncée accrochait la lumière de la lune, lui donnant plus que jamais l'aspect d'une créature nocturne. Il portait un pantalon de coton sombre resserré aux chevilles et une veste Belstaff noire en coton huilé dont les boucles et les boutons dorés avaient été remplacés par des équivalents plus discrets. Il avait l'air cool. Cela dit, il avait toujours l'air cool.

— Je commence à avoir des crampes, voilà ce que j'en pense ! lâcha Angel. Si on ne bouge pas bientôt, il va falloir que vous me trimbaliez là-bas en chaise à porteurs...

Angel s'en foutait d'avoir l'air cool. Ses vêtements étaient pratiques et pas griffés. Il préférait ça. Ses cheveux gris étaient cachés sous un bonnet noir, sans lequel il faisait son âge. Il était plus vieux que Louis et moi, et ces derniers temps il était devenu plus calme et plus prudent. L'ombre de la mort étendait ses ailes sur lui comme un faucon sur une proie agonisante.

Nous étions accroupis dans l'herbe au bord de la chaussée, Angel à ma gauche et Louis à ma droite, chacun armé d'un Glock 9 mm chargé de munitions subsoniques. On y perdait un peu de vitesse, mais de toute façon, si on coinçait le Collectionneur, on travaillerait à bout portant. A l'est et à l'ouest, les maisons voisines étaient habitées, et le quartier était tranquille.

On ne voulait pas rameuter les flics du coin en faisant autant de boucan que lors du règlement de comptes à OK Corral. On avait également enfilé des masques à gaz de fabrication russe. Ils avaient coûté moins cher que les baskets d'Angel, mais ils ne nous avaient encore jamais fait défaut.

— Passez par-derrière, dis-je. Je couvre la façade.

Louis sortit une grenade lacrymogène d'une de ses poches. Angel en avait une autre, et moi deux de plus.

— Essaie de ne pas te prendre une balle avant de les avoir lancées, me dit Angel.

— J'essaierai aussi de ne pas m'en prendre une après.

La situation n'était pas idéale. Il fallait qu'on brise les vitres pour balancer les grenades à l'intérieur, en espérant ne pas se faire tirer dessus dans l'intervalle. Si le Collectionneur était coincé et choisissait de tenter sa chance en restant à l'intérieur, Angel et Louis seraient obligés d'entrer pour le débusquer, ou de le rabattre vers l'extérieur, où je l'attendrais. Des lance-grenades auraient peut-être été plus efficaces, mais ce genre d'instrument avait tendance à attirer l'attention dans les banlieues résidentielles, et ils étaient difficiles à dissimuler sous une veste, même quand elle était aussi chère que celle de Louis. Une autre possibilité aurait été d'enfoncer les portes et d'entrer en tirant, comme une section d'assaut, mais on courait le risque d'avoir l'air stupides – et morts de surcroît – si les portes étaient blindées ou piégées. Le Collectionneur faisait grand cas de sa santé.

C'était le troisième trou à rats du Collectionneur qu'on ciblait, et à ce stade on était presque devenus des experts en la matière. Quand on débarqua des deux côtés de la maison simultanément, les trois fenêtres se brisèrent comme si elles n'en avaient formé qu'une seule.

Les grenades répandirent leur mixture de gaz lacrymo, de quoi remplir près de six cents mètres cubes en moins d'une minute. Quiconque se trouvait là-dedans ne pourrait y rester très longtemps.

Déjà tendu avant de balancer la première grenade, je l'étais deux fois plus en me préparant à lancer la seconde. Si on devait me tirer dessus, ça serait à ce moment-là. Cependant, il n'y eut aucune réaction à l'intérieur. Au bout d'une minute, j'entendis un nouveau bruit de verre cassé. Angel et Louis entraient par une fenêtre, pas par une porte. C'était un risque calculé : s'exposer en passant par une ouverture, ou essayer la porte en espérant qu'elle n'était pas piégée. Ils avaient opté pour la première solution. Quant à moi, je reculai pour me mettre à l'abri derrière la voiture garée dans l'allée, une berline de taille moyenne, une Chevrolet, le genre de véhicule que pourrait conduire un comptable. L'habitacle était impeccable, les sièges nus.

Rien ne se produisit. Pas de cris, pas de coups de feu. J'entendis des portes claquer dans la maison, mais rien de plus. Au bout de trois minutes, mon portable sonna. C'était Louis. Il respirait avec difficulté. Derrière lui, j'entendais Angel tousser.

— Il s'est barré, dit Louis.

On laissa le gaz s'évacuer avant de retourner à l'intérieur. La maison était plus meublée que celles que nous avions déjà visitées. Il y avait des bouquins sur les étagères – pour la plupart, des biographies d'hommes politiques ou des livres d'histoire contemporaine –, et un effort avait été fait pour la décoration. Par endroits, le parquet était recouvert de tapis bon marché, mais non dénués de goût, et des toiles abstraites étaient accrochées aux murs. Dans la cuisine, les placards contenaient des boîtes de conserve, du riz, des pâtes, deux pots de café instantané et une bouteille de cognac Martell XO. Un minifrigo posé par terre ronronnait. A l'intérieur, il y avait des barres de céréales, du lait et six canettes de soda light. Dans le salon, un lecteur de DVD était branché sur la télévision, mais il n'y avait pas de réseau câblé. Un exemplaire du *Washington Post* du jour gisait au pied de l'unique fauteuil, à côté d'un mug plein de café encore chaud. On avait dû le louper de quelques minutes, voire quelques secondes.

J'aperçus un objet accroché à la liseuse à côté du fauteuil. Une griffe d'ours montée en pendentif. Le Collectionneur l'avait prise dans le camion de Jackie, avant ou après l'avoir tué. Autrefois, elle était pendue à son rétroviseur. C'était censé lui porter chance, mais ça n'avait pas empêché la sienne de tourner. En fin de compte, la chance finit toujours par tourner. Pour tout le monde.

Le Collectionneur gardait des souvenirs de ses meurtres. Il n'avait pas abandonné celui-ci de gaieté de cœur. C'était un message à notre intention : un défi, ou peut-être une récompense, selon comment on choisissait de l'interpréter.

Je m'approchai de la fenêtre avec précaution pour jeter un coup d'œil au petit jardin à l'arrière de la maison, auquel s'adossaient les propriétés voisines. Au loin, je distinguai les lumières de Newark. Je sentais sa présence. Il nous observait. Il savait qu'on ne viendrait pas le chercher à pied, de nuit, sur un terrain inconnu. Il attendait de voir ce qu'on ferait ensuite.

— J'ai trouvé d'autres babioles, annonça Angel.

Il me rejoignit à la fenêtre, le dos collé au mur. Malgré l'obscurité, il ne voulait pas constituer une cible. Dans sa main gantée, il tenait un bracelet à chaînette en or, la photo d'une jeune femme dans un cadre d'argent ouvragé et une chaussure de bébé moulée dans du bronze, à chaque fois le souvenir d'une vie volée.

— Comment est-il sorti ? demandai-je.
— Par la porte de derrière ?
— Elle est verrouillée de l'intérieur. Celle de devant aussi. Vous avez dû casser une fenêtre pour entrer. Elles ne s'ouvrent que par le haut, et un enfant pourrait difficilement passer dans l'ouverture…
— Ici ! dit Louis.

Nous le rejoignîmes dans la chambre à coucher principale. Comme toutes les autres pièces, elle était basse de plafond. On avait découpé un trou dans le mur à côté de la fenêtre pour la climatisation, mais le bloc n'avait pas été installé, et le trou était recouvert de planches. A côté, il y avait une chaise. Louis monta dessus et appuya sur le panneau. Il était muni de gonds et il pivota comme une chatière sous la pression de sa main. Le trou semblait petit, mais lorsque Louis souleva le cadre qui l'entourait, il constata que l'espace était suffisant pour qu'un homme de taille moyenne puisse s'y glisser.

— Je parie que le panneau de l'autre côté a également des gonds, dit-il. Il est sorti par là en rampant comme un cafard.

Louis descendit de sa chaise. La nuit était claire. Aucun nuage ne masquait la lune.

— Il est dehors, hein ? reprit-il.
— Probablement.
— Ça ne peut pas durer. Il va finir par se fatiguer de courir.
— Peut-être. Qui sait de combien de trous à rats il dispose ? Mais quelque part, il y en a un qui est plus important que les autres, plus important que celui-ci, même. C'est là qu'il planque l'avocat.

Eldritch, l'avocat, pilotait le Collectionneur, l'envoyant chez ceux qui, à ses yeux, avaient renoncé à leur droit à la vie – peut-être même à l'immortalité de leur âme. Eldritch se chargeait du dossier de l'accusation, et le Collectionneur du châtiment. Mais l'avocat avait été blessé au cours de l'incident où la femme avait trouvé la mort, incident qui avait lancé le Collectionneur aux trousses de Jackie. Depuis, le Collectionneur avait fait disparaître Eldritch. Qui sait, Eldritch était peut-être même mort. Si c'était le cas, le Collectionneur était entièrement livré à lui-même, car l'avocat tenait son chien de chasse en laisse, du moins un peu.

— On va continuer à chercher sa planque ? demanda Louis.

— Il a tué Jackie.

— Jackie l'a peut-être bien cherché.

— Si c'est vraiment ce que tu penses, on l'a tous bien cherché.

— C'est pas forcément faux.

Angel vint nous rejoindre.

— Pourquoi n'a-t-il pas répliqué ? demanda-t-il. Pourquoi n'a-t-il pas tenté de nous faire sortir ?

Je pensais détenir la réponse :

— Peut-être qu'il croit avoir violé son propre code en descendant Jackie. Ce n'était pas à lui de lui ôter la vie, quelles que soient les fautes que Jackie ait pu commettre. Dans ce qui lui tient lieu de conscience, le Collectionneur se dit peut-être que nous avons gagné le droit de le traquer. Louis a peut-être raison : on a tous bien cherché ce qui nous arrive.

« Et puis, comme nous, le Collectionneur n'est qu'un pion dans une partie qui nous dépasse tous. Il en sait un peu plus que nous sur les règles du jeu, mais il n'a pas la moindre idée du stade auquel en est la partie, ni de qui est près de la gagner ou de la perdre. Il a peur de nous tuer, parce que ça pourrait faire basculer les choses en sa défaveur, mais qui sait combien de temps cette situation va durer.

— Et nous ? demanda Angel. Si on le descend, est-ce qu'il y aura un contrecoup ?

— La différence, c'est que nous, on s'en fout, répondis-je.

— Oh ! J'ai dû louper cet article du règlement...

— Je te la résume, proposa Louis : « S'ils ne sont pas dans notre camp, qu'ils aillent se faire foutre. »

— Ouais... Je m'en souviendrais si je l'avais vue, celle-là ! s'exclama Angel. Alors, on le traque jusqu'à ce qu'on le coince, ou jusqu'à ce qu'il s'effondre et qu'il meure...

— On le traque jusqu'à ce qu'il en ait marre, ou que nous en ayons marre, dis-je. A ce moment-là, on verra bien ce qui se passe. Tu as mieux à faire ?

— Pas ces temps-ci... Jamais, pour être franc. Alors, qu'est-ce qu'on fait, maintenant ?

Je lançai un nouveau coup d'œil vers la pénombre à l'extérieur.

— S'il est dehors, donnons-lui quelque chose à regarder.

Pendant qu'Angel partait chercher notre voiture, je m'introduisis dans la Chevrolet et, avec l'aide de Louis, la poussai contre la porte de la maison. Je percevais déjà l'odeur du gaz de la cuisinière, tandis que Louis aspergeait l'habitacle avec le cognac du Collectionneur, tout en conservant un tiers environ du contenu de la bouteille. Puis il enfonça un torchon imbibé d'alcool dans le goulot. Une fois qu'Angel se fut assuré que la route était dégagée, il nous fit un appel de phares. Louis mit le feu au torchon, balança la bouteille dans la Chevrolet et partit en courant.

La Chevy brûlait déjà tandis que nous nous éloignions, mais deux explosions – la première, celle de la voiture, l'autre, celle de la maison – survinrent plus tôt que prévu, presque simultanément, nous prenant par surprise. On ne s'arrêta pas pour regarder la boule de feu qui s'élevait au-dessus des arbres. On poursuivit notre route, entrant dans le Maryland par Telegraph Road, puis prenant vers le nord à l'intersection avec la Route 213 pour gagner la Pennsylvanie. A Landenberg, on remit la voiture à une femme, avant de récupérer nos propres véhicules. On se sépara sans un mot. Louis et Angel partirent vers Philadelphie et la I-95, moi vers le nord en direction du péage.

Aux abords de Newark, un homme vêtu d'un manteau noir regardait arriver les camions de pompiers. Sa manche était déchirée, et il boitait légèrement de la jambe gauche. Les lumières des camions éclairèrent brièvement son visage émacié, ses cheveux noirs coiffés en arrière et le mince filet de sang qui coulait de son cuir chevelu. Ils l'avaient raté de peu cette fois-ci, de tellement peu…

Le Collectionneur alluma une cigarette et aspira une grande bouffée, tandis que sa maison brûlait.

2

Le loup était un jeune mâle. Il était seul, il souffrait. Ses côtes saillaient sous sa fourrure couleur rouille, et il boitait en s'approchant de la ville. Sa meute avait été exterminée sur les berges du Saint-Laurent, mais à ce moment-là l'envie de voir du pays l'avait déjà saisi, et quand les chasseurs étaient arrivés il venait d'entamer son voyage vers le sud. Ce n'était pas une grande meute, une douzaine d'animaux en tout, conduits par sa mère, la femelle dominante. Ils étaient tous morts, à présent. Lui-même avait échappé au massacre en traversant la rivière couverte d'une glace hivernale, sursautant au son des coups de feu. En approchant de la frontière du Maine, il était tombé sur un second groupe de chasseurs, plus petit que le précédent, et l'un d'eux lui avait logé une balle dans la patte avant gauche. Il avait pris soin de nettoyer la plaie, qui ne s'était pas infectée, mais des nerfs avaient été touchés et il ne retrouverait jamais sa force et sa vitesse d'antan. Tôt ou tard, cette blessure causerait sa perte. Elle le ralentissait déjà et, en fin de compte, les animaux lents deviennent des proies. C'était un miracle qu'il ait pu aller aussi loin, mais quelque chose – une sorte de folie – le poussait vers le sud, toujours vers le sud.

A présent, le printemps approchait et, bientôt, la lente fonte des neiges allait commencer. S'il parvenait à survivre à l'hiver, la nourriture se ferait plus abondante. Pour l'instant, il en était réduit au statut de charognard. La faim l'avait affaibli, mais, cet après-midi-là, il avait levé la piste d'un jeune cerf dont les traces l'avaient conduit aux abords de la ville. Il percevait sa peur et son trouble. Sa vulnérabilité. S'il pouvait s'en approcher suffisamment, il aurait peut-être assez de force et de vitesse pour le tuer.

Le loup huma l'air, il repéra un mouvement parmi les arbres sur sa droite. Le cerf se tenait dans un fourré, immobile, la queue dressée, alarmé, mais le loup sentit qu'il n'était pas la cause de son angoisse. Il huma l'air de nouveau. Puis, la queue entre les jambes, les oreilles plaquées sur le crâne, les pupilles dilatées, il recula en montrant ses crocs.

L'espace d'un instant, les deux bêtes, le prédateur et la proie, furent réunies par la peur. Elles battirent en retraite, le loup vers l'est, le cerf vers l'ouest. Toute sensation de faim, toute envie de se nourrir avait abandonné le loup. Ne restait en lui que le désir de fuir.

Mais il était blessé, fatigué, et l'hiver pesait encore sur lui.

Une seule lampe brillait dans le Bazar & Armurerie Pearson. Elle éclairait une table autour de laquelle étaient assis quatre hommes âgés, concentrés sur leurs cartes.

— Bon Dieu ! s'exclama Ben Pearson. C'est la pire main que j'aie jamais eue. Je jure que si j'avais pas distribué ça moi-même, j'y croirais pas. Je savais même pas qu'on pouvait avoir d'aussi mauvaises cartes...

Personne ne fit attention à lui. Ben Pearson aurait pu avoir en main un carré d'as distribué par le Christ en personne, il se serait quand même plaint. C'était sa façon à lui d'avoir l'air impassible quand il jouait au poker. Il avait développé cette manie parce que son visage était tellement expressif qu'il laissait transparaître la moindre de ses pensées. Selon l'histoire qu'on lui racontait, Ben pouvait constituer le meilleur ou le pire des publics. Presque aussi transparent qu'un enfant. De fait, malgré ses soixante-dix ans passés, il avait encore une chevelure blanche bien fournie et relativement peu de rides, ce qui ajoutait encore à son aspect juvénile.

Sous une forme ou sous une autre, le Bazar & Armurerie Pearson appartenait à la famille de Ben depuis quatre générations, et pourtant, ce n'était pas le magasin le plus ancien de la ville de Prosperous, dans le Maine. A l'endroit où se trouvait aujourd'hui le Prosperous Tap, une taverne avait été ouverte dès le XVIIIe siècle, quant au Lady & Lace, le magasin de dentelles et de vêtements pour femmes de Jenna Marley, il existait depuis 1790. Les noms des premiers colons qui s'étaient installés à Prosperous résonnaient encore dans la région avec un éclat dont peu d'autres colonies pouvaient s'enorgueillir. La plupart avaient leurs racines dans les comtés de Durham et de Northumberland, dans le nord-est de l'Angleterre, car c'est de là qu'étaient venus les tout premiers d'entre eux, les Scott, les Nelson, les Lidell, les Harper, les Emerson, les Golightly, et d'autres aux noms plus singuliers : Brantingham, Claxton, Stobbert, Pryerman, Joblin, Hudspeth…

Un généalogiste aurait pu employer son temps de manière profitable à consulter les registres des naissances et des décès de Prosperous. D'ailleurs, certains membres de cette profession avaient fait le voyage jusqu'à cette petite ville du nord de l'Etat pour enquêter sur l'histoire de ces premiers colons. On les recevait avec courtoisie, ils bénéficiaient même d'une certaine coopération, mais ils repartaient invariablement avec un léger sentiment d'insatisfaction. Des lacunes dans les archives de la ville les empêchaient de faire des recherches approfondies, et établir des connexions entre les colons de Prosperous et leurs ancêtres anglais se révélait plus difficile que prévu, car il semblait que les familles étaient parties vers les rives du Nouveau Monde en bloc, ne laissant derrière elles que peu de branches de leur arbre généalogique, voire aucune.

Bien sûr, ce genre d'obstacle, certes familier pour les historiens amateurs ou professionnels, n'en était pas moins frustrant, et en fin de compte on en vint à considérer Prosperous comme une impasse généalogique, ce qui convenait parfaitement à ses habitants. Dans cette partie du monde, il n'y avait rien d'original à préférer que les étrangers vous laissent tranquille. C'était une des raisons pour lesquelles leurs ancêtres s'étaient enfoncés si loin à l'intérieur des terres et avaient négocié des traités avec les Indiens, traités qui, le plus souvent, avaient été respectés, donnant dès lors à Prosperous la réputation d'être une ville bénite par le Seigneur... même si ses habitants refusaient de partager avec d'autres leur bonne fortune, qu'elle fût d'origine divine ou pas. Prosperous n'accueillait pas de nouveaux colons, à moins qu'ils n'aient des liens spécifiques avec le nord-est de l'Angleterre, et jusqu'à la fin du XIXe siècle les mariages avec des personnes extérieures aux lignées originelles étaient mal considérés. Une partie de cette mentalité autarcique des pionniers s'était transmise de génération en génération jusque dans la population actuelle de la ville.

A présent, dans le magasin de Pearson, des cartes étaient échangées et des paris placés. Ici, on jouait pour des pièces jaunes, et il était rare que quelqu'un rentre chez lui en ayant gagné ou perdu plus de un ou deux dollars. Néanmoins, une bonne série de cartes pouvait vous permettre de frimer pour le reste de la semaine, et il n'était pas rare que les adversaires de Ben Pearson évitent son magasin pendant un jour ou deux, histoire de lui laisser le temps de calmer un peu son triomphalisme.

— Je te relance de dix cents ! s'écria Calder Ayton.

Calder avait travaillé aux côtés de Ben Pearson pendant presque un demi-siècle, et il lui enviait sa chevelure. Il détenait une petite participation dans le magasin, conséquence d'une brève période de vaches maigres au milieu du siècle précédent, une époque où certains habitants de la ville avaient laissé leur esprit s'égarer, avec la guerre et tout ça... Un temps, les vieilles habitudes avaient été mises de côté, on avait même entretenu l'espoir de les abandonner complètement. Cependant, les ancêtres avaient constaté que cette façon de voir était stupide, et aujourd'hui encore, la vieille génération n'avait pas oublié cette leçon.

Thomas Souleby fit la moue et lança un regard noir à Calder. Celui-ci relançait rarement de plus de cinq cents, à moins d'avoir une quinte... au minimum. Or il avait balancé ses dix cents tellement vite que Thomas était certain qu'il avait une couleur, voire mieux. Dans la variante qu'ils pratiquaient, les borgnes – les valets de pique et de cœur, et le roi de carreau – étaient des jokers, et Thomas avait aperçu Calamity Jane, la dame de pique, dans la main de Calder. Thomas ne considérait pas que c'était de la triche quand quelqu'un était négligent au point de montrer ses cartes à tout le monde. Cet état d'esprit avait fait de lui un homme d'affaires performant à l'époque où il travaillait dans le rachat d'entreprises. Il savait tirer parti du moindre avantage et l'exploiter à fond.

— Je me couche, dit Luke Joblin.

A soixante ans, il était le plus jeune des quatre, mais aussi le plus influent. Sa famille était dans l'immobilier depuis le jour où un homme des cavernes en avait regardé un autre en songeant : Sa grotte est beaucoup plus grande que la mienne. Je me demande s'il compte déménager. Sinon, je le tue et je m'installe chez lui... Un des lointains ancêtres du clan des Joblin avait aussi sec repéré l'opportunité de se faire dix pour cent sur la transaction, tout en empêchant que le sang fût versé.

A présent, Luke Joblin s'assurait que les propriétés de Prosperous restent entre de bonnes mains, tout comme son père, son grand-père et son arrière-grand-père l'avaient fait avant lui. Il connaissait la législation immobilière et cadastrale de l'Etat par cœur – ce qui n'avait rien de surprenant, vu qu'il avait participé à sa rédaction –, et son fils aîné était l'agent d'application du code municipal de Prosperous. Plus que toute autre famille, le clan Joblin s'était assuré que la ville préserve sa personnalité unique et son identité.

— Qu'est-ce que tu racontes, tu te couches ? s'exclama Ben Pearson. T'as à peine regardé tes cartes et tu les as jetées comme si elles étaient empoisonnées !

— Ma main, c'est qu'un tas de boue, dit Luke.

— Sur les huit dernières mains, tu m'as piqué pas loin de un dollar, répondit Thomas. La moindre des choses, c'est de donner une chance aux autres de se refaire...

— Qu'est-ce que tu veux, que je te rende ton argent ? Mes cartes sont nulles. Le poker, c'est un jeu de stratégie : tu paries quand tu es fort, et tu te couches quand tu es faible.

— Tu pourrais essayer de bluffer. Tu pourrais au moins faire un petit effort...

Ça se passait toujours comme ça entre ces deux-là. Ils s'aimaient bien, mais le plaisir qu'ils tiraient de leur fréquentation était directement proportionnel aux occasions de s'asticoter qui leur étaient offertes au cours d'une soirée.

— J'ai apporté le whisky, fit remarquer Luke. Sans moi, vous seriez en train de boire de l'Old Crow !

Ses propos furent accueillis par des murmures d'assentiment.

— Oh ouais, c'est bien vrai qu'y s'sirote, celui-là ! s'exclama Calder en étalant l'accent du cru à la truelle. Sacrément gouleyant !

A tour de rôle, chacun fournissait une bouteille pour leur petit poker hebdomadaire, et elle suffisait en général pour deux soirées. Ils mettaient un point d'honneur à apporter quelque chose qui satisfasse le goût de tout le monde. Luke Joblin s'y connaissait en scotch plus que n'importe lequel de ses comparses, et ce soir-là, ils dégustaient un Talisker dix-huit ans d'âge issu de la seule distillerie de l'île de Skye. Un peu trop épicé au goût de Thomas, mais il lui fallait bien admettre qu'il était infiniment supérieur au Glenlivet que lui-même avait apporté quelques semaines plus tôt. Cela dit, Thomas n'avait jamais été un grand amateur d'alcool fort, il préférait le vin. Par habitude, il fit de nouveau tourner le whisky dans son verre avant d'en boire une gorgée. Il commençait à l'apprécier. De plus en plus, même. Pas de doute, on s'y faisait bien.

— Je vais peut-être passer l'éponge pour cette fois, dit Thomas.

— Très généreux de ta part, répondit Luke.

Finalement, Calder remporta le pot avec une couleur, comme Thomas l'avait prévu. Ce soir-là, Thomas prenait une rouste. Si les choses continuaient comme ça, il devrait entamer un autre dollar.

D'un commun accord, ils firent une pause. La conversation dériva sur les affaires locales : accords commerciaux, rumeurs à propos d'amourettes et différents problèmes municipaux en mal de règlement. Sur Main Street, des racines avaient percé le bitume, et la mairie avait besoin d'une nouvelle chaudière. Un différend avait surgi à propos de la vieille maison des Palmer, que trois familles désiraient acquérir pour leurs enfants. Les Palmer, un couple discret, même au regard des standards de la ville en la matière, étaient morts sans descendance, mettant ainsi un terme à leur lignée. Les bénéfices tirés de la vente de leur propriété allaient être répartis entre diverses œuvres caritatives, et une partie irait également abonder le fonds communautaire de la ville. Cependant, le bâti était une denrée rare à Prosperous, et la maison des Palmer, bien que petite et nécessitant des travaux, était très convoitée. Dans n'importe quelle communauté, on aurait laissé s'exprimer les forces du marché, et la maison serait allée au plus offrant. A Prosperous, les choses ne fonctionnaient pas ainsi. La décision quant à la vente serait prise en fonction de celui qui la méritait le plus, de celui dont la demande était la mieux fondée. On tiendrait des débats et on arriverait à un consensus. La famille qui finirait par acquérir la maison dédommagerait les autres. Luke Joblin percevrait sa commission, évidemment, mais il l'aurait bien gagnée.

En réalité, la soirée de poker tenait lieu de réunion informelle entre la plupart des membres du conseil municipal. Seul Calder Ayton ne participait pas aux débats. Les réunions l'ennuyaient, et tout ce que décidait Ben Pearson lui allait parfaitement. Le vieux Kinley Nowell était absent ce jour-là, car il se trouvait à l'hôpital, souffrant d'une pneumonie. Tout le monde tendait à croire qu'il ne lui restait pas beaucoup de temps à passer en ce bas monde. Il fallait songer à des remplaçants potentiels, et Ben venait de soulever la question. Après quelques échanges, on décida qu'un peu de sang neuf ne ferait pas de mal, et que l'aînée des filles Walker, Stacey, pourrait être contactée, une fois que le premier conseiller aurait donné son aval. Hayley Conyer – elle n'était pas du genre à se faire appeler « première conseillère », elle désapprouvait ces fadaises féministes – n'avait pas pour habitude de fréquenter les soirées où l'on jouait au poker en buvant du whisky. Ben Pearson déclara qu'il parlerait à Stacey le lendemain matin, histoire de la sonder, mais qu'il ne prévoyait pas un refus de sa part, ou un quelconque problème à propos de sa nomination. Stacey Walker était une fille intelligente, une bonne avocate, et ça ne mangeait pas de pain d'avoir un avocat sous la main.

Thomas Souleby n'était pas si sûr que les choses se passeraient aussi bien. D'après lui, Hayley Conyer s'opposerait à ce choix, et elle détenait un droit de veto – dont elle se servait rarement – pour tout ce qui touchait aux nominations des nouveaux membres du conseil. Conyer était une femme solide qui préférait la compagnie des hommes et ne se sentait aucune obligation particulière envers les membres de son propre sexe, lesquels pourraient représenter une menace pour la position qu'elle occupait. Elle n'accueillerait pas avec joie l'arrivée d'une personne aussi jeune et aussi dynamique que Stacey Walker, et, d'après Thomas, Conyer n'avait pas forcément tort sur ce point. Lui-même avait l'ambition de diriger le conseil tôt ou tard, une fois que Conyer aurait fait son temps, et cela faisait longtemps qu'il travaillait dur pour s'assurer qu'il aurait aussi peu de concurrents que possible. Or, Stacey Walker était juste un petit peu trop intelligente et un petit peu trop ambitieuse à son goût. Thomas s'opposait souvent à Conyer, mais cette fois-ci il ne verrait pas d'inconvénient à ce qu'elle use de son droit de veto pour dézinguer la nomination de Walker. Il fallait trouver une personne plus adaptée, plus conséquente, plus expérimentée…

Plus malléable.

Thomas s'étira et jeta un coup d'œil au vieux magasin, avec son curieux assortiment de produits artisanaux qui côtoyaient le genre d'objets qu'on pouvait acheter deux fois moins cher dans un Hannaford's ou un Shaw's. A l'évidence, Ben n'était pas timide sur ses prix, Thomas pouvait bien lui accorder cela, mais il fallait tenir compte de la proximité, du fait qu'on y échangeait des potins et, plus généralement, du soutien aux commerces locaux. Pour la ville, il était important que l'argent reste dans son giron, autant que possible. Sinon, rapidement, Prosperous n'aurait plus de prospère que le nom. Pour les premiers colons, ce nom avait été en partie une prière, en partie une aspiration. A présent, il reflétait la réalité d'une situation : la ville affichait le plus haut revenu par tête de l'Etat du Maine. De prime abord, ce fait n'aurait peut-être pas semblé évident à un visiteur qui ne se serait fié qu'aux apparences. Prosperous faisait profil bas, et ne cherchait pas à attirer l'attention.

Les quatre hommes étaient assis du côté ouest du magasin, où Calder avait placé quelques tables devant une baie vitrée qui donnait sur son jardin et la forêt à l'arrière-plan. L'été, il y avait des bancs sur lesquels on pouvait s'installer pour pique-niquer, mais pour l'heure l'herbe était recouverte d'une couche de neige gelée et l'atmosphère, froide et humide, glaçait leurs vieux os. Sur la gauche de Thomas, une porte verrouillée conduisait à l'armurerie, derrière laquelle se trouvait l'atelier proprement dit. Un panneau jauni, en piteux état, expliquait que des arrhes d'un montant de trente dollars étaient exigées pour chaque arme déposée, avec vingt-cinq dollars de supplément si celle-ci n'avait pas son chargeur. Thomas ne savait même pas pourquoi ce panneau était là. Les seules personnes susceptibles de faire réparer leurs armes chez Ben Pearson étaient d'ici, et il y avait peu de chances qu'elles oublient qu'elles les avaient laissées chez lui. De même, si elles n'avaient pas apporté leur chargeur, il suffisait qu'elles repassent dans la journée pour le déposer.

Constance, la femme de Thomas, faisait occasionnellement appel aux services de Ben. Pendant la plus grande partie de sa vie, elle avait pratiqué le tir de compétition, et n'avait pas été loin du niveau olympique dans sa jeunesse, même si à ce niveau-là l'écart entre ce qu'elle était capable de faire et les minima requis aurait tout aussi bien pu être un gouffre. Cependant, à Prosperous, Constance était une exception. Même en tenant compte des chasseurs, la ville avait l'un des taux les plus bas de l'Etat en matière de possession d'armes. Dans le magasin de Ben Pearson, la partie armurerie n'était guère plus qu'un hobby. Il n'avait qu'un petit assortiment de fusils et de pistolets à vendre, principalement du haut de gamme, mais Ben semblait apprécier le travail du métal : le filetage, le rainurage et l'ornementation. Il avait également la réputation de fabriquer de magnifiques crosses sur mesure, pour ceux qui aimaient ce genre de choses.

Thomas bâilla et consulta sa montre. Le whisky lui était monté à la tête, et il avait envie d'aller se coucher. Il jeta un coup d'œil à sa droite. La lampe sur leur table éclairait quelques mètres de neige à l'extérieur. Derrière, tout était sombre.

Quelque chose de pâle vacilla dans l'ombre. On aurait dit un papillon de nuit. Sous l'œil de Thomas, cela grandit peu à peu, jusqu'à prendre la forme d'une jeune femme vêtue d'une robe blanche tachée, dont la couleur se fondait presque avec celle de la neige, au point qu'il aurait pu croire qu'il l'avait rêvée. Elle courait pieds nus, des feuilles prises dans ses cheveux foncés. Elle approchait rapidement. Thomas ouvrit la bouche pour parler, mais aucun son n'en sortit. Il se leva juste au moment où la jeune femme se cogna à la fenêtre, la faisant trembler sous l'impact. Ses doigts aux ongles arrachés laissèrent des traces de sang sur la vitre.

— Aidez-moi ! cria-t-elle. S'il vous plaît, aidez-moi !

Dans l'air froid, ses mots formèrent des volutes que le vent balaya jusqu'à la forêt. La forêt qui écoutait.

3

Des kilomètres plus au sud, dans la ville de Portland, un sans-abri était en train de mourir.

Il s'appelait Jude – pas de nom de famille, Jude, tout simplement –, et il était bien connu des autres couche-dehors, comme des représentants de la loi. Ce n'était pas un criminel, même si, aux yeux de certains habitants de Portland, ne pas avoir de toit semblait constituer un crime punissable par le retrait de tout service et de tout soutien jusqu'à ce que la mort s'occupe de régler le problème. Non ! Jude avait toujours respecté la loi, mais il avait passé tellement de temps dans les rues qu'il en connaissait chaque recoin, chaque fissure dans le macadam, chaque parterre. Il écoutait avec attention les comptes rendus que lui faisaient ses semblables – l'apparition d'étrangers parmi eux, des hommes au comportement brutal, ou l'annexion par des dealers d'immeubles abandonnés qui avaient auparavant procuré un abri –, et il échangeait ces informations avec la police. Pas pour son bénéfice personnel, même si parfois, quand la nuit était froide, on lui proposait de profiter du confort d'une cellule, voire de l'emmener en voiture jusqu'à South Portland et même plus loin, pour peu que le flic se sente particulièrement généreux ou sur le point de mourir d'ennui.

Jude était une sorte de figure paternelle pour les sans-abri de la ville, et les relations qu'il entretenait avec la police lui permettaient d'intervenir en faveur de ceux et celles qui, ayant commis une infraction mineure, se retrouvaient en délicatesse avec la justice. Il jouait également un rôle de médiateur auprès des agents municipaux des services sociaux, gardant un œil sur les sans-abri qui couraient le plus de risques et qui étaient dès lors peu susceptibles de rester en contact avec ceux qui pouvaient les aider. Jude savait où chacun dormait et, à tout instant, il pouvait donner le nombre de sans-abri de Portland à quelques unités près. Même le pire, même le plus violent d'entre eux, respectait Jude, un homme qui préférait avoir un peu plus faim et partager ce qu'il avait avec un frère ou une sœur, plutôt que de le regarder crever la dalle.

En revanche, ce que Jude refusait de partager avec les autres, c'était sa propre histoire, et pour lui-même il demandait rarement autre chose qu'une assistance des plus basiques. A l'évidence, il était cultivé, et dans son sac à dos il y avait toujours un ou deux livres. Il connaissait bien ses classiques, mais il préférait l'histoire, les biographies et les essais de sociologie. Il parlait français et espagnol, ainsi qu'un peu d'italien et d'allemand. Il avait une écriture fine et élégante, assez semblable à celle d'un médecin. Il restait propre et aussi bien mis que sa situation le lui permettait. Les magasins caritatifs Goodwill, dans Forest Avenue et près du Maine Mall, de même que celui de l'Armée du Salut dans Warren Avenue, connaissaient ses tailles par cœur et lui mettaient souvent de côté des vêtements quand ils pensaient qu'il les apprécierait. Rapporté aux standards de la rue, on aurait même pu dire que Jude était un dandy. Il ne parlait jamais de sa famille, mais on savait qu'il avait une fille. Ces derniers temps, elle était devenue un sujet de conversation dans le proche entourage de Jude. On murmurait que sa fille, une jeune femme perturbée, avait de nouveau disparu des radars, mais Jude ne parlait pas beaucoup d'elle et refusait d'embêter la police avec ses préoccupations personnelles.

En raison des efforts qu'il faisait, et de sa moralité, les militants de la ville en faveur des sans-abri avaient essayé de lui trouver un logement pérenne, mais ils s'étaient bientôt rendu compte que quelque chose dans sa personnalité l'empêchait de s'installer quelque part à demeure. Il restait dans son nouveau logement une semaine ou un mois, puis une assistante sociale recevait une plainte et s'apercevait que Jude avait cédé l'endroit à quatre ou cinq autres personnes, tandis que lui-même était retourné dans la rue. En hiver, il demandait un lit au centre d'Oxford Street, et s'il n'y en avait pas de disponible, comme cela se produisait souvent quand la météo n'était pas clémente, il couchait sur un matelas par terre au centre communal de Preble Street ou dormait sur une chaise dans le hall des bureaux de l'aide sociale de Portland. Par de telles nuits, lorsque la température descendait presque jusqu'à moins trente et que le vent était si froid qu'il traversait toutes les couches de laine, de coton, de papier journal et de peau pour lui geler les os, il songeait à ceux qui prétendaient que Portland attirait les sans-abri parce que la ville trouvait une place à tous ceux qui cherchaient un refuge. D'un autre côté, il considérait aussi ses propres défauts, qui le rendaient incapable d'accepter le confort qu'il cherchait pour les autres. Il savait ce que cela impliquait : il mourrait dans la rue. Aussi ne fut-il pas surpris quand la mort vint finalement le chercher, si ce n'est par la forme qu'elle avait adoptée.

Cela faisait une bonne semaine qu'il vivait dans la cave d'un immeuble abandonné et délabré, du côté de Deering Oaks. Il mangeait peu, guère plus que ce qu'il trouvait dans les poubelles ou ce que lui fournissaient les associations caritatives, et essayait d'équilibrer la nécessité de mettre de l'argent de côté avec celle de rester en vie.

Mort, il ne serait d'aucune utilité à sa fille.

Etait-ce atavique ? Avait-il transmis à sa fille unique ses propres tares, son histoire d'amour destructrice avec la rue ? Dans ses moments de lucidité, il ne le pensait pas. Il n'avait jamais eu de problème avec la drogue ou l'alcool. La dépendance n'était pas dans sa nature. Sa fille, en revanche, avait commencé peu après qu'il avait quitté le domicile, du moins c'était ce que sa femme avait prétendu avant que cesse toute communication entre eux. Sa femme était morte en le haïssant, et il pouvait difficilement lui en vouloir. Elle lui disait toujours qu'elle ne savait pas ce qu'elle avait fait de mal, qu'elle ignorait ce qui avait bien pu décider son mari à abandonner femme et enfant, car elle ne pouvait admettre qu'elle n'y était pour rien. Quelque chose s'était brisé en lui, c'est tout. Il avait tout abandonné – son boulot, sa famille, et jusqu'à son chien –, parce que s'il ne l'avait pas fait il se serait suicidé. Il s'agissait d'un trouble psychologique et émotionnel d'une profondeur indicible, affreuse, banale et néanmoins tragique dans sa banalité.

Il avait essayé de parler à sa fille, bien sûr, mais elle n'écoutait pas. Pourquoi l'aurait-elle fait, d'ailleurs ? Pourquoi prendrait-elle des leçons de vie auprès d'un homme incapable de se faire à l'idée du bonheur, ou d'être aimé ? Elle lui avait jeté ses échecs à la figure, comme il s'y était attendu. S'il n'était pas parti, s'il avait véritablement joué son rôle de père, elle serait peut-être également restée, et ce monstre ne l'aurait pas prise entre ses griffes pour sucer peu à peu toute vie en elle. C'est toi qui m'as fait ça, avait-elle dit. Toi.

Cependant, il avait fait ce qu'il avait pu pour elle, à sa manière. De même qu'il gardait un œil attentif sur ceux dont il avait la charge dans les rues de Portland, d'autres surveillaient sa fille, ou tentaient de le faire. Ils ne pouvaient pas la sauver d'elle-même, car elle avait une pulsion autodestructrice semblable à celle de son père. Le peu que sa mère lui avait légué à sa mort, elle se l'était injecté dans le bras, quand ça n'était pas venu combler les poches de petits amis qui n'étaient guère qu'un cran au-dessus du maquereau ou du violeur.

A présent, elle était partie vers le nord. Il avait entendu des témoignages de sa présence à Lewiston, à Augusta, puis à Bangor. Une vieille femme sans-abri qui voyageait vers le sud lui avait appris qu'elle ne se droguait plus et qu'elle cherchait un logement, un endroit bien à elle qui constituerait un premier pas vers l'objectif de trouver un emploi.

« De quoi avait-elle l'air ? avait demandé Jude.

— Elle avait l'air en forme. Elle est jolie, vous savez ? Dure mais jolie. »

Oui, pensa-t-il. Je le sais. Jolie, plus que jolie, même. Elle est belle.

Alors, il était monté dans un car vers le nord, mais quand il était arrivé, il n'avait pas trouvé trace d'elle. On en parlait, en revanche. Quelqu'un lui avait proposé du boulot. Une jeune femme qui vivait et travaillait à la Tender House, un centre d'accueil à Bangor pour les mères qui vivaient dans la rue avec leurs enfants, avait discuté avec sa fille. D'après cette jeune femme, sa fille semblait enthousiaste. Elle avait de l'argent. Elle voulait prendre une douche, s'acheter des vêtements neufs, peut-être même se couper les cheveux. Il y avait du travail pour elle. Des personnes âgées, un gentil couple, avaient besoin de quelqu'un pour les aider, chez eux et dans leur grand jardin, pour faire la cuisine de temps à autre ou pour les emmener quelque part quand le besoin s'en faisait sentir. Afin de se sentir en sécurité, et pour qu'elle-même ne s'inquiète pas, ils lui avaient dit qu'ils s'arrêteraient au poste de police en la ramenant chez eux, comme ça, elle pourrait s'assurer qu'ils étaient dignes de confiance et qu'ils ne lui voulaient aucun mal.

« Ils m'ont montré une photo de leur maison ! avait dit la fille de Jude à la jeune femme de la Tender House. Elle est très belle ! »

Jude avait demandé comment s'appelait cette ville.

Prosperous.

Elle s'appelait Prosperous.

Jude s'y rendit, mais au poste de police on lui déclara qu'aucune femme correspondant à sa description n'en avait jamais franchi le seuil, et quand il posa des questions dans les rues, personne ne fut en mesure de lui donner la moindre information. Finalement, la police l'arrêta. Les flics le reconduisirent aux limites de la municipalité et lui enjoignirent de ne pas revenir. Néanmoins, il le fit, ce qui lui valut une nuit en cellule, et ce n'était pas comme à Portland ou à Scarborough, parce qu'il ne se trouvait pas là de son propre chef. Ses vieilles peurs surgirent à nouveau. Il n'aimait pas être enfermé. Il n'aimait pas les portes verrouillées. C'était pour ça qu'il errait dans les rues.

Le lendemain matin, les flics le conduisirent à Bangor et le mirent dans le car. On lui donna un dernier avertissement : « Ne remets pas les pieds à Prosperous. On n'a pas vu ta fille. Elle n'y est jamais venue. Arrête d'importuner les gens, ou la prochaine fois, tu finiras devant le juge. »

Cependant, il était déterminé à y retourner. Il y avait quelque chose de louche à Prosperous. Il l'avait senti dès le premier jour. Vivre dans la rue l'avait rendu réceptif aux gens qui portaient en eux la graine du mal. A Prosperous, une de ces graines avait germé.

Il n'avait parlé de tout ça à personne, et certainement pas à la police. Il trouvait des excuses pour se taire, dont une qui revenait plus facilement que les autres : sa fille était une vagabonde, une droguée. Le genre de personne à disparaître régulièrement pour réapparaître plus tard. Attendre. Attendre et voir. Elle reviendrait. Cependant, il savait qu'elle ne reviendrait pas, à moins que quelqu'un ne parte à sa recherche. Elle était dans le pétrin. Il le sentait, mais il ne pouvait se résoudre à le formuler. Ses cordes vocales se pétrifiaient quand il voulait prononcer son nom. Cela faisait trop longtemps qu'il vivait dans la rue. Le syndrome qui l'avait poussé à abandonner sa famille l'avait également laissé dans un état qui l'empêchait de s'ouvrir aux autres, d'exprimer de la faiblesse ou de la peur. Il était enfermé dans une boîte où rugissaient des tempêtes. Il était un homme qui se faisait de l'ombre à lui-même.

Néanmoins, il y avait quelqu'un en qui il avait confiance, quelqu'un vers qui il pouvait se tourner, une sorte de marginal, comme lui. Cet homme travaillait pour de l'argent, et lorsque Jude en prit conscience, cela le libéra. Ça ne serait pas de la charité. Il paierait pour le temps que cet homme lui consacrerait, et ce paiement lui achèterait en outre la liberté dont il avait besoin pour raconter l'histoire de sa fille.

Cette nuit-là, sa dernière nuit, Jude avait recompté son argent : la poignée de billets qu'il avait cachée dans une boîte enfouie dans la terre humide de sa cave ; les petites économies qu'il avait confiées à l'un des travailleurs sociaux et qu'il avait réclamées ce jour-là, ainsi qu'un sac rempli de pièces et de coupures usagées, juste une petite fraction des prêts qu'il avait accordés à d'autres et qui lui avaient rapporté vingt-cinq cents par dollar de la part de ceux qui pouvaient se le permettre.

Il avait juste un peu plus de cent vingt dollars, une somme que certains jugeraient suffisante pour le tabasser, et d'autres pour le tuer. Assez, espérait-il, pour acheter au privé une ou deux heures de son temps.

Mais à présent, il était en train de mourir. La corde, accrochée à une poutre du plafond, se resserrait autour de son cou. Il essaya de donner un coup de pied, mais on lui tenait les jambes. Ses bras, auparavant maintenus contre son corps, étaient à présent libérés, aussi porta-t-il instinctivement les mains au nœud coulant. Ses ongles avaient été arrachés, mais il ressentait à peine la douleur. Sa tête semblait sur le point d'exploser. Il sentit sa vessie se vider, et sut que la fin était proche. Il voulut appeler sa fille, mais aucun mot ne vint. Il voulait lui dire qu'il était désolé, tellement désolé.

La tentative qu'il fit pour prononcer son nom fut le dernier son qui sortit de sa gorge.

4

On laissa à Thomas Souleby le soin de calmer la jeune femme. Lui-même avait quatre filles, lesquelles ne lui avaient donné que des petites-filles, aussi avait-il plus d'expérience que ses trois compères en matière d'apaisement de la gent féminine. Cette femme-ci en avait plus besoin que la plupart : son premier geste, dès qu'ils la laissèrent entrer dans le magasin par la porte de derrière, avait été de saisir un couteau et de s'en servir pour les tenir à distance. Aucune des descendantes de Thomas ne l'avait jamais menacé d'un couteau, même si pendant leur adolescence une ou deux d'entre elles auraient bien pu en être capables.

— Tout doux, petite, dit-il.

Il resta hors de portée de la lame, parlant le plus délicatement possible :

— Tout doux. Comment vous appelez-vous ?

— Annie. Appelez la police. S'il vous plaît, appelez la police.

— On va le faire, mais on voudrait juste...

— Tout de suite ! cria-t-elle.

Le son faillit faire exploser le sonotone de Calder Ayton.

— OK. On les appelle, dit Thomas.

Il fit un geste en direction de Ben, qui avait déjà son portable à la main.

— Mais qu'est-ce qu'on doit leur dire ?

— Dites-leur qu'une salope et son salaud de mari m'ont enfermée dans leur cave et m'ont gavée comme un cochon qu'on destine à l'abattoir ! C'est ça qu'il faut leur dire !

Thomas regarda Ben, puis haussa les épaules.

— T'es peut-être pas obligé d'employer ces termes-là, précisa-t-il.

Ben acquiesça et composa le numéro.

— Mets-le sur haut-parleur, ajouta Thomas. Comme ça, Annie ici présente verra qu'on est réglo.

Ben tapota l'écran de son téléphone, mettant le volume au maximum. Tout le monde entendit les sonneries. Ça décrocha à la troisième.

— Morland, fit une voix.

La jeune femme sembla se détendre en l'entendant, même si Thomas la voyait encore jeter des coups d'œil inquiets par la baie vitrée, dans la direction d'où elle était venue. Elle ne pouvait savoir combien de temps il faudrait à ses ravisseurs pour remarquer son absence et lui courir après, et doutait que ces quatre vieillards fussent capables d'assurer sa sécurité.

— Lucas, c'est Ben Pearson. Je suis au magasin, et nous avons une jeune femme en détresse, ici. Elle dit s'appeler Annie, et raconte que quelqu'un la retenait prisonnière dans une cave. J'apprécierais vraiment que tu viennes au plus vite.

— Je pars tout de suite, répondit Morland. Dis-lui de ne pas bouger.

Il coupa la communication.

— A quelle distance se trouve le poste de police ? demanda Annie.

— A moins de deux kilomètres, mais j'ai appelé Morland sur son portable, répondit Ben. Il était peut-être plus près, ou plus loin, mais c'est une petite ville. Il sera là dans pas longtemps.

— On peut vous donner quelque chose, petite ? demanda Thomas. De l'eau, ou un soda ? On a du whisky, si ça peut vous aider. Vous devez être morte de froid. Ben, trouve un manteau pour cette jeune femme.

Ben s'approcha de la penderie pour prendre un de leurs manteaux et, ce faisant, il passa presque à portée du couteau. La jeune femme fendit l'air de sa lame en guise d'avertissement.

— Nom de Dieu ! s'exclama Ben.

— N'approchez pas ! Tous autant que vous êtes, n'approchez pas ! Personne ne vient près de moi jusqu'à l'arrivée de la police, vous avez compris ?

Thomas leva les mains en signe de soumission.

— Comme vous voulez, mais je vois bien que vous grelottez. Ecoutez, Ben va faire glisser un manteau par terre jusqu'à vous. Aucun d'entre nous ne va s'approcher, d'accord ? D'ailleurs, personne ici n'a envie de se faire charcuter…

La jeune femme réfléchit à la proposition, puis acquiesça. Ben prit sa grosse parka L.L.Bean et la fit glisser sur le sol. La jeune femme s'accroupit et sans jamais quitter les quatre hommes des yeux passa son bras gauche dans la manche. Elle se releva, changea son couteau de main d'un mouvement vif et termina d'enfiler le vêtement. Ils restèrent totalement immobiles pendant qu'elle s'exécutait. Ensuite, elle traversa la pièce en marchant de côté jusqu'à la table de poker et se versa un verre de whisky qu'elle but cul sec. Luke Joblin parut légèrement attristé.

— Ces gens qui vous retenaient prisonnière, vous les avez vus ? demanda Thomas.

— Oui.
— Vous savez comment ils s'appellent ?
— Non.

La jeune femme se radoucit un peu et bientôt, les mots s'entrechoquaient dans sa bouche :

— Mais ce ne sont pas eux qui m'ont amenée ici. Ceux-là, c'était un vieux couple, David et Harriet Carpenter, s'il s'agit bien de leurs vrais noms. Ils m'ont montré une pièce d'identité la première fois que nous nous sommes rencontrés, mais qu'est-ce que j'y connais en pièces d'identité ? Dès que nous sommes arrivés à l'entrée de ce trou à rats, ils m'ont confiée à un autre couple, plus jeune qu'eux. C'est ces derniers qui m'ont enfermée dans leur putain de cave. J'ai vu leur visage. Ils n'ont même pas pris la peine de me le cacher. C'est pour ça que je savais qu'ils finiraient par me tuer. D'autres gens sont venus. Je les ai vus me regarder à travers une fente dans la porte. J'ai fait semblant de dormir, mais j'ai aussi vu certains de leurs visages.

Thomas secoua la tête comme s'il avait du mal à croire tout ça. Il s'assit lourdement sur sa chaise. Ben Pearson regarda vers la forêt, tout comme la jeune femme venait de le faire, s'attendant à voir apparaître des silhouettes dans la pénombre, fermement décidées à la ramener en captivité. Luke Joblin la dévisageait avec une expression indéchiffrable. Calder Ayton semblait se concentrer sur les rides de sa main. Il les suivait du doigt – d'abord la gauche, ensuite la droite –, comme s'il était surpris d'y trouver des preuves de son âge. Plus aucun mot ne fut prononcé, plus aucune parole de réconfort ne fut dite. A présent, c'était l'affaire de Morland.

Annie se dirigea vers la caisse, d'où elle pouvait garder un œil sur le parking devant le magasin. Elle vit des lumières bleues au loin. La police arrivait. Elle regarda les quatre hommes, mais ils semblaient pétrifiés. Ils ne représentaient aucun danger pour elle.

Une Crown Vic banalisée se gara dans le parking, un gyrophare bleu sur son tableau de bord. A la fermeture du magasin, Ben avait éteint les lumières extérieures, mais au-dessus du porche il y avait des lampes à détecteur de mouvement. Elles s'allumèrent, baignant le chef de la police Morland de leur halo lorsqu'il descendit de voiture.

— J'ai la nausée, lança Annie. Il faut que j'aille aux toilettes.

— Le chef de la police vient d'arriver, petite, dit Thomas.

— C'est le whisky. Ça m'a fait un truc à l'estomac.

Elle se pencha en avant, comme prise de douleur.

— J'ai besoin de vomir ou de chier, je ne sais pas lequel des deux.

N'ayant aucune envie qu'elle fasse l'une ou l'autre chose derrière son comptoir, Ben la conduisit vers une porte à l'arrière du magasin, qui donnait sur une partie privée où il passait parfois la nuit, particulièrement lorsqu'il travaillait tard dans l'atelier de l'armurerie. Sa maison se trouvait à moins de deux kilomètres, mais depuis la mort de sa femme elle était trop grande et trop vide à son goût. Il préférait le magasin. A présent, c'était ici, chez lui.

— C'est la deuxième porte sur la gauche, dit-il. Prenez votre temps. Vous êtes en sécurité, désormais.

Elle s'engouffra à l'arrière du magasin, la main devant la bouche, à peine quelques secondes avant que le chef de la police entre. C'était un homme grand, plus d'un mètre quatre-vingt-dix pour environ cent kilos. Il était rasé de près, et ses yeux avaient la couleur grise des cendres d'un ancien feu. Cela faisait presque dix ans qu'il était à la tête de la police de Prosperous, poste auquel il avait succédé à son père. Auparavant, il avait fait son apprentissage dans la police de l'Etat du Maine. C'était toujours ainsi qu'il en parlait : « Mon apprentissage. » Tout le monde savait que Prosperous était le seul endroit qui comptât vraiment. L'homme était affecté d'une très légère claudication, consécutive à un accident de voiture près d'Augusta, dans sa jeunesse. Personne n'avait jamais suggéré que cette infirmité pourrait l'empêcher de faire correctement son travail, et Morland n'avait jamais donné à quiconque des raisons de le faire.

— Où est-elle ? demanda-t-il.

— Aux toilettes, répondit Ben. Elle ne se sentait pas bien.

Morland était venu suffisamment souvent au magasin pour connaître les lieux comme sa propre maison. Il se dirigea droit vers la porte des toilettes et frappa.

— Mademoiselle ? Je m'appelle Lucas Morland. Je suis le chef de la police de Prosperous. Vous allez bien ?

Il n'obtint pas de réponse. Un courant d'air froid souleva le bas de pantalon de Morland. Il venait de sous la porte des toilettes.

— Merde !

Il recula, leva la jambe et donna un violent coup de pied à hauteur du verrou. A la deuxième tentative, la porte céda et s'ouvrit sur des W-C vides. Le vasistas au-dessus de la cuvette était ouvert. Morland ne perdit pas de temps à regarder par la fenêtre. La fille devait déjà être en train de se fondre dans l'obscurité.

Thomas Souleby, qui arrivait derrière Morland, fut presque renversé quand celui-ci se rua dehors.

— Que se passe-t-il ? demanda-t-il.

Morland ne prit pas la peine de répondre. Il essayait de masquer la douleur dans sa jambe gauche. Cette satanée météo lui faisait toujours vivre un enfer, et il serait content de voir l'été revenir. Il déboula sur le parking, partit vers la gauche du bâtiment. Le magasin de Pearson était proche d'une intersection : la devanture faisait face au nord, vers la grand-rue qui entrait dans Prosperous, tandis qu'à l'ouest courait la voie rapide. Morland avait une bonne vue, même dans le noir, et il distingua entre deux bosquets la silhouette qui filait en direction de cet axe, lequel longeait la crête d'une colline à la limite ouest de Prosperous. Tandis qu'il observait la fille, les lumières d'un camion apparurent.

Si elle parvenait à l'atteindre, il était foutu.

Annie courait.

Elle avait été si près de s'en sortir, du moins l'avait-elle cru jusqu'à ce que le flic se pointe. Elle l'avait aussitôt reconnu : sa taille, sa corpulence, mais surtout sa façon de boiter. Elle l'avait déjà vu deux fois. La première, juste après qu'on l'avait remise à ses geôliers, au moment d'être enfermée dans la cave. Elle s'était débattue pendant qu'on la transportait hors du camion, et le bandeau qu'elle avait sur les yeux avait un peu glissé. La seconde, l'une des fois où on l'avait autorisée à se doucher, sans pour autant détacher les liens qui lui entravaient les chevilles et les poignets. Elle avait jeté un coup d'œil sur sa droite en sortant de sa cellule et entraperçu l'homme aux yeux gris en haut de l'escalier, avant que la porte se ferme. En ces occasions, il n'était pas en uniforme, sinon elle n'aurait pas été assez stupide pour laisser les vieux schnocks appeler les flics.

Le couple l'avait bien nourrie. C'était déjà quelque chose. Elle avait des forces, peut-être plus que jamais au cours de ces dernières années. Il n'y avait pas d'alcool dans son organisme, pas de drogue non plus. Sa propre vitesse la surprenait.

Annie vit le camion en même temps que Morland. Si elle parvenait à atteindre la voie rapide à temps, elle pourrait l'arrêter et supplier le chauffeur de l'emmener jusqu'à une autre ville. Il y avait bien un risque que le flic les suive, mais n'importe quel camionneur normalement constitué, en voyant ses pieds ensanglantés et sa chemise de nuit en lambeaux, saurait que quelque chose de terrible lui était arrivé. Si cela ne suffisait pas, elle était sûre que son histoire achèverait de le convaincre. Il – ou elle, si elle avait la chance que ce soit une femme – l'emmènerait au poste de police de Bangor, ou à la caserne de la police de l'Etat la plus proche. Le routier pouvait même la conduire jusqu'aux bureaux du FBI à Washington DC, si ça lui chantait. Annie voulait juste s'enfuir de cette ville oubliée de Dieu.

A l'approche de la voie rapide, le terrain prenait de la pente. Elle trébucha en heurtant une pierre et ressentit une douleur aiguë, terrible. Elle venait de se casser le gros orteil, elle en était sûre. Cela la ralentit, mais ne l'arrêta pas. Le camion se trouvait encore à une certaine distance, et elle atteindrait la bande de bitume bien avant qu'il passe à sa hauteur. Pour l'arrêter, elle était prête à se poster au beau milieu de la route et à risquer de se faire percuter si nécessaire. Elle préférait mourir vite en passant sous ses roues que retourner dans cette cave.

Quelqu'un la poussa dans le dos et elle tomba. L'instant d'après, elle entendit le coup de feu et sentit la pression dans sa poitrine, suivie d'une brûlure qui mit le feu à ses poumons. Elle bascula sur le côté et tenta de parler, mais seul du sang sortit d'entre ses lèvres. Le camion passa presque à portée de main de l'endroit où elle était couchée, son chauffeur n'ayant aucune conscience de son agonie. Elle tendit les doigts vers lui, sentit le courant d'air qu'il provoqua en la dépassant. En elle, la brûlure n'était plus ardente, mais froide. Ses mains et ses pieds commençaient à s'engourdir, la glace à se répandre jusqu'au cœur de son être, gelant ses membres, transformant son sang en cristaux.

Elle entendit des pas, puis deux hommes se penchèrent sur elle, le flic boiteux et le vieil homme qui lui avait donné sa parka. Ce dernier avait dans les mains un fusil de chasse. Elle vit le reste de ses amis qui suivaient. Elle sourit.

Je m'en suis sortie. Je me suis évadée. Ce n'était pas la fin que vous aviez en tête.

Je vous ai battus, bande de salauds.

Je...

Ben Pearson regarda comment la vie quittait la jeune femme, son corps qui parut se dégonfler lorsqu'elle rendit son dernier souffle. Il secoua la tête, peiné.

— Elle était bien, celle-ci, dit-il. Un peu maigrichonne, mais ils la nourrissaient. Avec un peu de chance, on aurait pu en tirer dix ans, peut-être plus.

Morland marcha jusqu'à la chaussée. Aucun autre véhicule ne se dirigeait vers eux. Ils ne couraient plus aucun risque d'être repérés. Ça n'en était pas moins un sacré bordel. Quelqu'un devrait répondre de tout ça.

Il rejoignit les autres. Thomas Souleby était presque aussi grand que lui, détail qui a son importance quand vous devez vous occuper d'un corps.

— Thomas, dit-il. Tu prends sa jambe gauche, je prends la droite. Nettoyons ce bazar.

Les deux hommes traînèrent jusqu'au magasin les restes d'Annie Broyer, la fille disparue de l'homme qui s'appelait Jude.

5

Lorsqu'ils virent les voitures s'engager dans leur allée, ils surent qu'ils étaient dans le pétrin.

Morland était en tête, au volant de sa Crown Vic banalisée. Néanmoins, il n'avait pas mis en marche le gyrophare. Il ne souhaitait pas attirer l'attention sur sa présence.

Derrière, la Prius de Thomas Souleby. Beaucoup de gens conduisaient une Prius à Prosperous, ou bien un autre véhicule écocitoyen du même genre. Les gros 4×4 étaient mal vus. Cela faisait partie de l'éthique de la ville, qui prônait l'importance de préserver un environnement durable pour y élever des générations d'enfants en bonne santé. Tout le monde connaissait les règles, officieuses ou pas, et on ne les enfreignait que rarement.

Quand les voitures se garèrent devant la maison, Erin agrippa la main de son mari. Harry Dixon n'était pas grand, pas particulièrement beau non plus. Il était en surpoids, ses cheveux se raréfiaient et il ronflait comme un sonneur quand il dormait sur le dos, mais c'était son homme, et un homme bon, d'ailleurs. Parfois, elle souhaitait qu'ils eussent connu la bénédiction d'avoir des enfants, mais cela ne s'était pas produit. Ils avaient attendu trop longtemps après leur mariage, se disait-elle souvent, et lorsqu'il était devenu évident qu'à elle seule la nature ne leur permettrait pas d'enfanter, leur couple s'était établi dans une routine où chacun suffisait à l'autre. Oh, ils auraient toujours pu demander plus, mais « suffisamment » était un très joli mot.

Cela dit, l'époque était troublée, et la vie idyllique dont ils avaient rêvé s'était trouvée menacée. Jusqu'en 2011, l'entreprise de bâtiment de Harry avait surmonté le plus gros de la récession en réduisant le nombre d'employés à plein temps et en rognant jusqu'à l'os le montant des devis, mais cette année-là, sa société s'était virtuellement effondrée. D'après ce qu'on disait, l'Etat du Maine avait perdu quatre mille huit cents emplois rien que pendant le mois de mars, ce qui faisait de lui le recordman national en la matière. Erin et Harry avaient tous deux suivi dans la presse la controverse entre le département du Travail et le Centre de politique économique de l'Etat, qui voyait le second mettre en avant les chiffres du chômage du Bureau des statistiques du travail, chiffres que le premier réfutait. Du point de vue des Dixon, le département du Travail essayait simplement de dissimuler la poussière sous le tapis. C'était comme dire à quelqu'un qu'il avait les pieds secs alors qu'il sentait l'eau lui mouiller le menton.

A présent, la boîte de Harry n'était guère plus qu'une autoentreprise. Il ne faisait des devis que pour des petits boulots qu'il pouvait effectuer en employant une main-d'œuvre peu qualifiée et ne recrutait des ouvriers qualifiés qu'à l'heure, en fonction de ses besoins. Le couple était tout juste en mesure de rembourser son prêt immobilier à la banque, mais il avait dû se priver de tout ce qui n'était pas indispensable. En outre, ils effectuaient de plus en plus leurs achats en dehors de Prosperous. Dianne, la demi-sœur d'Erin, avait épousé un chirurgien. Consultants dans un hôpital, tous deux s'en sortaient plutôt bien et, une fois, ils les avaient dépannés avec une petite somme. Ils avaient les moyens de leur donner ce coup de main, mais les Dixon s'étaient sentis touchés dans leur orgueil lorsqu'ils avaient dû solliciter ce prêt – prêt qui, en outre, avait peu de chances d'être remboursé dans un futur proche.

Ils avaient aussi emprunté de l'argent au fonds communautaire, qui soutenait les habitants de la ville quand ils traversaient une passe difficile. Ben Pearson, que l'on considérait comme l'un des membres les plus abordables du conseil, s'était occupé des détails, et l'argent – un peu plus de deux mille dollars – avait un peu aidé les Dixon. Néanmoins, Ben leur avait clairement signifié qu'il devrait être remboursé, en liquide ou en nature. S'ils ne le faisaient pas, le conseil allait encore plus fourrer son nez dans leurs affaires, et s'il se mettait à fouiner, il pourrait découvrir que Dianne leur avait prêté de l'argent. C'est pourquoi les Dixon avaient accepté, bien qu'avec réticence, de garder la jeune femme. Ça ferait office de remboursement du prêt, et comme ça, leur relation avec Dianne resterait un secret.

Erin n'avait découvert l'existence de sa demi-sœur que trois ans plus tôt. Son père avait quitté Prosperous alors qu'elle n'était encore guère plus qu'un bébé, et sa mère s'était remariée – avec un cousin de Thomas Souleby, en fait. On n'avait plus jamais entendu parler de son père, puis, fin 2009, Dianne était parvenue à retrouver Erin, et une affection timide mais réelle s'était développée entre elles. Leur père s'était reconstruit une toute nouvelle identité après son départ de Prosperous, et il n'avait jamais mentionné la ville ni à sa nouvelle femme ni à sa fille. Ce n'est qu'après son décès et celui de sa mère que Dianne était tombée sur des documents appartenant à son père et expliquant ses origines. A l'époque, elle en était à son second mariage, avec un homme qui, simple hasard ou fait du destin, vivait dans l'État qui avait vu naître son père, pas très loin de la ville et de l'existence que ce dernier avait fuies.

Erin n'avait pas la moindre idée des raisons pour lesquelles son père avait mis tant de soin à dissimuler sa véritable identité, mais devant l'insistance de Dianne elle avait repensé aux rumeurs d'une relation qu'il aurait eue avec une femme de Lewiston, suggérant qu'il avait peut-être craint la vengeance de la famille de sa femme. Rien de tout cela n'était vrai, bien sûr – du moins, rien de ce qui concernait cette prétendue relation. En revanche, pour la crainte de la vengeance, le débat restait ouvert. Quoi qu'il en soit, Erin fit clairement comprendre à Dianne qu'il valait mieux qu'elle ne s'approche pas de Prosperous et qu'elle ne fouille pas trop le passé de leur père.

« Les vieilles villes ont une longue mémoire, lui avait-elle dit. Elles n'oublient pas les affronts. »

C'est pourquoi Dianne, quoique déconcertée, avait consenti à ne pas se mêler des affaires de Prosperous, se satisfaisant de la bonne volonté que montrait sa demi-sœur à partager ce qu'elle savait du passé de leur père, sans remarquer que celle-ci avait soigneusement purgé ses confidences du moindre détail compromettant.

Du coup, Erin et Harry étaient les parents pauvres, liés à Dianne et son mari par l'existence de ce père disparu. Ce rôle leur convenait, comme il leur convenait de dissimuler l'existence de Dianne aux citoyens de Prosperous. Le fait qu'ils auraient peut-être besoin d'elle un jour, et pas seulement pour lui demander de l'argent, planait comme un non-dit, car plus que toute autre chose, les Dixon voulaient quitter Prosperous, ce qui ne serait pas tâche facile. Le conseil voudrait savoir pourquoi. Il mènerait son enquête. Il découvrirait probablement l'existence de Dianne et se demanderait quels secrets Erin Dixon avait bien pu révéler à sa demi-sœur, la fille d'un homme qui avait tourné le dos à la ville, qui avait dérobé son argent et qui, peut-être, avait parlé du marché que Prosperous avait passé pour assurer sa sécurité.

Ce n'était pas facile de cacher toutes ces peurs à Dianne et à Magnus. D'ailleurs, quand Erin et Harry leur avaient demandé de leur donner l'argent en liquide, ils avaient bien remarqué l'expression de Dianne : de la stupéfaction, aussitôt suivie de la prise de conscience que, décidément, il se passait un truc louche.

« Dans quel pétrin vous êtes-vous fourrés ? » avait-elle lancé, tandis que son mari, tout en versant le reste de vin dans leurs verres, leur adressait le regard désapprobateur qu'il réservait à ses patients lorsqu'ils ne suivaient pas ses conseils postopératoires et s'étonnaient de cracher du sang. Magnus Madsen était d'origine danoise, et insistait pour qu'on prononce son prénom en gardant le « g » muet : *Maunus*. Il avait dû se résigner à corriger la prononciation littérale de Harry chaque fois qu'ils se voyaient. Harry semblait incapable d'intégrer cette information. Ce satané « g » revenait, encore et encore. Cela étant, on ne pouvait pas dire que Magnus Madsen venait de débarquer de son drakkar. Dans le Maine, il y avait des pierres qui étaient là depuis moins longtemps que les Madsen. Sa famille avait eu tout le temps nécessaire pour apprendre l'anglais et pour laisser tomber les chichis du vieux continent, quels qu'ils soient.

« Nous préférerions que les gens ne sachent pas que nous traversons des difficultés financières, avait affirmé Harry. Prosperous est une petite ville, et si ce bruit se répandait, ça pourrait m'empêcher de retrouver des contrats. Si vous nous remettez l'argent en liquide, on pourra faire des petits versements sur notre compte jusqu'à ce qu'on retombe sur nos pieds, sans que quiconque s'en aperçoive.

— Mais les relations que vous entretenez avec votre banque sont confidentielles, non ? avait répondu Magnus. Ne pourriez-vous pas demander une ligne de crédit supplémentaire à votre conseiller ? Vous travaillez toujours, et vous avez déjà dû rembourser la plus grosse partie de votre prêt. Votre maison est belle, elle doit valoir une certaine somme, même par les temps qui courent. Ce n'est pas comme si vous n'aviez pas de garanties… »

Harry aurait eu tant de choses à répliquer à cela, mais en fin de compte elles se résumèrent à « Nous ne vivons pas dans le même monde ». Les mots « pas de garanties » le touchèrent, car c'était précisément un tel prêt qu'ils demandaient à Dianne et Magnus, mais surtout parce que ce dernier n'avait pas la moindre idée de la façon dont les choses fonctionnaient à Prosperous. Sinon, il se serait fait des cheveux blancs.

Et peu après, il serait mort.

Finalement, Magnus et Dianne leur versèrent l'argent, dont Harry se servit pour augmenter un peu les dépôts qu'il faisait sur son compte, mais à présent, la somme qu'ils avaient empruntée était presque épuisée, et il ne pensait pas pouvoir les solliciter à nouveau. Dans une situation normale, Harry et Erin auraient vendu et auraient déménagé. Certes, ils y auraient laissé des plumes, mais ils auraient tout de même pu s'en sortir avec une somme à cinq chiffres – six, dans le meilleur des cas –, une fois le prêt remboursé. Cela leur aurait permis de redémarrer, de prendre une location en attendant que l'économie retrouve un peu de couleurs...

Mais on n'était pas dans une situation normale. Harry et sa femme savaient qu'ils n'étaient pas les seuls à souffrir dans la ville ; il y avait des rumeurs, et même plus que des rumeurs. Prosperous elle-même ne se trouvait pas totalement immunisée contre les soubresauts de l'économie, tout comme, au long de son histoire, elle n'avait pas été complètement à l'abri des conflits, des tempêtes financières ou des caprices de la nature. Néanmoins, elle était mieux protégée que la plupart. Elle avait pris des mesures pour qu'il en soit ainsi.

— Qu'est-ce qui s'est passé, d'après toi ? murmura Erin à son mari en voyant les hommes approcher. Elle a réussi à s'enfuir ?

— Non, je ne crois pas.

Si elle y était parvenue, ils ne seraient pas sur le pas de leur porte. Restaient deux possibilités. Soit la fille avait été capturée avant de quitter Prosperous, auquel cas Morland allait leur en vouloir à mort de l'avoir laissée s'échapper, et leur seul espoir serait que la fille soit assez maligne pour ne pas révéler la facilité avec laquelle elle avait réussi à s'enfuir, soit elle était morte. Harry se surprit à souhaiter que cette dernière option fût la bonne. Ça serait plus facile pour tout le monde.

Il ne laissa pas le temps à Morland de frapper à la porte et ouvrit, le trouvant devant lui le poing dressé. Il recula instinctivement, comme s'il allait recevoir un coup. Il y avait une sonnette, mais étant donné les circonstances, ce n'était pas dans la nature de Lucas Morland de s'en servir. D'un point de vue psychologique, un coup sonore sur le battant était bien plus efficace.

Harry ouvrit en grand pour les laisser entrer. Le chef de la police affichait une expression dure, tandis que

Thomas Souleby semblait plus déçu qu'en colère, comme si Harry et Erin étaient des adolescents qui avaient échoué à un test crucial aux yeux de leurs parents.

— On sait pourquoi vous êtes là, dit Harry.

— Si vous le savez, pourquoi ne pas nous avoir prévenus ? demanda Morland.

— On vient juste de s'apercevoir qu'elle était partie, répondit Erin. On allait vous appeler, mais…

Du regard, elle chercha l'aide de son mari.

— Mais on avait peur, finit-il à sa place.

— Peur de quoi ?

— De vous avoir laissés tomber, d'avoir laissé tomber la ville. On savait que vous seriez en colère.

— Vous avez essayé de la retrouver ?

— Bien sûr… Enfin, non, pas encore, mais on était sur le point de le faire. Tu vois bien, j'avais même enfilé mes bottes.

Il pointa le doigt vers ses pieds, effectivement bottés. A la maison, il était toujours pieds nus – Erin l'exigeait, à cause des tapis –, mais ce soir-là il avait mis ses bottes, au cas où les choses tourneraient mal.

— J'allais sortir quand vous êtes arrivés.

— Vous l'avez retrouvée ? demanda Erin. Par pitié, dites-moi que vous l'avez retrouvée !

Elle jouait bien son rôle, Harry ne pouvait pas le nier. C'était exactement ce qu'il fallait qu'elle dise, ce que le chef de la police avait envie d'entendre.

Morland ne répondit pas. Il les laissait mijoter dans leur jus, pour voir ce qu'il en sortirait. A présent, il fallait qu'ils soient prudents. Qu'est-ce que la fille avait bien pu leur dire, lorsqu'ils l'avaient capturée ? Qu'est-ce qu'elle avait bien pu leur dire ?

Rien, songea Harry. Elle avait dû la fermer. C'est pour ça qu'Erin et lui avaient laissé la porte sans surveillance et vaqué à leurs affaires. Si elle se faisait prendre, ils auraient la possibilité de nier.

Morland s'appuya contre la table de la cuisine et croisa les bras.

— Comment est-ce arrivé ?

— C'est ma faute, répondit Erin. J'ai oublié de fermer la porte à clé. Je ne l'ai pas fait exprès. Parfois, quand je savais qu'elle dormait, je tirais simplement le verrou en laissant pendre la chaîne. Là, j'étais fatiguée, et j'ai accroché le cadenas sur l'anneau du dessus, au lieu de celui du dessous. Elle a dû l'ouvrir de l'intérieur. J'ai retrouvé un bout de tissu par terre. Elle s'en est peut-être servie. Elle l'a peut-être arraché à sa chemise de nuit…

— Comment savait-elle que tu n'avais pas fermé à clé ? demanda Souleby.

Bon sang ! pensa Harry, qui avait toujours trouvé Souleby trop intelligent pour le bien commun. Ce salaud lui rappelait une vieille cigogne, tout en bec et en pattes.

— Je n'en sais rien, dit Erin. Je crois qu'elle n'a jamais abandonné l'espoir de s'échapper. Elle essayait peut-être à chaque fois que je quittais la pièce, et ce coup-ci, elle aura eu de la chance…

— De la chance, hein ? lâcha Morland avec un petit sourire. Montrez-moi cette porte ! Et expliquez-moi tout ça encore une fois.

Ils descendirent à la cave, où Erin leur montra la cellule, le verrou et le cadenas. Comme elle l'avait affirmé, par terre, il y avait un bout de tissu blanc taché de graisse, laquelle provenait manifestement du verrou. Le chef de la police l'examina, puis tripatouilla quelques instants le verrou et le cadenas.

— Entre là-dedans, ordonna-t-il à Erin.
— Quoi ?

— Vas-y. Entre dans cette cellule, et prends ça, ajouta-t-il en lui tendant le tissu.

Elle obtempéra. Morland fit jouer le verrou derrière elle, sans fermer le cadenas.

— A présent, ouvre !

Harry sentit sa bouche s'assécher. Il aurait bien prié, mais cela faisait longtemps qu'il avait cessé de croire en Dieu. L'existence même d'une ville comme Prosperous était l'un des meilleurs arguments contre l'éventualité qu'une déité bienveillante garde un œil sur les humains.

Après une ou deux tentatives, Erin parvint à passer le tissu dans l'interstice entre la porte et le chambranle, au-dessus du verrou. En revanche, il n'y avait pas moyen de faire repasser l'autre extrémité à l'intérieur. Harry ferma les yeux. C'était fini.

Un petit bout de bois apparut dans l'interstice, accrocha l'extrémité du tissu et la ramena vers l'intérieur. Lentement, Erin se mit à faire coulisser le petit bout d'étoffe d'avant en arrière. Le verrou joua : pas beaucoup, mais il joua. Avec de la persévérance, ce n'était qu'une question de temps avant qu'Erin ne réussisse à ouvrir de l'intérieur, comme elle prétendait que la fille l'avait fait.

Morland dévisagea Harry. Malgré ce que le chef de la police venait de voir, Harry savait qu'il ne croyait pas à cent pour cent l'histoire qu'ils lui avaient servie. Néanmoins, s'il s'attendait à le voir craquer, Morland allait en être pour ses frais, à moins qu'il ne se résolve à le torturer, ce qui, même pour quelqu'un comme le chef de la police, dépassait probablement la mesure.

— Laissez-la sortir, dit ce dernier à Souleby, qui s'exécuta.

Erin revint parmi eux, le rouge aux joues, mais non sans arborer une expression triomphale.

— Où as-tu trouvé ce bout de bois ? demanda Morland.

— Par terre, à côté du lit de la fille. Je l'ai remarqué quand je me suis demandé comment elle avait pu s'y prendre.

Elle le lui tendit. Le chef de la police passa son doigt dessus, puis se dirigea vers le lit et trouva l'endroit d'où il avait été arraché.

— C'est récent, on dirait.

— Elle n'est partie que depuis une heure, répondit Erin.

— Hmm...

Morland cassa le petit bout de bois en deux. C'était le premier signe ostentatoire de la colère qu'il ressentait.

— Vous ne nous avez toujours pas dit si vous l'avez retrouvée, intervint Harry.

— Oh, ça oui, on l'a retrouvée.

— Et elle est où ?

— Dans le coffre de ma voiture.

— Elle est...

— Elle est quoi ?

— Elle est... morte ?

Le chef de la police ne répondit pas tout de suite. Il ferma les yeux et se passa la main sur le visage. Ses épaules s'affaissèrent. C'est alors seulement que Harry sut qu'ils s'en étaient sortis, du moins pour l'instant.

— Oui, elle est morte, finit par dire Morland. Mais pas de la bonne façon. Tu as une pelle ?

— Bien sûr. Dans ma remise.

— Bien. Parce que tu vas m'aider à l'enterrer.

6

J'avais un billet pour le vol de 20 h 55 de l'US Airways en partance de Philadelphie, mais si je décidais de le prendre, je risquais de m'expédier dans le décor en essayant d'arriver à temps à l'aéroport ou de me ramasser une prune pour excès de vitesse. Comme aucune de ces deux possibilités ne me satisfaisait, je choisis de le changer et d'embarquer sur le vol de 9 h 30 le lendemain matin, puis je pris une chambre dans un motel du côté de Bartram Avenue. Ensuite, je dînai dans un bar où les plats que l'on servait semblaient sortir d'une poubelle, mais je m'en foutais. Une fois que l'adrénaline consécutive aux événements de Newark s'était dissipée, la descente m'avait laissé tout tremblant et nauséeux. Tout ce que je pourrais avaler aurait un goût ignoble, mais je jugeais nécessaire de me caler l'estomac. En fin de compte, la plus grande partie de la nourriture resta dans l'assiette, et ce que je mangeai ressortit par où c'était entré dès que j'eus rejoint ma chambre.

A vrai dire, au fil des ans, ces réactions devenaient de plus en plus courantes. Je suppose que des situations telles que celle de la nuit précédente m'avaient toujours fait peur – quiconque s'est trouvé face au canon d'un flingue ou face au risque de se faire blesser ou tuer et prétend qu'il n'a pas eu peur est un menteur ou un fou –, mais plus vous survivez à ce genre de circonstances, plus vous prenez conscience que les chances d'y survivre diminuent. Si les chats savaient compter, ils commenceraient à s'inquiéter dès lors qu'ils auraient gaspillé leur cinquième vie.

Je voulais également voir grandir Sam, ma fille. Elle avait depuis longtemps dépassé l'âge où les enfants, bien que mignons, ne font pas grand-chose de plus que babiller et se cogner partout, tout comme les personnes très âgées, d'ailleurs. Jour après jour, je la trouvais fascinante, et je regrettais de ne plus vivre avec Rachel, sa mère, même si je me doutais bien que celle-ci n'allait pas revenir juste pour que je puisse passer plus de temps avec Sam. D'ailleurs, je ne souhaitais pas qu'elle le fasse, ce sentiment était donc partagé. Néanmoins, comme j'habitais à Portland et Rachel et Sam dans le Vermont, passer du temps avec ma fille n'allait pas sans une logistique plutôt pointue. J'aurais pu aller m'installer dans le Vermont, mais, du coup, j'aurais dû me mettre à voter pour l'extrême gauche et à trouver des prétextes pour que l'Etat fasse sécession. De toute façon, j'aimais bien Portland, j'appréciais la proximité de la mer. La vue sur le lac Bomoseen, dans le Vermont, ce n'était pas vraiment la même chose.

Allongé sur le lit, j'entrepris de consulter les messages sur mon téléphone portable. Il n'y en avait qu'un, de la part d'un homme nommé Jude, un type de Portland qui, parmi une poignée d'autres gars qui traînaient dans la rue, m'avait déjà été utile par le passé en me fournissant des informations ou en effectuant une surveillance discrète, à l'occasion, étant donné que les gens ne remarquent pas les sans-abri, ou prétendent ne pas les remarquer. Evidemment, il n'y avait pas de numéro où le rappeler. A la place, il me suggérait d'indiquer à l'équipe du centre d'assistance de Portland quand je serais disposé à le rencontrer, ou de laisser un message dans ce sens sur le panneau de l'Amistad Community, dans State Street.

Cela faisait un bout de temps que je n'avais pas vu Jude, mais cela dit, je n'avais pas non plus cherché à le revoir. Comme la plupart des sans-abri de Portland, il faisait de son mieux pour ne pas se trouver dans la rue en hiver. Sinon, le risque était grand de finir gelé sur le perron d'un immeuble.

Quant à moi, je ne m'en tirais pas si mal. Au cours de l'hiver, j'avais eu du boulot, parce que j'avais développé un petit à-côté en tant que huissier des services judiciaires. Ce n'était pas très glamour, mais ça payait assez bien et, de temps à autre, ça demandait même de mobiliser un peu de matière grise. La veille du jour où j'étais allé rejoindre Angel et Louis à Newark, j'avais encaissé un chèque de deux mille dollars, bonus compris, en paiement d'un boulot. L'assignation était adressée à un certain Hyram P. Taylor, un analyste financier qui entamait une procédure de divorce très peu amiable et dont la femme était représentée par mon avocate – et mon amie –, Aimee Price. Hyram était un fornicateur tellement compulsif que son propre avocat avait admis – en privé – que son client avait probablement un pénis en forme de tire-bouchon. Sa femme avait fini par se lasser de ces humiliations. Dès qu'elle eut lancé la procédure de divorce, Hyram se mit à cacher tous les documents pouvant donner des indications sur le montant de sa fortune et à faire de son mieux pour placer ladite fortune hors de portée de sa femme. Il quitta même son bureau à South Portland et essaya de se planquer, mais je l'avais débusqué dans l'appartement d'une de ses maîtresses, une certaine

Brandi, laquelle, malgré son patronyme de stripteaseuse, était comptable dans le New Hampshire.

Je savais que Hyram ne ramasserait même pas un bout de papier par terre, de peur qu'il ne soit relié par un fil invisible à la main d'un huissier de justice. Il ne mettait pas un pied dehors sans être accompagné de Brandi, et c'était elle qui payait en liquide les journaux, les courses à l'épicerie et les verres dans les bars. Hyram refusait de toucher quoi que ce soit s'il pouvait l'éviter. Le matin, avant d'aller pisser, il devait probablement demander à Brandi de vérifier si quelqu'un n'avait pas attaché une assignation à ses attributs masculins pendant qu'il dormait.

Son point faible – car ils ont tous un point faible –, c'était sa voiture.

C'était comme ça que je l'avais retrouvé. Il était l'heureux propriétaire d'une Bentley Flying Spur Speed noire (6 litres de cylindrée, 27,3 litres aux 100 kilomètres en ville, de 0 à 100 kilomètres/heure en 4,6 secondes), d'une valeur de deux cent mille dollars, sans les options. Il y tenait comme à la prunelle de ses yeux, et c'est probablement pour ça qu'il se renversa son café dessus quand j'entrai dans le Starbucks d'Andrews Road et demandai si quelqu'un dans la salle était le propriétaire de la magnifique Bentley dont je venais de casser le rétroviseur.

Hyram n'était pas maigre, mais il pouvait se déplacer avec célérité quand le besoin s'en faisait sentir, même avec du café brûlant sur les cuisses. Il passa devant moi à toute vitesse et fonça vers sa voiture pour constater qu'effectivement son rétro n'était plus relié au reste de la carrosserie que par deux câbles. J'avais eu plus de mal que je ne le croyais à le dégommer : il m'avait fallu deux bons coups de marteau. Les Bentley sont peut-être chères, mais à l'évidence elles sont aussi solides.

— Je suis vraiment désolé, dis-je en le rejoignant.

Il caressait le véhicule comme s'il s'était agi d'un animal blessé qu'il aurait voulu réconforter.

— Je regardais ailleurs, poursuivis-je. Si ça peut vous aider, mon frère a un garage. Il vous fera certainement un prix.

Hyram semblait avoir du mal à parler. Il ouvrait et refermait la bouche sans produire le moindre son. Au loin, je vis Brandi débouler sur le parking d'un pas vif en essayant d'enfiler son manteau tout en tenant son gobelet de café et la veste de Hyram. Hyram l'avait laissée sur place, mais elle n'allait pas tarder à nous rejoindre. Il fallait que je le harponne avant qu'elle arrive, pendant qu'il était encore sous le choc.

— Ecoutez, voici les coordonnées de mon assureur, mais si vous pouviez vous arranger pour que je vous rembourse sans passer par lui, je vous en serais reconnaissant.

Hyram tendit la main sans réfléchir. J'entendis Brandi lui crier de se méfier, mais il était trop tard. Ses doigts s'étaient refermés sur l'assignation.

— Monsieur Taylor, j'ai le plaisir de vous annoncer que vous venez juste d'être assigné à comparaître.

Le fait que Hyram P. Taylor demeurât plus préoccupé par les dommages subis par sa Bentley que par la réception de l'assignation en dit beaucoup sur la relation qu'il entretenait avec sa voiture, mais cette situation ne dura pas. Le temps que je monte dans mon propre véhicule, il se répandait en insultes, et la dernière image que j'eus du couple fut Brandi lui balançant son café à la figure et s'éloignant en pleurant.

Il me fit même un peu de peine. C'était un con, mais pas un mauvais gars, quoi que sa femme ait pu penser de lui. Il était simplement faible et égoïste. Le mal, c'était autre chose. Je le savais mieux que personne. Après tout, je venais de mettre le feu à une maison.

Je pris note de contacter Jude, puis éteignis. Le coup de mou post-adrénaline était passé. A présent, j'étais simplement épuisé. Je m'endormis profondément, tandis qu'à Portland, dans une cave, Jude se balançait au bout de sa corde.

7

Harry Dixon et Morland se rendirent en voiture à l'endroit où ils comptaient enterrer le corps. La conversation fut quasi inexistante. Le dernier cadavre que Harry avait vu était celui de sa mère, qui avait quatre-vingt-cinq ans quand elle avait rendu l'âme, dans un hospice, au beau milieu d'une nuit d'octobre. Harry avait reçu un coup de fil à 3 heures du matin, l'informant que sa mère agonisait et lui demandant s'il souhaitait passer avec elle les dernières heures qui lui restaient à vivre, mais quand il arriva elle était déjà morte. Bien que pas encore froide. C'est de cela que Harry se souvenait le mieux, de l'infirmière qui lui enjoignait de toucher sa mère, de sentir sa chaleur, comme si la chaleur c'était la vie et qu'il restait encore quelque chose d'elle dans cette coquille. Alors, il avait placé sa main sur l'épaule de sa mère et senti la chaleur se dissiper peu à peu, l'esprit quitter lentement ce corps jusqu'à ce qu'il ne reste plus que le froid.

Il se rendit compte qu'il n'avait jamais vu de gens qui n'étaient pas censés mourir. Non, ce n'était pas ça. Ce n'était pas bien formulé, mais il ne parvenait pas à mieux faire. Pour sa mère, l'heure était venue. Elle était vieille et malade. Ces dernières années, elle avait passé le plus clair de son temps à dormir, à s'emmêler dans ses souvenirs ou à tout simplement oublier. Elle n'avait fait preuve de lucidité qu'en une seule occasion au cours de ses derniers mois, et ce jour-là, Harry avait été content d'être seul avec elle dans la pièce. Il se demanda si, pendant ses crises de démence, elle avait parlé de ces choses-là aux infirmières. Si c'était le cas, elles avaient dû mettre ça sur le compte des divagations d'une vieille dame au bord de la tombe, parce que personne ne lui en avait jamais rien dit. A présent, les mots de sa mère lui revenaient à l'esprit :

« Je les ai vus faire, une fois, avait-elle déclaré. Je voulais regarder. Je voulais savoir.

— Vraiment ? »

Il n'écoutait qu'à moitié, assis à côté d'elle sur une chaise inconfortable, passé maître dans l'art d'acquiescer en pensant à autre chose. Son entreprise, l'argent, le fait que tout allait si mal pour Erin et lui alors que pour tellement d'autres personnes les choses se passaient si bien, tant à Prosperous qu'ailleurs. Après tout, Erin et lui prenaient leur part dans les affaires de la ville. Ils faisaient ce qu'on leur demandait, sans se plaindre. Alors, pourquoi souffraient-ils ? Les bénéfices de la vie à Prosperous n'étaient-ils pas censés être répartis équitablement entre tous ? Sinon, quel intérêt de faire partie de cette communauté ?

Et maintenant, sa mère délirait à nouveau, extirpant des boues de sa mémoire des détails anodins :

« Je les ai vus prendre une fille. Je les ai vus l'attacher et la laisser, et alors... »

Il s'était mis à l'écouter. Il était même attentif, à présent, allant jusqu'à jeter un coup d'œil par-dessus son épaule pour s'assurer que la porte était bien fermée.

« Quoi ? avait-il demandé. Alors, quoi ? »

Il savait de quoi elle parlait. Lui-même n'avait jamais assisté à ça, et il ne voulait pas le faire. On n'était pas supposé poser de questions. C'était une des règles. Si vous vouliez connaître tous les détails, il fallait devenir conseiller, mais à Prosperous les conseillers étaient choisis avec soin. On ne se mettait pas soi-même en avant. On attendait d'être sollicité. Harry ne voulait pas qu'on le sollicite. D'une certaine façon, moins il en savait, mieux c'était. Ce qui ne l'empêchait pas de se poser des questions.

« Alors... »

Sa mère avait fermé les yeux. L'espace d'un instant, il avait cru qu'elle s'était endormie, mais en la regardant de plus près il s'était aperçu qu'une larme perlait à son œil et qu'elle avait commencé à trembler. Elle pleurait. Il n'avait jamais vu sa mère pleurer, même pas quand son père était mort. C'était une femme dure. Une habitante de Prosperous de la vieille époque, pas du genre à afficher ses faiblesses. S'ils avaient été faibles, la ville n'aurait pas survécu.

Elle n'aurait pas survécu, et ne se serait pas épanouie.

« Maman... Maman... »

Il lui avait pris la main, mais elle l'avait repoussé, et c'est alors qu'il s'était rendu compte qu'elle ne pleurait pas. Bien au contraire, elle riait, elle gloussait en se remémorant la scène à laquelle elle avait assisté. Il l'avait détestée, cette fois-là encore plus que d'habitude. Alors même qu'elle était en train de mourir à petit feu, elle conservait cette capacité à lui faire horreur. Elle l'avait dévisagé, déchiffrant sans peine son expression d'effarement.

« Tu as toujours été faible. Ton frère aurait été fort, lui. S'il avait survécu, il serait devenu conseiller. C'est lui qui avait hérité de la semence de ton père. Tu n'en as récupéré que quelques gouttes. »

Trois ans avant la naissance de Harry, sa mère avait fait une fausse couche. A cette époque, il y avait eu une recrudescence d'enfants mort-nés, de bébés victimes de mort subite, un véritable fléau. Néanmoins, le conseil avait pris des mesures et, depuis, Prosperous ne voyait naître que les bébés vifs et en bonne santé. Sa mère n'avait jamais cessé de parler de son frère défunt. Earl : c'était le prénom qu'elle lui avait donné, en écho nostalgique au statut qui aurait été le sien s'il avait survécu. Il était le *Lost Earl*[1], le comte perdu. Sa lignée royale était morte avec lui.

Depuis qu'elle était sénile, la mère de Harry l'appelait parfois Earl, imaginant dans sa folie la vie de ce fils, une vie qui n'avait jamais existé, une litanie d'exploits, une saga de triomphes. Harry supportait cela en silence, comme il l'avait toujours fait. C'est pourquoi, quand il apprit que sa mère allait enfin expirer, il laissa Erin dormir, s'habilla et prit le volant pour effectuer les deux heures de trajet jusqu'à l'hospice, par une triste nuit d'automne. Il voulait simplement s'assurer qu'elle était bien morte, et peu de choses dans la relation qu'ils avaient entretenue lui avaient donné autant de plaisir que le fait de sentir la chaleur abandonner son corps jusqu'à ce qu'il ne reste d'elle qu'une coquille vide et flétrie. Une seule avait été plus gratifiante : l'expédier dans les flammes du four crématoire...

— Tu t'es endormi ? demanda Morland.
— Non. Je suis réveillé.

Harry ne tourna pas les yeux vers le chef de la police. Il regardait son propre reflet sur le pare-brise.

1. L'auteur fait référence à une nouvelle de John Townsend Trowbridge, *The Lost Earl*. En anglais, « Earl » est un titre nobiliaire, mais également un prénom.

Je ressemble à ma mère, pensa-t-il. A Prosperous, nous ressemblons tous à nos parents, et parfois, on ressemble aussi aux enfants des autres. C'est le patrimoine génétique. Il est trop étriqué, réduit comme une peau de chagrin. Statistiquement, chaque famille devrait avoir un de ses membres enfermé dans le grenier, en train de baver comme un débile. Nous sommes bénis, songea-t-il. Le choix du mot « bénis » amena sur ses lèvres un sourire si large et si lugubre qu'il les sentit se gercer.

— Tu n'es pas bavard, reprit Morland.

— C'est la première fois que je dois enterrer quelqu'un.

— Moi aussi.

Harry se tourna vers lui.

— C'est vrai ?

— Je suis flic, pas croque-mort.

— Tu veux dire qu'un truc comme ça n'est jamais arrivé ?

— Pas que je sache. Il semble que ce soit la première fois.

Cela ne rassura pas Harry. Il y aurait des répercussions. Cette balade avec le chef de la police n'était que le début.

— Tu ne m'as pas dit ce qui s'était passé avec la fille.

— Non.

Morland ne prononça plus un mot pendant un moment, histoire de jouer avec les nerfs de Harry.

— Ben Pearson a dû lui tirer dessus, finit-il par lâcher.

— Il a « dû » ?

— Un camion arrivait. Si elle l'avait arrêté, eh bien, la situation serait devenue encore plus compliquée.

— Qu'est-ce qu'on aurait fait ?

Morland réfléchit avant de répondre :

— J'aurais essayé d'arrêter le camion, et j'aurais été forcé de tuer le chauffeur.

Il tourna son regard gris vers Harry.

— Ensuite, j'aurais été obligé de te tuer, ainsi que ta femme.

Harry éprouva une soudaine envie de vomir, qu'il parvint à contenir. Il sentait un goût de bile dans le fond de sa gorge. Pour la première fois depuis qu'il était monté dans la voiture de Morland, il eut peur. Ils se trouvaient dans l'obscurité, du côté de l'étang des Tabart, un des nombreux lieux-dits qui portaient les noms des premiers colons qui s'y étaient installés. Aujourd'hui, il ne restait plus de Tabart à Prosperous. Plus de Tabart, de Mabson, de Quarton ou de Poyd. Ils étaient tous morts assez tôt dans l'histoire de la colonie, et les autres semblaient près de suivre le même chemin avant qu'on arrive au compromis. A présent, Harry allait creuser une tombe dans un endroit qui portait le nom d'un disparu, et cette tombe pourrait aussi bien accueillir deux personnes qu'une seule.

— Pourquoi ? demanda-t-il. Pourquoi tu nous aurais tués ?

— Parce que vous m'auriez forcé à faire quelque chose que je ne voulais pas faire. Parce que vous auriez rendu ma vie plus difficile qu'elle ne l'est déjà. Parce que vous aviez merdé. Pour l'exemple. Choisis la raison que tu préfères.

Morland s'engagea à droite, sur une route en terre.

— Je vais peut-être jeter un nouveau coup d'œil au cadenas dans ta cave, quand nous aurons fini, ajouta-t-il. Il y a quelque chose dans tout ça qui ne marche pas très bien, je trouve. Comme ton cadenas.

Il adressa un sourire vide à Harry. Le faisceau de ses phares balaya des arbres nus, la neige glacée et…

— Qu'est-ce que c'était ? s'exclama Harry, en regardant derrière lui.
— Quoi ? J'ai rien vu.
— Il y avait quelque chose, là. C'était gros, un genre de bête. J'ai vu ses yeux briller.

Morland ne sembla pas s'en soucier. Pour lui, le « quelque chose » de Harry n'était qu'une ruse, une tentative maladroite pour détourner son attention de la porte de sa cave. Mais Morland n'était pas homme à se laisser distraire aussi facilement. Il comptait bien revoir en détail avec Harry et sa femme leurs versions respectives de l'évasion. Il le ferait jusqu'à être convaincu de leur innocence… ou de leur culpabilité. Dès le début, il avait été contre l'idée de leur confier la fille, mais on avait passé outre. Lui-même n'était pas membre du conseil, bien qu'il ait le droit d'assister aux délibérations. Aucun chef de la police n'avait jamais siégé. On avait toujours pensé qu'il valait mieux que la loi reste un instrument au service de la volonté du conseil.

Celui-ci avait voulu tester Harry et Erin Dixon. Une certaine inquiétude avait surgi à leur sujet – une inquiétude justifiée, semblait-il à présent. Mais il y avait un grand pas entre douter de l'implication d'un citoyen de Prosperous et prendre des mesures concrètes à son encontre. Au cours de l'histoire de la communauté, il n'avait été nécessaire de tuer un des leurs qu'en une poignée d'occasions. De tels actes étaient dangereux et risquaient de susciter du mécontentement, voire de la peur, parmi ceux qui doutaient ou qui restaient vulnérables aux influences de l'extérieur.

A présent, Morland regrettait d'avoir dit à Harry Dixon qu'il les aurait peut-être tués, lui et sa femme. Il n'aimait pas Dixon et ne lui faisait pas confiance. Il avait voulu le provoquer, mais c'était une réaction stupide. Maintenant, il fallait qu'il le rassure. Il devrait peut-être même s'excuser et mettre ses propos sur le compte de la colère légitime et de la frustration qu'il avait ressenties.

Cependant, le test n'était pas terminé. Il venait à peine de commencer. Harry Dixon aurait à se racheter pour les erreurs qu'il avait commises, et Morland était convaincu que Dixon n'aimerait pas ce que cela impliquait. Vraiment pas.

— Qu'est-ce que tu penses avoir vu ? demanda-t-il.
— Je crois que j'ai vu un loup.

8

Le sol était dur. Pas de quoi surprendre Harry : il avait vécu dans le comté de Penobscot suffisamment longtemps pour ne pas entretenir d'illusions à propos de l'hiver. D'un autre côté, c'était la première fois qu'il creusait une tombe, quelle que soit la saison, et là, c'était comme de casser de la roche.

Au début, Morland le laissa faire. Il resta dans la voiture, portière ouverte, mais avec le chauffage à fond, fumant cigarette sur cigarette et plaçant avec soin chaque mégot dans le cendrier. Pourtant, au bout d'un certain temps, quand il apparut que Harry allait s'escrimer jusqu'à l'été si on le laissait se débrouiller tout seul, Morland alla chercher une pioche dans son coffre. D'où il se tenait, Harry aperçut quelque chose enveloppé dans un film plastique, mais il ne laissa pas traîner son regard très longtemps. Il songea qu'à son goût il verrait bien assez de ce spectacle avant que la nuit s'achève.

Morland piochait, et Harry déblayait la terre avec sa pelle. Ils travaillaient en silence, sans gaspiller leur énergie. Malgré le froid, Harry sentait la sueur imbiber sa chemise. Il ôta son manteau et était sur le point de le suspendre à une branche lorsque Morland lui dit de le mettre dans la voiture. Harry pensa que c'était pour que son manteau reste au chaud, jusqu'à ce que le chef de la police lui fasse clairement comprendre que sa santé et son bien-être lui étaient totalement indifférents.

— Si on a de la chance, elle restera là et on ne la retrouvera jamais, dit Morland. Mais va savoir. Il faut se préparer au pire, si on ne veut pas être déçu. J'ai vu des enquêteurs mettre des hommes derrière les barreaux pour le restant de leurs jours à cause d'une simple fibre accrochée à une branche. Il ne faut prendre aucun risque.

Morland ne s'inquiétait pas des traces qu'ils pourraient laisser sur le sol, qui était bien trop dur pour que ce fût possible. Il ne s'inquiétait pas non plus de ce que quelqu'un les voie. Personne ne vivait par ici. Si quelqu'un passait, ce serait vraisemblablement un habitant de Prosperous, et quand bien même il lui viendrait l'idée de venir voir de quoi il retournait, aucun n'était assez stupide pour fourrer son nez dans les affaires du chef de la police. De toute façon, à l'heure qu'il était, on avait déjà mis au courant des événements ceux qui devaient l'être. Ce soir, les routes autour de Prosperous seraient des plus tranquilles.

Ils continuèrent à creuser. Quand ils atteignirent une profondeur d'un mètre environ, ils étaient tous deux trop fatigués pour poursuivre. Morland était un homme grand et costaud, et Dixon n'était pas non plus un brin de muguet : au cours de cette dernière année, il s'était même endurci, étant obligé de prendre une part plus active que depuis des lustres dans les activités de construction de sa société. C'était l'une des rares conséquences positives de la panade financière dans laquelle il se trouvait. Il avait passé tellement de temps à superviser, à diriger ses équipes et à faire de la paperasserie qu'il en avait presque oublié le plaisir que donnait le véritable travail de bâtiment et la satisfaction qui en résultait – il était moins enthousiaste s'agissant des ampoules aux mains.

Morland alla chercher une Thermos de café dans sa voiture. Il servit une tasse à Harry, et but lui-même au goulot. Les deux hommes s'absorbèrent dans la contemplation de la lune.

— Tout à l'heure, le loup, c'était des conneries, hein ? lança Morland.

Harry se demanda s'il s'était trompé. Par le passé, il y avait des loups un peu partout dans le Maine – des gris, des loups de l'Est ou des loups rouges –, aussi l'Etat avait-il décidé de délivrer des récompenses pour les abattre, et ce jusqu'en 1903. D'après ses souvenirs, le dernier loup répertorié avait été tué en 1996. Il l'avait lu dans les journaux. Le type qui l'avait tiré avait cru qu'il s'agissait d'un gros coyote, mais l'animal pesait plus de quarante kilos, le double d'un coyote, et possédait toutes les caractéristiques d'un loup, ou d'un hybride. Depuis, selon quelques rumeurs, des gens en avaient aperçu, mais sans pouvoir apporter de preuve tangible.

— C'était un gros animal avec une tête de canidé, c'est tout ce dont je suis sûr.

Morland voulut allumer une autre cigarette, mais son paquet était vide. Il l'écrasa et le glissa soigneusement dans sa poche.

— Je vais me renseigner, dit-il. Je ne pense pas que ça puisse être un loup, mais s'il y a un coyote dans le coin, il vaudrait mieux que les gens soient au courant, qu'ils gardent un œil sur leurs chiens. Tu as fini ?

Harry vida son gobelet et le rendit à Morland, qui le revissa sur la Thermos avant de remettre celle-ci dans la voiture.

— Allons-y ! lança-t-il. Il est temps de la mettre en terre.

La lumière du coffre se reflétait sur le plastique et sur la fille enveloppée dedans. Elle était couchée sur le dos, les yeux fermés. Ça, au moins, c'était une bénédiction. La blessure sur sa poitrine, par où la balle était sortie, était énorme, mais il n'y avait pas autant de sang que Harry l'aurait cru. Morland sembla suivre le cours ses pensées.
— Elle s'est vidée de son sang dans le jardin de Ben Pearson. On a dû remuer la terre et l'étaler. Prends ses jambes, je vais la soulever par la tête.

Ils eurent du mal à la sortir du coffre. Ce n'était pas une fille très costaude, raison pour laquelle on avait décidé de la nourrir au préalable, mais Harry comprenait à présent la signification de l'expression « poids mort ». Le plastique était glissant, et Morland avait du mal à assurer sa prise. Une fois qu'ils l'eurent tirée du coffre, il dut la poser à terre et glisser son pied sous son corps pour la soulever à nouveau, puis lui passer les bras autour de la poitrine afin de la porter, la tenant comme une amante endormie. Ils se postèrent à droite de la tombe, puis comptèrent jusqu'à trois avant de la balancer dedans. Elle atterrit bizarrement, dans une position mi-assise.
— Il vaudrait mieux que tu descendes la remettre à plat, dit Morland. Si le trou était plus profond, ça pourrait aller, mais là... Je ne voudrais pas que le terrain s'affaisse et que sa tête sorte du sol comme celle d'un rongeur...

Harry n'avait pas envie de mettre les pieds dans cette tombe, mais avait-il vraiment le choix ? Il se laissa glisser dedans, puis s'accroupit pour saisir une extrémité du corps emballé. Ce faisant, il regarda la fille, dont la tête se trouvait légèrement au-dessous de la sienne, de telle sorte qu'elle semblait le regarder. Elle avait les yeux ouverts. Il avait dû faire erreur, tout à l'heure, quand il l'avait vue dans le coffre. Peut-être était-ce dû à la réflexion de la lumière sur le plastique, ou à sa propre fatigue, mais il aurait juré que...

— C'est quoi, le problème ? lança Morland.

— Ses yeux. Est-ce que tu te souviens si ses yeux étaient ouverts ou fermés ?

— Quelle importance ? Elle est morte. Qu'on l'enterre les yeux grands ouverts ou fermés ne va rien changer ni pour elle ni pour nous.

Il avait raison, songea Harry. Il n'aurait même pas dû être en mesure de les voir si distinctement à travers le film plastique, mais c'était comme si une lumière à l'intérieur de son crâne éclairait le bleu de ses iris. Elle avait l'air plus vivante ici que dans sa cave.

Il chassa cette pensée, tira d'un coup sec sur le plastique. Le cadavre de la fille se mit à plat. Harry ne voulait pas voir à nouveau son visage, aussi détourna-t-il la tête. Il avait essayé. Elle avait bénéficié d'une meilleure chance que les autres, de ça au moins il était sûr. Ce n'était pas sa faute si Ben Pearson avait mis fin aux espoirs de cette fille.

Soudain, toute force abandonna son corps. Il était incapable de se hisser hors du trou. Il pouvait à peine lever les bras. Il regarda Morland. Le chef de la police avait sa pioche entre les mains.

— Aide-moi, dit Harry.

Morland ne bougea pas.

— S'il te plaît.

Sa voix se brisa, et il méprisa sa faiblesse. Sa mère avait raison : il n'était que la moitié d'un homme. S'il avait vraiment été courageux, il aurait embarqué la fille dans sa voiture et l'aurait conduite auprès de la police de l'Etat à Bangor, où il aurait tout confessé, ou alors il l'aurait au moins déposée en centre-ville, et elle aurait été en sécurité. Debout dans la tombe, il imagina un scénario dans lequel la fille acceptait de se taire à propos de ce qui s'était passé, mais dès qu'il s'imagina expliquant son absence en revenant à Prosperous, le scénario s'écroula. Non ! Il avait fait tout ce qu'il pouvait pour elle. Toute autre décision aurait condamné la ville. Cela dit, Prosperous se trouvait déjà si proche de la damnation que cela ne faisait aucune différence.

Il ferma les yeux et attendit l'impact de la pioche sur son crâne, mais rien ne se produisit. En fait, Morland lui tendit la main et, en combinant ses forces aux siennes, le sortit de la fosse.

Harry s'assit par terre et se prit la tête entre les mains.

— Un instant, j'ai cru que tu allais me laisser là-dedans…

— Ça serait trop facile. Et puis, nous n'en avons pas fini.

Harry savait que Morland ne parlait pas simplement de combler la sépulture.

La fille avait disparu, ensevelie sous la terre. On voyait bien que le sol avait été creusé, mais Morland savait que les neiges de cette fin d'hiver effaceraient toute trace de ce qui s'était passé. Au dégel, le sol deviendrait un bourbier, qui en séchant effacerait tout. Il espérait simplement qu'ils l'avaient enterrée assez profondément.

— Merde ! s'exclama-t-il.

— Qu'est-ce qu'il y a ?

— On aurait dû enlever le plastique. Elle se serait décomposée bien plus vite.

— Tu veux la déterrer ?

— Non, je ne veux pas. Viens. Il est temps de partir.

Il enveloppa la lame de la pelle et la tête de la pioche dans des sacs plastique, pour ne pas salir le coffre de sa voiture. Le lendemain, il la nettoierait de fond en comble, par précaution.

Harry n'avait pas bougé de l'endroit où il s'était assis, à côté de la tombe.

— J'ai une question.

Morland attendit qu'il la pose.

— Tu ne penses pas que ça pourrait suffire ?

Morland aurait pu dire du visage de Harry qu'il était plein d'espoir, si l'usage d'un tel mot n'avait pas été obscène au vu des circonstances.

— Non, répondit-il.

— Elle est morte. On l'a tuée. On l'a offerte à la terre. Pourquoi pas, alors ? Pourquoi ça ne suffirait pas ?

Morland referma son coffre avant de répondre :

— Parce qu'elle était morte quand on l'a enterrée.

9

J'entrai au Great Lost Bear peu après 17 heures, le jour de mon retour à Portland. Ce bar de Forest Avenue était comble, comme toujours le jeudi. En effet, ce jour-là, le Bear avait pour habitude d'inviter un brasseur artisanal pour que les clients du bar puissent goûter ses produits. Les prix étaient doux et ça se terminait toujours par une tombola. Ce n'est pas si compliqué que ça de fidéliser ses clients, mais j'ai toujours été étonné de constater que nombre d'entreprises semblent incapables de réunir assez d'énergie pour faire un minimum d'efforts dans ce sens.

A mon arrivée, Dave Evans, le proprio, était en train de préparer ses troupes pour l'assaut à venir. Ça faisait un bout de temps que je n'y avais pas travaillé. Comme je l'ai déjà dit, ces derniers mois, les affaires avaient été plutôt bonnes pour moi, peut-être parce que, tout comme le Bear, je n'hésitais pas à faire un petit effort supplémentaire pour mes clients. En outre, le contentieux qui traînait depuis un moment concernant l'acquisition de la maison de mon grand-père dans Gorham Road venait d'être réglé en ma faveur, et une petite somme d'argent avait atterri sur mon compte en banque. J'étais solvable et j'allais vraisemblablement le rester dans un futur proche. Cependant, j'aimais bien garder un pied au Bear, même si ce n'était qu'une ou deux fois par mois. On entend beaucoup de choses dans les bars. Certes, c'est souvent inutile, mais à l'occasion une pépite se glisse dans le flot des informations. Quoi qu'il en soit, ma présence permettrait à Dave de prendre sa soirée, même s'il était étrangement réticent à quitter les lieux.

— Tes potes sont là, me dit-il.
— J'ai des potes, moi ?
— T'en avais. Je ne suis pas sûr que le terme s'applique encore à ces deux-là.

Il me désigna un coin du bar qui paraissait maintenant beaucoup plus petit que d'habitude, encombré qu'il était par la présence de deux hommes massifs en survêtement : les frères Fulci. Je ne les avais pas vus depuis les obsèques de Jackie Garner. Sa mort leur avait porté un sacré coup. Ils lui étaient extrêmement dévoués, et Garner s'était occupé d'eux du mieux qu'il le pouvait. C'était difficile pour deux types aussi grands de se faire discrets, mais d'une façon ou d'une autre, depuis la mort de Jackie, ils y étaient parvenus. La ville avait peut-être même respiré un peu mieux pendant un certain temps. Les Fulci avaient le don d'aspirer tout l'oxygène d'une pièce lorsqu'ils s'y trouvaient. Ils avaient également celui de l'expulser des poumons de leurs semblables. Leurs poings étaient de véritables parpaings.

Du coup, l'inquiétude de Dave était compréhensible. Cela dit, malgré leur apparence et une indéniable propension à la violence dont aucune posologie ne semblait pouvoir venir à bout, les Fulci étaient du genre à ruminer les choses. Pas forcément des heures, mais ils avaient tendance à prendre le temps de se demander quels os ils préféraient briser en premier. Le fait qu'ils m'aient évité pendant aussi longtemps signifiait qu'ils avaient probablement réfléchi sérieusement au triste sort de leur copain Jackie, ce qui était plutôt bon signe pour moi... ou alors très mauvais.

— Tu veux que j'appelle quelqu'un ? demanda Dave.

— Genre qui ?

— Un chirurgien ? Un prêtre ? Un croque-mort ?

— S'ils sont venus pour foutre la merde à cause de Jackie, tu devrais peut-être appeler un maçon pour reconstruire ton bar.

— Putain ! Juste au moment où les affaires commençaient à reprendre...

Je me frayai un chemin dans la foule jusqu'à leur table. Ils buvaient tous deux des sodas. Les Fulci n'étaient pas de gros buveurs.

— Ça faisait longtemps, dis-je. Je commençais à m'inquiéter.

Pour être franc, maintenant qu'ils étaient devant moi, je m'inquiétais toujours, et peut-être même plus qu'avant.

— Tu peux t'asseoir, dit Paulie.

Ce n'était pas une suggestion. C'était un ordre.

Paulie était l'aîné, et le plus équilibré – si l'on peut dire – des deux. Tony, le cadet, aurait pu se balader avec une mèche allumée plantée dans le crâne.

Je pris place. En réalité, je n'étais pas trop inquiet quant au fait qu'ils me mettent une droite. S'ils le faisaient, je ne m'en rendrais compte qu'en me réveillant, en supposant que je me réveille, mais je m'étais toujours bien entendu avec eux et, tout comme Jackie, j'avais fait de mon mieux pour leur filer un coup de main quand c'était possible, même s'il ne s'agissait que de glisser un mot en leur faveur aux forces de l'ordre quand ils avaient franchi la ligne blanche. Au fil des ans, ils avaient effectué quelques petits boulots pour moi, prenant même certains risques à l'occasion. Je me plaisais à penser que nous nous comprenions, mais Timothy Treadwell, le type qui s'était fait bouffer par un grizzly avec lequel il essayait de sympathiser, se disait probablement la même chose avant que les crocs de la bête se referment sur sa gorge.

Paulie fit un signe de tête à Tony. Tony acquiesça. Si ça devait mal tourner, ça serait maintenant.

— Pour ce qui est arrivé à Jackie, on t'en veut pas, dit Paulie.

Il s'exprimait avec beaucoup de solennité, comme un juge prononçant un verdict longuement mûri.

— Merci, répondis-je.

Je le pensais vraiment, et pas seulement pour des raisons ayant à voir avec ma santé immédiate, mais aussi parce que je savais à quel point Jackie était quelqu'un d'important pour eux. Je n'aurais pas été étonné s'ils m'en avaient voulu, ne serait-ce qu'un peu, mais ce n'était pas le cas. Avec les Fulci, c'était tout ou rien. A présent, l'ardoise était donc vierge.

— Jackie avait fait quelque chose de très mal, dit Tony. Mais on aurait quand même pas dû lui tirer dans le dos.

— Non.

— Jackie était un mec bien, poursuivit-il. Il s'occupait de sa maman. Il s'était occupé de nous. Il...

Tony s'étrangla. Des larmes lui montaient aux yeux. Son frère posa une main sur son épaule musclée.

— Si on peut faire quelque chose, reprit Paulie. Si on peut t'aider pour retrouver le type qui a fait ça, tu nous le fais savoir. Et si tu as besoin d'un coup de main, n'importe quand, tu nous appelles. Parce que Jackie t'aurait filé un coup de main, et c'est pas parce qu'il est plus là qu'on doit lâcher l'affaire, tu comprends ? C'est ce que Jackie aurait voulu.

— Je vous comprends, les gars.

Je leur tendis la main sans hésiter. Je ne laissai rien voir, mais je fus content de la récupérer.

— Comment va sa maman ? demandai-je.

L'année précédente, on avait diagnostiqué une maladie de Creutzfeldt-Jakob à la maman de Jackie. C'était la raison pour laquelle Jackie avait commis les actes qui avaient conduit à son décès. Il avait simplement besoin d'argent.

— Pas trop bien. Même avec Jackie, elle aurait eu du mal, alors sans lui…

Il secoua la tête.

La compagnie d'assurances de Jackie avait invoqué une clause de son assurance vie relative aux crimes et délits, arguant que sa mort était consécutive à son implication dans une entreprise criminelle. Aimee Price s'occupait du dossier à titre bénévole, mais elle ne pensait pas que la compagnie allait changer de point de vue, et il était difficile de leur donner tort. Jackie s'était fait descendre parce qu'il avait merdé : il n'avait pas fait gaffe, quelqu'un était mort et la vengeance avait suivi. Je pris mentalement note d'envoyer un chèque à sa mère. Même si ce n'était pas grand-chose, ça l'aiderait un peu.

Les Fulci finirent leur verre et s'en allèrent avec un signe de tête.

— T'es encore en vie, dit Dave.

Il avait gardé un œil sur nous, et l'autre sur son bar, au cas où ç'aurait été la dernière fois qu'il le voyait dans cet état.

— Ça semble te faire plaisir.

— Ça veut dire que j'ai ma soirée libre, répondit-il en enfilant son manteau. Dans le cas contraire, ç'aurait été compliqué de m'en aller.

Passer la soirée au Bear me plut. Peut-être en partie parce que je n'avais pas essuyé les foudres des Fulci, mais surtout parce que naviguer du bar à la salle me vidait la tête. Je pensais aux commandes et devais simplement faire en sorte que lorsque Dave reviendrait, le lendemain matin, il trouve le Bear à peu près dans le même état que lorsqu'il était parti. Une fois le service fini, je me versai un café et me mis à lire le *Portland Phœnix* pendant qu'on nettoyait la salle.

— Va pas te blesser, surtout ! s'exclama Cupcake Cathy. Si tu te foulais un muscle en filant un coup de main, je ne m'en remettrais pas.

Cathy était l'une des serveuses. Je ne l'avais encore jamais vue autrement que joyeuse. Même quand elle ronchonnait, elle était souriante.

— Ne m'oblige pas à te virer...

— Tu peux pas me virer. Ça t'obligerait à faire un effort.

— Je pourrais dire à Dave de le faire.

— Dave pense qu'on travaille pour lui. Tu voudrais pas lui ôter ses illusions, si ?

Elle n'avait pas tort. Je ne savais pas exactement comment le Bear tournait : le fait est qu'il tournait. En fin de compte, quelle que soit la personne responsable, les employés travaillaient pour le Bear, pas pour elle. Je finis mon café, attendis que les derniers employés s'en aillent et fermai le local. Ma voiture était la dernière encore garée sur un parking. La nuit était claire et la lune brillante, mais une couche de givre s'était déjà formée sur le capot. L'hiver refusait de relâcher son emprise. Je roulai jusque chez moi sous une explosion d'étoiles.

Du côté de Deering Oaks, la porte de la cave de Jude s'ouvrit.

— Jude, t'es là ?

Un briquet s'alluma. Si un témoin s'était trouvé là, il aurait vu un homme enveloppé dans plusieurs couches de vieux manteaux, avec du papier journal qui dépassait de ses chaussures sans lacets. La partie inférieure de son visage était totalement obscurcie par une barbe, et ses rides étaient maculées de terre. On lui aurait donné la soixantaine, mais il était plus proche des quarante. Dans la rue, on le connaissait sous le nom de Brightboy. Autrefois, il avait eu un autre nom, mais même lui l'avait pratiquement oublié.

— Jude ?

La chaleur du briquet commençait à lui brûler les doigts. Brightboy lâcha un juron et la molette. Peu à peu, ses yeux s'accoutumèrent à l'obscurité, mais la cave était en forme de *L*, ce qui empêchait la lumière de la lune de pénétrer jusqu'au fond. Le renfoncement sur la droite demeurait dans la pénombre.

Il ralluma le briquet. C'était un de ces modèles en plastique, bon marché. Il en avait trouvé un lot, encore pleins, dans une poubelle devant un immeuble dont les résidents partaient. Avec cette météo, tout ce qui pouvait produire une flamme et de la chaleur était bon à prendre. Il lui en restait encore une demi-douzaine.

Il s'engagea dans le renfoncement, et la lumière de la flamme révéla les chaussures de Jude qui se balançaient un mètre au-dessus du sol. Brightboy leva lentement le briquet, dévoilant le manteau brun-roux, le grand pantalon de serge, la veste et le gilet marron clair, la chemise couleur crème et la cravate rouge, soigneusement nouée. Jude était parvenu à mourir vêtu comme un dandy, même si son visage était enflé, presque méconnaissable au-dessus de son nœud de cravate. Quant à celui de la corde à laquelle il était pendu, il s'était enfoncé dans ses chairs. Une chaise sans dossier était tombée sur le côté, à ses pieds. Sur la droite, on distinguait une caisse en bois dont Jude s'était servi en guise de table de nuit. Juste à côté, son sac de couchage était ouvert, prêt à l'emploi.

Un sac plastique rempli de pièces et de billets était posé sur la caisse en bois.

Le briquet commença de nouveau à chauffer dans la main de Brightboy. Il leva le pouce, et la flamme disparut, mais la mémoire de sa lumière continua à danser devant ses yeux. De la main gauche, il attrapa le sac rempli d'argent et le mit soigneusement dans sa poche, puis il traîna le sac de Jude jusqu'à un endroit où la lune répandait sa lumière et le fouilla, en quête de la moindre chose utile. Il trouva une lampe de poche, un jeu de cartes, deux paires de chaussettes propres, deux chemises tout juste récupérées à Goodwill et une poignée de barres chocolatées dont la date de péremption n'était passée que depuis un mois.

Brightboy transféra tout cela dans son propre paquetage. Il prit aussi le sac de couchage de Jude, le roula et l'attacha à son barda à l'aide d'une ficelle. Il n'accorda plus une pensée à Jude jusqu'au moment où il se disposa à repartir. Jude et lui s'étaient toujours relativement bien entendus. La plupart des sans-abri évitaient Brightboy. On ne pouvait pas lui faire confiance, il n'était pas honnête. Jude était l'un des rares qui ne le jugeaient pas. A dire vrai, Brightboy avait parfois pensé que l'obsession de Jude quant à son apparence était de la prétention, et il soupçonnait que ce n'était qu'un moyen de se sentir supérieur à ses compagnons, ses frères et sœurs de la rue, mais Jude s'était montré aussi généreux avec lui qu'avec les autres, et tous deux n'avaient que rarement échangé des propos acerbes.

Brightboy ralluma le briquet et leva le bras. Jude semblait avoir gelé sur place. Sa peau et ses vêtements étaient couverts de givre.

— Pourquoi t'as fait ça ?

Il plongea la main gauche dans sa poche, comme pour s'assurer que l'argent s'y trouvait toujours. Il avait entendu dire que Jude récupérait l'argent des prêts qu'il avait accordés. Lui-même lui devait encore deux dollars. C'était une des raisons pour lesquelles il était passé le voir. Ça, et un peu de compagnie, peut-être même une lampée de quelque chose, si Jude avait ça à partager. Quelqu'un lui avait dit que Jude avait besoin du fric en urgence et que l'heure était venue de rembourser. Jude demandait rarement quoi que ce soit à ses semblables, aussi, pratiquement personne ne lui en avait voulu quand il avait réclamé qu'on le rembourse, et ceux qui disposaient de l'argent l'avaient fait de bonne grâce.

Alors pourquoi quelqu'un qui était parvenu à réunir une somme que Brightboy estimait à environ cent dollars aurait-il subitement baissé les bras et mis fin à ses jours ? Ça n'avait pas de sens. Cela dit, beaucoup de choses n'avaient pas de sens pour Brightboy. Il aimait bien le surnom dont il avait hérité dans la rue, sans tout à fait percevoir l'ironie qu'il véhiculait. Brightboy, littéralement « le garçon brillant », ne l'était guère. Rusé, peut-être, mais son intelligence était du genre le plus fruste, presque animale.

Quelle que soit la raison qui avait amené Jude à finir ses jours au bout d'une corde, il n'avait pas besoin d'argent là où il se trouvait à présent, tandis que Brightboy, lui, était encore parmi les vivants.

Il marcha jusqu'à Saint John Street et commanda deux cheeseburgers, des frites et un soda au drive du McDonald's, le tout pour cinq dollars, puis alla manger ça dans le parking d'un restaurant chinois. Ensuite, il s'acheta un pack de six Miller High Life à une station d'essence, mais il faisait si froid dehors qu'il n'avait nulle part où les boire. N'ayant pas d'autre choix, il retourna dans la cave de Jude et but ses bières tandis que le pendu se balançait au-dessus de sa tête. Il déroula le sac de couchage de Jude, se glissa dedans et s'endormit peu après.

Il se réveilla avant l'aube, alors qu'il faisait encore nuit noire, récupéra les bouteilles pour encaisser la consigne et sortit chercher de quoi prendre un petit déjeuner. Il ne s'arrêta que pour passer un coup de fil au 911, dans une cabine téléphonique sur Congress Avenue.

C'était la moindre des choses qu'il pouvait faire pour Jude.

10

Jude était mort sans avoir de quoi régler ses obsèques, aussi fut-il enterré aux frais du contribuable. Cela coûta dans les mille cinq cents dollars, même si certains regrettèrent de dépenser autant pour donner une sépulture décente à un homme qui, selon eux, n'avait été qu'un boulet pour la ville pendant presque toute sa vie.

Il fut inhumé dans une tombe anonyme du cimetière de Forest City, à South Portland, une fois que le médecin légiste eut terminé l'examen de son cadavre. Le directeur du funérarium récita un psaume pendant que l'on mettait en terre son cercueil bon marché, mais contrairement à la plupart des personnes dans son cas il ne rejoignit pas sa dernière demeure sans avoir été pleuré. Outre les employés du cimetière, une dizaine de sans-abri, aussi bien des hommes que des femmes, assistèrent à la cérémonie, de même que des représentants des centres d'accueil de la ville qui l'avaient connu et apprécié. J'étais là, moi aussi. C'était la moindre des choses. Une fois le cercueil recouvert de terre, on posa un simple bouquet de fleurs sur la tombe. Personne ne s'attarda. Personne ne parla.

D'après le médecin légiste, les blessures de Jude correspondaient bien à une asphyxie, sans que quoi que ce soit indique une mort suspecte. Néanmoins, l'enquête se poursuivait, étant donné que rien n'obligeait la police et le procureur à prendre les opinions du légiste pour parole d'évangile. Cela dit, dans cette affaire, il semblait peu probable que la police remette en question ses conclusions. En général, lorsqu'un sans-abri mourait du fait d'un de ses pairs, c'était de façon brutale, et sans grand mystère. Jude, malgré le soin qu'il attachait à son aspect, était un homme perturbé. Dépressif, il cabotait de repas en repas et d'aumône en aumône. Certes, il existait des gens plus susceptibles que lui de mettre fin à leurs jours, mais finalement pas tant que ça.

La seule chose inhabituelle dans ce dossier, c'était que le médecin n'avait pas trouvé la moindre trace d'alcool ou de drogue dans son organisme. Jude était sobre et lucide en mourant. C'était un petit détail, mais qui méritait d'être noté. Ceux qui optent pour le suicide ont souvent besoin d'un coup de main pour faire le dernier pas. Soit qu'ils aient l'intention de se suicider et trouvent quelque chose pour se relaxer pendant leurs derniers instants sur cette terre, soit que l'alcool ou la drogue déclenche l'acte fatal. Le suicide, ce n'est pas facile. Et malgré ce que prétend la chanson du film *MASH*, ce n'est pas non plus sans douleur. Jude a dû s'en rendre compte quand il se débattait au bout de sa corde. Je ne sais pas jusqu'à quel point l'alcool aurait pu l'aider, mais en tout état de cause, ça n'aurait pas rendu les choses pires.

Pour être franc, après les funérailles de Jude, je n'ai plus pensé à lui. J'aimerais pouvoir dire que je me suis montré meilleur que les autres, mais ce n'est pas le cas. Il n'était pas important. Il n'était plus là.

Lucas Morland se gara devant la maison de Hayley Conyer, dans Griffin Road. Ce n'était pas la plus grande de Prosperous, loin de là, mais c'était l'une des plus anciennes et le fait qu'elle fût partiellement construite en pierre lui conférait une aura certaine. La plus grande partie du bâti datait de la fin du XVIIIe siècle, elle aurait donc dû être inscrite au Registre national des monuments historiques, mais au fil des générations ni les Conyer ni les citoyens de Prosperous n'avaient jugé une telle démarche utile. La ville n'avait pas besoin d'attirer l'attention ainsi. La vieille église leur causait déjà assez de soucis comme ça, et en tout état de cause, la maison des Conyer ne présentait pas d'intérêt particulier en termes de localisation ou d'architecture, ni d'un point de vue historique. Elle était juste ancienne, du moins selon les standards de l'Etat. Les citoyens les plus éminents de Prosperous, conscients de leur héritage et des liens qu'ils entretenaient avec une période historique bien plus ancienne en Angleterre, avaient des opinions plus nuancées sur le sujet.

Le break Country Squire de Hayley Conyer, garé dans l'allée, arborait encore plus d'autocollants que dans le souvenir de Morland : *Obama/Biden ; Pas de sables bitumineux dans le Maine ; Le Maine soutient les droits des gays*, au-dessus d'un drapeau arc-en-ciel ; et un rappel du fait que soixante et un pour cent des électeurs n'avaient pas voté pour l'actuel gouverneur de l'Etat. (La faute aux démocrates, pensa Morland : on pouvait leur faire confiance pour éparpiller leurs votes avant de tomber des nues lorsqu'ils se prenaient le retour de bâton. Bon sang, des macaques se seraient mieux débrouillés qu'eux pour désigner un candidat !) Le break était tellement vieux que c'était probablement les autocollants qui faisaient tenir la carrosserie. Morland avait entendu Hayley se disputer avec Thomas Souleby à propos de cette voiture, ce dernier affirmant que la vieille guimbarde si gourmande en essence générait plus de pollution que la fusion d'un réacteur nucléaire, tandis qu'elle lui répondait que la balancer à la casse et investir dans une nouvelle voiture ne vaudrait pas mieux, en terme d'environnement.

La Crown Vic de Morland avait été achetée par la police de Prosperous en 2010, et à l'époque elle était en parfait état. Puis, en 2011, Ford avait annoncé qu'ils allaient arrêter la commercialisation des Police Interceptors, aussi Morland avait-il décidé de mettre la main sur une des Crown Vic du poste de police avant que ses agents usent jusqu'à la corde la flotte de véhicules du service. Roues arrière motrices, deux tonnes de poussée et un V8 sous le capot : quand on avait un accident dans cette voiture, on avait beaucoup plus de chances de s'en sortir que dans un engin plus léger, comme la Chevy Caprice, de plus en plus populaire, par ailleurs. En outre, la Crown Vic était spacieuse, ce qui était très important pour un homme bâti comme Morland. Le revers de la médaille, c'était les vingt et un litres au cent, mais Morland considérait que la municipalité pouvait se permettre ce petit geste à son égard.

Tandis que Morland songeait à sa propre voiture, Hayley sortit sur la véranda. Elle était encore saisissante, malgré ses soixante-dix ans révolus. Morland se souvenait d'elle quand elle était dans la fleur de l'âge et que les hommes lui tournaient autour comme des mouches. Elle vaquait à ses affaires, faisait de son mieux pour les ignorer et, s'ils devenaient trop insistants, les éloignait d'un revers de la main. Il ne savait pas pourquoi elle ne s'était jamais mariée. L'autocollant arc-en-ciel sur sa voiture aurait pu en conduire certains à avancer une explication, mais Hayley Conyer n'était pas lesbienne. Elle était plutôt totalement asexuée. Elle s'était dévouée à la ville, l'avait faite sienne, afin de la préserver, l'aimer et la chérir. Elle avait reçu cette vocation en héritage, car à Prosperous sa famille plus que toute autre avait fourni des membres au conseil, conseil qu'elle-même présidait depuis plus de quatre décennies. Certains disaient qu'elle était irremplaçable, mais Morland ne le croyait pas. Personne ne l'était. Si c'était le cas, Prosperous ne serait jamais restée florissante aussi longtemps.

D'ailleurs, dans les recoins les plus sombres de son esprit, Morland commençait à penser que ce serait même mieux si Hayley Conyer cédait sa place. Seule la mort pourrait l'amener à le faire, car elle ne relâcherait jamais son emprise tant qu'il lui resterait un souffle de vie, mais il était temps que son règne prenne fin. La discipline qu'impliquait le fait d'être marié présentait nombre d'avantages. On y apprenait l'art du compromis, de même qu'à corriger ses défauts. Après plus de vingt ans de mariage, Morland y travaillait encore, même s'il aimait penser que sa femme faisait de même. En revanche, au fil du temps, Hayley Conyer s'enfonçait toujours plus profond dans ses certitudes, devenait plus intransigeante et plus encline à atteindre ses objectifs en lançant des oukases. Les règles du conseil favorisaient cela, parce qu'en tant que présidente elle avait droit à deux voix lors des votes. Du coup, lorsque le conseil était divisé en deux parties égales sur un sujet donné, le camp de Hayley remportait toujours la victoire, et elle pouvait forcer le match nul avec le soutien d'un seul des conseillers. En outre, à elle seule – c'était un simple fait –, elle avait plus de testostérone que tous les autres membres du conseil réunis. De plus en plus souvent, on laissait le soin à Morland d'essayer de discuter avec elle afin de l'encourager à adopter un comportement plus modéré, mais au cours des derniers mois cette démarche n'avait guère été couronnée de succès... Un pendu dans une cave de Portland pouvait témoigner de cet état de fait.

— J'étais en train d'admirer votre voiture, lança Morland.

— Toi aussi, tu vas dire qu'il faut que j'en change ?

— Pas tant que vous ne sèmerez pas des pièces détachées sur l'autoroute, en provoquant des accidents. Cela dit, cette éventualité paraît de plus en plus probable.

Elle croisa les bras, comme dans les réunions, quand elle voulait faire savoir qu'elle n'écoutait plus les arguments de ses interlocuteurs et que sa décision était prise. Elle ne portait pas de soutien-gorge, et ses seins pendaient sous sa blouse. Avec sa jupe à fleurs, ses sandales et ses longs cheveux gris retenus par une écharpe, elle avait tout de la vieille hippie passionnée de germes de haricot, de pousses de blé tendre et de lait organique. Ce n'était pas totalement faux, mais ça ne rendait absolument pas compte de la dureté que dissimulait cette apparence.

— C'est la mienne, répondit-elle. Et je l'aime bien.

— Vous ne vous accrochez à cette voiture que parce que tous les Thomas Souleby de la planète vous demandent de vous en débarrasser. S'ils se mettaient à l'admirer et à lui caresser le capot, vous l'abandonneriez à la casse sans sourciller.

Son expression renfrognée s'atténua. Morland savait la prendre bien mieux que la plupart. Son père aussi avait été comme ça. La relation entre Daniel Morland et Hayley Conyer avait eu beaucoup à voir avec un flirt, du moins quand sa femme n'était pas dans le coin. Que Hayley ait décidé de faire abstinence ou pas, c'était une belle femme, et Alina Morland n'allait pas rester sans rien dire à regarder son mari lui faire des ronds de jambe, même si c'était pour que la ville soit bien gérée. Alina se moquait également du pouvoir que Hayley détenait en tant que présidente du conseil, parce que tout ça, c'était de la politique, et que là il s'agissait de la relation entre une femme et son mari. La ville avait beau avoir décidé de prendre Hayley Conyer pour reine, Alina lui aurait arraché sa couronne et l'aurait balancée aux orties si elle avait pensé qu'elle éveillait le moindre désir sexuel chez son mari.

Cela illustre bien une des réalités les plus curieuses de Prosperous : pour la plupart des choses, cette ville ressemblait à n'importe quelle autre de taille similaire. Elle avait ses rivalités, ses intrigues. Des hommes trompaient leurs femmes, des femmes trompaient leurs maris. Hugo Reed n'adressait pas la parole à Elder Collingwood, et ne lui parlerait plus jamais, tout ça à cause d'un incident vieux d'une quarantaine d'années impliquant un tracteur et une palissade. Ramett Huntley et Milisent Rawlin, bien que polis l'un envers l'autre, étaient obsédés par leur généalogie, et tous deux se rendaient régulièrement en pèlerinage dans le nord-est de l'Angleterre pour tenter d'établir qu'ils descendaient d'une lignée royale. Pour l'instant, aucun n'y était parvenu, mais la quête continuait. A Prosperous, la normalité était de mise. La ville ne différait de ses homologues que sur un point, et même ce point-là avait acquis une sorte de normalité au cours des siècles. Il est surprenant de constater la faculté d'accoutumance des gens, pour peu qu'ils y trouvent leur compte.

— Tu veux du thé ? demanda Hayley.
— Un thé, ce serait bien, oui.

A Prosperous, on vous proposait plus facilement du thé que du café. C'était une habitude héritée de l'Ancien Continent. Ben Pearson était probablement le seul épicier à quatre-vingts kilomètres à la ronde qui se retrouvait régulièrement en rupture d'Earl Grey en vrac, d'English Breakfast ou de sachets de Yorkshire Tea. Et bon sang, quel barouf quand ça arrivait !

L'intérieur de Hayley ressemblait à un musée de l'époque victorienne : meubles antiques de bois sombre, tapis persans, napperons de dentelle, fauteuils moelleux et murs entiers de livres. Les lustres étaient des copies exécutées à la fin du XIXe siècle par Osler & Faraday, de Birmingham, dans le style géorgien du siècle précédent. Morland les trouvait trop rococo et peu assortis avec le reste du mobilier, mais il gardait cette opinion pour lui. De toute façon, quand il prenait place à la table de Hayley, il avait toujours l'impression de se préparer à une séance de spiritisme.

Hayley fit bouillir de l'eau et mit le thé à infuser dans une théière en argent, mais ils allaient le boire dans des mugs dépareillés. La porcelaine, cela aurait été un petit peu trop prétentieux. Elle versa du lait dans les mugs, sans prendre la peine de demander à Morland quelle quantité il désirait ou s'il souhaitait se servir lui-même. Elle connaissait ses goûts aussi bien que la propre épouse du chef de la police. Elle ajouta le thé, puis dénicha des sablés et en plaça quatre sur une assiette. Des biscuits, pas des cookies, selon ce qu'affirmait l'emballage, où figuraient également des moutons des Highlands, des tartans et des ruines.

Ils sirotèrent leur thé et grignotèrent les sablés en parlant de la pluie et du beau temps, ou des réparations qu'il faudrait entreprendre à l'hôtel de ville dès la fin de l'hiver, puis passèrent aux choses sérieuses :

— J'ai entendu dire qu'ils ont enterré ce *hobo*, attaqua-t-elle.

Morland n'était pas sûr que le Jude en question ait été un *hobo* à proprement parler. Pour ce qu'il en savait, les *hobos* étaient des ouvriers itinérants. Techniquement, Jude était plutôt un clodo.

— On dirait.
— Ça a soulevé des vagues ?
— Pas que je sache.
— Je te l'avais dit. J'ai dû me farcir toutes ces jérémiades et toutes ces discussions pour rien.

Morland ne discuta pas. Il avait déjà fait valoir tous ses arguments lorsqu'on lui avait communiqué la décision du conseil, mais à ce moment-là il était déjà trop tard. Et quand il avait essayé de convaincre Hayley de changer d'avis, le charme qu'elle semblait lui trouver en d'autres occasions n'avait pas eu d'effet.

— Il aurait été préférable qu'il disparaisse, tout simplement, dit-il.
— Ça nous aurait coûté plus cher, beaucoup plus cher. Il faut équilibrer les comptes.
— Ça valait peut-être le coup. Je ne pense pas que quiconque serait parti à la recherche d'un clodo disparu, et il est difficile de prouver qu'un crime a été commis quand on n'a pas de cadavre.
— Personne ne va prouver qu'un crime a été commis. Un *hobo* s'est pendu. Un point c'est tout.

Ce n'est pas vraiment tout, songea Morland. Hayley réfléchissait comme un président du conseil, lui comme un policier.

— Le problème, d'après moi, c'est qu'à présent on a deux morts non expliquées.
— Ben m'a dit qu'il n'avait pas eu le choix, qu'il avait été obligé de tirer sur la fille. Tu as dit que tu étais d'accord avec ça.

Certes, mais pas avec la décision de tuer son père ! faillit-il répondre. Cependant, il ravala ses mots avant qu'ils n'atteignent sa langue.

— Cette ville a survécu et s'est développée parce qu'on a toujours fait attention…, argua-t-il.
— Inutile de me le rappeler ! s'écria-t-elle.

Un peu de sang colora les joues pâles de la vieille femme.

— Qu'est-ce que tu crois qu'on a fait, toutes ces années ? poursuivit Hayley. Chaque décision que j'ai prise l'a été en pensant aux intérêts de Prosperous et à eux seuls !

« Que j'ai prise », remarqua-t-il. Pas « que nous avons prise ». Il se demanda si tous les despotes commençaient ainsi leurs allocutions. A un moment donné, quelqu'un était obligé de sortir du rang pour dire la vérité au pouvoir en place. Néanmoins, ceux qui s'y risquaient finissaient souvent avec leur tête au bout d'une pique.

— Je ne remets pas en cause votre dévotion pour cette ville. Personne ne le fait. Mais deux morts de la même famille, ça risque d'attirer l'attention…

— Un mort, rectifia-t-elle. Il n'y a qu'un cadavre, pas deux. Est-ce qu'on a signalé la disparition de la fille ?

— Non, concéda-t-il.

— Et on ne la signalera pas, parce que le seul qui aurait pu s'en soucier est à présent sous terre. En agissant ainsi, nous avons réglé le problème, du moins l'aurions-nous fait si cet imbécile de Dixon n'avait pas laissé s'échapper la fille.

— C'est une façon intéressante de formuler la chose…

Il n'avait pas encore évoqué ses soupçons devant Hayley. Il préférait les laisser décanter avant de les servir. Hayley grignota un petit morceau de biscuit de ses minuscules dents blanches, avec des gestes de rongeur affamé.

— Tu crois qu'il ment ? demanda-t-elle.

— J'ai essayé d'ouvrir le verrou de l'intérieur avec un bout de tissu, comme Erin et lui prétendent que la fille l'a fait.

— Et ?

— Ça a marché.

— Alors ?

— Il m'a fallu un moment, j'ai dû me servir d'un petit bout de bois pour ramener l'autre extrémité du tissu à l'intérieur et former une boucle, tout comme Erin Dixon, quand je l'ai enfermée dans la cellule pour qu'elle me montre comment la fille avait pu en sortir. Erin m'a dit qu'elle avait trouvé le petit bout de bois par terre, et que la fille avait dû l'arracher au lit. Elle m'a montré le lit, et effectivement, le bout de bois correspondait à un creux…

— J'attends le « mais ».

— Mais il y avait du sang par terre quand j'ai laissé ressortir Erin. Du sang frais.

— Ça ne pourrait pas être celui de la fille ? Cela ne faisait probablement pas plus d'une heure qu'elle s'était évadée.

— Si c'était le cas, le sang aurait gelé.

— Mais si c'était le sang d'Erin, il est possible qu'elle se soit coupée en examinant le lit.

— Peut-être…

Hayley posa son sablé à côté de son mug. Elle semblait avoir perdu tout intérêt pour les sucreries.

— Pourquoi l'auraient-ils laissée s'échapper ?

— Je n'en sais rien. Il circule des rumeurs à propos de la boîte de Harry.

— Je les ai entendues.

— Sa maison aurait besoin d'un bon coup de peinture, et son vieux camion est certainement le seul véhicule de Prosperous qui soit en plus mauvais état que le tien. Je n'ai pas eu le temps de regarder sa cuisine en détail quand je suis passé chez eux, mais j'ai quand même remarqué les courses qu'ils n'avaient pas encore rangées. Ils achètent du pain bon marché, des pâtes bas de gamme et du poulet proche de la date de péremption… Ce genre de trucs.

— C'était peut-être pour la fille. Ils n'allaient pas lui préparer du filet mignon !

— Pour moi, il y a quelque chose qui cloche.

Il la regarda avec attention.

— J'ai l'impression que vous les défendez, dit-il.

— Je ne défends personne, j'essaie de comprendre. Si ce que tu suggères est vrai, nous avons un problème majeur sur les bras. Il nous faudra agir, et ça pourrait provoquer des remous en ville. On ne s'en prend pas aux nôtres.

— Sauf s'ils s'en prennent à nous.

— Je ne comprends toujours pas pourquoi ils l'auraient laissée fuir…

— La pitié ? La culpabilité ?

— Ce n'est pas comme si on leur avait demandé de la tuer ! s'exclama Hayley. Ils devaient simplement s'occuper d'elle jusqu'à ce que nous soyons prêts. Elle était trop maigre ! Tout cela aurait pu être évité si Walter et Beatrix ne nous avaient pas ramené une junkie.

— Ça faisait longtemps qu'on n'avait pas été obligés de trouver quelqu'un, dit Morland. C'est plus difficile, à présent. Le moyen le plus sûr, c'est de prendre des individus vulnérables, égarés, ceux qui ne manqueront à personne. Si ça signifie qu'on se retrouve avec des putes ou des junkies, ainsi soit-il.

— Les putes et les junkies ne feront peut-être pas l'affaire.

— Ça fait des années, Hayley. Certains commencent à se demander si tout ça est vraiment nécessaire…

Elle s'emporta aussitôt :

— *Quoi ?!* Qui ? Dis-le-moi ! Ceux-là mêmes qui maugréent à propos de mon « engagement » pour la ville ? gronda-t-elle en plissant les yeux.

Il aurait dû avancer plus prudemment. Elle était au courant de tout, tournant et retournant chaque détail dans sa tête, comme un joaillier examine ses pierres précieuses afin de séparer celles qu'il conservera des autres.

— Je sais que certains commencent à douter de moi, lâcha-t-elle.

Elle le dévisagea, comme pour l'inciter à confesser que lui-même était coupable de telles pensées, mais il ne le fit pas. Se penchant sur la table, elle lui saisit la main. Elle a la peau froide, se dit Morland. Comme celle des morceaux de poulet bon marché, dans la cuisine des Dixon.

— C'est pourquoi ceci est tellement important, poursuivit-elle. Si je dois m'en aller, je veux partir en sachant que la ville est en sécurité. Je veux être sûre d'avoir fait tout ce qui était en mon pouvoir pour Prosperous.

Elle le relâcha. Morland avait des marques sur le dos de la main, comme si Hayley avait voulu lui rappeler qu'elle était encore forte et qu'il ne fallait pas la sous-estimer.

— Qu'est-ce que vous suggérez ? demanda-t-il.

— Qu'on parle aux Dixon. On leur dit de nous trouver une autre fille, et vite ! Pas une junkie : on veut quelqu'un de propre et en bonne santé. S'ils font ça pour nous, on verra ce que la ville peut faire pour régler leurs problèmes.

— Et s'ils ne le font pas ?

Hayley se leva et commença à débarrasser. Elle en avait marre de parler avec lui. La discussion était terminée.

— Alors, c'est qu'ils constituent une menace pour la ville. Il y a encore de l'argent dans le fonds commun, grâce à la décision de ne pas faire disparaître le *hobo*... A ce moment-là, conclut-elle, nos amis seront contents qu'on leur propose ce boulot.

11

J'étais attablé dans la salle du Crema Coffee Company de Commercial Avenue lorsque le type qui s'était lui-même surnommé Shaky – la Tremblote – me trouva. Tout juste 9 heures du matin, et si un flot régulier de clients sollicitait les barmans au comptoir, la plupart des tables étaient désertes. A cette heure-là, les gens ne veulent pas consommer sur place, ce qui m'allait tout à fait. Installé près de la fenêtre, je profitais des taches de soleil qui jouaient sur ma table en lisant le *New York Times* et le *Portland Herald Press*. Le Crema était l'un des plus beaux établissements de la ville, tout en parquets et en briques apparentes. Pour tuer le temps, on avait vu pire. Plus tard dans la matinée, j'avais rendez-vous avec une cliente potentielle : des ennuis avec un ex-mari qui n'avait pas bien saisi la différence entre garder un œil protecteur sur son ex-femme et la harceler. Une nuance subtile, selon la personne à qui on posait la question. L'ex-mari ne semblait pas non plus comprendre que s'il tenait vraiment à sa femme il était censé lui verser la pension alimentaire qu'il lui devait pour leurs enfants. C'est sur de telles incompréhensions que je gagnais mes gages.

Shaky portait des baskets noires, un jean à peine effiloché et un manteau si grand qu'on aurait dit une tente.

Il avait l'air gêné en entrant, et je remarquai un ou deux membres du personnel qui le regardaient, mais Shaky ne comptait pas se laisser distraire de l'idée qu'il avait en tête, quelle qu'elle soit. Il se dirigea vers ma table, non sans quelques détours.

Dans la rue, tout le monde appelait Shaky par le surnom qu'il s'était donné. Sa main gauche, qu'il tenait toujours contre sa poitrine, était paralysée. Je me demandai comment il faisait pour dormir. Avec le temps, on finit peut-être par s'habituer à la souffrance.

Lorsqu'il se pencha devant moi, son visage captura un rayon de soleil. Il était rasé de près et dégageait une forte odeur de savon. Je me trompais peut-être, mais j'avais l'impression qu'il s'était mis sur son trente et un pour venir ici. Je me rappelais l'avoir vu aux funérailles de Jude. C'était le seul parmi les personnes présentes qui avait versé une larme au moment où on avait descendu le cercueil dans la tombe.

— Ça vous dérange si je m'assois ?
— Pas du tout. Vous voulez un café ?
— Ouais ! répondit-il en se passant la langue sur les lèvres.
— Une préférence ?
— Le plus grand et le plus chaud. Peut-être sucré, aussi.

Etant du genre à le boire noir, je dus me reposer sur les compétences de la barmaid, pour le côté chaud et sucré. Je revins vers la table avec un grand crème et deux muffins. Je n'étais pas particulièrement affamé, mais comme mon hôte devait l'être, je mordis dans mon muffin histoire de me montrer poli. Shaky goûta son crème, se leva sans un mot et alla au comptoir se faire ajouter une vraie dose de sucre dans sa tasse. Dès qu'il fut de retour, il arracha une grosse bouchée à son muffin, avant de prendre conscience qu'il était en bonne compagnie et que personne n'allait essayer de le lui piquer. Du coup, il ralentit un peu.

— C'est bon, dit-il. Le café aussi.

— Vous êtes sûr d'avoir mis assez de sucre ?

La touillette tenait debout toute seule dans sa tasse.

Il sourit. Ses dents n'étaient pas très belles, mais quelque part, son sourire l'était.

— J'ai toujours eu un faible pour le sucre. Un truc que j'ai gardé, même si j'ai perdu presque tout le reste.

Il reprit une bouchée de muffin, la mâchant aussi longtemps que possible pour en savourer le goût.

— Je vous ai vu au cimetière, quand ils ont enterré Jude. Vous êtes le privé, hein ?

— C'est vrai.

— Vous le connaissiez, Jude ?

— Un peu.

— C'est ce qu'on m'a dit. Jude m'avait raconté qu'il avait fait des petits boulots d'investigation pour vous, une ou deux fois.

Je souris. Jude prenait toujours son pied quand on lui demandait de l'aide. Je détectais une pointe de scepticisme dans la voix de Shaky, une once de doute, mais je pense qu'il avait envie que ce soit vrai. Il me dévisageait, la tête inclinée vers l'avant, un sourcil levé.

— Oui, c'est vrai. Jude avait l'œil, et il savait écouter.

Shaky s'affala presque de soulagement. Jude ne lui avait pas menti. La démarche qu'il venait d'entreprendre ne serait pas vaine.

— Ouais, Jude était intelligent. Rien ne se passait dans la rue sans qu'il soit au courant. Il était gentil, aussi. Gentil avec tout le monde. Gentil avec moi.

Il s'arrêta de manger et, l'espace d'un instant, sembla terriblement seul. Ses lèvres bougeaient sans émettre le moindre son, tandis qu'il essayait d'exprimer des émotions qu'il n'avait jusqu'ici jamais énoncées à voix haute :

ses sentiments pour Jude, et pour lui-même, maintenant que Jude n'était plus. Il tentait de mettre des mots sur cette perte, mais la perte, c'est l'absence, et cela reste inexprimable. En fin de compte, il abandonna et aspira bruyamment une gorgée de café pour masquer son chagrin.

— Vous étiez amis ?

Il acquiesça.

— Il en avait beaucoup, des amis ?

Shaky s'essuya les lèvres du dos de la main.

— Non. Il gardait une certaine distance avec la plupart des gens.

— Mais pas avec vous.

— Non.

Je n'insistai pas. Ce n'était pas mes oignons.

— Quand est-ce que vous l'avez vu en vie pour la dernière fois ?

— Deux jours avant qu'on le retrouve dans cette cave. Je lui donnais un coup de main pour sa collecte.

— Sa collecte ?

— De fric. Il récupérait l'argent qu'on lui devait, et il m'avait demandé de l'aider. Tout le monde sait qu'on était proches, lui et moi, alors si je disais que je travaillais pour lui, il y avait zéro embrouille. Il m'avait tout noté sur un papier. Dès que je tombais sur quelqu'un, je marquais combien il me donnait, et je rayais le nom de la liste.

Il fouilla dans sa poche et en sortit une feuille qu'il déplia soigneusement et posa devant moi. C'était une liste de noms joliment calligraphiés au crayon à papier. A coté de la plupart, beaucoup moins proprement, des chiffres griffonnés : un ou deux dollars généralement, jamais plus.

— Des fois, je tombais sur un type que Jude avait déjà croisé, et qui l'avait déjà remboursé, ou pas. Mais

Jude était un tendre. Il croyait toutes les histoires de malchance qu'on lui racontait, parce qu'il était comme ça. Moi, je savais que certains de ces types mentaient. Le genre de mec à mentir tant qu'il respire. Mais avec moi, s'ils avaient de quoi payer, ils payaient.

Je pris la feuille et additionnai vite fait les montants. Pas grand-chose au total, environ cent dollars. Puis je me rendis compte que même si ça ne représentait pas une grosse somme pour moi, un sans-abri qui tombait sur le mauvais gars pouvait se faire tabasser pour cent dollars, et même se faire tuer.

— Pourquoi voulait-il cet argent ?

— Il cherchait sa fille. Il m'avait dit que c'était une ancienne junkie, mais qu'elle essayait de se remettre dans le droit chemin. La dernière fois qu'il avait eu de ses nouvelles, elle cherchait du boulot à Bangor, et il semblait même qu'elle en avait trouvé. Je pense que…

Il marqua une pause.

— Continuez.

— Je pense qu'elle était allée à Bangor parce qu'elle voulait être près de lui, mais pas assez près pour que ça soit facile pour lui. Elle voulait qu'il vienne la chercher. Jude les avait abandonnées, elle et sa mère, quand elle était môme, et il savait que sa fille lui mettait sur le dos tout ce qui avait merdé dans sa vie depuis ce jour-là. Elle lui en voulait. Elle aurait même pu le haïr, mais quand on a le même sang, l'amour et la haine, ça n'est pas si différent que ça, ça se mélange et c'est dur de dire lequel est lequel. J'imagine que Jude voulait aller à Bangor et régler cette histoire. Mais il n'aimait pas Bangor. C'est pas comme ici. Ils ont arraché le cœur de cette ville quand ils ont construit le centre commercial, et elle ne s'en est jamais remise, pas comme Portland. Bangor, c'est pas un bon endroit pour un sans-abri, c'est pire qu'ici. Cependant, Jude voulait réparer ses torts envers sa fille, et il ne pouvait pas le faire à Portland.

— Ça vous a pris combien de temps pour réunir cette somme ?

— Une semaine. Ça lui aurait pris un mois s'il avait fait ça tout seul. Je devrais me trouver un taf de collecteur de dettes.

De l'index, il fit glisser la feuille vers lui.

— Du coup, la question que je me pose…

Je terminai la phrase à sa place :

— C'est pourquoi un type qui vient de passer une semaine à récupérer son fric et qui a prévu de se réconcilier avec sa fille irait-il se pendre dans une cave, juste quand il a son argent ?

— C'est ça.

— Et il comptait donner le fric à sa fille, ou s'en servir pour aller à Bangor ?

— Ni l'un ni l'autre. Si j'ai bien compris, je crois qu'il voulait vous engager pour la retrouver.

Il sembla se souvenir qu'il lui restait du café. Il en but la moitié en une seule gorgée, puis fixa des yeux mon muffin. Je poussai mon assiette vers lui.

— Allez-y ! Je n'ai pas aussi faim que je le croyais.

On discuta pendant une heure, de Jude, de lui-même aussi. Il avait fait l'armée, c'était comme ça qu'il avait perdu l'usage de son bras : des séquelles sur le système nerveux, à la suite de l'explosion d'un pneu de sa jeep.

— Même pas une vraie blessure, me dit-il. Avant, je baratinais là-dessus, histoire de me faire mousser niveau bravoure, mais maintenant, je trouve que ça ne vaut même pas la peine de se fatiguer pour ça.

A la fin de notre conversation, deux choses étaient claires dans mon esprit : Shaky connaissait Jude mieux que n'importe qui d'autre à Portland… et pourtant, il ne le connaissait pas du tout. Jude ne lui avait dévoilé que des informations sommaires à propos de sa fille. D'après Shaky, plus son pote était dans le pétrin, plus il était réticent à demander de l'aide, et c'est comme ça qu'un type finit par mourir tout seul.

Je lui payai un autre café crème avant de m'en aller, et il m'indiqua comment le joindre. Tout comme Jude, il se servait de l'équipe du centre d'accueil de Portland et de l'Amistad Community pour communiquer. Ensuite, je me rendis à South Portland, chez ma cliente potentielle. Elle me décrivit en détail où son mari travaillait, où il vivait, à quel point c'était devenu un connard et à quel point il ne l'était pas avant. Elle ne voulait pas mêler la police à cette histoire, à cause des enfants, et elle détestait son avocat. J'étais donc le moindre des maux. Quand je lui eus répondu que je ne voulais pas me charger de son dossier à moins qu'elle n'ait de meilleures raisons à faire valoir, elle me demanda si je ne connaissais pas quelqu'un susceptible de casser les deux jambes à son mari.

Comme je n'avais rien de mieux à faire, je m'en fus rendre visite au mari infidèle dans ses bureaux à Back Cove, où il était associé dans un cabinet de conseil en investissement des plus insignifiants. Il s'appelait Lace Stacey, et il n'eut pas l'air enchanté d'apprendre que je n'étais pas venu pour lui confier mes économies. Il brailla un peu et prit de grands airs avant de se rendre compte que ça n'allait pas suffire à me faire quitter les lieux. Une attitude calme est toujours utile dans ce genre de situations : du calme, et une bonne vingtaine de kilos de plus que votre interlocuteur.

Tout comme Hyram P. Taylor – le type à la Bentley –, Stacey n'était pas un mauvais gars. Il n'était même pas aussi chaud lapin que Hyram. Il était seul, sa femme et ses enfants lui manquaient, et il ne pensait pas que qui que ce soit d'autre voudrait de lui. Sa femme n'était plus amoureuse de lui, et à un moindre degré la réciproque était vraie, même s'il était prêt à garder les choses en l'état, histoire d'avoir un toit au-dessus de sa tête et quelqu'un pour s'occuper de lui quand il avait un rhume, voire pour coucher avec à l'occasion. En fin de compte, on partit déjeuner ensemble au Bayou Kitchen, où je lui expliquai qu'il était important de ne pas harceler sa femme et de payer sa pension alimentaire. De son côté, il m'avoua qu'il avait espéré l'obliger à le reprendre en la soumettant par la faim – elle et ses enfants –, ce qui à mon sens indiquait que ses craintes de ne trouver personne d'autre capable de le supporter n'étaient pas totalement infondées. A la fin du repas, j'avais quelques garanties sur son comportement futur, quant à lui, il avait essayé de me vendre quelques obligations à court terme si risquées qu'elles n'étaient guère plus qu'une promesse de faillite personnelle. Il prit mon refus avec philosophie. Il voyait le futur du pays avec optimisme, et prévoyait une période faste pour ses propres affaires.

— Pourquoi donc ? demandai-je.

— Tout le monde aime l'idée de se faire de l'argent facilement, et quand on cherche des gogos, on n'est jamais en rupture de stock.

Il n'avait pas tort.

Après tout, je venais de payer le déjeuner.

12

Après un ou deux coups de fil, je dénichai le nom du flic qui s'occupait du dossier de Jude. C'était à la fois une bonne et une mauvaise nouvelle. Une bonne, parce que je le connaissais personnellement. Une mauvaise, parce que c'était une des femmes avec qui j'étais sorti. Elle s'appelait Sharon Macy, et « sorti » était peut-être un terme un peu exagéré pour décrire notre relation. Elle était venue au Bear une ou deux fois alors que j'officiais derrière le bar, on avait dîné ensemble au Boda, sur Congress Avenue, non loin de chez elle – elle habitait dans Spruce Street. Ça s'était terminé, avec un court baiser, sur l'idée que ça serait bien de réitérer l'expérience dans un futur proche. J'en avais envie, et je pense qu'elle aussi, mais le quotidien y avait fait obstacle, et ensuite Jackie Garner était mort.

Sharon Macy était un personnage intéressant, du moins si l'on acceptait la définition chinoise du mot « intéressant » : semblable à une sorte de malédiction. Quelques années plus tôt, alors qu'elle effectuait une vacation sur Sanctuary, une île de Casco Bay, un groupe de tueurs à gages énervés s'était pointé, et il y avait eu une sérieuse fusillade. Macy s'en était sortie sans une égratignure, mais avec du sang sur les mains, ce qui lui avait valu un grand respect au sein des forces de l'ordre en tant que flic qui a tué des malfrats dans le respect de la loi. Du coup, elle n'était pas restée très longtemps en uniforme, et personne ne fut surpris quand elle fut promue au grade d'inspecteur. Elle travaillait au Bureau des enquêtes criminelles de Portland, et était également très impliquée dans la Force opérationnelle du Southern Maine contre les crimes violents, qui enquêtait sur les affaires importantes dans cette région.

Je l'appelai donc, mais son portable était éteint, et je ne pris pas la peine de laisser un message. Je passai chez elle ; elle n'y était pas, mais un voisin me dit qu'elle était partie déposer son linge à la blanchisserie de l'économat, à Danforth. Le type de la blanchisserie me confirma qu'elle était passée, m'indiquant qu'elle était probablement allée au Ruski's attendre qu'il ait fini de laver et de plier son linge.

Le Ruski's, c'était une véritable institution à Portland. Ça ouvrait tôt, et on pouvait y manger jusque tard le soir. Depuis longtemps, c'était le point de chute de tous ceux que leurs horaires de travail obligeaient à prendre leur petit déjeuner à des moments indus, et c'est pourquoi, au Ruski's, on le servait à toute heure. Le dimanche, il attirait les habitués comme un aimant, et notamment les flics ou les pompiers des environs de Portland qui voulaient un coin sombre et accueillant pour y tuer l'après-midi. On y trouvait un jeu de fléchettes, un bon juke-box, un petit nombre de places assises, et la pérennité. L'endroit ne changeait jamais, il était ce qu'il était : un bar de quartier où les prix étaient meilleurs que la bouffe, et où la bouffe était bonne.

Quand je suis entré, Macy était attablée près de la fenêtre. Elle buvait un coup en discutant avec Terrill Nix, un flic en uniforme que je connaissais vaguement, parce qu'il avait un frère dans la police à Scarborough.

Il approchait de la cinquantaine, et devait probablement commencer à penser à ses primes de départ, si l'on en jugeait par ses cheveux dégarnis et l'expression de déception douloureuse qu'il arborait. Les restes d'un petit déjeuner, le « spécial gueule de bois », traînaient sur une assiette devant lui, mais il n'avait pas l'air de se remettre d'une nuit mouvementée. Son regard, clair et brillant, portait probablement jusqu'à la retraite.

Macy était égale à elle-même : petite, le teint hâlé, les yeux vifs et le sourire facile. Bon sang ! J'essayai de me souvenir des raisons pour lesquelles je ne l'avais pas rappelée. Ah oui ! Le quotidien, si ce mot a un sens. Une mort, aussi.

Nix m'aperçut avant Macy : elle tournait le dos à la porte. Il tapota du pied sa jambe gauche pour la prévenir. Il ne me semblait pas qu'il y eût quelque chose de particulier entre eux ; juste deux flics qui s'étaient croisés par hasard au Ruski's, où des flics se croisaient tout le temps. De toute façon, la femme de Nix l'aurait émasculé et l'aurait laissé se vider de son sang avant d'accrocher ses attributs virils sur le capot de sa voiture si elle avait détecté le parfum d'une femme sur son mari, sans parler du fait que le frère de Nix avait épousé la sœur de sa femme. Toute la famille aurait filé un coup de main pour faire disparaître le reste du corps dans les marais de Scarborough.

— Charlie ! s'exclama Nix. Inspecteur Macy, vous connaissez Charlie Parker, notre plus célèbre détective privé ?

L'expression de surprise initiale de Macy céda le pas à un sourire en coin.

— Oui. On a dîné ensemble, une fois.
— Sans déconner ?
— M. Parker ne m'a jamais rappelée.
— Sans déconner ? répéta-t-il.

Il me lança un regard d'institutrice en colère.

— C'est blessant, opina-t-il.

— Grossier, renchérit Macy.

— Il est peut-être venu s'excuser ?

— Je n'ai pas l'impression qu'il ait apporté un bouquet de fleurs...

— Bon, il peut toujours régler l'addition...

— Pas faux ! conclut-elle.

Elle ne m'avait pas quitté des yeux depuis que j'étais entré. Elle ne flirtait pas, mais elle s'amusait bien.

— Du coup, s'il n'est pas venu faire amende honorable, pourquoi est-il ici ? demanda Nix.

— Oui, qu'est-ce que vous faites là ? me lança-t-elle.

— Il doit vouloir servir une bonne plâtrée d'ennuis à quelqu'un, dit Nix.

— Vous avez une plâtrée d'ennuis à refourguer ?

— Pas si je peux l'éviter !

J'étais heureux d'en placer une, maintenant que les deux comiques avaient fait une pause pour reprendre leur souffle.

— J'ai une ou deux questions à vous poser à propos de l'affaire Jude. J'ai trouvé votre nom sur le dossier.

Ils échangèrent un regard, mais Nix la laissa libre de répondre ou pas. Après tout, c'était elle, l'inspecteur.

— Le monde est petit, fit-elle.

— Vraiment ?

— Oui. Nix était le premier à arriver sur la scène. Et il n'y a pas d'« affaire Jude », à moins que vous n'ayez des infos là-dessus...

— C'était une pendaison tout ce qu'il y a de plus propre, intervint Nix.

Je savais ce qu'il entendait par là. Le genre de dossier qu'on prenait volontiers quand il se présentait. Un peu de paperasse, et au suivant.

Je désignai les bouteilles devant eux, des mousses.

— Une autre tournée ?

Nix buvait une Miller High Life. Au Ruski's, quelque chose poussait les gens à faire des choses bizarres, telles que boire de la High Life. Macy avait opté pour de la Rolling Rock. Tous deux tombèrent d'accord pour que je dépense mon argent à leur profit, et Nix se demanda à voix haute si dans mon univers payer un coup à une fille faisait office de rendez-vous galant. Je ne pris même pas la peine de répondre et commandai les boissons, ajoutant une Rolling Rock pour moi. J'essayai de me souvenir de la dernière fois où j'en avais commandé une, sans y parvenir. A l'époque, j'avais probablement été obligé de présenter une fausse carte d'identité.

Je remarquai que Nix avait un exemplaire du *Press Herald* à côté de lui, ouvert à la rubrique basket.

— Vous êtes fan ?
— Mon fils est un Yachtman.

Un membre de l'équipe de basket du lycée de Falmouth. L'année précédente, ils avaient pris le genre de rouste dont on ne se remet qu'après plusieurs années de thérapie : 20 à 1, dans la finale régionale les opposant à leurs rivaux historiques, Yarmouth. On les pensait morts et enterrés, mais, cette année, seule l'équipe de York avait réussi à les battre, et ils avaient gagné leurs seize premiers matchs avec un avantage moyen de plus de vingt points. A présent, ils avaient la finale de l'Etat en ligne de mire, et le coach Halligan, qui avait également donné neuf titres à l'équipe de football du Maine, était en passe d'être canonisé.

— Une saison meilleure que la précédente, dis-je.
— Les gamins de l'équipe sont plus forts cette année, répondit Nix. Le mien joue au foot aussi, et il fait du ski. C'est un vrai pur-sang, et il lui reste encore

une année de lycée. Il est prêt à passer en première division.

Il prit une grande gorgée de bière. De nouveau, il laissait à Macy les sujets qui fâchent.

— Alors, que voulez-vous savoir à propos de Jude ? demanda-t-elle.

— Comment l'a-t-on trouvé ?

— Un coup de fil au 911, passé d'une cabine publique sur Congress Avenue. Anonyme. On pense que ça devait être un de ses potes sans-abri.

— Quoi que ce soit de bizarre ?

Elle se tourna vers Nix, qui réfléchit à la question avant de se lancer :

— Il était dans une cave dont la construction n'était qu'à moitié terminée, en forme de *L*, et donc séparée en deux parties par l'angle du mur. Il semblait que quelqu'un d'autre avait dormi sur place cette nuit-là, et avait laissé un creux dans le sol en terre. On a trouvé deux capsules de bouteilles de bière. Qui qu'il soit, le type avait également chié et s'était servi d'un exemplaire du journal du jour pour s'essuyer. Mais le médecin légiste a dit que Jude était mort depuis trente-six heures quand on l'a trouvé. A vous de faire le calcul.

— Quelqu'un a passé la nuit en compagnie du cadavre...

— Il a peut-être dormi en lui tournant le dos, mais effectivement, c'est l'idée. Vous savez, il faisait très froid, et quand on a nulle part où aller...

— Et ses affaires ?

— Son sac de couchage avait disparu, dit Macy. Et il semblait que quelqu'un avait fouillé dans ses affaires pour prendre ce qui pouvait avoir une valeur quelconque.

— Vous avez trouvé de l'argent ?

— De l'argent ? C'est-à-dire ?

— Cent vingt dollars environ. Pas grand-chose, mais une grosse somme pour un type comme lui.

— Des gens sont morts pour moins que ça.

— Amen.

— Non, il n'y avait pas de fric. Pourquoi ? Vous pensez qu'on aurait pu le tuer pour ça ?

— Comme vous le disiez, des gens sont morts pour moins que ça.

— C'est sûr ! s'exclama Macy. Néanmoins, c'est difficile de pendre quelqu'un qui se débat, et encore plus dur de faire passer ça pour un suicide. Les traces laissées par la corde étaient cohérentes avec l'inertie provoquée par une pendaison, et le médecin légiste n'a pas considéré que les plaies sur le cou de la victime étaient exagérées. Jude a tenté de desserrer le nœud, mais ça n'a rien d'inhabituel.

— Une idée de la provenance de la corde ?

— Non. Mais elle n'était pas neuve. Tout comme Jude, ça faisait un moment qu'elle devait traîner dans le coin.

— Aux obsèques, j'ai entendu qu'il n'avait ni alcool ni drogue dans son sang.

— C'est vrai.

— Ça, c'est inhabituel.

— Ça dépend de comment on considère la chose, dit Nix. Si vous pensez au fait de puiser du courage dans la bouteille, effectivement, on pourrait s'attendre à ce qu'il ait pris quelque chose pour faire passer la pilule. D'un autre côté, si vous cherchez des preuves impliquant qu'on a fait passer un crime pour un suicide, la drogue et l'alcool seraient plutôt des indices signalant qu'on a tenté de « calmer » la victime avant de la tuer.

Je décidai de laisser tomber le sujet :

— L'autre truc, c'est le fric...

— C'est-à-dire ? demanda Macy.

A présent, elle semblait intéressée. Je le voyais dans son regard. Beaucoup d'inspecteurs n'auraient pas voulu voir quelqu'un fourrer son nez dans une affaire classée, mais Macy n'était pas comme ça. Je doutais même qu'elle ait jamais été ce genre de flic, et je ne savais pas ce qui s'était passé sur Sanctuary, mais ça ne l'avait pas changée. Au contraire, cela n'avait fait que renforcer cette facette de son caractère. Elle ne m'avait pas dit grand-chose de plus que ce qui figurait déjà dans les rapports officiels à propos des événements sur l'île, et je ne lui avais pas posé de questions, mais j'avais entendu les ragots. Sanctuary était un lieu étrange, même selon les standards de ce coin de la planète, et on n'avait jamais retrouvé les corps de certains des hommes morts cette nuit-là.

— Jude s'est donné beaucoup de mal pour réunir cette somme. Il semble qu'il se faisait du souci pour sa fille. Elle s'appelle Annie. Une ex-junkie qui voulait se remettre dans le droit chemin et qui vivait dans un centre d'accueil à Bangor. Jude essayait de rétablir les liens avec elle au moment où elle a disparu. Il s'inquiétait. L'argent, c'était pour tenter de la retrouver. En fait, je crois même qu'il voulait s'en servir pour m'embaucher.

— Qu'est-ce qu'il aurait pu se payer pour ce prix-là ? demanda Nix. Deux heures ?

— Je lui aurais fait une ristourne.

— Même comme ça…

— Ouais…

Nix reprit une gorgée de bière.

— Eh bien, il y a des chances que le type qui a dormi dans la cave et a fouillé les affaires de Jude soit également celui qui a pris le fric. Néanmoins, je ne pense pas qu'il serait allé jusqu'à maquiller un meurtre en suicide. Un sans-abri se serait plutôt servi de ses poings, ou d'une pierre. Il ne lui aurait pas fallu faire un gros effort pour régler son compte à Jude. Ce dernier n'était pas très costaud.

— Ça n'explique toujours pas pourquoi un homme qui se faisait du souci pour sa fille et qui s'est donné la peine de réclamer l'argent qu'on lui devait irait mettre fin à ses jours dans une cave juste après. Comme vous le disiez, Jude n'était pas très costaud. Dans la rue, une rafale l'aurait emporté sans problème. Un ou deux types baraqués auraient pu le soulever assez longtemps pour le placer sur une chaise, lui passer la corde au cou et le lâcher. Ils auraient pu laisser des marques sur son corps. Ou pas.

A présent, je réfléchissais à voix haute. Macy posa sa bière sans la finir.

— Vous avez deux minutes ? dit-elle.
— Certainement.
— Retrouvez-moi au Rosie's, on boira un autre coup. J'ai du linge à récupérer en passant.

Nix décida de rester au Ruski's. Il avait assez de jugeote pour ne pas s'incruster, indépendamment des relations que Macy et moi avions pu avoir par le passé. Si elle voulait donner des infos à un privé à propos de la mort de Jude, c'était ses affaires. Il ne voulait même pas être au courant.

Néanmoins, je payai l'addition, y compris un dernier verre pour la route qu'il avait commandé. Quand je me levai, il lâcha un soupir théâtral.

— Je parie que vous n'allez même pas me rappeler, dit-il. Je me sens comme… un homme-objet !

13

— Il faut qu'on parte, dit Erin.
— Pour aller où ?
— Je ne sais pas. N'importe où. On pourrait promettre de ne rien dire s'ils nous laissaient nous en aller sans nous poursuivre…

Harry essaya de ne pas s'esclaffer, mais il ne put s'en empêcher. L'idée selon laquelle Prosperous aurait survécu pendant aussi longtemps en permettant à ceux qui n'étaient pas d'accord avec ses lois de s'en aller était grotesque et au-delà de toute crédibilité. Erin, plus que toute autre, aurait dû le savoir. Ils avaient traqué son père, Charlie Hutton, pendant des années, sans jamais lâcher l'affaire. Charlie était intelligent, et il avait eu de la chance. Il avait également tenu le guichet à la banque, ce qui lui avait permis de partir les poches pleines, d'autant qu'il avait mis la main sur le fonds communautaire avant de s'enfuir. Cet argent lui avait acheté du temps et de l'espace pour manœuvrer. Il lui avait permis de se payer une nouvelle identité et une nouvelle vie, mais Harry était sûr que Charlie avait passé le restant de ses jours à avoir peur chaque fois qu'on frappait à sa porte et à scruter les visages dans la rue, à la recherche du moindre regard qui s'attardait un peu trop sur lui.

Charlie n'avait pas craint qu'on lance la police à ses trousses. Prosperous ne fonctionnait pas ainsi. De toute façon, l'argent qu'il avait volé n'avait pas d'existence officielle, et le fonds servait des objectifs dont il valait mieux que la loi n'entende jamais parler. Pour Harry, le plus révélateur, c'était que Charlie n'avait jamais parlé. Il aurait pu aller voir les flics pour essayer d'expliquer la véritable nature de Prosperous, mais c'était une histoire tellement étrange qu'on l'aurait sûrement pris pour un fou. Et même si la police avait choisi de le croire, il ne pouvait leur fournir aucun cadavre, aucune tombe où chercher, aucun squelette à exhumer. Harry se demandait à quelle profondeur il faudrait creuser pour trouver les victimes de Prosperous, si tant est qu'il en reste quelque chose. D'éventuels enquêteurs abandonneraient avant d'atteindre le manteau rocheux, alors que les corps étaient probablement enfouis plus bas encore. En outre, cela ne se produisait que tous les vingt ou trente ans, et les responsables gardaient leur secret. Il était presque impossible de discerner un schéma dans ces événements ; les noms des victimes étaient oubliés dès qu'elles étaient mises en terre. Dans certains cas, on n'avait même jamais su comment elles s'appelaient.

Néanmoins, une autre raison permettait d'expliquer pourquoi le père d'Erin n'avait pas parlé, une raison plus profonde : il était lié à Prosperous, et on ne se débarrasse pas si facilement des engagements qu'on a pris avec un endroit si ancien, si étrange. Il était resté loyal envers la ville alors même qu'il tentait de s'en éloigner le plus possible, et il ne pouvait pas dénier cette réalité, même s'il ne souhaitait plus y prendre part.

Cela dit, la ville avait tiré la leçon de ce qui s'était passé avec Charlie et pris des mesures pour s'assurer que ça ne se reproduirait plus aussi facilement. Prosperous surveillait de près ses habitants, sous couvert de s'occuper de leur bien-être, et elle les liait les uns aux autres par des liens matrimoniaux, familiaux et pécuniaires, mais aussi par la peur.

— Tu veux finir comme ton père ? demanda Harry une fois que son hilarité se fut éteinte.

Il n'avait pas aimé le son de son rire. Il lui trouvait des accents de démence.

— Tu veux être traquée toute ta vie durant ?

— Non, répondit-elle doucement. Mais je ne veux pas non plus rester ici.

Cependant, Harry ne l'écoutait pas. Il était lancé, à présent :

— En plus, il avait de l'argent. Nous, on n'a rien. Tu crois qu'ils ne surveillent pas nos dépenses, nos dépôts et nos retraits ? Ils savent ! Ou du moins, ils ont des soupçons. On est vulnérables, et ça veut dire qu'ils s'inquiètent de la façon dont nous pourrions réagir. Non ! On n'a pas le choix. Il faut qu'on patiente, en espérant que notre situation s'améliore. Quand ce sera le cas, on pourra commencer à mettre de l'argent de côté. On pourra planifier notre départ, tout comme Charlie a dû le faire. Tu ne quittes pas Prosperous sur un coup de tête. Tu ne…

C'est alors qu'ils entendirent la voiture. Le faisceau de ses phares inonda la maison, et les mots de Harry Dixon moururent sur ses lèvres.

14

Le Rosie's n'était pas très différent du Ruski's, mais on avait plus de chances d'y trouver une place assise, tout simplement parce qu'il y avait plus de chaises. Comme je ne voulais pas une autre bière, je commandai un café et me mis à regarder les voitures qui passaient dans Fore Street. Il y avait de la musique, une chanson que j'avais l'impression de connaître, quelque chose qui parlait d'océans de charité et d'exils involontaires. Tandis que je patientais, je décidai d'appeler Rachel, et elle me passa Sam. On discuta quelques instants de ses aventures scolaires, et il fut surtout question de peinture, ainsi que de certaines différences de vues avec un garçon nommé Harry.

— Son papa et sa maman l'ont appelé comme ça à cause de Harry Potter, m'expliqua-t-elle.

— Ça c'est surprenant...

Elle n'avait pas l'air d'approuver ce choix. Toute une génération d'adultes s'était déguisée en sorciers alors qu'elle aurait dû avoir un peu plus de jugeote, et à présent elle semblait condamnée à transmettre ses fantaisies à sa descendance. Je n'étais pas particulièrement fan de la fantaisie. Les fantaisistes sont des gens qui se font renverser par des voitures sans que personne ne s'en rende compte ou ne s'en soucie au-delà des dommages causés au véhicule, qui sont souvent anodins, étant donné qu'en général les fantaisistes sont plutôt légers.

— Et il dessine des éclairs sur son front...
— Ah oui ?
— Ouais. Il dit que c'est des vrais, mais ça s'efface quand on frotte fort.

Je décidai de ne pas lui demander comment elle le savait, même si j'étais certain que, quelle que soit la façon dont elle l'avait appris, le Harry en question ne s'était pas porté volontaire pour participer à l'expérience. La conversation dévia sur le séjour en Floride qu'elle allait faire la semaine suivante avec Rachel, pour rejoindre les parents de cette dernière dans leur nouvelle villégiature hivernale. Jeff, le petit ami de Rachel du moment, n'allait pas les y accompagner, m'annonça Sam.

— Oh, dis-je, en essayant d'adopter le ton le plus neutre possible.

Je n'aimais pas Jeff, mais ça n'avait pas d'importance. Jeff s'aimait assez pour deux.

— Papa ! s'exclama Sam. Ça ne sert à rien de faire semblant d'être triste.

Bon sang !

— Tu es sûre que tu vas à l'école primaire ? Tu n'étudies pas la psychologie à côté ?

— Maman connaît la... s... la spychologie.
— C'est vrai, dis-je.

Pas assez cependant pour éviter de sortir avec un crétin comme Jeff, mais résoudre les problèmes des autres est souvent plus facile que de remédier aux siens. J'envisageai de partager cette pensée avec Rachel, puis décidai de n'en rien faire. Peut-être étais-je finalement en train d'apprendre que la discrétion est la plus haute forme de courage.

— Repasse-moi maman. Je te verrai à ton retour.
— Bye ! Je t'aime ! dit-elle.
Et mon cœur se brisa un petit peu.
— Bye, chérie. Je t'aime aussi.
Je discutai une ou deux minutes avec Rachel. Elle avait l'air heureuse. C'était bien. Je voulais qu'elle le soit. Si elle l'était, Sam le serait aussi. J'aurais simplement préféré qu'elle puisse l'être avec quelqu'un d'autre que Jeff. Ça ne parlait pas en faveur de son bon goût, mais d'un autre côté certains auraient pu dire la même chose quand elle était avec moi.
— Tu travailles sur quoi ? demanda Rachel.
— Rien de spécial. Des assignations. Des maris infidèles.
— C'est tout ? Ça ne va pas t'empêcher de faire des bêtises pendant très longtemps, ça.
— Eh bien, j'ai aussi un truc avec un sans-abri. Il s'est pendu, et je n'arrive pas à comprendre pourquoi.
— Je parie qu'il ne t'a pas payé d'avance.
— Tu sais, c'est marrant que tu dises ça, parce que quelqu'un dans cette ville doit avoir mis la main sur le fric qu'il comptait me verser.
— Ai-je besoin de te dire de faire attention ?
— Non, mais ça aide.
— J'en doute, mais pour le bien de ta fille…
— Je ferai attention.
— T'es dans un bar ?
— Au Rosie's.
— Ah… Un rencard ?
Macy arrivait. Elle avait des photocopies dans une main et un mug dans l'autre. Tout comme moi, elle avait opté pour du café.
— Non, je ne dirais pas ça.
Rachel s'esclaffa.

— Non, tu ne dirais pas ça, hein ? Bon allez, du vent !

Je raccrochai. Macy s'était tenue légèrement à l'écart, afin de me laisser un peu d'intimité. A présent, elle s'approchait et posa les papiers sur la table.

— Vous pouvez les consulter, mais je ne vous les laisse pas, d'accord ?

— Je comprends.

Il s'agissait du rapport du médecin légiste sur Jude. J'aurais probablement pu négocier le droit d'y jeter un coup d'œil dans les bureaux du médecin, mais là, ça m'évitait le trajet jusqu'à Augusta.

La corde qui avait servi à la pendaison était en coton, et le nœud coulant était situé au-dessus de la zone occipitale. On avait trouvé des fibres provenant de la corde sur une table à côté, et des marques sur le bois compatibles avec l'hypothèse selon laquelle on l'avait coupée avec un couteau tranchant.

— Vous avez retrouvé ce couteau ?

— Non, mais il a très bien pu être dans le lot des choses qu'on a piquées à Jude.

— C'est vrai.

Rigidité cadavérique et taches post-mortem sur les deux jambes, la zone distale des membres supérieurs et la zone abdominale. Les deux yeux partiellement ouverts ; conjonctive congestionnée et cornée vitreuse. Bouche partiellement ouverte, langue pendante.

Je passai aux traces laissées par la corde. Le médecin légiste avait constaté qu'elle faisait entièrement le tour du cou, à part un petit espace sous le nœud, compatible avec le poids exercé par le corps. Les traces, qui allaient d'avant en arrière et du bas vers le haut, étaient légèrement plus larges sur le côté gauche du cou, mais de quatre millimètres à peine. La dissection du cou n'avait révélé aucune preuve de fracture du cartilage thyroïdien ou de l'os hyoïde, comme c'était souvent le cas lors d'une strangulation par un tiers, ce qui semblait écarter la possibilité d'une agression. De même, aucune extravasation sanguine – passage anormal d'un liquide vers les tissus environnants – dans le cou. Le médecin légiste avait conclu que le décès était dû à une asphyxie consécutive à un suicide par pendaison.

La seule partie du rapport digne d'intérêt était la liste d'hématomes, de cicatrices et d'éraflures dont le corps de Jude était couvert. Assez longue pour me faire tiquer. Comme pour souligner le problème, Macy fit glisser une nouvelle feuille sur la table, une photocopie couleur d'une qualité assez médiocre. Les deux photographies qu'on y voyait suscitaient la pitié, étant donné qu'elles révélaient les traces des coups dont Jude avait été victime au cours des ans. Chutes, bagarres, passages à tabac : tout était enregistré sur cette carte de chair, tout ce qu'il dissimulait sous ses habits de dandy de surplus. Quiconque était assez stupide pour s'imaginer que la vie d'un sans-abri à Portland avait à voir avec une villégiature en plein air subventionnée par la collectivité n'avait qu'à jeter un coup d'œil aux photos du torse et des membres de Jude pour constater son erreur.

— Le médecin légiste affirme que certaines sont récentes, mais la plupart assez anciennes. Une ou deux peuvent remonter aux heures précédant sa mort. Celles-ci sont les plus intéressantes, dit-elle en pointant l'index sur les marques en haut des deux bras de Jude.

— C'est quoi ?

Macy avait le sens de la dramaturgie. Elle me tendit une dernière feuille où figuraient des agrandissements de ces marques.

— On dirait des traces de mains, comme si quelqu'un l'avait tenu par-derrière...

— C'est ce que j'ai pensé, dit-elle. Mais ça ne signifie pas qu'elles ont un rapport avec le décès. Jude était un type qui se faisait cogner dessus régulièrement.
— Vous allez poser quelques questions dans le coin ?
— Je ne comptais pas le faire, jusqu'à ce que vous vous pointiez. Ecoutez, je pense qu'il s'est suicidé, mais j'admets que vous avez soulevé suffisamment de questions pour que je me demande pourquoi il l'a fait. Il serait peut-être utile de retrouver le contenu de son sac ou, mieux encore, de causer au gars qui a signalé sa mort. On ne sait pas ce qu'on pourrait apprendre.
— Vous avez déjà essayé ?
— Nix l'a fait, du mieux qu'il pouvait. Si quelqu'un sait quelque chose, il est resté discret. Cela dit, si je tombais sur un cadavre et que je le dépouillais de ses affaires et de son fric, je n'irais pas m'en vanter non plus.

Macy récupéra ses photos et finit son café.

— Vous faites beaucoup de bénévolat, ces temps-ci ?
— Non, mais j'ai entendu dire que c'est bon pour le karma.
— C'est pour ça que vous allez poursuivre cette affaire – pour le bien de votre karma, et parce que vous pensez que vous devez peut-être un peu de votre temps à Jude ?
— Si je lui dois quelque chose, ce n'est pas du temps, répondis-je.
— Vous avez toujours mon numéro ?
— Oui.
— Bien. J'ai cru que vous l'aviez perdu, étant donné que vous ne m'avez jamais rappelée.
— J'en suis désolé.
— C'est inutile. Le dîner était bon, et c'est vous qui invitiez.

— C'est vrai, mais j'aurais quand même dû rappeler. Je ne sais pas pourquoi je ne l'ai pas fait.
— Moi je sais. Pour les mêmes raisons que moi. La vie quotidienne. La mort.
Elle se leva.
— Vous savez où me trouver, dit-elle. J'apprécierais, si vous découvrez quelque chose, que vous m'en informiez personnellement.
— Pas de problème.
En partant, elle se retourna un bref instant.
— Ça a été agréable de vous revoir.
— Pareil pour moi.
Je la regardai partir. Un ou deux autres types firent de même.

15

Morland était assis à la table de la cuisine, à gauche de Hayley Conyer. Harry et Erin leur faisaient face. C'était la première fois que les Dixon recevaient Hayley chez eux. Chez eux ou ailleurs. Ils n'avaient jamais mis les pieds chez elle non plus, mais ils avaient entendu dire que son intérieur était beau, bien décoré, quoique un peu lugubre. Secrètement, Erin était heureuse que sa propre maison, sans être en rien spéciale, ne manque pourtant pas de joie de vivre. La cuisine était lumineuse, et le salon attenant encore plus. Néanmoins, en cet instant, une ombre recouvrait tout cela. Hayley Conyer semblait avoir apporté un peu de nuit avec elle.

— Votre maison est très jolie, dit-elle.

Hayley s'était exprimée sur le ton de ceux qui s'étonnent de la capacité des petites gens à faire beaucoup avec peu, même si eux-mêmes ne voudraient pas vivre ainsi.

— Merci, dit Erin.

Elle avait préparé du café. Elle se souvenait vaguement que Hayley préférait le thé, mais ne lui en avait pas proposé. Délibérément. Elle n'était même pas sûre d'en avoir chez elle. Et si c'était le cas, il devait traîner là depuis si longtemps que personne ne voudrait en boire.

— J'ai remarqué que la peinture de vos fenêtres s'écaillait, lâcha Morland. Vous devriez faire quelque chose avant que ça empire.

Harry parvint à garder le sourire sans flancher. Il s'agissait d'un test. A présent, tout était un test, et dans un test la seule chose qui compte c'est de ne pas échouer.

— J'attendais la fin de l'hiver. C'est difficile de peindre les huisseries quand vos mains tremblent de froid. Vous risquez de vous retrouver avec des vitres qui ne laissent plus voir grand-chose.

Morland n'était pas prêt à laisser tomber.

— Tu aurais pu t'en occuper l'été dernier.

Harry avait de plus en plus de mal à garder le sourire.

— J'étais occupé, l'été dernier.

— Ah ouais ?

— Ouais.

— A quoi ?

— A gagner ma vie. C'est un interrogatoire, ou quoi ?

Hayley Conyer intervint :

— C'est simplement qu'on s'inquiète pour toi, Harry. Avec le ralentissement de l'économie et ses conséquences sur l'industrie du bâtiment, eh bien, tu es... plus vulnérable que la plupart des gens. Les entreprises comme la tienne souffrent.

— On s'en sort, dit Erin.

Elle ne comptait pas laisser son mari se faire coincer par ces deux-là sans lui apporter son aide.

— Harry travaille dur.

— J'en suis sûre, répondit Conyer.

Elle plissa les lèvres, allant chercher au fond de sa mémoire quelque chose qui ressemble à une expression de sollicitude.

— Vous savez, le boulot du conseil, c'est de protéger la ville, et la meilleure manière de le faire, c'est en protégeant ses habitants.

Elle ne regardait pas Harry. Elle avait les yeux rivés sur Erin, et lui parlait comme à une enfant attardée. Elle la poussait dans ses retranchements, tout comme Morland l'avait fait avec Harry. Ils voulaient une réaction. Ils voulaient de la colère.

Ils voulaient une excuse.

— Je comprends, Hayley, répondit Erin.

Elle ne laissa pas même une pointe d'ironie polluer sa sincérité apparente.

— Ça me fait plaisir. C'est pourquoi j'ai demandé au chef de la police Morland de regarder vos affaires de plus près, juste pour m'assurer que tout allait bien avec vous.

Cette fois-ci, Erin ne parvint pas à masquer sa colère :

— Vous avez fait *quoi* ?

Harry lui posa la main sur le bras, s'appuyant sur elle pour qu'elle en ressente le poids.

Du calme, du calme.

— Est-ce que vous voudriez m'expliquer ce que ça veut dire ? demanda-t-il.

— Ça veut dire que j'ai parlé à certains de tes fournisseurs, lança Morland. Et à certains de tes sous-traitants. Ça veut dire qu'au cours de ces dernières semaines je t'ai suivi quand l'envie m'en a pris. Ça veut dire que j'ai pris rendez-vous avec Allan Dantree, à la banque, et que nous avons eu une conversation discrète à propos de vos comptes…

Harry ne put s'empêcher de fermer les yeux un bref instant. Il avait vraiment fait de son mieux, mais il avait sous-estimé Morland, Hayley Conyer et l'ensemble du conseil. Il n'était pas le premier à avoir tenté de cacher les difficultés qu'il traversait, et il ne serait pas le dernier. Il aurait dû savoir qu'au cours des siècles Prosperous avait appris à repérer les signes de faiblesse, et qu'il s'était dévoilé en demandant à bénéficier du fonds de soutien de la ville. Peut-être étaient-ils plus attentifs que d'habitude devant les comportements étranges ou inhabituels, à cause de la situation économique. C'était pour ça que le conseil avait agi. Pour ça qu'ils avaient pris la fille.

— Ce ne sont pas vos affaires ! s'exclama Erin.

Mais sa voix sonnait creux, même à ses propres oreilles. A Prosperous, les affaires des uns et des autres n'avaient rien de privé.

— Et que se passe-t-il quand les affaires de quelqu'un affectent la communauté ? demanda Hayley.

Elle s'exprimait toujours sur ce ton raisonnable et légèrement condescendant qui avait de quoi vous rendre fou. Bon sang ! Erin la haïssait. C'était comme si ses vieilles lunettes dépolies avaient été remplacées par d'autres, flambant neuves. Elle voyait la ville telle qu'elle était vraiment, elle la voyait dans toute sa perversité, son égoïsme, sa folie. On leur avait fait un lavage de cerveau, un conditionnement qui avait duré plusieurs siècles, mais ce n'était que lorsque la chose s'était présentée chez eux sous la forme de cette jeune femme que Harry et Erin s'étaient rendu compte qu'ils ne pouvaient plus prendre part à tout ça. Relâcher la fille était une solution imparfaite, un acte accompli par des individus pas encore assez courageux pour franchir eux-mêmes le pas et qui espéraient que quelqu'un d'autre le ferait à leur place. La fille irait trouver les flics, elle leur raconterait son histoire, et ils viendraient.

Et ensuite ? La fille aurait pu fournir une description de Walter et Beatrix, ainsi que de Harry et Erin. On aurait interrogé ces quatre-là, mais Walter et Beatrix ne se seraient pas démontés. Ils avaient pris la responsabilité de trouver et de kidnapper les deux dernières filles, mais aujourd'hui, ils étaient tout près de finir leurs jours. En outre, ils étaient aussi loyaux que Hayley Conyer envers Prosperous, et peu susceptibles de changer d'avis à leur âge. Dans le meilleur des cas, ça serait leur parole contre celle de Harry et Erin.

« Ils nous ont menacés. Ils nous ont demandé de leur trouver une fille si on ne voulait pas qu'ils mettent le feu à notre maison. Nous sommes âgés. Nous avions peur. Nous ne savions pas ce qu'ils voulaient faire de cette fille. Nous n'avons pas demandé… »

Et Hayley Conyer, et les membres du conseil, et le chef de la police ? Rien ne permettrait d'établir un lien entre eux et la fille, rien hormis la parole de Harry et Erin, ceux-là mêmes qui l'avaient enfermée dans leur cave avant de laisser la porte déverrouillée, peut-être simplement parce qu'ils n'avaient plus le courage de mener à terme ce qu'ils avaient prévu de faire. Ça ne les empêcherait pas d'être accusés de kidnapping et de séquestration, des crimes au premier degré, ou au second, dans le meilleur des cas, si le procureur admettait qu'ils avaient volontairement remis la victime en liberté sans la blesser. C'était toute la différence entre dix et trente ans de prison, mais dix ans derrière les barreaux, c'était déjà bien plus de temps que ce que l'un ou l'autre avait envie de passer dans une cellule.

Et peut-être – juste peut-être – quelqu'un croirait-il leur histoire.

Mais non ! Ça, c'était le plus irréaliste des fantasmes.

— Harry ? Erin ? Vous êtes toujours avec nous ?

C'était Morland qui avait posé la question.

Erin regarda son mari. Elle savait que leurs pensées avaient suivi le même cours.

Et si, et si…

— Oui, dit Harry. On vous écoute.

— Vous traversez des difficultés financières, des difficultés bien plus importantes que celles que vous avez évoquées devant Ben quand vous lui avez demandé un prêt. Et vous avez essayé de nous les dissimuler.

Il était inutile de le nier.

— Oui, c'est vrai.
— Pourquoi ?
— On avait honte.
— C'est tout ?
— Non. On avait peur, aussi.
— Peur ? Peur de quoi ?

A présent, ils ne pouvaient plus faire marche arrière.

— On avait peur que la ville se retourne contre nous.

Hayley Conyer reprit la parole :

— Prosperous ne se retourne pas contre les siens, Harry. Elle les protège. C'est sa raison de vivre. Comment avez-vous pu en douter ?

Harry se pinça l'arête du nez entre le pouce et l'index. Il sentait monter la migraine.

— Je ne sais pas. Avec tout ce qui se passait, tous nos problèmes…

— Vous avez perdu la foi, conclut Conyer.

— Oui, Hayley. Je suppose que c'est ce qui s'est passé.

Conyer se pencha par-dessus la table. Son haleine sentait la menthe et la mort.

— Vous avez laissé la fille s'enfuir ?
— Non !
— Regarde-moi dans les yeux et dis-moi la vérité.

Harry baissa la main et fixa Conyer.

— Non, on ne l'a pas laissée s'enfuir.

Elle n'avait pas envie de le croire. Il le voyait bien. Tout comme Morland, elle avait des soupçons, mais pas davantage de preuves, or la ville n'admettrait pas qu'elle agisse sans preuves.

— Bon, d'accord, dit-elle. Mais la question, c'est : qu'est-ce qu'on fait maintenant ? Vous devez vous racheter, tous les deux.

A présent, la douleur pulsait sous le crâne de Harry, et avec elle était venue la nausée. Il savait ce qui l'attendait. Il l'avait su dès l'instant où Morland était arrivé chez lui avec le cadavre de la fille dans le coffre de sa voiture. Harry aurait voulu leur parler des rêves qu'il avait faits, mais il se mordit la langue. Dans ses rêves, la fille n'était pas morte. Ils l'avaient enterrée vivante, parce que les mortes n'ouvrent pas les yeux. Elle était vivante, elle avait déchiré le plastique et était parvenue à déblayer la terre, à se frayer un chemin jusqu'à la surface... sauf que quand elle était ressortie elle était morte. C'était un être transformé, une revenante ; quand elle avait ouvert la bouche, elle avait craché des ténèbres, et autour d'elle la nuit s'était épaissie.

— Qu'est-ce que vous voulez qu'on fasse ? demanda Harry.

Il n'avait posé cette question que parce que c'était ce qu'on attendait de lui. Il aurait tout aussi bien pu être en train de lire un scénario.

Hayley Conyer lui tapota le dos de la main. Quand Harry sentit ce contact, il dut mobiliser toute sa volonté pour ne pas la repousser d'un coup sec.

— Trouvez-nous une autre fille, dit Conyer. Et vite !

16

J'arrivai au centre d'accueil de la soupe populaire de Preble Street au moment où la distribution des repas du soir prenait fin. Une certaine Evadne Bryant-Perkins, qui travaillait au centre d'assistance de Portland, un organisme de soutien psychologique et matériel sur Congress Avenue, m'avait suggéré d'y passer. Shaky m'avait indiqué que je pouvais le contacter par son intermédiaire, mais Evadne m'avait dit qu'elle ne l'avait pas vu depuis un jour ou deux et qu'il serait peut-être allé manger un morceau à Preble Street.

Ce centre servait trois repas par jour, pas uniquement aux sans-abri, mais aussi aux personnes âgées et aux familles qui ne s'en sortaient pas avec les aides sociales. Cela représentait presque cinq cent mille repas par an, mais ces repas, ce n'était qu'un début. En attirant les gens, l'équipe du centre se mettait en position de les aider, tant pour le logement que pour l'emploi ou la santé. Au minimum, ils pouvaient leur donner des chaussettes propres et chaudes, ce qui n'était pas rien dans le Maine, en hiver.

Une des bénévoles, une jeune femme du nom de Karyn, me dit que Shaky était passé plus tôt dans la soirée, mais qu'aussitôt son repas terminé il était reparti. D'après elle, ça ne lui ressemblait pas. Il était plutôt sociable et, en général, il appréciait la compagnie et la chaleur qu'il trouvait dans ce lieu.

— Il n'est plus le même depuis la mort de son ami Jude, me confia Karyn. Il existait un lien entre eux, ils se serraient les coudes. Shaky nous en a un peu parlé, mais il garde l'essentiel pour lui.

— Vous avez une idée d'où il aurait pu aller ?

Karyn appela un autre bénévole, un jeune homme en âge d'aller à l'université.

— Voici Stephen, dit-elle. C'est l'un des coordinateurs de l'enquête que nous avons menée cette année auprès des sans-abri. Il pourra peut-être vous aider.

Elle retourna nettoyer les tables, me laissant seul avec Stephen. Plutôt grand, au point que je devais pencher la tête en arrière pour le regarder dans les yeux, il n'était pas aussi avenant que Karyn, et s'adressa à moi les bras croisés sur la poitrine.

— Puis-je savoir pourquoi un détective privé s'intéresse à Shaky ?

— Il est venu me trouver pour me parler de la mort de Jude. Je crois qu'il a mis en branle quelques rouages sous mon crâne. Si je veux aller plus loin, je dois répondre à certaines questions et il pourrait m'aider à le faire. Il n'a pas d'ennuis. Je vous en donne ma parole.

Je l'observai tandis qu'il réfléchissait à ce que je venais de lui dire. Il finit par conclure que je n'allais pas rendre la vie de Shaky plus difficile qu'elle ne l'était déjà, et se radoucit suffisamment pour m'offrir un café. Entre la bière que j'avais bue au Ruski's et le café au Rosie's, je roulais ma bosse avec plus de liquide qu'un chameau, mais une des premières choses que j'avais apprises quand j'étais flic c'était qu'il fallait toujours accepter le café ou le soda que vous proposait la personne avec qui vous vouliez parler. Ça la détendait, et quand elle était détendue, elle était plus désireuse de vous aider.

— Karyn a mentionné une enquête dont vous vous êtes occupé, dis-je en sirotant mon café.

— Les services de l'urbanisme nous demandent de faire un recensement des sans-abri tous les ans. Si on ne connaît pas le nombre de personnes qui ont besoin d'aide, on ne peut pas faire les budgets prévisionnels, constituer les équipes ni même prévoir la quantité de nourriture dont nous aurons besoin dans les mois à venir. Cela dit, c'est également une occasion d'entrer en contact avec tous ceux qui nous ont évités jusque-là et d'essayer de les convaincre de rentrer à la bergerie.

J'imagine que ma stupéfaction se lisait sur mon visage.

— Vous vous demandez pourquoi quelqu'un qui a faim refuserait un repas chaud, hein ?

— J'avoue que je trouve ça bizarre.

— Certains de ceux qui vivent dans la rue ne veulent pas qu'on les retrouve. Nombreux sont ceux qui ont des problèmes psychologiques : quand vous êtes un schizophrène paranoïaque qui pense que le gouvernement cherche à le tuer, la dernière chose dont vous avez envie c'est de vous pointer dans un centre d'accueil où quelqu'un va fourrer le nez dans vos affaires. D'autres ont peur, tout simplement. Ils peuvent s'être battus avec quelqu'un par le passé, et savoir qu'il y a quelque part un couteau qui n'attend qu'une chose : leur transpercer le bide. Ou encore, ils ont vécu une expérience désagréable avec les autorités et préfèrent faire profil bas. Alors, une fois par an, on fait une sortie de nuit, en nombre, pour aller explorer les lieux où ils se cachent, sous les gradins, derrière les bennes à ordures, et on essaie de leur parler. Bien sûr, on y va aussi à d'autres périodes, mais en cette occasion-là, grâce à la présence massive des volontaires, nous obtenons de très bons résultats en quelques heures.

— Et Shaky, où est-ce qu'il traîne ?

— Il aime venir au centre, quand il y a un matelas de disponible, mais il n'est pas trop passé depuis la mort de Jude, ce qui signifie qu'il a dû s'installer du côté de la voie rapide, vers Back Cove Park probablement, ou bien qu'il dort derrière un des commerces de Danforth Street ou Pleasant Street, là où les flics ne peuvent pas le repérer. C'est là que j'irais jeter un coup d'œil.

Il tripotait son gobelet de café. Manifestement, il voulait ajouter quelque chose. Je ne le pressai pas.

— Vous connaissiez M. Jude ? finit-il par demander.

C'était la première fois que j'entendais quelqu'un donner du « monsieur » à Jude. En général, c'était simplement Jude. Ça me fit éprouver un peu plus de sympathie pour Stephen.

— Je le connaissais un peu. Parfois, je lui donnais un petit billet pour qu'il garde l'œil sur une voiture ou qu'il surveille une adresse pour moi. Il ne m'a jamais laissé tomber.

— C'était un homme intelligent, et bon aussi. Je n'ai jamais compris comment il s'était retrouvé dans cette situation. Pour certains des hommes et des femmes qu'on croise ici, je vois bien. On peut reconstruire leur trajectoire. Mais pas dans le cas de M. Jude. Ma meilleure hypothèse, c'est qu'il y avait un boulon défectueux dans le mécanisme, et quand il s'est cassé, la machine a cessé de fonctionner.

— Vous ne feriez pas des études d'ingénieur, par hasard ?

Il me sourit pour la première fois.

— Balancez-moi vos métaphores, et je vous dirai qui vous êtes.

— J'ai l'impression que vous aimiez bien Jude.

— Oui, c'est vrai. Malgré tous ses problèmes personnels, il avait du temps pour ceux des autres. J'ai essayé de suivre son exemple en l'aidant à mon tour.

— Vous faites référence à sa fille ?

— Ouais. Annie. Je gardais plus ou moins l'œil sur elle.

— Vraiment ?

— Vu le poste que j'occupe ici, je suis en mesure de discuter avec mes homologues. A l'occasion, j'ai passé un coup de fil à la Tender House, à Bangor, où Annie résidait, pour rassurer M. Jude sur le fait qu'elle allait bien. Quand elle a disparu, je...

Il marqua une pause.

— Vous vous êtes senti responsable ?

Il acquiesça, sans un mot.

— Est-ce que Jude a dit quoi que ce soit qui pourrait vous faire croire qu'il pensait cela ?

— Non, jamais. Ce n'était pas dans sa nature. En revanche, son mutisme ne changeait rien, je me sentais tout aussi coupable.

A l'évidence, Stephen était un mec bien, mais il souffrait du nombrilisme propre à la jeunesse. Le monde tournait autour de lui, et du coup il pensait qu'il était en son pouvoir de le changer. Comme le font les jeunes, il s'était approprié la douleur d'un autre, même si c'était pour les meilleures raisons du monde. Le temps et l'âge allaient le changer : dans le cas contraire, il ne pourrait plus travailler très longtemps pour des centres d'accueil ou des soupes populaires. Ses frustrations finiraient par le rattraper et le pousser vers la sortie. Il en blâmerait quelqu'un d'autre, mais ce serait sa faute.

Je le remerciai et lui donnai mon numéro, au cas où je ne parviendrais pas à retrouver Shaky, ou bien si ce dernier décidait finalement de venir passer la nuit au centre. Stephen promit de laisser un mot pour les bénévoles du matin et du midi, afin que si Shaky venait à passer le lendemain j'en sois informé. Je fis un saut aux toilettes avant de partir, juste pour que ma vessie n'explose pas sur le trajet entre le centre d'accueil de la soupe populaire et Back Cove. Un vieil homme était debout devant un des éviers, torse nu. Il avait des cheveux blancs qui lui pendaient jusqu'aux épaules, et son corps me rappela les photos du torse couturé de cicatrices de Jude, comme une représentation médiévale du Christ après qu'on l'eut descendu de la croix.

— Ça va ? demandai-je.
— Comme dans un rêve, répondit le vieil homme.

Il était en train de se raser avec un rasoir jetable. Après avoir enlevé les dernières traces de mousse sur son visage, il s'aspergea et vérifia de la main que ses joues étaient bien lisses.

— Vous avez de l'après-rasage ? demanda-t-il.
— Pas sur moi. Pourquoi, vous avez un rencard ?
— Je n'ai pas eu de rencard depuis la présidence Nixon.
— Un truc de plus à lui reprocher : il a ruiné votre vie amoureuse.
— C'était un fils de pute, mais sur ce plan-là j'ai pas eu besoin de son aide.

Je me lavai les mains et les essuyai avec une serviette en papier. J'avais de l'argent dans ma poche, mais je ne voulais pas offenser ce vieil homme. Puis je me dis qu'il valait mieux prendre le risque de le blesser et je posai un billet de dix sur l'évier à côté de lui. Il le regarda comme s'il avait peur que le portrait d'Alexander Hamilton prenne vie et surgisse du billet pour le mordre ; ou alors, que je lui demande de me mordre moi, sous l'effet de quelque perversion sexuelle.

— C'est pour quoi faire ? demanda-t-il.

— Pour l'après-rasage.
Il prit le billet.
— J'ai toujours aimé l'Old Spice.
— Mon père aussi mettait de l'Old Spice.
— Une marque qui dure aussi longtemps, c'est qu'elle doit être bonne.
— Amen, répondis-je en partant. Prenez soin de vous.
— Je le ferai. Et…
Je me retournai.
— Merci.

17

Sans-abri, c'est un boulot à plein temps. Pauvre, c'est un boulot à plein temps. Voilà ce que ne comprennent pas les types qui déblatèrent sur les défavorisés et affirment qu'ils n'ont qu'à se trouver du boulot. Ils ont déjà un boulot, et ce boulot, c'est survivre. Pour manger, il faut arriver tôt dans la queue, et encore plus tôt pour avoir une place où dormir. On trimbale ses affaires sur son dos, et quand elles sont usées, on passe du temps à faire les poubelles pour les remplacer. On n'a pas beaucoup d'énergie, parce qu'on n'a pas grand-chose à se mettre dans l'estomac pour en fournir à son corps. La plupart du temps, on est fatigué, ou souffrant, et les fringues qu'on porte sont humides. Si les flics vous trouvent en train de dormir dans la rue, ils vous embarquent. Quand vous avez de la chance, ils vous déposent dans un centre d'accueil, mais s'il n'y a plus de lits ni de matelas disponibles, vous passez la nuit à essayer de trouver le sommeil sur une chaise en plastique dans un bureau éclairé au néon, où il est interdit d'éteindre les lumières à cause des lois anti-incendie. Alors, vous retournez dans la rue, parce que là, au moins, vous pouvez vous allonger dans l'obscurité et, avec un peu de chance, dormir. Chaque jour est le même que le précédent, et chaque jour vous devenez un peu plus vieux, vous vous épuisez un peu plus.

Et parfois, vous vous souvenez de celui que vous étiez. Un môme qui jouait avec d'autres mômes. Qui avait un père et une mère. Qui voulait devenir pompier, ou astronaute, ou ingénieur ferroviaire. Vous aviez un mari. Vous aviez une femme. Vous étiez aimé. Vous n'auriez jamais imaginé finir comme ça.

Vous vous recroquevillez dans l'obscurité et vous attendez que la mort vous délivre un dernier baiser, qu'elle vous souhaite finalement une bonne et heureuse nuit.

Shaky était de retour dans la rue. Il avait caressé l'idée de rester dans l'un des centres d'accueil pour trouver un couchage. Son bras lui faisait mal. C'était toujours le cas en hiver, ça lui causait des mois d'inconfort, mais depuis la mort de Jude, c'était pire. C'était probablement – comment on disait, déjà ? Il réfléchit, réfléchit, et se souvint : psychosomatique, c'est ça ! Ça lui avait pris une bonne minute pour retrouver ce mot, mais Jude l'aurait tout de suite su. Jude s'y connaissait en histoire, en science et en géographie. Il pouvait raconter l'intrigue de tous les grands romans qu'il avait lus et en réciter des passages entiers par cœur. Une fois, Shaky avait testé cette capacité. Sur le ton de la plaisanterie, il avait fait remarquer à Jude que pour autant qu'il le sût, ces citations, il les inventait peut-être. Jude avait répondu que c'était de la diffamation – c'était le mot qu'il avait employé, « diffamation » – et il n'en avait pas démordu. A tel point qu'ils avaient dû aller ensemble jusqu'à la bibliothèque municipale de Portland, sur Congress Avenue, où Shaky avait tiré d'une étagère *Gatsby le magnifique*, *Les Aventures de Huckleberry Finn*, *Lolita*, *Les Raisins de la colère*, *Tandis que j'agonise*, *Ulysse*, ainsi que les poèmes de Longfellow,

Cummings et Yeats. Jude avait récité des passages de ces livres sans se tromper une seule fois, sans même hésiter, et il y avait même eu quelques bibliothécaires qui étaient venus l'écouter. Quand il en était arrivé à Shakespeare, c'était comme se retrouver en présence d'un de ces vieux comédiens de théâtre, du genre de ceux qui écumaient les petites villes à l'époque où celles-ci avaient encore des théâtres, les costumes et les accessoires dans une voiture, la troupe dans une autre, et qui montaient des pièces, des comédies, des drames ou des adaptations de Shakespeare, dont on avait ôté tous les passages ennuyeux pour ne garder que les grands moments dramatiques : les fantômes, les dagues pleines de sang et les rois qui se meurent.

Et Jude se tenait là, entouré de lecteurs curieux et de bibliothécaires amusés, dans son vieux costume à carreaux et ses chaussures bicolores aux talons usés, dont les trous aux semelles étaient dissimulés par des bouts de carton. Il se perdait dans les mots, se perdait dans les rôles, devenant l'espace d'un instant un autre que lui-même, et à ce moment-là Shaky l'avait aimé, il l'avait aimé en se baignant dans le halo de plaisir qui émanait de son visage, il l'avait aimé en voyant ses yeux clos par le rêve, et il avait fait une prière de gratitude pour la présence de Jude dans sa vie, même s'il se demandait comment un homme aussi intelligent et aussi doué avait pu en venir à fouiller les poubelles et les bennes à ordures, à dormir dans les rues d'une ville où l'hiver étendait perpétuellement son ombre, et quelle faiblesse l'avait poussé à se détourner de sa famille et de son foyer pour se jeter comme une feuille dans la bourrasque à l'approche de l'automne.

Le sac de Shaky pesait lourd sur ses épaules. Il songea de nouveau au centre d'accueil. Il aurait pu y laisser ses affaires – même s'il n'y avait pas de lit, quelqu'un aurait pu les lui garder – et retourner les chercher plus tard, mais côtoyer ses semblables le perturbait de plus en plus. Quand il regardait ces visages familiers, celui qu'il aurait aimé voir ne s'y trouvait plus, et la présence des autres ne faisait que lui rappeler l'absence de Jude. Combien de temps avaient-ils donc été amis ? Shaky ne s'en souvenait pas. Ça faisait bien longtemps qu'il avait arrêté de compter les années. Les dates n'avaient pas d'importance. Il ne notait pas les anniversaires de mariage, pas plus que ceux des enfants. Il laissait les années derrière lui, les mettait au rebut sans états d'âme, comme de vieux vêtements qui ne rempliraient plus leur fonction, pour modeste qu'elle soit.

A présent, Shaky approchait de Deering Oaks. Il y revenait tout le temps, en ce lieu où Jude avait lâché son dernier souffle, comme un pèlerin en deuil. Il s'arrêta devant la maison, dont les fenêtres étaient désormais condamnées. Depuis la mort de Jude, quelqu'un avait placé un nouveau cadenas sur la porte de la cave. La police, peut-être, ou le proprio, si c'était encore une personne qui possédait l'immeuble, et non une banque. On avait également mis des bandes jaunes en travers de la porte, indiquant qu'il s'agissait d'une scène de crime, mais quelqu'un les avait arrachées. Elles voletaient dans la brise nocturne.

Shaky ne sentait pas Jude dans la maison. C'était pour ça qu'il savait que Jude ne s'était pas suicidé. Shaky ne croyait pas aux fantômes. Il ne croyait même pas en Dieu, et si jamais il avait tort, eh bien, Dieu et lui auraient une petite conversation à propos de la main merdique qu'Il lui avait distribuée pour se débrouiller dans la vie. Néanmoins, Shaky sentait les gens et les lieux. Tout comme Jude. C'était indispensable pour survivre dans la rue. Shaky savait instinctivement en qui il pouvait avoir confiance et qui il fallait éviter. Il savait où il pouvait dormir sans risque et repérait aussi les endroits où il valait mieux, malgré le fait qu'ils soient déserts et apparemment inoffensifs, ne pas traîner. Les hommes et les femmes laissent des traces au cours de leur vie, et vous pouvez les déchiffrer quand vous avez l'esprit pour. Jude avait laissé sa trace dans cette cave, sa trace finale, mais pour Shaky, ce n'était pas celle d'un homme qui avait sombré dans le désespoir. D'après lui, c'était plutôt celle de quelqu'un qui se serait battu s'il en avait eu la force, et si la cote avait été un peu plus en sa faveur.

Il s'approcha de la porte et sortit son couteau suisse, l'un de ses objets les plus précieux. Il en prenait le plus grand soin. Une des lames en particulier était toujours bien aiguisée, et il s'en servit pour graver deux marques dans la pierre du chambranle. La première était un rectangle avec un point en son centre, ce qui, dans l'ancien code des *hobos*, signifiait « danger ». La seconde était une ligne oblique coupée par une autre, plus petite, presque à angle droit. Cela signifiait qu'il fallait rester à l'écart.

Il passa le reste de la nuit à poser des questions, discrètement, en faisant attention, en n'approchant que ceux en qui il avait confiance, ceux dont il savait qu'ils n'allaient ni lui mentir ni le trahir. Cela lui avait pris un bout de temps pour déterminer ce qu'il devait faire, mais la conversation avec le privé avait cristallisé les choses. Quelqu'un avait volé le fric de Jude et le contenu de son sac. Peut-être ceux qui étaient responsables de sa mort, mais il semblait peu probable que ces derniers aient ensuite signalé la présence du cadavre aux flics. Et ils n'auraient pas non plus pris l'argent, étant donné qu'ils voulaient que la mort ait l'air d'un suicide. De toute façon, d'après ce qu'il savait, Jude était mort depuis vingt-quatre heures, voire plus, quand on avait trouvé son corps.

Tout cela suggérait l'idée que celui qui avait signalé le décès et celui qui avait pris l'argent et volé les affaires de Jude n'étaient qu'une seule et même personne, et Shaky pensait qu'il s'agissait probablement de l'un des leurs, un type qui vivait dans la rue. Un des sans-abri de la ville avait dû tomber sur la cave de Jude par hasard, ou plus vraisemblablement en le cherchant. Le mot était passé : Jude voulait récupérer l'argent de ses prêts. Il en avait besoin. L'inconnu était sûrement parti à la recherche de Jude pour le rembourser, ou alors il l'avait traqué pour lui voler le fric qu'il aurait accumulé. Ce n'était pas important : d'une façon ou d'une autre, quelqu'un avait trouvé Jude pendu dans sa cave, et avait volé ses affaires à l'ombre de son cadavre.

Shaky savait bien que cent vingt-sept dollars représentaient beaucoup d'argent pour un homme habitué à survivre avec deux dollars par jour. Instinctivement, cet homme-là aurait envie de fêter sa bonne fortune. De l'alcool, peut-être même quelque chose de plus fort, et un bon hamburger – acheté, pas récupéré dans une poubelle. L'alcool et la drogue rendaient les gens négligents. Si l'un d'entre eux avait eu une rentrée d'argent imprévue, des rumeurs allaient circuler.

Quand il réintégra sa tente dans Back Cove Park, Shaky avait un nom.

Brightboy.

18

Le lendemain matin, Shaky ne prit pas place dans la queue du petit déjeuner au centre d'accueil. Il resta à distance, tripotant le papier qui était dans sa poche. Le privé l'avait épinglé sur le tableau de liège du centre de Preble Street. Il voulait lui parler. Shaky avait mémorisé son téléphone, mais il gardait quand même le papier, juste au cas où. Il savait que les années passées dans la rue lui avaient rongé le cerveau. Parfois, il regardait une horloge, voyait les aiguilles qui pointaient sur des chiffres, mais était incapable de lire l'heure. Ou alors, il était dans une épicerie devant un pack de bières dont le prix était clairement indiqué sur l'étiquette, il avait de la monnaie dans sa main, mais ne parvenait pas à établir le lien entre le prix de l'alcool et la somme d'argent dont il disposait.

A présent, planté devant une porte dans Cumberland Avenue, il se répétait sans cesse le numéro de téléphone. Il avait songé à appeler le privé pour lui confier ce qu'il avait appris, mais il voulait être sûr. Il voulait lui donner de vraies preuves, montrer qu'il était à la hauteur, aussi bien pour lui-même que pour Jude. Alors, caché dans la pénombre, il observait les autres sans-abri qui se rassemblaient pour le petit déjeuner.

Il ne lui fallut pas longtemps pour repérer Brightboy. Ce dernier arriva peu avant 8 heures, son sac sur le dos. Le regard affûté de Shaky remarqua aussitôt les chaussures de Brightboy, des Timberland beige, en bien meilleur état que celles qu'il portait d'habitude. Certes, il avait très bien pu les trouver, mais c'était le genre d'achat que même un crétin comme Brightboy aurait l'intelligence de faire tant qu'il avait encore de l'argent en poche. Une bonne paire de chaussures gardait vos pieds au chaud et au sec, elle rendait un peu plus faciles les journées passées à marcher dans la rue.

Brightboy salua les gens qu'il connaissait, mais sans se mélanger aux autres. Il avait toujours été solitaire, en partie parce que c'était son choix, mais aussi parce qu'on ne pouvait pas lui faire confiance. Avec certains sans-abri, on pouvait laisser son sac en sachant qu'ils ne le fouilleraient pas et que son contenu – chaussettes, sous-vêtements, barres de céréales, ouvre-boîte, gourde – ne serait pas pillé. Brightboy n'était pas comme ça et, par le passé, il avait pris quelques bonnes roustes dues à son penchant pour le vol.

Shaky avait appris qu'au cours de ces derniers jours Brightboy s'était engagé dans une longue biture, et pas avec n'importe quoi : du Mohawk 190 Grain Alcohol et du bourbon Old Crow, s'enfilant bouteille après bouteille. Comme à son habitude, Brightboy n'avait pas voulu partager le contenu de son bar portatif. S'il l'avait fait, les murmures de mécontentement n'auraient pas été aussi nombreux.

Shaky ne suivit pas Brightboy à l'intérieur du centre. Il l'attendit dehors, en mordillant un bagel de la veille. Shaky était connu dans la plupart des boulangeries et des cafés de la ville, dont il repartait rarement sans qu'on insiste pour lui donner quelque chose à manger. Il faisait attention à répartir équitablement son absence de ressources et avait mis en place une routine hebdomadaire : tel endroit le lundi, tel autre le mardi, un troisième le mercredi... Les gens s'attendaient maintenant à le voir le jour dit, et lorsqu'il manquait une visite, la fois d'après on lui posait des questions. Que s'est-il passé ? Vous étiez malade ? Ça va comme vous voulez ? Shaky répondait toujours honnêtement. Il ne faisait jamais semblant d'être malade quand ce n'était pas le cas, et il ne mentait jamais. Il ne lui restait pas grand-chose, ce qui rendait d'autant plus important à ses yeux le maintien d'un semblant d'honneur et de dignité.

Brightboy ressortit une heure plus tard. Shaky savait qu'il avait pris son petit déjeuner et qu'il s'était lavé. Il avait probablement enveloppé un demi-bagel ou un toast dans une serviette en papier, pour plus tard. Shaky le laissa prendre un peu d'avance, puis se mit à le suivre. Quand Brightboy s'arrêta pour discuter avec une femme qui s'appelait Frannie, dans Congress Square Park, Shaky se faufila dans le Starbucks de l'autre côté de la rue et s'installa à une table près de la fenêtre. Avec son bras infirme qui le forçait à marcher légèrement penché, il se sentait l'espion le moins crédible du monde. Un éléphant en tutu rose se serait moins fait remarquer. Heureusement que c'était Brightboy qu'il suivait. Brightboy était bête et égocentrique. Il était presque aussi mauvais que les gens normaux pour remarquer ce qui se passait autour de lui.

Portland était en train de changer. L'ancien Eastland Hotel avait été rénové par une grosse chaîne – Shaky avait perdu le compte des nouveaux établissements d'hôtellerie ou de restauration qui avaient vu le jour au cours de ces dernières années –, et il semblait qu'une partie de Congress Park, la vieille place au carrefour de Congress Avenue et de High Street, allait être vendue aux nouveaux propriétaires. Autrefois, à l'angle de Congress Park, il y avait un Dunkin' Donuts où les sans-abri de la ville se retrouvaient souvent, mais cela faisait longtemps qu'il avait disparu. Les sociétés qui avaient occupé l'endroit semblaient aussi éphémères que certains de ceux qui fréquentaient les environs. Une blanchisserie, un Walgreen, le Congress Square Hotel et, dans un passé lointain, une maison mitoyenne en bois. Aujourd'hui, on trouvait à la place un espace de briques et de béton avec une esplanade en contrebas et quelques parterres de fleurs, où des gens comme Frannie et Brightboy pouvaient mener leurs affaires.

La rencontre entre ces deux-là se termina brutalement : elle se mit à crier qu'il la maltraitait, tandis qu'il menaçait de la mettre K-O. Shaky lui souhaitait bien du plaisir. Cela faisait plus de dix ans que Frannie était dans la rue, et il ne voulait même pas songer à ce qu'elle avait pu endurer au cours de cette période. A ce qu'on disait, une fois, elle avait arraché d'un coup de dents le nez d'un homme qui essayait de la violer. Par la suite, certains prétendirent que c'était exagéré : elle ne lui avait pas arraché tout le nez, disaient ceux qui prétendaient avoir été là, simplement le cartilage au-dessous de l'arête. Shaky songea que ça avait dû lui prendre un bon bout de temps, parce que Frannie n'avait plus qu'une douzaine de dents dans la bouche. Il l'imagina tenant le type par les oreilles et lui rongeant le nez avec ses chicots ébréchés. Un frisson le parcourut.

Shaky resta sur les talons de Brightboy pendant deux heures, observant comment il ratissait les monnayeurs des cabines téléphoniques ou des parcmètres à la recherche d'une pièce, ou encore comment il fouillait les poubelles sans enthousiasme, en quête de bouteilles ou de canettes de soda dont il pourrait récupérer la consigne. A l'angle de Congress Avenue et de Deering Avenue, Brightboy fit un détour vers le centre de réhabilitation pour alcooliques de Skip Murphy. Il resta devant pendant un moment, sans que Shaky sache vraiment pourquoi. Skip n'acceptait chez lui que des gens qui avaient un boulot à plein temps ou des étudiants disposant de revenus. Plus concrètement, il n'accueillait que ceux qui désiraient réellement franchir un cap, mais la seule chance que Brightboy avait de franchir un cap, c'était de mourir. Peut-être connaissait-il quelqu'un là-dedans, auquel cas, le malheureux serait bien avisé de conserver une distance respectueuse entre lui et Brightboy, parce que ce dernier n'hésiterait pas à le tirer vers le bas, même si le type essayait de s'en sortir. C'était la seule raison pour laquelle Brightboy pouvait vous offrir un verre : pour vous ramener à son niveau. Les pauvres aiment bien la compagnie, mais les damnés en ont un besoin vital.

Brightboy poursuivit son chemin, suivi par Shaky, et ils arrivèrent finalement à la planque de Brightboy, l'endroit où il cachait ce qu'il ne pouvait pas ou ne voulait pas avoir sur lui. Certains sans-abri se servaient d'un Caddie pour transporter leurs affaires, mais en général, c'étaient ceux qui essayaient de se faire un petit extra en fouillant les poubelles. Brightboy n'était pas ce genre de type. Il avait caché les trucs auxquels il tenait derrière un hangar de Saint John Street, fourrant ça dans des buissons à côté d'une benne qui semblait ne pas avoir été vidée depuis qu'on avait inventé le plastique. Quand Shaky tourna le coin de la rue, Brightboy était accroupi devant les buissons et tellement absorbé par ce qu'il faisait qu'il n'entendit pas l'autre approcher.

— Salut, dit Shaky.

Brightboy tournait le dos à Shaky. Il regarda par-dessus son épaule, mais ne tenta pas de se relever. Shaky vit que de la main droite il tâtonnait dans les buissons.

— Salut, répondit Brightboy.

Sa main continuait à fouiller. Shaky sut qu'il avait trouvé ce qu'il cherchait quand il le vit sourire. Du verre étincela. Brightboy voulut se lever, mais Shaky fut trop rapide. Dans son dos, certains le traitaient peut-être d'infirme, mais il était loin de l'être. Il avança le pied gauche, puis fit décrire au droit un grand arc de cercle qui termina sa course sur la tempe de Brightboy. Celui-ci poussa un cri et s'effondra sur le côté. La bouteille vide d'Old Crow qu'il avait dans la main tomba à terre et roula sur le sol. Shaky lui donna un deuxième coup de pied, juste pour être sûr, et parce qu'il en avait envie. Il n'avait jamais aimé Brightboy. Jude ne l'aimait pas tellement non plus, même si son éthique personnelle lui interdisait de se détourner de lui. Pour Shaky, l'attitude de Jude envers Brightboy était bien la preuve que son ami aujourd'hui décédé n'était pas sans défauts.

Cette fois, il lui asséna un coup en biais qui l'atteignit au menton. Brightboy tenta de s'éloigner en rampant, mais Shaky le finit avec un coup par-derrière, dans l'aine. Brightboy s'immobilisa et resta recroquevillé sur le sol à gémir en se tenant les parties.

La brise de la nuit précédente s'était évanouie, et la journée était calme. Shaky entreprit de fouiller les affaires de Brightboy. Il ne lui fallut pas plus d'une minute pour trouver le vieux sac en toile de Jude, celui dont il se servait pour ses « indispensables », comme il les appelait : lingettes, brosse à dents, peigne, et le livre qu'il était en train de lire. Le sac était suffisamment petit pour être facile à transporter et assez grand pour contenir les trésors qu'il trouvait éventuellement en chemin, tandis qu'il gardait son sac principal dans un casier au centre d'Amistad. Brightboy avait dû glisser dedans les affaires qu'il avait dérobées à Jude dans sa cave avant de partir.

Shaky s'affala contre la benne à ordures. La vue de ce sac, le fait de le tenir entre ses mains ravivèrent le sentiment de perte que la disparition de Jude avait provoqué. Il se mit à pleurer. Brightboy leva les yeux vers lui. Son regard était vitreux, et du sang coulait de sa bouche.

— Tu le lui as pris ! s'écria Shaky. Tu lui as volé son sac alors que son corps était encore chaud !

— Son corps n'était pas chaud. Il était froid comme une merde.

Il essaya de se mettre en position assise, mais ses couilles lui faisaient encore mal. Du coup, il se rallongea, se balançant sous l'effet de la douleur, mais parvint à continuer à parler :

— De toute façon, Jude aurait bien voulu que je le prenne. Il ne pouvait pas l'emporter, là où il allait. S'il avait pu parler, c'est ce qu'il aurait dit.

Bon sang ! Comme Shaky le haïssait ! Il aurait voulu le latter suffisamment fort pour que ses couilles lui remontent dans la gorge et qu'il s'étouffe avec.

— Même s'il te l'avait donné, tu ne l'aurais pas mérité !

A l'intérieur du sac, il trouva ce qui restait de l'argent de Jude – quarante-trois dollars, encore retenus par le même élastique –, ainsi que son dentifrice et son peigne. En revanche, les lingettes avaient disparu. Le livre que Jude lisait au moment de sa mort, une histoire de l'architecture des premières églises en Angleterre, se trouvait également parmi les affaires volées par Brightboy. Jude l'avait commandé tout exprès, se souvint Shaky. Le personnel de Longfellow Books lui en avait trouvé un exemplaire à reliure souple, en refusant tout paiement. Jude l'avait récupéré quelques jours avant sa mort, juste après être rentré de son voyage dans le Nord. Shaky avait mis ça sur le compte de la collectionnite de son ami pour les choses intellectuelles, mais son intérêt pour ce livre-là était différent. Jude n'avait pas voulu en discuter avec lui, tout comme il n'avait pas voulu lui dire où il était allé, les deux dernières fois qu'il avait quitté Portland.

« Bangor ? avait demandé Shaky avec insistance.
— Ça n'a pas d'importance.
— Ta fille est encore là-haut, tu crois ?
— Non, je crois qu'elle est… ailleurs.
— Tu l'as retrouvée ?
— Pas encore. »

Jude avait commencé à marquer les pages au fil de sa lecture. Quand Shaky feuilleta l'ouvrage, des tickets de bus s'en échappèrent. Il essaya de les rattraper, mais à ce moment-là une rafale de vent surgie de nulle part les emporta dans un buisson de ronces, et Shaky s'égratigna le dos de la main en essayant de les récupérer. Il faillit abandonner, mais il n'avait pas fait tout ce chemin pour négliger le moindre détail susceptible de venir en aide au privé. Il s'agenouilla et tendit la main, faisant abstraction de la douleur, comme du fait qu'il abîmait son manteau.

— Bon sang, murmura-t-il. Maudites ronces !
— Non, lança une voix derrière lui. Maudit sois-tu, enculé !

Le soleil se refléta de nouveau sur la bouteille d'Old Crow, mais cette fois-ci elle ne roula pas par terre. Elle explosa contre le crâne de Shaky.

Il reprit conscience pendant que les infirmiers soignaient ses blessures. Plus tard, il apprendrait qu'un conducteur était entré dans le parking pour faire demi-tour et l'avait trouvé gisant sur le sol. Le conducteur avait cru qu'il était mort.

— On doit vous faire des points de suture, dit l'infirmier.

Son collègue et lui portaient des gants de plastique bleu, tachés du sang de Shaky. Ce dernier tenta de se relever, mais ils l'en empêchèrent.

— Restez là. On vous tient.

Shaky sentit quelque chose dans sa main droite. Il regarda, et constata qu'il s'agissait des tickets de bus, froissés dans son poing serré. Il les mit avec soin dans la poche de son manteau, sentit alors contre ses doigts le contact du papier où était noté le numéro de téléphone du privé.

— Y a-t-il quelqu'un qu'on peut prévenir ? demanda l'infirmier.

Shaky s'aperçut qu'ils ne savaient pas qu'ils avaient affaire à un sans-abri. La veille, il avait lavé ses vêtements, avait pris une douche et s'était rasé au centre d'Amistad pendant qu'ils séchaient.

— Oui, répondit-il.

Et malgré le coup qu'il avait reçu à la tête, il récita de mémoire le numéro du téléphone portable du privé, avant de sombrer à nouveau.

19

Le temps que j'arrive à l'hôpital du Maine Medical, un médecin avait ôté les échardes de verre du cuir chevelu de Shaky et l'avait suturé. Ce dernier était encore dans les vapes à cause du sédatif qu'on lui avait administré, mais on ne comptait pas lui faire passer la nuit dans l'établissement. La radio n'avait pas révélé de fracture du crâne, et Shaky allait s'en tirer avec un bon mal de tête. On avait l'impression qu'il venait de se faire recoudre par Victor Frankenstein en personne.

Il me montra du doigt ses affaires, dans un sac plastique. Je le pris.

— Une histoire des premières églises en Angleterre ? fis-je en brandissant un livre sous ses yeux fatigués. Je dois dire que je suis surpris.

Shaky déglutit et m'indiqua le pichet sur la table de nuit. Je lui versai un verre d'eau. Il le but, ne bava qu'un tout petit peu.

— C'était à un ami.
— Jude ?

Il acquiesça, mais à l'évidence ce mouvement le fit souffrir. Il grimaça et n'essaya pas de recommencer.

— Manteau, dit-il.

Je fouillai ses poches jusqu'à tomber sur les tickets de bus, ainsi que sur le bout de papier où figurait mon numéro de portable. Les billets étaient deux allers-retours Portland/Bangor, sur la compagnie Concord, et deux autres allers-retours sur le trajet Bangor/Medway, dans le comté de Penobscot, sur la compagnie Cyr Bus Line.

— Comment a-t-il trouvé l'argent pour se les payer ? demandai-je. Encore des prêts qu'il s'est fait rembourser ?

— J'imagine. Et les consignes de bouteilles ou de canettes.

Les sans-abri de Portland, comme beaucoup, se faisaient un peu d'argent en récupérant des récipients consignés dans les poubelles. Les mardis soir étaient particulièrement profitables, étant donné que le mercredi était le jour de la collecte pour le recyclage.

— Il vous avait dit qu'il souhaitait aller à Medway ?
— Non.
— Mais ça avait quelque chose à voir avec sa fille ?
— Ouais. Ces dernières semaines, tout avait quelque chose à voir avec sa fille.

Je jetai un nouveau coup d'œil aux billets. En général, on allait à Medway pour chasser, pêcher, faire de la motoneige ou du ski, mais je ne voyais pas Jude se lancer dans ces activités, qu'elles soient ou non de saison. Peut-être sa fille avait-elle atterri là-bas, même s'il ne s'y passait pas grand-chose à cette époque de l'année. Les neiges allaient bientôt fondre, et il y aurait une période creuse avant que les touristes estivaux commencent à arriver.

Je feuilletai le livre. Il y avait quelque chose là-dedans, quelque chose que je ne parvenais pas à saisir tout à fait, quelque chose qui dansait à la frontière de ma conscience. Le Maine. Les églises anglaises...

Subitement, ça me revint.

— Prosperous ! m'écriai-je.

L'infirmière me jeta un regard curieux.
— Mais qu'est-ce qu'il serait allé faire à Prosperous ? me demandai-je à haute voix.

La police ne mit pas bien longtemps à retrouver Brightboy. Il s'était acheté deux litres de gin Caldwell, puis s'était trouvé un coin tranquille à Baxter Woods pour les boire. Il n'avait même pas pris la peine de balancer les affaires qu'il avait volées dans la cave de Jude. Quand les flics lui passèrent les menottes et l'embarquèrent dans leur voiture, il leur dit de lui-même, sans qu'on lui demande rien, qu'il ne regrettait pas d'avoir assommé Shaky avec la bouteille d'Old Crow vide.

« Je l'aurais même cogné avec une pleine, si j'avais eu les moyens. »

Une fois qu'il fut dégrisé, les flics l'interrogèrent, mais Brightboy ne fut pas en mesure de rajouter grand-chose à ce qu'on savait déjà à propos de la mort de Jude, et Shaky ne voulait pas porter plainte, sous prétexte que « Jude n'aurait pas voulu ». Cela dit, Jude était mort, et ce n'était pas lui qui s'était pris une bouteille d'Old Crow sur le crâne.

On avait réservé un lit pour Shaky dans l'un des centres d'accueil, et l'équipe avait accepté de garder l'œil sur lui pour guetter le moindre signe de commotion cérébrale. Un centre d'accueil n'était assurément pas le meilleur endroit pour se remettre d'une blessure à la tête. La chance aidant, Terrill Nix avait été l'un des flics qui s'étaient présentés sur les lieux de l'agression quand l'automobiliste la leur avait signalée, et lui et moi convînmes de faire en sorte qu'on place Shaky en position prioritaire pour l'obtention d'un logement, histoire de le remercier des efforts qu'il avait faits pour retrouver Brightboy.

La police continua à interroger ce dernier à propos de Jude et de ce qu'il avait vu ou pas vu dans cette cave, mais Brightboy ne fut pas d'une grande utilité – pas parce qu'il ne voulait pas parler, mais simplement parce qu'il n'avait rien vu d'autre que le cadavre et la possibilité de faire main basse sur ses affaires. Les flics auraient pu le mettre en examen pour vol – la valeur cumulée de l'argent et des objets qu'il avait dérobés se montant à près de cinq cents dollars –, ainsi que pour interférence dans une scène de crime potentielle, mais en fin de compte ils décidèrent de le renvoyer dans la rue. Les systèmes judiciaires et pénaux étaient déjà bien assez encombrés comme ça, et un séjour derrière les barreaux n'allait pas changer grand-chose pour Brightboy, dans un sens ou dans l'autre.

Macy rejoignit Nix pendant que j'étais à l'hôpital. J'en profitai pour lui parler des billets de bus et du livre sur l'architecture des églises, et mentionnai Prosperous.

— Mais que diable un type comme Jude pouvait-il bien faire à Prosperous ? demanda-t-elle.

— C'est presque mot pour mot ce que je me suis dit.

— J'ai parlé avec mon lieutenant, reprit Macy. D'après lui, on est en train de compliquer quelque chose qui devrait rester simple. On a déjà de quoi s'occuper suffisamment pendant les douze prochains mois sans ajouter ça à notre liste. Il pense qu'on devrait laisser tomber. Néanmoins, je garde l'esprit ouvert sur la question. Si vous trouvez quoi que ce soit de concret, faites-le-moi savoir... Terrill ?

Elle demandait son avis à Nix. Je dois dire que j'admirais la façon dont elle travaillait. Certains inspecteurs n'auraient pas pris la peine d'inclure un flic en uniforme dans une telle discussion, et encore moins de lui demander son opinion. Le revers de la médaille, c'est que ça pouvait laisser penser qu'elle était indécise, ou bien conduire à une situation où les plantons se croiraient autorisés à ramener leur fraise sans y être invités, mais j'avais l'impression que Macy n'aurait pas ce genre de problèmes. Elle ne lâchait pas trop de lest. Juste ce qu'il fallait.

Nix emprunta le chemin de moindre résistance :

— Plus j'y pense, plus je crois que Jude s'est fait sa fête tout seul. J'ai discuté avec un des psychiatres du centre d'accueil de Portland, et il m'a dit que Jude avait été dépressif pendant la plus grande partie de sa vie. C'est une des raisons pour lesquelles il ne parvenait jamais à rester dans les logements qu'ils lui trouvaient. Il déprimait et retournait dans la rue.

Je comprenais leur point de vue. Jude n'était pas une mignonne étudiante en licence de l'université du Maine, ni une infirmière, pas davantage un lycéen prometteur. L'histoire de sa mort, pour incomplète qu'elle fût, avait déjà été écrite et acceptée. J'étais déjà passé par là, moi aussi, dans le temps.

— Quelqu'un a-t-il interrogé Brightboy à propos d'un couteau ? demandai-je.

J'étais encore troublé par la façon dont Jude avait coupé la corde, si tant est qu'il l'ait fait lui-même.

— Merde ! s'exclama Macy.

Elle s'écarta un peu pour passer un coup de fil. Quand elle revint, elle avait l'air perplexe.

— Brightboy avait un canif sur lui quand on l'a arrêté, mais il prétend que c'est le sien. Il ne se souvient pas d'avoir vu un couteau sur la scène. Il ment peut-être, certes, et en plus il admet qu'il était bourré pendant la plus grande partie du temps qu'il a passé dans cette cave. De toute façon, je ne crois pas que Brightboy se souvienne de quoi que ce soit, même quand il est en pleine forme.

Cependant, elle semblait chercher à se convaincre elle-même plutôt que moi. Je laissai filer. J'avais planté la graine. Si elle prenait racine, tant mieux.

Macy repartit en compagnie de Nix. Je la regardai s'éloigner. Un médecin qui passait dans le coin la regarda aussi.

— Bon sang ! s'exclama-t-il.

— Ouais, répondis-je. Exactement ce que je pense.

Le jour où je la revis, j'étais en train de mourir.

20

Un suaire s'était étendu sur la maison d'Erin et Harry après le départ de Morland et de Hayley Conyer. En temps normal, la visite d'un seul d'entre eux aurait suffi à perturber les Dixon, car il s'agissait là des deux citoyens les plus puissants de Prosperous, même en considérant le fait que Morland ne siégeait pas au conseil. Mais une visite simultanée, spécialement en ces circonstances, avait suffi à les amener au point de rupture.

Ils avaient laissé s'enfuir la fille parce qu'ils voulaient s'extraire de cette folie – et peut-être parce qu'elle leur rappelait la fille qu'ils n'avaient jamais eue, mais qu'ils avaient toujours désirée –, et à présent ils étaient entraînés encore plus loin dans la démence de Prosperous, simplement parce qu'ils avaient essayé de faire ce qui était bien. D'une certaine façon, songeait Erin, c'était peut-être le choc dont ils avaient besoin. Leur torpeur, leur acceptation des lois de cette ville avaient déjà été mises au défi, sinon ils n'auraient pas agi comme ils l'avaient fait en libérant cette fille. Désormais, devant la perspective d'en kidnapper une autre, les illusions qui leur restaient s'étaient totalement dissipées.

Au fur et à mesure qu'ils y voyaient plus clair, leur envie désespérée de fuir Prosperous augmentait, mais jusqu'à présent aucun des deux n'avait parlé de l'acte qu'on leur demandait de commettre. Harry et Erin, à un moindre degré, étaient comme des enfants qui espèrent qu'en faisant abstraction d'un problème il finira par disparaître, ou qu'une solution se présentera d'elle-même. Harry en particulier avait sombré dans le déni. Il se surprenait presque à espérer qu'une fille égarée – une orpheline ou une fugueuse – finirait par passer par Prosperous, ou qu'un des membres du conseil la ramasserait au bord d'une route : un homme âgé et rassurant, comme Thomas Souleby ou Calder Ayton, qui lui proposerait de l'emmener en ville pour lui payer un bol de soupe ou un sandwich au Gertrude's. Il prétendrait avoir besoin d'aller aux toilettes, et une conversation aurait lieu derrière des portes closes. Ensuite, une femme s'approcherait de la fille, une figure maternelle. Elle exprimerait de la sollicitude. Lui proposerait un endroit où dormir, ne serait-ce que pour une nuit ou deux, le temps qu'elle puisse se laver, se remettre d'aplomb. Il y aurait peut-être même moyen de lui trouver du boulot au Gertrude's. Gertrude avait toujours besoin d'un coup de main. Oui, ça pouvait marcher, ça pouvait le faire. Ça enlèverait la pression des épaules de Harry et Erin, et ces derniers pourraient continuer à planifier leur fuite éventuelle. Oui, oui...

Un jour passa. Harry évitait de parler avec sa femme, trouvait des excuses pour ne pas rester à côté d'elle. Ce n'était pas avec ce genre de comportement que leur mariage avait duré aussi longtemps. Certes, Harry se montrait parfois réticent lorsqu'il s'agissait de prendre part à des conversations chargées en sentiments, blessants ou non, mais il en était venu à accepter leur intérêt. Et si Erin ne connaissait pas le fond de ses pensées, elle comprenait suffisamment bien son mari pour les deviner.

« Père, si tu veux, éloigne de moi cette coupe[1]... »

Il citait parfois ce passage de la Bible – Luc 22, 42, si elle se souvenait bien –, quand il se trouvait devant une petite difficulté, comme lorsqu'elle lui demandait de sortir la poubelle alors qu'il pleuvait, ou, à l'occasion – et ça, c'était énervant –, juste avant de faire l'amour. Son mari avait ses faiblesses. Elle ne se faisait pas d'illusions là-dessus, et d'ailleurs, lui-même avait conscience de celles de sa femme, même si Erin préférait penser que les siennes n'étaient que vénales, et moins graves. Harry n'aimait pas la confrontation, et n'était pas très bon lorsqu'il s'agissait de prendre des décisions importantes. Dans ces cas-là, il préférait laisser faire les circonstances, car dès lors on ne pouvait pas le blâmer si les choses tournaient mal. Erin n'avait jamais formulé cela à voix haute, mais une partie des difficultés financières qu'ils traversaient aurait pu être évitée si son mari avait montré un peu plus de moelle, un peu plus de fermeté.

Mais alors, l'aurait-elle aimé à ce point ? C'était là le hic.

Comme son mari, elle allait à l'église tous les dimanches. La plupart des habitants de Prosperous faisaient de même. Ils étaient baptistes, méthodistes ou catholiques. Certains avaient même embrassé des confessions plus excentriques, dont les dénominations restaient peu claires, même pour leurs fidèles. Tous deux, ils croyaient, et pourtant ils ne croyaient pas. Ils comprenaient la différence entre le distant et l'immanent, entre le créateur et la création. Erin trouvait plus de réconfort dans les rites que son mari. Pendant les offices, elle le sentait s'échapper, car il n'avait que peu ou pas d'intérêt pour les religions structurées. La prière

---

1. Bible de Jérusalem (les Éditions du Cerf, 1973).

du dimanche n'était pour lui qu'une façon de fuir, mais seulement dans le sens où elle lui fournissait le calme et la tranquillité qui lui permettaient de penser, de rêvasser ou, à l'occasion, de piquer un petit somme. Erin, elle, écoutait. Elle n'était pas d'accord avec tout ce qu'elle entendait, mais la majeure partie restait inattaquable. Vivez dans la décence, sinon, quel intérêt ?

Effectivement, à Prosperous, les gens vivaient dans la décence, et dans la plupart des cas ils se comportaient bien. Ils donnaient de l'argent aux œuvres. Ils chérissaient l'environnement. Ils toléraient, voire soutenaient, les gays et les lesbiennes. Les conservateurs endurcis et les gauchistes radicaux trouvaient tous leur place à Prosperous. En échange, la ville était touchée par la bonne fortune.

Simplement, de temps à autre, il fallait que Prosperous lui donne un petit coup de pouce, à la bonne fortune.

Si son mari avait écouté les sermons un peu plus attentivement, s'il avait lu la Bible au lieu de se contenter d'en tirer quelques citations au hasard, il se serait peut-être rappelé la fin de celle qu'il aimait tant lui balancer quand elle se blottissait contre lui, tard le soir.

« Cependant, que ce ne soit pas ma volonté, mais la tienne qui se fasse[1]. »

C'était la volonté de la ville qui devait être faite.

— Il faut qu'on discute, dit Erin.

Il était tôt, elle avait préparé un rôti braisé, mais jusque-là, ils y avaient à peine touché.

— Il n'y a rien à discuter.

— Quoi ?

Elle dévisagea son mari, incrédule.

1. Bible de Jérusalem (*op. cit.*).

— Tu as perdu l'esprit ? Ils veulent qu'on kidnappe une fille ! Si on refuse, ils nous tueront !

— Ça va s'arranger, assura Harry.

Il se força à manger un peu de rôti. C'était bizarre – ou peut-être ne l'était-ce pas du tout –, mais, depuis que Morland et lui avaient enterré la fille, Harry avait du mal avec la viande. Il mangeait beaucoup de fromage et des tartines de beurre de cacahuète. Le rôti avait un goût si fort qu'il dut faire un effort pour ne pas recracher sa bouchée. Il parvint à la mâcher suffisamment longtemps pour réussir à l'avaler, mais ensuite il sépara la viande des légumes dans son assiette et ne mangea plus que ces derniers.

— Ils ne vont pas nous tuer, reprit-il. C'est impossible. La ville a survécu en ne s'en prenant pas aux siens. Le conseil le sait. S'ils nous tuent, d'autres commenceront à craindre que leur tour ne vienne. Le conseil perdra le contrôle.

Ou il serrera la vis, pensa Erin. Parfois, il fallait faire un exemple, pour que les autres rentrent dans le rang, et à Prosperous la plupart des gens – ceux qui savaient, ceux qui participaient – ne se plieraient pas en quatre pour quelqu'un qui mettait en péril le présent et le futur de la ville. Les seuls susceptibles d'éprouver de l'empathie pour la situation difficile dans laquelle les Dixon se trouvaient étaient ceux qui leur ressemblaient, ceux qui se démenaient en secret. Cependant, il n'y avait aucune chance qu'ils se retournent contre Prosperous une fois que les Dixon auraient disparu, pas avant que Morland et Conyer ne se pointent chez eux pour leur demander de partir en chasse pour débusquer une jeune fille. Les jeunes hommes ne faisaient pas aussi bien l'affaire. Prosperous l'avait appris, il y a fort longtemps.

— Tu as tort, dit Erin. Et tu le sais.

Harry n'osait pas lever les yeux vers elle. Il coupa une patate en deux avec sa fourchette, la porta à sa bouche.

— Qu'est-ce que tu voudrais que je fasse ?
— Il faut qu'on en parle à quelqu'un.
— Non.
— Ecoute-m...
— Non !!

Elle recula. Harry n'élevait pratiquement jamais la voix – pas dans la joie et certainement pas dans la colère. C'était l'une des raisons qui l'avaient attirée vers lui. Il était comme un grand arbre : les orages pouvaient le ballotter, ses racines tenaient toujours bon. Le revers de la médaille, c'était qu'il avait plutôt tendance à réagir qu'à agir, et encore, simplement quand c'était la seule option qui lui restait. A présent, il se trouvait dans la situation qu'il avait toujours voulu éviter, et comme il ne savait pas comment s'en sortir, il avait opté pour l'inertie, une inertie doublée d'une foi étrange et peu fondée dans le fait que la chance allait tourner ou que le conseil allait changer d'avis.

— Je gère, affirma-t-il.

Sa voix avait repris son volume habituel. Ce bref éclat de colère, d'énergie, avait disparu, et Erin le regretta. Tout valait mieux que cette fatigue.

Avant qu'elle puisse poursuivre, on frappa à la porte. Ils n'avaient entendu aucune voiture approcher, n'avaient pas vu de phares.

Harry se leva pour aller ouvrir. Il essaya de ne pas penser à qui ça pouvait bien être : Morland, demandant à examiner de nouveau la cave, afin de terminer son enquête sur la façon dont la fille s'y était prise pour s'enfuir ; Hayley Conyer, qui voudrait savoir s'ils avaient avancé, s'ils s'étaient déjà mis à explorer les rues...

Ce n'était ni l'un ni l'autre. Devant lui se tenait le fils de Luke Joblin, Bryan. Il avait un sac à ses pieds. Bryan devait avoir vingt-six ou vingt-sept ans, si Harry se rappelait bien. Il aidait son père au bureau et était habile de ses mains. Harry avait vu des meubles que Bryan avait fabriqués, qui l'avaient impressionné. Néanmoins, le jeune homme n'était pas très discipliné. Il ne travaillait pas à développer ses talents. Il ne souhaitait pas devenir menuisier, charpentier ou facteur de meubles. Ce qu'il préférait, c'était la chasse, qu'elle soit ouverte ou pas, d'ailleurs. Du corbeau à l'élan, Bryan aimait tuer toutes les proies.

— Bryan ? s'écria Harry. Qu'est-ce que tu fais là ?

— Mon père a entendu dire que vous aviez besoin d'un coup de main.

Harry n'aima pas la lueur qu'il discernait dans l'œil de Bryan. Vraiment pas.

— Il m'a suggéré de venir passer une semaine ou deux avec vous. Le temps que vous remontiez la pente, quoi.

Ce n'est qu'à ce moment-là que Harry remarqua l'étui à fusil. Un Remington 700, calibre 30-06. Il avait vu Bryan avec cette arme bien assez souvent.

Harry ne bougea pas. Il sentait la présence d'Erin derrière lui, mais ce n'est que lorsqu'elle posa la main sur son épaule qu'il s'aperçut qu'il tremblait.

— Ça ne pose pas de problème, n'est-ce pas ? demanda Bryan sur un ton qui indiquait clairement qu'il n'y avait qu'une seule réponse possible à sa question.

— Non, aucun problème.

Harry recula pour le laisser passer. Le jeune homme prit son sac et son fusil, puis entra, saluant Erin rapidement – « Madame Dixon » –, tandis que la nourriture sur la table attirait son attention.

— Du rôti braisé ! s'exclama-t-il. Ça sent bon.

Erin n'avait pas quitté Harry des yeux. A présent, ils se regardaient par-dessus l'épaule de Bryan. Ils savaient.

— Je vais te montrer ta chambre, Bryan, dit Erin. Ensuite, tu pourras te joindre à nous pour manger un morceau. Il y en a assez pour trois.

Harry la regarda le conduire vers la chambre d'amis, au bout du couloir. Quand ils eurent disparu, il se prit le visage entre les mains et s'adossa contre le mur. Il était toujours dans cette position quand Erin revint. Elle lui fit un baiser dans le cou, s'immergea dans son odeur.

— Tu avais raison, murmura-t-il. Ils se retournent contre nous.

— Qu'est-ce qu'on va faire ?

Il répondit sans hésiter :

— On va s'enfuir.

21

Le loup était à l'agonie. La blessure à sa patte empirait. Au début, saisi de peur et de douleur, il s'était rapidement éloigné de l'endroit où sa meute avait été décimée, mais à présent il avait du mal à progresser, même sur une courte distance. Quelque part dans les tréfonds de sa conscience, le loup percevait sa propre mort, comme un fait. Cela se manifestait par l'empiétement progressif des ténèbres sur la lumière, l'obscurité qui gagnait sa vision périphérique.

Le loup avait peur des hommes, du bruit qu'ils faisaient, de leur odeur. Il se rappelait le carnage auquel ils s'étaient livrés sur les berges de la rivière. Cependant, là où les hommes se réunissaient, il y avait de la nourriture. Le loup en était réduit à fouiller les poubelles, mais du coup il mangeait mieux qu'il ne l'avait fait depuis des semaines. Il était même parvenu à attraper un petit chien bâtard qui s'était aventuré un peu trop loin dans la forêt. Le loup avait entendu les hommes appeler et siffler tandis qu'il égorgeait le chien, mais sa proie était suffisamment légère pour qu'il la prenne entre ses crocs et l'emporte, loin des bruits des poursuivants. Il s'en nourrit jusqu'à ce qu'il ne reste plus que sa fourrure et ses os.

Mais il avait toujours faim.

A présent, il faisait nuit, et son museau frémissait. Il sentait une odeur de viande en putréfaction. Il se dirigea vers l'endroit d'où elle émanait, vit que le sol était mou et la terre retournée.

Faisant abstraction de la douleur à sa patte, il se mit à creuser.

II

LE PIÈGE

« "Eh bien, Seigneur, mon Dieu !" dit le preux chevalier,
"Serait-ce donc icelle que la verte chapelle ?
Il se pourrait qu'ici à l'entour de minuit
Le Diable à ses matines appelle." »

Sire Gauvain et le Chevalier vert

22

Prosperous ressemblait à beaucoup d'autres villes du Maine, si ce n'est qu'en général celles-ci, situées beaucoup plus à l'est, tiraient leur richesse des touristes qui n'hésitaient pas à claquer cinquante dollars pour s'offrir une bouée décorée de langoustes en souvenir. Au contraire, Prosperous se trouvait à l'écart des itinéraires touristiques, et ses différents commerces s'appuyaient sur la demande locale pour ne pas péricliter. En descendant Main Street au volant de ma voiture, j'appréciai les réverbères anciens, les devantures soignées et l'absence totale de chaînes de magasins nationales. Les deux cafés étaient petits et la pharmacie avait l'air assez ancienne pour prescrire des saignées à base de sangsues. Le Prosperous Tap me rappela le restaurant Jacob Wirth, à Boston, avec sa vieille horloge suspendue au-dessus de l'enseigne, et le bazar à l'entrée de la ville aurait pu être lâché en plein XIXe siècle sans susciter le moindre regard d'intérêt.

Le matin même, avant de me mettre en route, j'avais consulté quelques ouvrages sur Prosperous à la bibliothèque de la Maine Historical Society de Portland. Dans cette petite ville, le taux de résidents propriétaires était pour ainsi dire de cent pour cent, et la valeur moyenne du foncier à l'intérieur des limites de la municipalité excédait de cinquante pour cent celle de l'Etat. Il en allait de même pour le revenu moyen et le pourcentage d'habitants titulaires d'une licence universitaire, ou plus. D'un autre côté, si des Noirs y étaient établis, ils étaient bien cachés, tout comme les Asiatiques, les Latinos et les Amérindiens. En fait, si les chiffres des recensements étaient corrects, Prosperous n'avait absolument aucun résident né ailleurs. Curieusement, le nombre d'habitants par foyer était beaucoup plus élevé que la moyenne de l'Etat : presque 4, quand la moyenne était à 2,34. Il semblait qu'à Prosperous les enfants restaient volontiers chez papa-maman.

J'avais découvert un autre fait étrange à propos de cette ville. Bien que le nombre d'anciens combattants fût sensiblement proportionnel à sa taille, aucun d'eux n'avait été mortellement blessé au service de la patrie. Pas un seul. Ils étaient tous rentrés chez eux sains et saufs. Cet exploit extraordinaire avait fait l'objet d'un article dans le *Maine Sunday Telegram*, à la suite du retour à la maison du dernier soldat de Prosperous ayant servi au Vietnam, en 1975. Watkyn Warraner, le pasteur de la ville, avait attribué cette bonne fortune au « pouvoir de la prière ». Son fils, Michael Warraner, était aujourd'hui le nouveau pasteur de Prosperous. Il y avait des congrégations catholiques, baptistes, méthodistes et presbytériennes dans les villes alentour, mais dans les limites de cette municipalité il n'y avait qu'une seule église, toute petite, qui répondait au nom curieux de Confrérie des Temps d'avant l'Eden. Apparemment, Michael Warraner était le pasteur de ce troupeau.

C'était là que les choses devenaient vraiment intéressantes : au début du XVIIIe siècle, l'église de Prosperous, construite en pierre et à peine assez grande pour contenir une vingtaine de personnes, avait été intégralement transportée du comté de Northumbria en Angleterre jusque dans le Maine. On avait soigneusement marqué chaque bloc de pierre, ainsi que la position qu'il occupait dans le bâti, puis on les avait emportés, en tant que ballast, sur les bateaux qui avaient emmené la congrégation originale à Bridgeport, dans le Connecticut, en 1703. De là, ces pèlerins avaient voyagé vers le nord du Maine et, au terme d'une période s'étendant sur plusieurs décennies, avaient fini par fonder la ville de Prosperous et rebâtir leur église, qu'ils avaient soigneusement stockée entre-temps.

Ils avaient quitté le comté de Northumbria et emporté leur église avec eux parce qu'on les persécutait. La Confrérie, comme on en vint à l'appeler, était une ramification de la Famille de l'Amour, aussi nommée « les familistes », une secte qui avait émergé au XVIe siècle en Europe. La Famille de l'Amour cultivait le secret, et avait la réputation d'être hostile envers les étrangers au point de les tuer, même si cela n'était peut-être que des rumeurs inventées et propagées par leurs détracteurs. Les mariages et les remariages étaient contractés exclusivement entre les membres de la secte, et la nature précise de leurs croyances était tout aussi exclusive. D'après ce que je parvins à comprendre, les familistes croyaient que l'enfer et le paradis existaient sur terre, et qu'une époque avait précédé l'apparition d'Adam et Eve. Au XVIIe siècle, une majorité de familistes s'intégra au mouvement quaker, mais un petit groupe de membres du comté de Northumbria refusa tout rapport avec les quakers ou avec qui que ce soit, et continua à pratiquer ses propres rites, malgré les efforts du roi Charles II pour mettre à bas les églises non conformistes en Angleterre. Dans les villes, on exigea de tous les notables qu'ils deviennent membres de l'Eglise d'Angleterre, et de l'ensemble du clergé qu'il utilise la Bible du roi Jacques. Les rassemblements religieux de plus de cinq personnes furent interdits, à moins que ces personnes ne fissent partie de la même famille. Les familistes subirent également ces persécutions.

Néanmoins, il semble qu'il fut difficile de se débarrasser de cette secte. Les familistes apprirent à se cacher, rejoignant des congrégations bien établies tout en poursuivant leurs pratiques religieuses en secret, et ils perpétuèrent ce faux-semblant, même pendant les pires années de répression contre l'anticonformisme. En outre, comme les mariages entre les familles des différents membres étaient fréquents, ils parvenaient aisément à contourner la législation sur les rassemblements religieux.

En 1689, à Londres, le Parlement vota le Toleration Act, une loi qui autorisait les anticonformistes à avoir leurs propres professeurs, leurs pasteurs et leurs lieux de culte, mais à l'époque il semble que certains parmi les familistes avaient déjà pris la décision de quitter l'Angleterre. Peut-être étaient-ils fatigués de se cacher, peut-être avaient-ils perdu la foi en leur propre gouvernement. Le seul indice que je trouvai d'un mécontentement plus profond était dans une note de bas de page, dans un essai intitulé *La Fuite vers l'ouest : les Eglises anticonformistes et la bonté de Dieu dans les premières colonies en Nouvelle-Angleterre*, où il était suggéré que les familistes de la Confrérie avaient été expulsés d'Angleterre parce qu'ils étaient tellement anticonformistes qu'ils frôlaient le paganisme.

Cette note avait un rapport avec deux paragraphes du livre sur l'architecture des églises de Jude, qui précisaient que celle de la Confrérie était remarquable à cause de ses figurines sculptées, et notamment ses nombreuses « têtes feuillues », lesquelles participaient d'une tradition ancienne de sculpture de symboles de fertilité et d'esprits de la nature, propre aux bâtiments chrétiens. En général, sur les lieux de culte les plus anciens, ces ornements étaient tolérés, voire encouragés. Il existait une sorte de reconnaissance tacite de la part des pères fondateurs de l'Eglise quant au lien qu'entretenaient le peuple et la terre au sein des communautés agraires. Cependant, dans le cas du bâtiment qu'on transporta d'Angleterre dans le Maine, le consensus parmi les opposants à la secte voulait que ces têtes ne fussent pas simplement des éléments de décoration : c'étaient elles qui constituaient l'objet du culte familiste, les symboles chrétiens n'étant quant à eux que de simples décorations. En me garant un peu à l'écart de Main Street, il me parut étrange qu'une congrégation dont l'histoire était marquée par la clandestinité ait accordé suffisamment de valeur à une vieille église pour lui faire traverser l'océan Atlantique. Elle méritait probablement le coup d'œil.

La mairie, un immeuble de grès brun du XIXe siècle avec une extension plus moderne à l'arrière, disposait de locaux propres et nets où la lumière entrait à flots. Quand je demandai à rencontrer le chef de la police, on me proposa du café et on me fit patienter dans un fauteuil confortable pendant qu'on lui téléphonait. Le café me fut servi accompagné d'un cookie posé sur une serviette. Si j'étais resté un peu plus longtemps, je pense que quelqu'un m'aurait apporté un oreiller et une couverture. En fait, je patientai en observant les photos et les illustrations qui décoraient la pièce, représentant la ville au fil du temps. Prosperous n'avait pas tellement changé au cours des siècles. Les noms sur les devantures des magasins restaient sensiblement les mêmes, et seuls les vêtements des passants ou les voitures dans les rues témoignaient du passage du temps.

Une porte s'ouvrit sur ma droite, et un homme en uniforme apparut. Il était plus grand que moi, plus large d'épaules aussi, et sa chemise bleu marine soigneusement repassée était ouverte sur un tee-shirt d'un blanc immaculé. Il avait les cheveux bruns, des lunettes à double foyer sans monture, et un SIG Sauer à la hanche. Toutes choses égales par ailleurs, il ressemblait à un comptable qui faisait des heures supplémentaires. Seuls ses yeux cassaient cette impression. Ils étaient gris pâle, de la couleur d'un ciel d'hiver annonciateur de neige.

— Lucas Morland, dit-il en me serrant la main. Je suis le chef de la police locale.

— Charlie Parker.

— Très heureux, monsieur Parker.

Il avait l'air de penser ce qu'il disait.

— J'ai lu beaucoup de choses à votre propos, poursuivit-il. Je vois qu'on vous a déjà proposé un café. Vous en voulez un autre ?

Je répondis que ça me suffisait, et il m'invita à passer dans son bureau. Il était difficile de déterminer la couleur des murs, couverts qu'ils étaient de diplômes, récompenses et autres certificats, assez en tout cas pour rendre toute peinture inutile. Sur son bureau étaient disposées plusieurs photos d'une femme aux cheveux bruns et de deux garçons, bruns également. Le chef de la police ne figurait sur aucune d'entre elles. Je me demandai s'il était divorcé. D'un autre côté, c'était peut-être simplement parce que c'était lui qui les avait prises.

— Votre ville est jolie, dis-je.

— Elle n'est pas à moi. Je me contente de m'en occuper. C'est ce que nous faisons tous, d'une certaine manière. Vous envisagez de vous installer ici ?

— Je ne pense pas que je pourrais me le permettre, niveau impôts.

— Vous devriez essayer avec un salaire de flic.

— C'est probablement comme ça que le communisme a démarré. Vous feriez mieux de parler moins fort, ou ils vont commencer à se chercher un autre chef de la police.

Il s'enfonça dans son fauteuil et croisa les mains. Je remarquai qu'il avait un peu de ventre. C'était le problème avec les petites villes bien tranquilles : on ne trouvait pas grand-chose à y faire pour brûler des calories.

— On a de tout ici, vous savez. Vous avez remarqué le panneau à l'entrée de la ville ?

— Je ne crois pas.

— Il n'est pas très visible, j'en ai peur. Dessus, il n'y a qu'un seul mot : « Tolérance ».

— Ça a le mérite de la concision.

Il regarda par la fenêtre, observant le passage d'une file d'enfants d'une école primaire dont chacun tenait fermement la même corde rose. La journée était claire mais froide, et ils étaient emmitouflés sous tellement de couches de vêtements qu'on ne pouvait distinguer leurs visages. Une fois qu'ils eurent disparu de notre champ de vision et qu'il se fut assuré que rien ne les menaçait ou n'était susceptible de le faire, il se retourna vers moi.

— En quoi puis-je vous aider, monsieur Parker ?

Je lui tendis une photo de Jude que j'avais trouvée au centre d'accueil de Portland. Elle avait été prise au dîner de Noël, l'année précédente, et Jude, souriant, était vêtu d'un costume beige et d'une chemise blanche, avec un bout de guirlande en guise de cravate. Un pédant aurait fait remarquer que la couleur du costume était trop proche du crème pour la période de l'année, mais Jude s'en serait moqué.

— Je me demandais si vous auriez vu cet homme dans le coin, récemment, ou s'il a eu un quelconque contact avec quelqu'un de chez vous.

Morland plissa le nez en regardant le cliché à travers le bas de ses verres à double foyer.

— Oui, je me souviens de lui. Il est venu ici, il posait des questions à propos de sa fille. Il s'appelait...

Morland tapota le bureau du doigt, tandis qu'il fouillait dans sa mémoire.

— Jude, finit-il par dire. C'est ça : Jude. Quand je lui ai demandé s'il s'agissait de son prénom ou de son nom de famille, il m'a répondu que c'était les deux. Il a des problèmes, ou il vous a engagé ? Pour être franc, il ne m'a pas semblé être le genre de type qui peut se payer les services d'un détective privé.

— Non, il ne m'a pas engagé. Quant à ses problèmes, s'il en avait, ils ont disparu maintenant.

— Il est mort ?

— On l'a retrouvé pendu dans une cave de Portland, il y a une semaine environ.

Morland hocha la tête.

— Je crois me souvenir avoir lu quelque chose à ce propos, maintenant que vous le dites.

La découverte du cadavre de Jude avait donné lieu à un paragraphe dans le *Press Herald*, suivi d'un article un peu plus long dans le *Maine Sunday Telegram* à propos des pressions que subissaient les sans-abri de la ville.

— Vous dites qu'il posait des questions sur sa fille ?

— C'est exact, répondit Morland. Annie Broyer. Il prétendait qu'une femme travaillant dans un centre d'accueil de Bangor lui avait affirmé qu'elle était venue dans le coin. Apparemment, un vieux couple lui aurait proposé du boulot, du moins c'est ce qu'elle avait entendu dire. Jude avait une photo de sa fille, mais qui datait. Cependant, il l'a décrite avec précision, du moins assez bien pour que je sois en mesure de lui répondre qu'aucune jeune femme correspondant à sa description n'avait mis les pieds ici, du moins aucune que je connaisse, mais je les connais toutes.

— Et il s'est satisfait de ça ?

J'avais déjà vu un bon millier de fois l'expression qui s'afficha sur son visage. Elle s'était probablement affichée sur le mien, à l'occasion. C'était celle d'un membre du service public qui n'était pas suffisamment payé pour se coltiner le mécontentement de ceux qui ne trouvaient pas la réalité satisfaisante.

— Non, monsieur Parker. Il voulait que je l'emmène faire un tour dans chacune des maisons de Prosperous occupée par un couple de personnes âgées et que je leur montre la photo de sa fille. En fait, il est allé jusqu'à suggérer que nous fouillions les maisons de tous les habitants âgés de plus de soixante ans, juste au cas où ils la retiendraient prisonnière…

— J'imagine que ce n'était pas possible.

Morland écarta les mains dans un geste d'impuissance.

— Il n'avait pas signalé la disparition de sa fille. Il n'était même pas sûr qu'elle ait vraiment disparu. Il avait juste le sentiment que quelque chose clochait, mais plus on creusait l'histoire, plus il apparaissait que Jude ne connaissait pas du tout sa fille. C'est alors que j'ai découvert qu'elle avait séjourné dans un centre d'accueil pour femmes, que lui était un sans-abri et qu'ils étaient des étrangers l'un pour l'autre. A partir de là, tout est devenu plus compliqué.

— Qu'est-ce que vous avez fait, pour finir ?

— J'ai fait une photocopie de la photo, j'ai rédigé une description de sa fille pour l'accompagner et je lui ai promis de poser des questions aux gens du coin. Cependant, j'ai également tenté de lui expliquer que cette ville n'est pas le genre d'endroit où les gens invitent à dormir chez eux des inconnues rencontrées dans la rue. Pour être franc, je ne connais pas beaucoup de villes où c'est le cas. Son histoire ne sonnait pas vrai. Il m'a donné une paire de numéros de centres d'accueil ou de soupes populaires où l'on pouvait lui laisser un message, puis je l'ai ramené à Medway afin qu'il puisse prendre le car pour Bangor.

— Laissez-moi deviner. C'était une proposition qu'il ne pouvait pas refuser, c'est ça ?

Morland me servit une fois de plus son expression d'agent du service public en souffrance.

— Ecoutez, je ne l'ai fait qu'en dernière extrémité. Il m'avait dit qu'il allait prendre un café, et peu après je le retrouve dans la rue en train d'arrêter les passants pour leur montrer la photo de sa fille et de coller des photocopies pourries sur les réverbères. Je lui ai dit que je ferais tout ce qui était en mon pouvoir pour l'aider, et j'étais sincère, mais je n'allais pas laisser un clodo – même un clodo bien habillé – harceler les citoyens de cette ville et dégrader les équipements municipaux. J'aime mon boulot, monsieur Parker, et je tiens à le conserver. La plupart du temps, c'est un boulot facile, et même quand c'est dur, ça reste tout de même relativement facile. J'aime bien cette ville, aussi. J'ai grandi ici. Mon père était chef de la police avant moi, et son père avant lui. C'est l'entreprise familiale, et on connaît notre boulot.

Quel discours ! J'aurais voté pour lui s'il s'était présenté à une élection.

— Alors, vous avez emmené Jude à Medway…

Je résistai à l'envie de lui dire qu'il l'avait viré comme un malpropre, littéralement, et je poursuivis :

— … mais j'imagine qu'il n'a pas capté le message.

Morland soupira.

— Il s'est mis à appeler mon bureau deux ou trois fois par jour pour demander s'il y avait du nouveau, mais je n'avais rien à lui dire. Ici, personne n'avait vu sa fille. On lui avait fourni des informations erronées, mais il refusait de l'accepter, alors il est revenu. Cette fois-ci, il n'a pas eu la courtoisie de venir me voir. Il allait de maison en maison, frappait aux portes et épiait aux fenêtres. Naturellement, j'ai commencé à recevoir des coups de fil paniqués des habitants, étant donné que la nuit commençait à tomber. Il a eu de la chance de ne pas se faire tirer dessus. Je l'ai ramassé et je l'ai collé dans une cellule pour la nuit, en lui précisant que j'aurais pu l'inculper de tentative d'effraction. Bon sang, il a même atterri dans le cimetière, plus d'une demi-heure après le coucher du soleil, comme ce type dans Dickens…

— Magwitch.

— Celui-là, ouais.

— Qu'est-ce qu'il faisait au cimetière ?

— Il essayait d'aller voir l'église. Ne me demandez pas pourquoi : elle est fermée, et on ne la visite que sur rendez-vous. Nous avons eu quelques incidents par le passé, du vandalisme. Vous avez entendu parler de notre église ?

Je répondis que c'était le cas, et que je serais curieux de la voir avant de partir, si c'était possible. La perspective de mon départ sembla le ragaillardir un peu. Il semblait fatigué de parler des problèmes d'un clodo mort et de sa fille.

— En fin de compte, le lendemain matin, je l'ai emmené à Medway – encore ! –, et je lui ai dit que s'il revenait à Prosperous, il serait arrêté et mis en examen, et que dans une cellule il ne serait d'aucune utilité à sa fille. Il a semblé capter le message, et hormis une dizaine de coups de fil de sa part, je n'en ai plus entendu parler jusqu'à aujourd'hui.

— Et personne en ville ne savait rien à propos de sa fille ?

— Non, monsieur.

— Mais pourquoi aurait-elle prétendu qu'elle allait à Prosperous si personne ne lui avait donné une raison de le faire ? Ça paraît bizarre, d'inventer une histoire comme ça.

— Elle essayait peut-être d'impressionner les autres sans-abri. Dans le pire des cas, à Bangor, elle a parlé à quelqu'un qui lui aura affirmé être de Prosperous alors que c'était faux. Peut-être que Jude avait raison, et que quelque chose est effectivement arrivé à sa fille, mais si c'est le cas, ça ne lui est pas arrivé ici.

Morland me rendit la photo de Jude et se leva. Nous en avions fini.

— Alors, vous avez envie de voir l'église avant de partir ?

— Si ce n'est pas trop vous demander. Mais vous ne serez pas obligé de me reconduire à Medway après la visite.

Morland fit un petit sourire, mais ne répondit rien. En me levant, je fis en sorte de heurter le cadre d'un des clichés posés sur son bureau, mais je le rattrapai avant qu'il touche le sol et le remis à sa place.

— Votre famille ?

— Oui.

— De beaux garçons. Pas de filles ?

Morland me jeta un regard bizarre, comme si je venais d'insinuer quelque chose de déplaisant à propos de lui et de la nature de ses relations familiales.

— Non, pas de filles. Ça me va, je dois dire. Ceux de mes amis qui en ont affirment qu'elles posent plus de problèmes que les garçons. Les filles vous brisent le cœur.

— Oui. Celle de Jude l'a certainement fait.

Morland fit légèrement pivoter le cadre pour le repositionner comme il l'entendait.

— Vous aviez une fille, non ? demanda-t-il.

— Oui. Elle est morte, ajoutai-je.

J'avais préféré devancer la remarque qui n'allait pas manquer de suivre. J'avais l'habitude, à présent.

— Je sais, dit Morland. Je suis désolé. Mais vous avez une autre petite fille maintenant, non ?

Je le dévisageai, mais il semblait sincère.

— Ça aussi, vous l'avez lu quelque part ?

— Vous pensez qu'il existe un membre des forces de l'ordre dans cet Etat qui ne soit pas au courant de votre histoire ? Le Maine, c'est la province. Tout se sait.

C'était vrai. Néanmoins, Morland faisait preuve d'une remarquable mémoire à propos des histoires de famille d'hommes qu'il n'avait jamais rencontrés auparavant.

— Vous avez raison, j'ai une autre fille.

Il sembla sur le point d'ajouter quelque chose, puis se ravisa et se contenta de dire :

— Si ce Jude n'avait pas abandonné sa famille, sa fille n'aurait peut-être pas fini comme elle a fini.

Il n'avait pas tout à fait tort. Jude, s'il était encore en vie, lui aurait même probablement donné raison. Cependant, je n'allais pas pointer du doigt les erreurs de Jude en tant que mari ou en tant que père. Le poids des miennes m'occupait déjà bien assez.

— Sur la fin, il a essayé de réparer, arguai-je. En partant à sa recherche à Prosperous, il agissait comme n'importe quel père.

— Est-ce une critique de la façon dont mon équipe a traité Jude ?

Morland n'était pas loin de montrer de l'irritation. « Mon équipe », remarquai-je. Pas « moi ».

— Non. Vous n'avez fait que ce que tout chef de la police aurait fait.

Ce n'était pas tout à fait vrai, mais bien assez quand même. Si Morland avait eu une fille, il aurait peut-être montré un peu plus de compassion, et si Jude n'avait pas été un clodo, et sa fille une ex-junkie, Morland se serait peut-être donné un peu plus de mal – juste un peu plus, mais parfois, ça suffit à faire la différence. Néanmoins, je gardai ces réflexions pour moi. Les formuler n'aurait pas fait avancer les choses, et quant à moi, je ne pouvais pas garantir qu'à sa place et dans le même contexte j'aurais agi différemment.

En sortant de son bureau, Morland prévint la réceptionniste qu'il allait à l'église. Elle eut l'air surprise, mais ne dit rien.

— Cette jeune femme, Annie Broyer, vous pensez qu'elle est morte ? demanda Morland au moment où nous arrivions dans la rue.

— Je ne sais pas. J'espère que non.

— Alors, vous allez continuer à la chercher ?

— Probablement.

— Et qui vous a embauché pour le faire ?

— Personne.

— Mais alors, pourquoi vous la cherchez ?

— Parce que personne d'autre ne le fera.

Morland digéra l'info, puis me demanda de suivre sa voiture.

Il était encore en train de hocher la tête quand il démarra.

23

L'église de la Confrérie des Temps d'avant l'Eden se trouvait au milieu de la forêt, à un peu moins d'un kilomètre au nord-ouest de Prosperous. Une route privée, barrée par une chaîne cadenassée dont Morland avait la clé, serpentait dans les bois jusqu'à une grille en fer peinte en noir, derrière laquelle on apercevait le cimetière et l'église elle-même. Morland se gara sur l'étroite bande herbeuse à côté de la grille, tandis que je laissais ma propre voiture sur la chaussée. La grille avait une porte, habituellement fermée par une chaîne et un cadenas, mais qui était déjà ouverte à notre arrivée.

— En chemin, j'ai passé un coup de fil au pasteur Warraner pour lui demander de se joindre à nous. Question de politesse. L'église est sous sa responsabilité. J'ai une clé, mais juste en cas d'urgence. En temps normal, je le laisse s'occuper de tout.

Je jetai un coup d'œil alentour, sans voir le moindre signe du pasteur. L'église, plus petite et plus primitive que ce à quoi je m'attendais, avec ses murs constitués de blocs de pierre grise grossièrement taillés, était orientée vers l'ouest, à l'opposé de la pratique la plus courante. J'en fis le tour, ce qui ne me prit pas bien longtemps. Une lourde porte en chêne semblait constituer l'unique point d'entrée ou de sortie du bâtiment, dont les murs nord et sud étaient également dotés de deux fenêtres étroites, vitrées et grillagées. Quant au mur qui devait se trouver derrière l'autel, il était aveugle. La toiture, assez récente, semblait incongrue au regard de l'ancienneté du bâti.

Les principaux ornements, en l'espèce les visages auxquels l'église devait sa réputation, se trouvaient dans la partie supérieure de chacun des angles, où, de par leur disposition, ils créaient un effet évoquant Janus, qu'accentuaient encore le lierre et les branches sculptés d'où ils émergeaient. Ces décorations florales se poursuivaient le long du faîte des murs, de telle sorte que tous les visages semblaient surgir de la même source. Les siècles en avaient usé la patine, mais pas autant qu'on aurait pu le penser. L'arabesque complexe des feuilles sculptées formait un écran sous la protection duquel ces visages semblaient vous observer. Ils me rappelaient l'enfance, les contes de fées, ou la façon dont les nœuds dans les troncs des vieux arbres font parfois penser, selon la lumière et l'angle sous lesquels on les regarde, à des silhouettes torturées de gens qui souffrent.

Cependant, ce qui me frappa, ce fut leur expression purement maléfique. Ils ne manifestaient aucune douceur, n'appelaient aucun espoir. Ils semblaient au contraire n'annoncer que le mal à ceux qui les contemplaient. Pour moi, leur présence sur les murs d'une église était aussi déplacée que celle d'une image pornographique.

— Qu'en pensez-vous ? demanda Morland en me rejoignant.

— Je n'ai jamais rien vu de tel.

C'était la réponse la plus neutre que je me sentais capable de fournir.

— Il y en a d'autres à l'intérieur. Ceux-là ne sont que le prologue.

Comme en réponse à un signal, la porte de la chapelle s'ouvrit et un homme apparut.

— Pasteur Warraner, je vous présente M. Parker, le détective privé dont je vous ai parlé.

Warraner ne ressemblait pas à l'image que je m'étais faite d'un membre du clergé responsable d'une église qui avait presque mille ans. Il portait un jean, des bottes usées et une confortable veste en daim qu'il enfilait manifestement depuis des années dès qu'il faisait froid. Il avait la petite quarantaine, plus beaucoup de cheveux, et quand il me serra la main, je sentis les cals sur sa paume et perçus la légère odeur de sciure de bois qui émanait de lui.

— Appelez-moi Michael, me dit-il. Enchanté de vous rencontrer.

— Vous vivez près d'ici ? demandai-je, n'ayant pas vu d'autres voitures que les nôtres.

— Juste de l'autre côté, répondit-il avec un geste de la main en direction de la forêt. Cinq minutes à pied. Autant qu'en voiture, mais la route est moins belle, alors autant marcher. Mais puis-je savoir ce qui amène un détective privé dans notre ville ?

Je tournai mon regard vers les visages sculptés, qui me le rendirent. L'un d'eux avait la bouche grande ouverte, et sa langue pendait d'une façon obscène entre ses lèvres. Il semblait se moquer de mes chances de retrouver Annie Broyer en vie.

— Un sans-abri du nom de Jude est venu à Prosperous, il y a peu. Le chef de la police Morland me dit qu'il a peut-être pénétré dans le périmètre de l'église au cours d'une de ses visites.

— Je m'en souviens, répondit Warraner. C'est moi qui l'ai trouvé ici. Il était plutôt excité, et je n'ai eu d'autre choix que d'appeler Morland.

— Pourquoi était-il excité ?

— Il s'inquiétait pour sa fille. Elle avait disparu, et il pensait qu'elle était venue à Prosperous. Il pensait que la police ne lui fournissait pas toute l'aide nécessaire. Sans vouloir vous offenser, Morland.

— Je n'y vois pas d'offense, assura ce dernier.

Difficile de dire s'il était sincère ou pas, étant donné qu'il avait gardé ses lunettes de soleil pour se protéger de la réverbération de la neige. Je connaissais à peine Morland, mais il me faisait l'effet d'un type qui cultive jalousement les affronts qu'on lui fait, qui les entretient et les regarde grandir.

— Quoi qu'il en soit, j'ai essayé de le calmer, mais sans grand succès, poursuivit Warraner. Je lui ai demandé de quitter le périmètre, ce qu'il a fait, mais je craignais qu'il ne tente de pénétrer dans l'église elle-même, c'est pourquoi j'ai appelé Morland.

— Pourquoi croyiez-vous qu'il voulait y pénétrer ?

Warraner montra du doigt les visages sculptés au-dessus de sa tête.

— Les gens perturbés font des fixations, et ce merveilleux bâtiment ancien fournit plus de prises aux fixations que la plupart. Au cours des ans, nous avons été confrontés à plusieurs tentatives de vol de ces sculptures, et on a également essayé de les vandaliser. Nous avons même trouvé des gens – et pas simplement des ados, mais des gens assez âgés pour faire preuve d'un peu plus de bon sens – qui étaient venus faire l'amour ici en pensant que ça les aiderait à avoir un enfant. En outre, nous avons également reçu la visite de divers représentants de groupes religieux qui s'opposent à la présence de symboles païens sur une église chrétienne.

— D'après ce que j'ai compris, cette ville a été fondée par les familistes, dis-je. Et cette église était la leur, à l'origine. Leur credo me semble aller au-delà d'une variante complexe des croyances chrétiennes.

Warraner sembla agréablement surpris par ma question, comme un mormon qu'on aurait invité de but en blanc à prendre un café pour discuter de la sagesse et des mérites de Joseph Smith.

— Pourquoi ne pas passer dans mon bureau, monsieur Parker ? proposa-t-il en m'invitant à entrer dans la chapelle.

— Je ne voudrais pas vous faire perdre votre temps.

— Ce que je fais peut attendre un peu. Je suis menuisier. J'assemble des placards de cuisine.

Il tira une carte de visite de sa poche et me la tendit.

— Vous n'êtes pas pasteur à plein temps ?

— Si c'était le cas, je serais indigent ! s'exclama-t-il en riant. Non, en réalité, je ne suis que le conservateur de cette église, et peut-être un peu son historien. On n'y célèbre plus d'offices : les familistes ont disparu. Ce qu'il en reste de plus proche, ce sont quelques familles de quakers, mais la plupart des fidèles sont baptistes ou unitariens. Certains sont même catholiques.

— Et vous ? Vous avez conservé le titre de « pasteur »…

— Eh bien, j'ai fait une licence en religion à Bowdoin, et j'ai suivi un cursus au séminaire de théologie de Bangor, mais j'ai toujours préféré le travail du bois. Pourtant, on pourrait dire que le gène de la théologie est présent dans ma famille. J'organise une réunion de prière hebdomadaire, même si je suis souvent le seul à prier, et certains citoyens de Prosperous me consultent quand ils ont besoin d'un conseil ou d'un avis. Ici, les gens ne sont pas très pratiquants, même s'ils sont croyants. Je ne cherche pas à creuser trop profond pour déterminer ce en quoi ils croient exactement. Je me contente du fait qu'ils croient en l'existence d'un pouvoir qui les dépasse…

A présent, nous étions dans l'église. S'il faisait froid dehors, il faisait encore plus froid à l'intérieur. Cinq rangées de bancs en bois faisaient face à un autel vierge de toute croix, de tout symbole religieux. Sur le mur derrière l'autel trônait un visage feuillu, plus grand que ceux qui décoraient l'extérieur de l'église. Deux autres, plus petits, se trouvaient entre les fenêtres.

— Ça ne vous ennuie pas que je regarde ça de plus près ?

— Pas du tout ! répondit Warraner. Faites simplement attention où vous posez les pieds. Certaines dalles sont déchaussées.

Je m'approchai de l'autel par l'allée droite. En passant, je jetai un coup d'œil au premier de ces visages. Sculpté avec plus de détails que ceux de l'extérieur, il souriait, arborant une expression malicieuse. En regardant de plus près, je vis que ses traits étaient tous constitués de reproductions de fruits et de légumes : courges, cosses de petits pois, baies, pommes et épis de blé. J'avais déjà vu quelque chose dans le genre, mais je n'arrivais pas à me rappeler où.

— Il n'y avait pas un peintre qui faisait des tableaux comme ça ? demandai-je.

— Giuseppe Arcimboldo. J'ai toujours voulu l'étudier, mais je ne trouve jamais le temps. J'imagine que s'ils avaient vécu à la même époque Arcimboldo et les créateurs de ces sculptures auraient eu beaucoup de choses à se dire, notamment au sujet de la connexion intime entre l'homme et la nature.

Je m'approchai encore de l'autel et me postai devant le visage central. Le visage sur le mur de droite était presque joyeux – quoique à la façon de quelqu'un qui voit un chaton se noyer et qui trouve cela amusant –, il évoquait la générosité de la terre nourricière. En revanche, celui-ci était différent. On y voyait des racines, des ronces et des orties, des branches d'arbre en hiver et de l'herbe à puces. Des tiges couvertes d'épines sortaient de sa bouche ouverte et semblaient à la fois dessiner ses traits et les étouffer, comme s'il se torturait lui-même. Extrêmement laid et étonnamment présent, il vibrait comme un être ancien ramené à la vie à partir de choses mortes.

— C'est le même visage, ou le même dieu, selon les inclinations de chacun, entendis-je Warraner commenter derrière moi.

— Quoi ?

Il désigna le visage arcimboldien sur sa droite, puis un autre sur sa gauche, composé de fleurs écloses, et enfin un quatrième, que je n'avais pas remarqué, au-dessus de la porte d'entrée, fait de paille et de feuilles qui avaient commencé à se faner et à mourir.

— Toutes des versions du même dieu, dit-il. Au siècle dernier, on inventa l'expression « Homme vert » pour le désigner : un dieu païen absorbé par la tradition chrétienne, un symbole de mort et de renaissance bien antérieur à la genèse de l'idée de la résurrection du Christ. Vous comprenez pourquoi un bâtiment ainsi décoré intéressait les familistes, une secte qui croyait à la prééminence de la nature, et pas en un dieu.

— Etes-vous un familiste, pasteur Warraner ?

— Je viens de vous le dire : les familistes n'existent plus. Franchement, c'est dommage. En apparence, ils se montraient tolérants vis-à-vis des opinions des autres, mais ils rejetaient totalement les autres religions. Ils refusaient de porter des armes et gardaient leurs opinions et leurs croyances pour eux. Ils attiraient l'élite et n'avaient pas de temps à perdre avec les ignorants. S'ils étaient encore là aujourd'hui, ils considéreraient que ce qui passe pour être une religion dans ce pays n'est qu'une abomination.

— J'ai lu qu'on les avait accusés de tuer pour se défendre.

— Pure propagande. La plupart de ces allégations sont dues à John Rogers, un ecclésiastique du XVIe siècle qui détestait Christopher Vitel, le chef des familistes en Angleterre. Rogers qualifiait la Famille de l'Amour de « secte horrible », et fondait ses accusations sur les témoignages d'ex-familistes dissidents. Il n'existe aucune preuve que les familistes aient jamais tué ceux qui n'étaient pas d'accord avec eux. Pourquoi l'auraient-ils fait ? Les membres de cette secte prônaient la discrétion : ils ne révélaient jamais leur identité en public et se cachaient au milieu d'autres congrégations pour éviter tout risque d'être percés à jour.

— Comme des caméléons religieux. Ils se fondaient dans le décor.

— Exactement. Et ils ont fini par devenir ce qu'ils prétendaient être.

— Excepté ceux qui sont venus jusqu'ici pour fonder Prosperous.

— Mais, en fin de compte, même ceux-là ont disparu.

— Et pourquoi les familistes ont-ils quitté l'Angleterre ? demandai-je. Le peu d'informations que j'ai trouvées les concernant restent vagues à ce propos. D'après ce que j'ai compris, la persécution religieuse touchait à son terme quand ils sont partis. Pourquoi fuir alors que plus rien ne vous menace ?

Warraner s'appuya contre un banc en croisant les bras. Un geste défensif plutôt curieux.

— Il y eut un schisme. Des dissensions surgirent entre ceux qui voulaient suivre le chemin des quakers et ceux qui souhaitaient s'en tenir au système de croyance original de la secte. Les traditionalistes avaient peur qu'on les considère comme quelque chose d'encore plus dangereux que des dissidents, particulièrement lorsqu'on suggéra que le bâtiment dans lequel nous nous trouvons devrait être rasé. Ils voyaient dans cette église la source de leur foi, raison pour laquelle ceux qui avaient choisi de suivre un autre chemin désiraient à ce point la détruire. Un riche membre des légitimistes intervint pour sauver de l'annihilation l'église et la secte. L'exode vers la Nouvelle-Angleterre s'ensuivit, puis la fondation de Prosperous...

Il jeta un coup d'œil à sa montre.

— Je suis désolé, dit-il. A présent, je dois m'en retourner à mes placards de cuisine.

Je jetai un dernier regard au plus grand des visages sculptés, la représentation d'un dieu hivernal, puis je remerciai Warraner et rejoignis Morland, qui était resté sur le seuil pendant toute la visite. Warraner verrouilla la porte à l'aide d'une clé suspendue à un gros anneau et vérifia qu'elle était bien fermée.

— Une dernière chose, fis-je.
— Oui ?

Il y avait de l'impatience dans sa voix. Il avait envie de partir.

— Christopher Vitel... Il était menuisier, lui aussi, non ?

Warraner mit ses mains dans ses poches et me dévisagea en plissant les yeux. Le soleil se couchait, le fond de l'air se rafraîchissait, comme si le froid qui régnait dans la chapelle avait déteint sur le monde extérieur pendant que la porte était restée ouverte.

— Vous avez bien potassé votre sujet, monsieur Parker.

— J'aime être bien informé.

— Oui, Vitel était menuisier. Ses ennemis se sont servis de cela pour prétendre qu'il n'était qu'un vagabond.

— Mais il était beaucoup plus que ça, non ? D'après ce que j'ai compris, il était également marchand de tissus aux Pays-Bas, et c'est là qu'il a fait la connaissance de Hendrik Niclaes, le fondateur des familistes, sauf qu'à cette époque il s'appelait encore Christopher Vitell avec deux « l ». Il laissa tomber le second « l » quand il retourna en Angleterre pour répandre la doctrine des familistes, en adoptant de fait une nouvelle identité.

— C'est peut-être vrai, répondit Warraner. A l'époque, ces changements d'orthographe, plutôt courants, n'étaient peut-être même pas délibérés...

— Ensuite, poursuivis-je, vers 1580, quand le gouvernement de la reine Elizabeth se mit à traquer les familistes, Vitel s'évanouit dans la nature.

— Effectivement, à partir de ce moment, Vitel disparaît des archives historiques. On ne sait pas trop pourquoi. Il est peut-être mort.

— A moins qu'il n'ait changé d'identité. S'il l'avait fait une fois, il pouvait recommencer.

— Que sous-entendez-vous, monsieur Parker ?

— Peut-être que l'art de prêcher n'est pas le seul talent que vous avez hérité de vos gènes...

— Vous auriez dû être historien. Un historien spéculatif, peut-être, mais un historien quand même. Cela dit, la recherche historique est une sorte d'enquête, non ?

— J'imagine. Je n'y avais jamais pensé.

— Pour répondre à votre sous-entendu, si ma lignée remonte à Vitel, je n'en ai pas la moindre idée, mais si c'était le cas j'en serais très honoré.

Il vérifia une dernière fois que la porte était bien fermée et se dirigea vers la grille.

— Cette conversation avec vous a été très intéressante, monsieur Parker. J'espère que vous reviendrez nous voir à l'occasion.

— Je crois que je reviendrai.

Seul Morland entendit ma réponse.

— C'est un cul-de-sac, dit-il. Quoi que vous cherchiez, ce n'est pas ici que ça se trouve.

— Vous avez peut-être raison, mais je ne sais pas moi-même ce que je cherche, alors comment être sûr ?

— Je croyais que vous cherchiez une disparue ?

— Oui, moi aussi, dis-je tandis que Warraner s'éclipsait dans la forêt sans un regard en arrière.

Morland m'accompagna jusqu'à la grille, qu'il referma derrière nous. Je le remerciai pour le temps qu'il m'avait consacré, puis je montai dans ma voiture et démarrai. Je pensais qu'il me suivrait jusqu'aux limites de la ville pour s'assurer de mon départ, mais il ne le fit pas. Lorsque je pris à droite, il tourna à gauche en direction de Prosperous. Je n'allumai pas mon autoradio, et fis la route sans écouter de musique. Je pensais à Jude, à Morland et au moment que j'avais passé avec le pasteur Warraner. Un petit détail me tarabustait. Ce n'était peut-être rien, mais ça me grattait comme une écharde, et quand j'atteignis Bangor je ne pouvais plus en faire abstraction.

Après que nous avions évoqué l'intrusion de Jude dans le cimetière, Warraner ne m'avait rien demandé de plus à propos de lui, ou des raisons pour lesquelles j'étais à Prosperous. Peut-être simplement parce qu'il n'était pas curieux, ou alors parce que la conversation à propos de sa bien-aimée chapelle lui avait fait perdre le fil de cette idée. Cependant, il existait une troisième possibilité : Warraner n'avait pas posé de questions à propos de Jude parce qu'il savait déjà qu'il était mort, mais dans ce cas pourquoi ne pas le mentionner ? Pourquoi ne pas demander qui m'avait embauché, ou pourquoi j'étais allé si loin pour poser des questions à propos d'un sans-abri ? Certes, Morland pouvait lui avoir révélé les raisons de ma présence pendant le trajet jusqu'à l'église, mais dans ce cas pourquoi Warraner m'aurait-il demandé ce que je faisais là ?

Le faisceau de mes phares capturait des branches nues et des arbres tordus. Dans chaque ombre se cachait le visage de l'Homme vert.

24

Morland était assis dans sa voiture à la sortie de Prosperous. Il buvait du café dans sa Thermos en regardant les véhicules entrer et sortir de la ville. Sa Crown Vic était garée sur une petite colline, partiellement dissimulée par des arbres, à un endroit où il venait souvent lorsqu'il était d'humeur à verbaliser les gens pour excès de vitesse. C'était son père qui lui avait indiqué ce coin, parfait pour observer la route sans être vu. Pourtant, cette fois-ci, Morland laissa son pointeur radar dans sa boîte. Il ne voulait pas être dérangé. Il avait besoin de réfléchir.

Hayley Conyer allait devoir être informée de la visite du détective, et il valait mieux que ce soit lui qui le fasse plutôt que Warraner. Qui sait quel poison il pourrait instiller en elle ? C'était le pasteur qui avait crié le plus fort qu'il fallait tuer ce Jude, alors que Morland essayait de détourner le conseil d'un acte qui avait eu pour conséquence d'amener un homme dangereux à s'intéresser à eux.

Car le détective était dangereux, cela, Morland n'en doutait pas. Lorsqu'il était arrivé à la mairie, Morland n'était pas occupé, il aurait pu le recevoir immédiatement. Cependant, il avait pris le temps de se composer une attitude et de réfléchir aux raisons potentielles qui motivaient sa visite. Il avait été surpris quand Parker avait mentionné le nom de Jude, mais il l'avait bien caché. Ensuite, il avait dû prendre sur lui pour garder un air indifférent quand le privé avait demandé à voir la chapelle, même si la requête était parfaitement compréhensible, étant donné la nature inhabituelle du bâtiment. En outre, Morland lui avait tendu une perche lorsqu'il avait mentionné que Jude avait été arrêté dans le périmètre de l'église. Quant à Warraner, il recevait régulièrement des lettres et des e-mails de personnes désireuses de la visiter, même s'il n'accordait cette autorisation qu'à celles dont il était sûr qu'elles la demandaient sans arrière-pensée.

Morland était convaincu que rien de ce que faisait Parker n'était dénué d'arrière-pensées. Ce n'était pas le genre de type à aller visiter une église pour tuer le temps. Il cherchait à établir des liens. Morland espérait simplement qu'il n'en avait trouvé aucun à Prosperous. Il passa plusieurs fois en revue les détails de leur conversation, ainsi que ce qu'il avait entendu de ses échanges avec le pasteur. Morland essayait de voir le problème à travers les yeux de Parker. Le temps de vider sa Thermos, il avait décidé que rien de ce qui s'était passé aujourd'hui n'avait pu augmenter les soupçons éventuels que Parker aurait pu entretenir avant de venir. Il était parti à la pêche et n'avait rien ramené dans ses filets. Pourtant, Morland n'avait pas aimé la façon dont le détective avait regardé Warraner quand il s'éloignait, ni le fait qu'il sous-entende que la disparition de la fille n'était peut-être pas la seule raison de sa présence ici. La première tentative n'avait rien donné, mais Parker avait sûrement d'autres filets à relever.

Morland descendit de voiture pour aller pisser dans les buissons. Il faisait nuit à présent, mais la lune répandait une lumière argentée sur le petit étang connu sous le nom de Lady's Pond. Au cours des premières décennies après la fondation de la ville, les femmes de Prosperous s'y retrouvaient et s'y baignaient, sans que les hommes viennent les déranger. Il se demanda combien parmi elles connaissaient la véritable nature de la ville. Certainement guère plus d'une poignée. Aujourd'hui, plus de citoyens comprenaient Prosperous, mais pas tous, loin de là. Certains choisissaient de ne rien voir, et d'autres étaient délibérément maintenus dans le noir. Etrange, pensa Morland, de constater que des générations de familles de Prosperous avaient bénéficié de ses bienfaits sans que jamais on leur révèle la vérité. Et encore plus étrange qu'au cours des siècles aucun étranger n'ait découvert ce secret, en dépit des meurtres qu'il avait fallu commettre pour réduire au silence ceux qui s'apprêtaient à le trahir. C'était peut-être une sorte de sophisme : la ville prenait chaque fois plus de risques, parce qu'elle avait besoin du meurtre pour survivre, mais répandre le sang permettait d'accroître la bénédiction qui réduisait ce risque au minimum et pérennisait sa prospérité. Dit comme cela, ça paraissait simple et logique.

Morland se demandait si, comme son père et son grand-père avant lui, il était devenu un monstre presque incapable de remarquer sa difformité morale et spirituelle.

Penser aux trahisons passées lui remémora les Dixon. C'était lui, Morland, qui avait proposé de leur envoyer le fils de Luke Joblin. Il espérait que la présence de Bryan les obligerait à rester dans le droit chemin et à agir en conformité avec les décisions du conseil, mais il avait des doutes. Si jamais les Dixon trouvaient effectivement une fille pour remplacer Annie Broyer, Morland était prêt à arrêter de boire du café pendant un an.

Néanmoins, au fond de lui, Morland espérait que Harry Dixon aurait raison et que le meurtre de la fille, et le fait que son sang ait imbibé le sol de Prosperous, suffirait. La ville souffrait, mais pas autant que le reste de l'Etat. Les gens s'en sortaient plus ou moins. Morland imagina Warraner informant le conseil que tout allait bien, que la chapelle restait tranquille et qu'aucune nouvelle action n'était nécessaire. Mais Warraner était à la fois fanatique et faible, et Morland n'avait pas encore décidé si ce dernier trait du pasteur était utile ou dangereux. Ça dépendait des circonstances, en fait. Quoi qu'il en soit, Warraner avait pris l'habitude d'attaquer ses adversaires dans le dos. Il ne jouait pas franc jeu. Morland regrettait que le père de Warraner ne soit plus en vie et en charge de l'église. D'après tous les témoignages, le vieux Watkyn Warraner avait été un homme prudent, mais il avait guidé la congrégation pendant plus d'un demi-siècle en ne répandant le sang qu'une seule fois. Ç'avait été la plus longue période de satisfaction que la ville eût connue.

A présent, nous sommes en train de payer pour ça, songea Morland. Deux corps – un ici, et un à Portland –, et apparemment, ça ne suffit pas. Maintenant, un détective posait des questions. Un homme étrange, qui avait la réputation de déterrer des secrets enfouis depuis longtemps et de détruire ses ennemis. Etant donné les circonstances, Warraner pourrait prétendre qu'il était plus nécessaire que jamais de répandre le sang, car ce n'était que par le sang que la ville pouvait être sauvée. En outre, les membres du conseil pourraient bien être séduits par ses arguments. Ils étaient tous vieux, et pleins d'appréhension – Hayley Conyer aussi, même si elle cachait sa peur mieux que les autres. Le conseil avait besoin de nouvelles têtes, de personnes plus jeunes, mais la plupart de ses jeunes concitoyens n'étaient pas prêts à assumer le fardeau de la protection de Prosperous. Il fallait des années à la ville pour se glisser dans l'âme d'une personne, pour que celle-ci reconnaisse les obligations qu'elle avait envers elle. C'était une sorte de corruption, une pollution qui traversait les générations, et seuls les plus âgés étaient suffisamment corrompus et pollués pour prendre les décisions difficiles nécessaires à la survie de la ville.

Morland se lava les mains à l'aide d'une bouteille d'eau et les essuya sur son pantalon. Il était temps de parler avec Hayley Conyer. Il appela sa femme pour lui annoncer qu'il allait rentrer tard. Non, il ne savait pas exactement à quelle heure. Il savait simplement que la soirée risquait de se prolonger.

Il se rendit chez Conyer, se gara devant chez elle. Les rideaux étaient tirés, mais un rai de lumière filtrait du mausolée qui lui tenait lieu de salon. Il ne fut pas surpris de la trouver là. Quand elle ne siégeait pas au conseil, elle ne bougeait pas de chez elle. Morland ne se rappelait pas l'avoir vue quitter la ville pendant plus de deux heures. Elle craignait probablement que Prosperous ne s'effondre si elle s'absentait. Ce qui, bien sûr, n'était pas sans rapport avec le problème.

— Vieille salope, murmura-t-il en descendant de voiture.

Le vent emporta ses mots, et il se surprit à tenter de les attraper d'un mouvement de la main, comme s'il espérait empêcher l'insulte de voler jusqu'aux oreilles de Conyer.

Il sonna.

— Je suis désolé de vous déranger à…

Hayley leva la main pour l'interrompre.

— Pas de problème. Je t'attendais.

Elle l'invita à entrer et le conduisit dans le salon, où le pasteur Warraner était confortablement installé dans un fauteuil.

— Et merde, lâcha Morland.

25

La femme qui était de garde à la réception de la Tender House à Bangor s'appelait Molly Bow, et elle avait un physique digne d'une de ces sculptures que l'on fixe sur les proues des navires. Corpulente et burinée, elle avait la beauté d'une matrone. N'empêche, lorsqu'elle sortit de derrière son comptoir pour aller chercher un document dans son bureau, je dus faire deux pas en arrière pour éviter de me faire assommer par sa poitrine.

— J'arrive, dit-elle tandis que je me collais au mur pour la laisser passer. J'ai toujours eu une grosse poitrine, et mis à part le mal de dos, ça m'a plutôt bien servi dans la vie. Les gens font l'effort de s'ôter de mon chemin.

A nouveau, l'image d'une goélette, ou mieux d'un navire de guerre se frayant un passage au milieu des vagues, me vint à l'esprit. Néanmoins, je gardai les yeux fixés sur un point neutre, sur le mur d'en face, bien au-dessus du niveau de sa poitrine.

A l'extérieur, aucun panneau ne signalait la présence de la Tender House. Le centre occupait deux immeubles mitoyens à façade en bardeaux, entourés par une palissade de piquet blancs légèrement plus haute que celle des bâtiments voisins. Deux voitures étaient garées dans l'allée, dont l'accès était barré par un portail automatisé en acier, également peint en blanc. Derrière la porte d'entrée du bâtiment principal, une salle d'attente contenait des jouets, une bibliothèque où s'alignaient des livres de développement personnel, des boîtes de mouchoirs, de grands bacs de vêtements de seconde main triés par genres et par tailles, d'enfant à adulte, et, dans un coin discret, des brosses à dents, du dentifrice et des accessoires de toilette. Derrière le comptoir de l'accueil, il y avait une petite salle de jeux.

La Tender House n'était pas tant un lieu d'accueil pour sans-abri qu'un « centre de crise » pour femmes, où le fait d'être sans-abri n'était qu'un problème parmi tant d'autres. L'établissement pourvoyait aux besoins des victimes de violences domestiques ou d'abus sexuels, des fugueuses ou plus simplement des femmes qui cherchaient un endroit où résider le temps que leur situation s'améliore. Son équipe travaillait en liaison avec la police et les tribunaux, fournissant des conseils en diverses matières, de l'injonction d'éloignement du domicile conjugal à l'éducation ou aux annonces d'emploi, mais en général elle dirigeait les sans-abri vers d'autres centres.

— Ça y est, je l'ai ! lança Bow en brandissant un dossier.

Elle mouilla son index et se mit à tourner les pages.

— Voilà... elle est restée ici environ onze jours, et a dormi chez nous tous les soirs, sauf la cinquième nuit. Quelqu'un avait mis la main sur des bouteilles de Ten High, du côté de Cascade Park. Le lendemain, plusieurs pensionnaires avaient mal au crâne, et Annie en faisait partie.

— Elle était alcoolique ?

— Non, je ne crois pas. Elle avait bu, par le passé, mais quand elle est arrivée ici, elle était clean. On lui a clairement dit qu'on pratiquait la tolérance zéro vis-à-vis de la drogue. Si elle se défonçait, on la renvoyait dans la rue.

— Et l'alcool ?

— Officiellement, on est stricts aussi là-dessus. Officieusement, on ne tire pas trop sur la laisse. Dans l'enceinte du centre, il est interdit d'en avoir ou d'être saoul. En fait, j'ai même été déçue quand j'ai vu Annie revenir complètement scotchée par le Ten High. L'opinion que j'avais d'elle, c'était qu'elle essayait vraiment de changer de vie. Du coup, on a eu une longue discussion, d'où il est ressorti que son père, qu'elle ne connaissait presque pas, était passé la voir, et que la rencontre l'avait tourneboulée. Quelqu'un lui avait proposé de boire une ou deux gorgées pour se remettre, et ensuite tout était devenu flou dans son esprit.

— Elle a dit quelque chose à propos de la relation qu'elle entretenait avec son père ?

A l'évidence, Bow montrait de la réticence à me faire des confidences, ce que je pouvais comprendre.

— Annie a disparu, et son père est mort, dis-je.

— Je sais. Il s'est pendu dans une cave, à Portland.

Je laissai s'écouler une ou deux secondes.

— On l'a retrouvé pendu dans une cave à Portland.

La formulation était légèrement différente, mais c'était important.

Molly retourna s'asseoir derrière son bureau. Jusque-là, elle était restée debout. Moi aussi. Alors, je m'assis également.

— C'est pour ça que vous êtes là ? Parce que vous ne croyez pas au suicide ?

— Pour l'instant, je n'ai aucune preuve du fait que ce n'en soit pas un. Juste un ou deux détails qui accrochent, comme des ronces.

— Quels détails ?

— Il aimait sa fille et, à l'évidence, il voulait renouer le contact avec elle. Il avait mentionné son envie de venir ici pour être plus près d'elle. Il avait aussi fait beaucoup d'efforts pour réunir une petite somme d'argent dans les jours qui ont précédé sa mort. Il y était parvenu. Ce n'est pas un comportement suicidaire.

— C'était pour quoi faire, l'argent ?

J'étais du mauvais côté de cette conversation : c'était moi qui aurais dû poser les questions, pas elle. Mais parfois il faut savoir reculer de dix centimètres pour gagner un mètre.

— Pour subsister pendant qu'il essayait de retrouver sa fille. Je crois qu'il comptait également m'embaucher pour l'aider à la chercher.

— Il avait réussi à réunir combien ?

— Pas loin de cent trente dollars.

— Vous n'êtes pas cher.

— C'est marrant, vous êtes la seconde personne à me le dire. J'aurais pu lui consacrer une paire d'heures. Ou plus, si j'avais pris du temps à certains de mes clients plus fortunés.

— Ce n'est pas très éthique, ça, si ?

— Pas si je le leur dis. Je facture à l'heure, même si le boulot ne prend que cinq minutes. Et toute heure entamée est due. Ecoutez, vous allez me laisser poser une question, à un moment donné ?

— Mais vous venez de le faire, répondit-elle en souriant.

Bon sang !

Elle se renfonça dans son fauteuil, comme un champion en titre qui vient de se débarrasser d'un nouveau challenger, puis me jeta un os pour me consoler :

— Je blague… Vous seriez surpris de connaître le nombre de personnes qui débarquent ici pour me poser des questions à propos des femmes dont nous nous occupons. Je dois faire attention, pour leur propre sauvegarde.

— Quel genre de personnes ?

— Parfois, nous accueillons des femmes qui font des passes quand les temps sont durs, et un client va venir les chercher ici parce que c'est un sale type, ou parce qu'il est mécontent du service proposé, ou parce que ça lui a tellement plu qu'il en redemande. On voit passer des maris ou des petits amis qui veulent récupérer ce qui leur appartient, parce que la plupart des hommes qui font irruption chez nous considèrent les femmes comme du bétail. Bien sûr, ils font de leur mieux pour présenter la chose aussi bien que possible – ils disent qu'ils veulent discuter, donner une nouvelle chance à leur relation, ils disent qu'ils sont désolés d'avoir fait ce qu'ils ont fait, un acte qui en général a impliqué l'usage d'un poing ou d'une botte, souvent assorti d'un petit viol domestique pour faire bonne mesure –, mais j'ai développé une sorte de flair pour ces fumiers. Ce n'est pas très difficile. Dès que vous leur faites obstacle, les menaces fusent, mais en général ces types sont plutôt stupides. Ils traînent autour du centre dans l'espoir de kidnapper leur femme si elle passe dans la rue, mais nous avons de bonnes relations avec la police de Bangor, et quand on les appelle, les flics se pointent avant qu'on ait eu le temps de raccrocher.

« On a également des types qui essaient d'entrer par effraction, ou de tabasser des bénévoles. L'année dernière, il y en a même un qui a tenté de mettre le feu à l'immeuble. En même temps, nous essayons de garder un canal de communication ouvert entre ces femmes et leurs familles. Les femmes que nous accueillons, ainsi que leurs enfants, viennent ici quand elles sont désespérées. Mais nous ne représentons pas une solution à long terme. Nous le leur disons d'emblée. Pourtant, depuis dix ans, j'ai vu certaines d'entre elles franchir cette porte régulièrement. Elles vieillissent, elles sont de plus en plus marquées. Je me demande parfois où en est notre société pour ce qui concerne les femmes. Quand j'entends à la télé un crétin en blazer pérorer sur les féministes, j'ai envie de le cramer, et ne me lancez pas sur le sujet des salopes qui, une fois qu'elles ont réussi, se permettent de rejeter le féminisme en bloc. Comme si leur succès n'était pas le fruit d'un combat que les femmes mènent depuis plusieurs générations. Je mets ces connes au défi de passer un seul jour ici avec une femme de quarante ans dont le mari lui écrase ses clopes dessus depuis tellement longtemps qu'il a du mal à trouver un endroit où ça la fait encore souffrir, ou avec une fille de dix-neuf ans obligée de porter des couches à cause de ce que son beau-père lui a fait, et de dire ensuite qu'elles ne sont pas féministes.

Le plus étrange, c'est qu'à la fin de sa diatribe elle était toujours enfoncée dans son fauteuil et qu'elle n'avait pas élevé la voix d'un iota. Comme si elle en avait déjà tant vu qu'elle ne voulait pas gâcher une énergie précieuse dans une rage inutile. Elle préférait l'employer à des actions plus productives.

— Et Annie, elle entrait où, dans ce tableau ? demandai-je.

Molly caressa le dossier du doigt, comme si Annie Broyer était assise à côté d'elle et qu'elle était encore en mesure de la réconforter, de lui assurer qu'avec le temps le monde se montrerait plus généreux envers elle.

— Son père l'avait abandonnée et sa mère était morte quand Annie était encore adolescente. Ça ne veut pas dire qu'elle devait nécessairement tomber dans la drogue et se retrouver dans la rue, mais c'est ce qui s'est passé. Cependant, ce n'était pas quelqu'un de faible. Elle avait une vraie force en elle. Je n'aime pas le mot « secours », ni prétendre que je mène une sorte de croisade pour transformer la vie de chacune des femmes qui franchit nos portes. C'est tout simplement impossible, et ici, on fait ce qu'on peut. Mais chez Annie, il y avait quelque chose, quelque chose de brillant, d'encore vierge. C'est pour ça que j'ai laissé passer son incartade alcoolisée, ou le fait qu'elle aurait été incapable de respecter nos horaires, même si sa vie en avait dépendu...

Elle se tut subitement, prenant conscience du double sens de sa dernière phrase, puis, secouée d'un spasme de douleur, elle baissa les yeux.

— Mais ce n'est pas ce qui s'est produit, n'est-ce pas ? demandai-je. Elle n'a pas disparu une nuit sans crier gare ?

— Non, reprit-elle une fois qu'elle fut certaine que sa voix n'allait pas se briser. Elle a fait ses bagages en plein jour, puis elle nous a quittés. Je n'étais même pas là. Elle a demandé à l'un des bénévoles de me remercier pour tout ce que j'avais fait pour elle, même si ce n'était rien, en réalité.

Elle posa de nouveau les doigts sur le dossier.

— Vous pensez qu'elle est morte ? demanda-t-elle.

— Et vous ?

— Oui. Je m'en veux de dire ça, mais oui. J'ai un sentiment... d'absence. Je ne sens pas sa présence en ce monde. Vous croyez que...

— Que quoi ?

— Qu'il est possible que son père lui ait fait du mal ? Qu'il l'ait tuée, et que pris de remords il se soit suicidé ?

Je songeai à ce que je connaissais de Jude.

— Non, je ne le crois pas.

— Traitez-moi de cynique si vous voulez, mais il fallait que je pose la question. Il n'aurait pas été le premier.

Pendant un moment, le silence s'installa dans le bureau, uniquement rompu par l'arrivée d'une jeune femme provenant de l'étage. Elle portait un tee-shirt jaune qui lui descendait jusqu'aux cuisses, et était d'une beauté presque insupportable. Des cheveux d'un blond presque blanc, une carnation parfaite. Elle avait dans les bras une petite fille de deux ou trois ans, qui pouvait être la sienne, ou aussi bien, vu son âge, sa petite sœur. L'enfant semblait avoir pleuré, mais la vue de deux adultes la fit taire. Elle posa son petit visage contre le cou de la jeune femme et me dévisagea avec attention.

— Je suis désolée, expliqua la jeune femme. Elle veut du lait chaud, mais on n'a plus de lait. Je me disais…

Elle tendit une tasse en plastique, de celles avec un couvercle et une ouverture pour boire.

— Bien sûr, ma chérie ! s'exclama Molly. Assieds-toi, j'en ai pour une minute…

Molly se dirigea vers le frigo, prit du lait et disparut dans la kitchenette attenante à l'accueil. D'où j'étais assis, je voyais la jeune fille, qui me voyait aussi. Je souris à l'enfant dans ses bras. Elle ne me rendit pas mon sourire, et s'abrita derrière le menton de son aînée pour me jeter un coup d'œil, avant d'enfouir son visage contre sa poitrine. Je décidai de leur foutre la paix et me concentrai de nouveau sur la peinture du mur en face de moi. Molly revint enfin avec du lait chaud, et les deux enfants – car c'était bien ce qu'elles étaient – disparurent de nouveau dans les étages.

— Est-ce une bonne idée de me montrer curieux ? demandai-je à Molly.

— Elle a souffert, mais on a vu pire. Il y a toujours pire, c'est ça, le truc infernal. Et en général, après 17 heures, on ne laisse pas entrer d'hommes ici, alors votre présence l'a probablement troublée. Ne le prenez pas personnellement. Désolée, mais où en étions-nous ?

— Annie, et le jour où elle est partie.

— Exact.

— J'aimerais parler à la femme qui l'a vue en dernier. Elle est encore ici ?

Molly acquiesça.

— Elle s'appelle Candice, mais elle aime bien qu'on l'appelle Candy.

— Elle pourrait me parler ?

— Probablement, mais vous devrez vous montrer patient. Elle est spéciale. Vous verrez…

Candy avait la trentaine bien entamée. Elle portait des chaussons roses en forme de lapin, un jean trop grand pour elle et un tee-shirt qui proclamait qu'elle était prête à travailler en échange de cookies. Elle avait des cheveux roux, peu soignés, et ses yeux étaient un peu trop petits pour son visage couvert d'acné, mais elle avait un sourire rayonnant. Si Molly ne m'avait pas prévenu, je n'aurais peut-être pas deviné qu'elle était légèrement trisomique. Molly m'avait expliqué qu'on disait souvent des femmes telles que Candy qu'elles étaient « hautement fonctionnelles », mais cette expression ne plaisait pas vraiment à la communauté des personnes atteintes de trisomie car elle sous-entendait qu'il existait entre elles une hiérarchie. Candy était la fille des membres fondateurs du centre. Tous deux étaient à présent décédés, mais Candy était restée. Elle faisait le ménage dans les chambres, donnait un coup de main en cuisine, réconfortait ceux qui en avaient besoin et leur tenait compagnie. Comme l'avait dit Molly : « Candy sait prendre quelqu'un dans ses bras. »

Candy s'installa sur le canapé pendant que Molly lui préparait une tasse de chocolat chaud.

— Pas trop de marshmallows ! s'écria Candy. Je surveille mon poids.

Elle se passa la main sur le ventre, mais eut l'air déçue lorsque Molly lui présenta sa tasse de chocolat parcimonieusement saupoudrée de minuscules marshmallows.

— Oh ! dit-elle d'un air abattu en regardant fondre les petites îles roses et blanches. Il n'y en a pas beaucoup.

Molly leva les yeux au ciel.

— Tu m'as dit que tu surveillais ton poids.

— Je surveille mon poids, mais je ne suis pas grosse… Ce n'est pas grave. Ne t'inquiète pas.

Elle fit la moue, projetant vers l'avant sa lèvre inférieure, et poussa un grand soupir douloureux. Molly retourna dans la cuisine d'où elle revint avec assez de marshmallows pour recouvrir toute la surface de la tasse, et même plus.

— Merci ! s'exclama Candy. C'est très gentil.

Elle but en aspirant bruyamment, et se retrouva avec une moustache chocolatée.

— Aaahh ! C'est bon !

Molly posa la main sur son bras.

— Charlie ici présent voudrait te demander quelque chose à propos d'Annie.

— Annie ?

— Oui. Tu te souviens d'Annie ?

Candy fit oui de la tête.

— Annie était mon amie.

Molly avait précisé que Candy aimait particulièrement Annie, laquelle avait été très gentille avec elle en retour. Certaines pensionnaires du centre avaient plus de mal que d'autres avec Candy. Elles la traitaient comme une handicapée, ou comme une enfant. Annie ne faisait ni l'un ni l'autre. Pour elle, Candy était simplement Candy.

— Tu te souviens de la dernière fois où tu l'as vue ?

— Le 22 janvier. Un mardi.

— Et tu peux me dire de quoi vous avez parlé ?

Des larmes lui vinrent aux yeux.

— Elle m'a dit qu'elle s'en allait. Elle avait trouvé du travail. J'étais triste. Annie était mon amie.

Molly lui pressa de nouveau le bras.

— Elle a dit où elle partait travailler ?

— A Prosperous.

Candy buta un peu sur ce nom, qu'elle prononça « Prospouss ».

— Tu en es sûre ?

— Oui. Elle m'a dit qu'elle allait à Prospouss. Elle avait un travail. Elle allait faire le ménage, comme Candy.

— A-t-elle mentionné qui lui avait donné ce travail ?

— Non. Mais ils avaient une voiture bleue.

— Comment le sais-tu ? Tu les as vus ?

— Non. C'est Annie qui me l'a dit.

— Candy s'intéresse beaucoup aux couleurs, m'expliqua Molly.

— J'aime bien connaître les couleurs, confirma Candy. De quelle couleur est votre voiture ?

— J'ai deux voitures, répondis-je.

— Deux voitures !

Candy avait l'air vraiment choquée.

— De quelle couleur ?

— Une rouge et une bleue. Avant, j'en avais également une verte, mais...

— Oui ? Mais ?

— Je n'aimais pas cette couleur.

Candy réfléchit à ce qu'elle venait d'entendre. Elle secoua la tête.

— Je n'aime pas le vert. J'aime le rouge.

— Moi aussi.

Candy sourit. Nous avions établi un lien. A l'évidence, quiconque préférait les voitures rouges aux vertes ne pouvait pas être totalement mauvais.

— Annie ne vous a pas dit de quelle marque était la voiture ? demandai-je.

— Non. Juste bleue.

— Et ses propriétaires, elle vous a dit quelque chose à propos d'eux ?

— Ils étaient vieux.

Elle but une gorgée de chocolat chaud.

— Vieux comment ? Plus vieux que moi ?

Candy gloussa.

— Vous n'êtes pas vieux.

— Plus vieux, alors ?

— Je crois, dit-elle en bâillant. Fatiguée. Il est temps d'aller me coucher.

C'était fini. Candy se leva en tenant soigneusement sa tasse pour ne pas renverser de chocolat.

— Candy, y a-t-il autre chose que vous pouvez m'apprendre à propos d'Annie ?

La voiture bleue, ce n'était pas rien, mais ce n'était pas grand-chose.

— Annie m'avait dit qu'elle m'écrirait. Elle avait promis. Mais elle ne m'a pas écrit.

Elle se tourna vers Molly.

— Je dois aller à Prospouss. Trouver Annie. Annie est mon amie.

— Charlie va chercher Annie, dit Molly. N'est-ce pas, Charlie ?

— Oui. Je vais chercher Annie.

— Dites-lui que Candy veut qu'elle écrive. Elle ne doit pas oublier son amie Candy.

Là-dessus, elle quitta la pièce en trottinant. Molly et moi n'ajoutâmes rien de plus avant d'être sûrs qu'elle était partie.

— Elle aurait écrit, reprit Molly. Elle n'aurait pas voulu décevoir Candy.

Elle déglutit.

— Si j'avais été là le jour de son départ, j'aurais pris plus d'infos sur l'endroit où elle comptait se rendre. J'aurais demandé à rencontrer ces gens qui lui proposaient du travail. Mais ce jour-là, tous les membres permanents assistaient à une réunion avec le Bureau de la santé et des aides sociales, dans Griffin Street, et il n'y avait que des bénévoles au centre. Des bénévoles et Candy.

Tout ce que j'aurais pu dire aurait paru trivial, alors je me tus et je tendis une carte de visite à Molly.

— Si vous-même ou Candy pensez à quoi que ce soit qui pourrait m'aider, ou si quelqu'un d'autre vient vous poser des questions à propos d'Annie, j'apprécierais que vous me passiez un coup de fil. Et…

— Oui ?

— Je ne pense pas que Candy devrait mentionner cette voiture bleue. Elle ferait mieux de garder ça pour elle.

— Je comprends. On n'a pas menti à Candy, hein ? Vous allez continuer à chercher Annie ? Je vous embaucherais bien si j'avais les moyens.

— Vous semblez oublier que je travaille au rabais.

Cette fois-ci, elle ne sourit pas.

— Je ne pense pas que ce soit vrai. Ce que vous facturez et la façon dont vous travaillez, ce n'est pas la même chose.

— Je reste en contact, dis-je en lui serrant la main.

Molly me raccompagna jusqu'à la porte. Quand elle ouvrit, il y eut un mouvement derrière nous. Candy était assise sur les marches qui menaient à l'étage, juste assez haut pour qu'on ne la voie pas du bureau.

Elle pleurait. Elle pleurait, à jamais inconsolable.

Je trouvai Shaky dans le lit qu'on lui avait réservé au centre d'Oxford Street. Ils avaient fait de leur mieux pour qu'il bénéficie d'un certain confort le temps que sa blessure cicatrise. Il avait toujours mal à la tête, son cuir chevelu commençait à le démanger, mais il allait aussi bien que possible pour quelqu'un qui venait de se prendre un coup de bouteille sur le crâne. Je l'embarquai dans ma voiture et l'emmenai jusqu'au Bear manger un rodéo-burger arrosé d'une bière. Une fois devant son verre, après que Cupcake Cathy eut fait toute une histoire à propos de ce qui lui était arrivé, je lui parlai un peu de ma journée. Après tout, c'était pour lui que je bossais. Je lui avais fait payer un dollar, quand il était couché sur un brancard, aux urgences. Une des infirmières avait mal interprété mon geste et à présent, au Maine Medical, j'avais plus mauvaise réputation qu'un avocat spécialisé dans les litiges de santé.

— Alors, il est bien allé à Prosperous ? dit Shaky.

— Il n'a pas fait qu'y aller, il s'est fait jeter de la ville. Deux fois. La première, poliment. La seconde, un peu moins.

— Jude pouvait être têtu.

— Il pouvait aussi être malin. Plus que moi, au moins, parce que je ne sais toujours pas pourquoi il est allé fourrer son nez dans cette église.

— Vous y croyez à ce que vous a dit ce flic ?

— Je n'ai pas de raisons de ne pas le croire. Le boulot dont la fille de Jude a parlé est peut-être tombé à l'eau. Elle a peut-être changé d'avis sur la question, ou encore le vieux couple, si jamais il existe, a pu décider d'arrêter de jouer le rôle du bon Samaritain pendant qu'elle allait chercher son sac. Elle peut aussi ne pas avoir eu de chance, tout simplement.

— Pas de chance ?

— C'était une femme vulnérable, elle vivait dans la rue. Pour certains hommes, c'est une proie facile.

Shaky acquiesça et but une longue gorgée de bière.

— Je sais, opina-t-il. J'en ai pas mal vu, des types comme ça, et ils ne dorment pas tous par terre ou dans des caves.

— Tu as raison. D'après moi, les pires ont des costards et conduisent des belles bagnoles, bien entretenues. Mais une chose est sûre : pour les assistantes sociales de Bangor, Annie a disparu des radars le jour où elle a parlé de ce boulot. En revenant de là-haut, je me suis arrêté au centre pour femmes en détresse, et là-bas, personne n'a eu de nouvelles depuis ce jour-là.

— Et cette femme, cette Candy, elle est certaine qu'Annie a dit qu'elle allait à Prosperous ?

— Oui, mais ça ne signifie pas qu'elle a effectivement atterri là-bas.

— Alors, qu'est-ce que vous allez faire ?

— Je vais y retourner. Chercher la voiture bleue. Voir ce qui se passe.

— Waouh ! Super plan. Vous avez tout prévu. Et des gens vous paient pour faire ce boulot ?

— Pas grand-chose. Parfois même rien du tout.

26

Dans le salon de Hayley Conyer, Morland enfouit son visage dans le cône de ses mains, ferma les yeux et fit une prière de remerciement au dieu en qui il ne croyait pas. C'était par habitude, rien de plus. Aller à l'église le dimanche était bon pour son image. Les citoyens les plus influents de Prosperous étaient tous membres d'une congrégation ou d'une autre. Certains étaient même croyants. Leur foi, tout comme celle de leurs ancêtres anglais qui avaient sculpté les visages sur les murs de leur église, pouvait embrasser plusieurs dieux. Morland n'était pas comme eux. Il ne savait même plus en quoi il croyait, à part en Prosperous elle-même. La seule chose dont il était certain, c'était que le dieu chrétien n'avait pas pris pied dans sa conscience.

La discussion l'avait crevé, mais son avis avait prévalu, au moins pour l'instant. En tant que gardien de l'église, en période de crise Warraner prenait le pas sur Morland aux yeux de Hayley Conyer, mais cette fois-ci le chef de la police avait réussi à la faire changer d'avis. L'absence des deux autres membres du conseil avait joué en sa faveur. Luke Joblin était à Philadelphie pour un congrès de l'immobilier, et Thomas Souleby à Boston, où il passait des examens à la suite d'un diagnostic d'apnée du sommeil. Pendant une crise, Hayley pouvait agir sans un vote du conseil, mais Morland l'avait convaincue que la situation n'était pas désespérée à ce point. Le privé avait juste posé quelques questions. Rien ne permettait de lier Prosperous à la mort du père de cette fille, et celle-ci n'était plus. A moins que Parker n'ait le pouvoir de communiquer avec les morts, ses pistes allaient vite devenir autant de culs-de-sac.

Hayley Conyer versa le thé qui restait dans sa tasse. Il devait être froid et incroyablement fort, à présent, mais elle n'était pas du genre à gaspiller. Warraner était assis à sa droite, une expression glacée sur le visage. Il avait exprimé l'avis qu'il fallait faire quelque chose, mais sans pouvoir préciser quoi exactement. Cela avait également joué en faveur de Morland. Tuer le privé était hors de question, et Warraner n'avait rien d'autre à proposer, mais il n'aimait pas que Morland se mette sur son chemin. Warraner préférait être roi de rien que prince de quelque chose.

— Je ne suis toujours pas totalement satisfait, reprit-il. Cet homme est une menace pour nous.

— Pas encore, répondit Morland.

Il avait l'impression de répéter ça pour la centième fois. Il sortit son visage d'entre ses mains.

— Pas tant que nous n'en ferons pas une menace.

— Nous en reparlerons dès le retour de Thomas et de Luke, lâcha Hayley.

Elle semblait aussi fatiguée de Warraner que Morland.

— Entre-temps, s'il remet les pieds ici, je veux être avertie dans l'instant. Je ne souhaite pas devoir attendre que le pasteur vienne me le dire.

Un sourire vint dégeler l'expression de Warraner. Morland n'eut aucune réaction. Il voulait juste sortir de cette maison. Il se leva et prit son manteau.

— S'il revient, vous en serez informée.

Il avait faim. Julianne avait certainement fait son possible pour lui mettre quelque chose de côté, mais à cette heure-ci son plat devait être tout sec et froid. Il le mangerait, cependant, et pas simplement parce qu'il avait faim. Il l'aurait mangé même si Hayley Conyer l'avait gavé de caviar et de foie gras toute la soirée. Il l'aurait mangé parce que sa femme le lui avait préparé.

— Bonne nuit, dit-il.

— Une dernière petite chose, chef ! lança Hayley.

Morland se raidit, aussi nettement que si elle lui avait enfoncé une lame dans le bas du dos.

Il pivota. Warraner lui-même semblait curieux d'entendre ce qu'elle allait ajouter.

— Je veux qu'on déplace le corps de la fille.

Morland la dévisagea comme si elle était devenue folle.

— Vous plaisantez.

— Je ne plaisante pas du tout. La présence de ce détective à Prosperous m'a mise mal à l'aise, et si quelqu'un découvre ce corps, on est baisés.

Warraner eut l'air choqué. Morland lui-même était surpris. Il n'avait pas entendu Hayley lâcher un gros mot depuis l'ère glaciaire.

— Je veux que ses restes soient emportés hors des limites territoriales de Prosperous. Loin. Très loin. Tu te débrouilles comme tu veux, mais tu t'en débarrasses, compris ?

En cet instant, Morland la haïssait plus qu'il ne l'avait jamais fait. Il la haïssait et il haïssait Prosperous.

— Je comprends, dit-il.

Cette fois-ci, il ne la traita pas de vieille salope. Il usa d'un terme un peu plus cru, qu'il répéta en boucle sur le trajet jusque chez lui. Le lendemain, il déterrerait le corps, puisque c'était ce qu'on lui avait demandé, mais il n'allait pas faire ça tout seul, parce que ce connard de Dixon allait être juste à côté de lui !

— Putain ! hurlait-il en tapant sur le volant. Putain ! Putain ! Putain !

Le vent tirait les arbres par les branches tandis que, tout autour, la forêt éclatait de rire.

27

Il y avait trois agglomérations dans un rayon de quatre kilomètres autour des limites de Prosperous. Une seule, Dearden, était d'une taille significative. Les deux autres n'étaient pas plus des villes que Pluton une planète, ou une poignée de types plantés à un carrefour une foule.

Chaque ville a son emmerdeur patenté. Le rôle est équitablement partagé entre les sexes, mais le profil et l'âge sont assez récurrents : minimum quarante ans, mais souvent plus âgé, célibataire ou marié à quelqu'un qui se pâme d'admiration pour lui ou qui rêve de lui faire la peau. Quand il y a une réunion, il est là. Quand il y a du changement dans l'air, il est contre. Quand vous dites noir, il dit blanc. Quand vous admettez que c'est blanc, il rétorque qu'il a changé d'avis. Il a rarement siégé en position d'élu, et s'il l'a fait, personne n'a jamais été assez dingue pour le réélire. Dans la vie, il s'est donné pour mission de n'être le pigeon de personne, et il tient à ce qu'un maximum de gens le sachent. A cause de lui, les choses se font plus lentement. Parfois, elles ne se font pas du tout. A l'occasion, par inadvertance, ses actes peuvent avoir des conséquences positives, par exemple quand il s'oppose à quelque chose dont l'issue aurait été néfaste à la communauté, mais il n'a raison qu'à la manière d'une horloge cassée qui donne l'heure juste deux fois par jour.

Dans une ville assez grande, on peut trouver beaucoup d'individus de ce genre, mais la taille modeste de Dearden ne lui permettait d'en abriter qu'un seul. Il s'appelait Euclid Danes, et sur Internet la recherche la plus sommaire concernant Dearden crachait le nom d'Euclid avec une telle fréquence qu'on aurait pu penser qu'il en était l'unique habitant. En fait, Euclid Danes était tellement omniprésent que Dearden ne suffisait pas à le contenir tout entier, et sa sphère d'influence commençait à empiéter sur certains quartiers de Prosperous. Euclid était propriétaire d'un hectare de terrain entre Prosperous et Dearden, et apparemment une seconde mission dans sa vie consistait à empêcher le développement de Prosperous vers le sud. Son terrain servait de tampon entre les deux municipalités, et Euclid, inébranlable, avait combattu avec succès chaque tentative d'achat ou d'expropriation de la part des citoyens de Prosperous. Ni l'argent ni les raisonnements ne semblaient l'intéresser. Il voulait garder son terrain, et si ça énervait les types pleins de thunes en haut de la route, c'était encore mieux.

Euclid Danes était l'exemple type du voisin cauchemardesque. Sa maison était mal entretenue, son jardin pratiquement retourné à l'état sauvage et jonché de pièces de moteur et autres mécanismes peu identifiables, lesquels, avec un peu de travail et pas mal de boniment, auraient pu passer pour de l'art contemporain. Une Coccinelle d'époque était garée dans l'allée. La carcasse d'une autre, désossée, gisait dans un garage à l'arrière.

Je me garai, puis sonnai. Un aboiement excité me répondit, quelque part au fond de la maison.

Une femme en robe de chambre bleue, maigre comme un bâton, ouvrit. Une cigarette se consumait dans sa main droite, tandis que de la gauche elle tenait par la peau du cou un petit chiot marron, un bâtard.

— Oui ?

— Je cherche Euclid Danes.

Elle tira une bouffée de sa clope. Le chiot bâilla.

— Mon Dieu ! Qu'est-ce qu'il a encore fait ?

— Rien. Je voulais simplement lui poser quelques questions.

— Pourquoi ?

— Je suis détective privé.

Je lui montrai ma licence. Le chiot eut l'air plus impressionné qu'elle.

— Vous êtes sûr qu'il n'a pas d'ennuis ?

— Pas avec moi. Vous êtes Mme Danes ?

Ma remarque provoqua un éclat de rire qui finit en quinte de toux.

— Bon Dieu, non ! s'écria-t-elle un fois qu'elle fut remise. Je suis sa sœur. Personne n'est assez désespéré pour se marier avec ce fils de pute, et si une telle femme existait, je ne voudrais pas la rencontrer.

Elle non plus ne portait pas d'alliance. Cela dit, elle était tellement maigre qu'elle aurait eu du mal à en trouver une à sa taille, et même si elle en avait déniché une, ce poids supplémentaire l'aurait fait basculer vers l'avant. Elle était maigre au point de sembler asexuée, et elle avait les cheveux plus courts que moi. Sans sa robe de chambre et les jambes pâles, épaisses comme des brindilles, que sa jupe laissait voir, elle aurait pu passer pour un vieil homme.

— Alors, est-ce que M. Danes est dans le coin ?

— Oh, il est dans le coin, c'est juste qu'il n'est pas ici. Il est sur son trône, devant sa cour. Vous connaissez le Benny's ?

— Non.

— Retournez en ville et prenez la première à gauche après l'intersection. Suivez l'odeur de bière rance. Quand vous le trouverez, dites-lui de se magner de rentrer. Je prépare un pain de viande. S'il n'est pas à table quand ça sortira du four, je le donne aux chiens.

— Je lui passerai le message.

— J'apprécierais.

Elle leva le chiot à hauteur de visage.

— Vous voulez en acheter un ? demanda-t-elle.

— Non, merci.

— Vous en voulez un pour rien ?

Le chiot, semblant comprendre qu'il était l'objet de la discussion, secoua la queue, plein d'espoir. Il était marron, avec des yeux d'endormi chronique.

— Pas vraiment.

— Mince alors !

— Qu'est-ce que vous allez en faire ?

Elle regarda le chiot dans les yeux.

— Lui donner du pain de viande, j'imagine.

— OK.

Elle ferma la porte sans rien ajouter. Je restai sur place quelques instants, comme lorsqu'on vient de vivre quelque chose qui aurait pu passer pour une conversation auprès d'une oreille inattentive, puis je montai dans ma voiture et partis en quête du Benny's.

Je n'eus pas de mal à le trouver. Dearden, qui n'avait rien d'une métropole, n'abritait qu'une seule intersection digne de ce nom, au milieu de la ville. Il n'y avait même pas de feu rouge, juste quatre panneaux stop, et le Benny's était le seul établissement de la rue. En fait, c'était même la seule chose qui se trouvait dans la rue. Au-delà, il n'y avait que la forêt. Le Benny's était un bâtiment trapu, en briques rouges, dont l'enseigne, fournie par Coca-Cola au moins trente ans plus tôt, était jaunie et usée. Il lui manquait également l'apostrophe qui en anglais indique la possession. Peut-être que Benny n'aimait pas se vanter. Si tel était le cas, c'était la marque d'une grande sagesse.

Un bar qu'on ne nettoie pas régulièrement dégage une certaine odeur. Elle est présente dans presque tous les bars – un mélange qui émane de la bière renversée qui a imbibé le sol et les réserves ainsi que de tout ce qui se développe dans la vieille levure –, mais au Benny's elle était si forte, même à l'extérieur, que les oiseaux qui survolaient l'endroit faisaient un détour pour l'éviter. Benny avait enrichi ce remugle en le combinant avec celui de la graisse rance : les extracteurs à l'arrière du bâtiment en étaient recouverts. Quand j'arrivai devant la porte, je sus que le Benny's avait déjà imprimé sa marque sur moi. J'allais baigner dans son odeur jusqu'à ce que je rentre chez moi, si tant est que mes artères tiennent le coup jusque-là.

Bizarrement, ça sentait moins fort à l'intérieur, encore que le contraire eût été difficile. Le Benny's était un restaurant plutôt qu'un bar, à condition d'avoir une définition un peu souple du mot « restaurant ». Une cuisine ouverte se trouvait sur la gauche, derrière le comptoir, où deux tireuses à bière attendaient qu'on veuille bien les utiliser. Au mur, un tableau arborait des lettres et des chiffres en plastique pour présenter un menu dont les prix n'avaient probablement pas changé depuis la mort d'Elvis et dont les plats auraient largement contribué à le tuer s'il était venu s'asseoir dans le coin. Les tables étaient en Formica, les chaises en bois et en plastique. Aux murs, juste en dessous du plafond, les festons de guirlandes de Noël dispensaient l'essentiel de l'éclairage, avec pour tout décor quelques vieilles enseignes de marques de bière et des miroirs.

Une fois mes yeux accoutumés à la pénombre, je trouvai l'endroit plutôt cool.

De la musique jouait à bas volume, « Come Together », bientôt suivi de « Something ». *Abbey Road*. Un homme grand, vêtu d'un tablier, retournait des steaks hachés devant le gril.

— Comment ça va ? dit-il. La serveuse est à vous dans une minute. Il fait froid dehors ?

— Oui. Mais le ciel est dégagé.

— La chaîne météo annonce que ça peut descendre à moins douze, cette nuit.

— Ici, au moins, vous êtes au chaud.

Il suait à grosses gouttes sur son gril. Personne n'aurait besoin de rajouter du sel à son hamburger.

— J'ai toujours eu ma propre isolation thermique, fit-il en passant la main sur son ventre volumineux.

Son geste me rappela celui de Candy à la Tender House de Bangor, quand elle surveillait son poids et comptait les marshmallows. Il me rappela aussi pourquoi j'étais là.

Une femme entre deux âges à la coiffure imposante surgit des ténèbres. Mes yeux avaient déjà commencé à discerner une demi-douzaine de silhouettes éparpillées dans la salle, mais il m'aurait fallu un équipement de vision nocturne pour distinguer leurs traits.

— Une table, chéri ? demanda la femme.

— Je cherche Euclid Danes. Sa sœur m'a dit que je pourrais le trouver ici.

— Il est à son bureau. La table du fond. Elle vous a envoyé pour que vous le rameniez chez lui ?

— Apparemment, elle a préparé un pain de viande.

— Je veux bien le croire. C'est le seul plat qu'elle sait cuisiner. Vous buvez quelque chose ?

— Du café, s'il vous plaît.

— Je vais vous en faire un bien fort. Vous en aurez besoin pour ne pas vous endormir en l'écoutant râler.

Euclid Danes ressemblait à sa sœur avec des habits masculins. Ils auraient pu être jumeaux. Il portait un costume bleu élimé et une cravate rouge, juste au cas où il devrait inopinément se mêler des affaires de quelqu'un. Sa table était couverte de journaux, de coupures, de documents variés, de crayons assortis et de briquets jetés en vrac autour d'une assiette de frites à moitié vide. Il ne leva pas les yeux quand j'arrivai devant sa table, occupé qu'il était à annoter une liasse de rapports.

— Monsieur Danes ?

Il leva la main droite, tandis que la gauche continuait à griffonner sa page. Ses notes prenaient plus de place que le rapport lui-même. Je pouvais presque entendre les soupirs s'élever lors d'une future réunion, quand Euclid Danes se mettrait debout, se raclerait la gorge et commencerait à parler.

Un long moment s'écoula. On m'apporta mon café. J'y ajoutai du lait. J'en bus une gorgée. Des océans naquirent et disparurent, des montagnes retournèrent à la poussière. Finalement, Euclid Danes termina son travail, reboucha son stylo à plume et le posa parallèlement au bord de la feuille qu'il venait de remplir. Il frappa dans ses mains et leva vers moi des yeux étonnamment jeunes et curieux. Il y avait de la malice dans ces yeux-là. Euclid Danes était peut-être le fléau de Dearden, mais il était assez intelligent pour s'en rendre compte et assez jovial pour s'en réjouir.

— En quoi puis-je vous être utile ?

— Ça ne vous dérange pas que je m'assoie ?

— Pas du tout, répondit-il en me montrant une chaise.

— Ces frites sont à vous ?

— Oui. Enfin, elles l'étaient.

— Votre sœur va vous en vouloir d'avoir dîné.

— Ma sœur m'en veut quoi que je fasse. Aurait-elle embauché un détective pour contrôler mes faits et gestes ?

Je tentai de ne pas montrer qu'il m'avait surpris.

— Elle vous a appelé ?

— Pour me prévenir ? Ce n'est pas son genre. Elle est probablement en train de prier pour que vous la débarrassiez de moi... Non ! En fait, je lis les journaux, je regarde les infos et j'ai une bonne mémoire des visages. Vous êtes Charlie Parker, de Portland.

— A vous entendre, on pourrait croire que je suis une sorte de pistolero...

— Je fais ça bien, non ? répliqua-t-il avec une étincelle dans l'œil. Alors, en quoi puis-je vous aider, monsieur Parker ?

La serveuse revint remplir ma tasse de café.

— J'aimerais parler de Prosperous avec vous.

Morland passa chercher Harry Dixon chez lui. Il ne lui révéla pas pour quoi il avait besoin de son aide, lui intimant simplement de prendre son manteau et une paire de gants. Morland avait déjà une pelle, une pioche et une lampe torche dans son coffre. Il fut tenté de demander à Bryan Joblin de se joindre à eux, mais il se ravisa et lui dit d'attendre leur retour en compagnie de la femme de Harry. Il ne voulait pas qu'elle panique et fasse un truc stupide. Il voyait bien comment elle le regardait pendant que Harry allait chercher son manteau, comme si Morland était prêt à enterrer son mari. Mais on n'en était pas là. Pas encore.

— Tout va bien, assura Morland. Je vais le ramener en un seul morceau. J'ai juste besoin d'un coup de main.

Erin Dixon ne répondit pas. Assise derrière le bar de la cuisine, elle croisait son regard. Elle gagna, ou il la laissa gagner, il ne savait pas trop. Dans un cas comme dans l'autre, ce fut lui qui détourna les yeux.

Bryan Joblin, installé à côté du feu, buvait une Pabst Blue Ribbon en regardant un jeu télévisé débile. Bryan était utile parce qu'il ne réfléchissait pas beaucoup et qu'il faisait ce qu'on lui demandait. On trouve toujours une utilité à ce genre d'homme. Des empires ont été bâtis sur leur dos.

— Combien de temps va-t-il rester ici ? demanda Erin en le désignant du menton.

Si Bryan l'avait entendue, il n'en laissa rien paraître. Il but une gorgée de bière en tentant de deviner sur quel continent se trouvait la République d'Angola.

— Jusqu'à ce qu'on ait trouvé la nouvelle fille. D'ailleurs, ça avance ?

— J'ai fait quelques virées en voiture, tout comme Harry. Ça serait plus facile si on pouvait se déplacer sans que ce crétin nous suive partout.

Bryan Joblin ne réagit pas. Il était absorbé par son programme. Il avait répondu l'Asie, et tapait sur l'accoudoir de son fauteuil, frustré de s'être trompé. Bryan ne siégerait jamais au conseil, à moins que tous les autres êtres vivants de Prosperous, chiens et chats compris, ne meurent avant lui.

Morland savait que Bryan effectuait une surveillance partagée entre Harry et sa femme. En ce moment, il donnait un coup de main à Harry, lequel travaillait au réaménagement d'un grenier dans la banlieue de Bangor. Bryan n'était peut-être pas intelligent, mais il était doué de ses mains, une fois qu'il avait réuni assez d'énergie pour se bouger. En pratique, Bryan ne pourrait pas faire grand-chose si Harry ou Erin décidait d'essayer un truc stupide pendant qu'il se trouvait avec l'autre, mais sa présence jouait le rôle d'aide-mémoire, elle rappelait aux époux le pouvoir de la ville. C'était une pression d'ordre psychologique, même si elle sous-entendait une menace physique.

— Dès que nous aurons une fille, il s'en ira, dit Morland. C'est vous les responsables de sa présence ici. C'est vous les responsables de tout ça.

Harry reparut avec son manteau. Il avait pris son temps. Morland se demanda ce qu'il avait bien pu faire.

Il pressa gentiment l'épaule de sa femme en passant devant elle. Elle voulut saisir sa main, mais trop tard. Il s'était déjà avancé.

— Tu sais pour combien de temps on en a ? demanda-t-il à Morland.

— Une paire d'heures. Tu as des gants ?

Harry en sortit une paire de sa poche. Il en avait toujours. Les gants faisaient partie de son uniforme.

— Alors, allons-y, lâcha Morland. Plus vite on s'y mettra, plus vite on aura fini.

Euclid Danes me demanda pourquoi je m'intéressais à Prosperous.

— Je préfère ne pas en parler.

Je ne voulais pas que les détails de cette affaire finissent dans un des dossiers d'Euclid, prêts à être débattus lors d'une prochaine réunion.

— Vous ne me faites pas confiance ?

— Je ne vous connais pas.

— Alors, comment avez-vous entendu parler de moi ?

— On ne trouve que vous sur Internet, monsieur Danes, un peu comme une éruption d'acné numérique. Je suis même surpris que la municipalité de Prosperous n'ait pas payé pour se débarrasser de vous.

— Ils ne m'apprécient pas beaucoup, là-haut, admit-il.

— Je serais curieux de savoir ce que vous reprochez à cette ville. Vous semblez dépenser beaucoup d'énergie à planter des échardes sous les ongles de ses citoyens.

— Est-ce vraiment ce qu'ils sont ? Des citoyens ? L'expression « membres d'une secte » me paraît plus adaptée.

J'attendis la suite. Ce fut une attente fructueuse. Euclid tira une feuille blanche d'une pile et dessina un cercle au milieu de la page.

— Ça, c'est Prosperous… commença-t-il.

Il ajouta des flèches qui pointaient vers une série de cercles plus petits.

— Et voici Dearden, Thomasville et Lake Plasko. Plus loin, vous avez Bangor, Augusta et Portland. Prosperous envoie ses habitants à l'extérieur – pour travailler, étudier ou fréquenter les lieux de culte –, mais la ville fait très attention à qui elle laisse entrer. Elle a besoin de sang frais, parce qu'elle ne veut pas se mettre à enfanter des crétins en série à cause de la consanguinité. Du coup, au cours du dernier demi-siècle, Prosperous a permis à ses résidents d'épouser des gens de l'extérieur, mais elle garde ces nouvelles familles à portée de main jusqu'à ce qu'elle soit sûre qu'elles sont compatibles. On ne vend pas de maison à quelqu'un qui n'est pas né à Prosperous, ni d'entreprise non plus. C'est pareil pour les terrains, ou pour les rares choses que cette ville a laissées se développer. C'est là où j'interviens.

— Parce que Prosperous a besoin de s'étendre, et vous êtes sur son chemin.

— Bonne réponse. Vous avez gagné une barre chocolatée. Les fondateurs de la ville avaient choisi un lieu délimité par des lacs, des marais et une forêt assez dense, sauf en un endroit, une petite bande de terre au sud-est. Ils souhaitaient se constituer une petite forteresse, mais aujourd'hui, c'est le retour de bâton. S'ils veulent que leurs enfants continuent à vivre à Prosperous, ils ont besoin d'espace pour bâtir, or la ville n'a plus de terrains. Pour l'instant, la situation n'est pas encore critique, mais on s'en approche, et Prosperous planifie toujours tout à l'avance.

— Vous parlez de cette ville comme s'il s'agissait d'un organisme vivant.

— N'en est-elle pas un ? Toutes les villes ne sont qu'un assemblage d'organismes qui forment une seule entité, comme une méduse. A Prosperous, les organismes qui contrôlent les choses sont les familles des membres fondateurs, dont les lignées sont restées pures. Elles contrôlent le conseil, la police, l'école, toutes les institutions d'une quelconque importance. On retrouve toujours les mêmes noms au cours de son histoire. Elles sont les gardiennes de cette ville.

« Et tout comme une méduse, Prosperous traîne de longs tentacules, poursuivit-il. Ses habitants assistent aux offices des Eglises les plus répandues, mais toujours dans les villes voisines, car sur son territoire il ne reste plus assez de place pour un second bâtiment de culte. Elle place les descendants des familles fondatrices dans les villes voisines, y compris ici, à Dearden. Elle leur donne de l'argent pour financer leurs campagnes aux élections locales ou de l'Etat, pour faire des dons aux œuvres, ou contribuer au financement de causes dont l'Etat ne peut ou ne veut pas s'occuper. Au bout de une ou deux générations, les gens oublient que ces familles sont des créatures de Prosperous, et que tout ce qu'elles font, c'est avant tout pour le bénéfice de leur ville d'origine. C'est dans leur nature. Ça remonte à l'époque où ils sont arrivés ici, quand ils n'étaient que les derniers rescapés de la Famille de l'Amour. Vous connaissez la Famille de l'Amour ?

— J'ai lu quelques trucs là-dessus.

— Ouais. La Famille de l'Amour ?... Mon cul ! Il n'y avait pas d'amour chez ces gens-là. Ils ne risquaient pas de devenir quakers. Je crois que c'est pour ça qu'ils ont quitté l'Angleterre. Ils tuaient pour se protéger. Ils avaient du sang sur les mains. Soit ils partaient, soit on les enterrait.

— Le pasteur Warraner prétend que ce n'est que de la propagande. D'après lui, les familistes étaient des dissidents religieux, et on a répandu les mêmes mensonges à propos des catholiques ou des juifs...

— Warraner !

Euclid avait craché ce nom comme s'il se débarrassait d'une mouche qui serait entrée dans sa bouche.

— Il n'est pas plus pasteur que moi ! s'écria-t-il. Il peut bien s'appeler comme il veut, mais il n'y a rien de bon dans cet homme-là. Et je voudrais aussi corriger quelque chose dans ce que vous avez dit : les familistes n'étaient pas des dissidents, mais des infiltrés. Ils se cachaient au sein de congrégations bien établies dont ils feignaient de partager les croyances. Je ne crois pas que cela ait beaucoup changé avec le temps. Ils sont toujours une infection. Ce sont des parasites, comme ceux qui font qu'un corps se retourne contre lui-même.

J'avais déjà entendu cette métaphore, dans d'autres circonstances. Elle m'évoquait désagréablement les gens qui avaient hébergé dans leur corps d'anciens esprits, d'anciens anges qui attendaient le moment de consumer leurs hôtes de l'intérieur.

Malheureusement pour Euclid, sa diatribe à propos de méduses, de lignées ancestrales et de parasites donnait de lui l'impression qu'il était paranoïaque. Peut-être l'était-il ? Cependant, il était intelligent – assez en tout cas pour deviner le cours de mes pensées.

— Ça a l'air dingue, hein ? On dirait les élucubrations d'un vieux cinglé ?

— Je ne formulerais pas ça aussi crûment...

— Contrairement à la plupart des gens ! Pourtant, ce que je dis est assez facile à prouver. Dearden est en train de péricliter, mais comparée à Thomasville, c'est Las Vegas. Nos enfants s'en vont parce qu'il n'y a plus de boulot et aucun espoir d'en trouver. Les entreprises ferment, et celles qui restent en place ne vendent que ce que des vieux cons comme moi achètent. Les villes de la région meurent toutes à petit feu. Toutes, sauf Prosperous. Elle souffre, parce que la souffrance est partout, mais pas autant que nous. Elle est isolée. Elle est protégée. Elle suce la vie des villes voisines pour s'en nourrir. Bonne fortune, chance, providence divine... appelez ça comme vous voudrez, mais il n'y en a qu'une certaine quantité de disponible, et Prosperous la garde pour elle en totalité.

La serveuse à la coiffure imposante revint me proposer encore un peu de café. Je semblais être la seule personne du bar à en boire, et manifestement, elle ne voulait pas gâcher celui qu'elle avait préparé. J'avais une longue route à faire pour rentrer chez moi. Ça m'aiderait à rester éveillé. Cependant, je le bus rapidement. Je ne pensais pas qu'Euclid pût m'apprendre grand-chose de plus.

— Il y en a d'autres comme vous, dans le coin ? demandai-je.

— D'autres barges ? D'autres paranoïaques ? D'autres tarés ?

— Que diriez-vous de « dissidents » ?

Le compromis sur le terme amena un sourire sur ses lèvres.

— Quelques-uns. Suffisamment. Ils sont plus discrets que moi, néanmoins. Mettre en rogne les habitants de Prosperous ne paie pas. Ça commence par de petites choses – un chien qui disparaît, un pépin sur votre voiture, éventuellement un petit coup de fil au fisc pour lui signaler que vous faites un peu de black pour payer votre ardoise au bar –, mais ensuite, ça empire. Dans le coin, il n'y a pas que l'économie qui pousse les entreprises à fermer et les familles à partir.

— Mais vous, vous êtes resté…

Il prit son stylo et dévissa le capuchon, prêt à se replonger dans ses papiers. J'aperçus la marque du stylo : Tibaldi. Par la suite, je fis une petite recherche. Ces stylos valent de quatre cents à quarante mille dollars. Celui d'Euclid Danes était serti d'une bonne quantité d'or.

— Je ressemble à un vieux schnock qui vit dans une maison délabrée avec plus de chiens que d'araignées et une sœur qui ne sait préparer que du pain de viande, mais mon frère était juge à la cour suprême du Massachusetts, mes neveux et mes nièces sont banquiers ou avocats et personne ne peut rien m'apprendre sur le fonctionnement de la Bourse. J'ai de l'argent et une certaine influence. Je crois que c'est pour ça qu'ils me détestent autant : parce qu'à peu de chose près j'aurais pu naître chez eux. Et même si ça n'a pas été le cas, ils considèrent que je devrais me ranger du côté des privilèges et de l'argent, étant moi-même riche et privilégié.

« Du coup, Prosperous ne peut rien contre moi, et elle ne me fait pas peur. La seule solution qu'il leur reste, c'est d'attendre ma mort, et même à ce moment-là, ces salauds se rendront compte que j'ai mis tellement de barrières juridiques autour de mon terrain que l'humanité elle-même aura disparu avant qu'ils

trouvent le moyen de construire quelque chose dessus…
Ça a été un plaisir de discuter avec vous, monsieur Parker. Je vous souhaite bonne chance pour votre enquête, quel qu'en soit l'objet.

Il baissa la tête et se remit à écrire. Ça me rappelait la dernière scène de *Charlie et la Chocolaterie*, le premier film, quand Gene Wilder renvoie Charlie et tente de s'immerger dans ses papiers jusqu'à ce que le jeune garçon lui tende un bonbon, l'Everlasting Gobstopper, en guise de récompense. Je n'avais pas dit tout ce que je savais à Euclid, parce que j'étais prudent. Je l'avais sous-estimé et mal jugé, même si je pensais qu'il avait probablement fait de même avec moi.

— Un sans-abri du nom de Jude s'est pendu à Portland, il n'y a pas très longtemps, déclarai-je. Peu avant de mourir, il était à la recherche de sa fille, Annie Broyer. Il était convaincu qu'elle était venue à Prosperous. On ne trouve pas trace d'elle. Je pense qu'elle est morte, et je ne suis pas le seul à le penser. Je pense également qu'elle a pu trouver la mort à Prosperous.

Euclid s'arrêta d'écrire. Le capuchon retourna sur le stylo. Il rectifia le nœud de sa cravate et prit son manteau.

— Monsieur Parker, vous et moi devrions aller faire un tour.

Il faisait déjà nuit. J'avais suivi la voiture d'Euclid Danes jusqu'à la limite nord-ouest de Dearden. Sa propre palissade délimitait la frontière. Au-delà, c'était la forêt, laquelle appartenait à la municipalité de Prosperous.

— Pourquoi ne construisent-ils pas ici ? demandai-je. Le terrain est viable. Il suffirait qu'ils abattent quelques arbres.

Euclid tira une petite lampe de sa poche et éclaira le sol. Il y avait un trou par terre, environ quarante-cinq centimètres de diamètre, peut-être un peu plus. Il était partiellement caché par la végétation et les racines.

— Qu'est-ce que c'est ? demandai-je.

— Je n'en sais rien. J'en ai trouvé trois comme ça, au fil des ans, mais il y en a peut-être d'autres. Je sais de source sûre qu'il y en a deux près de leur vieille église. Je ne les ai pas vus depuis un bon bout de temps – comme vous pouvez l'imaginer, je suis persona non grata à Prosperous –, mais d'autres qui y sont allés me l'ont confirmé.

— Vous pensez que le sol n'est pas stable ?

— Possible. Je ne suis pas un expert.

Je ne l'étais pas non plus, mais ce n'était pas un terrain calcaire, du moins pas que je sache. Dans la région, je n'avais jamais entendu parler d'avens, tels que ceux qui se forment en Floride. Ce trou était curieux, dérangeant même, mais ce n'était peut-être qu'à cause d'une vague peur atavique des cavités souterraines et du risque qu'elles présentaient de s'effondrer. Je n'étais pas claustrophobe, mais je ne m'étais jamais retrouvé prisonnier dans un trou sous la terre.

— Qu'est-ce qui a fait ce trou ?

Euclid éteignit sa lampe.

— Ah ! C'est une question intéressante, n'est-ce pas ? Je vous la laisse. Tout ce que je sais, c'est que j'ai du pain de viande qui m'attend, suivi d'une petite indigestion. Je vous aurais bien proposé de vous joindre à nous, mais je vous aime bien.

Il fit demi-tour et se dirigea vers sa voiture. Je restai près de la palissade. Le trou était encore visible : un noir plus dense dans le noir qui gagnait. Je sentis quelque chose qui me grattait le crâne, comme si des insectes rampaient entre mes cheveux.

En arrivant devant sa voiture, une magnifique Chevy Bel Air rouge de 1957 – « J'aime bien qu'ils me voient venir de loin », m'avait-il confié –, Euclid me lança un dernier conseil, tandis que le vent jouait avec sa cravate et ses cheveux clairsemés :

— Bonne chance avec ces types, là-haut ! Mais faites bien attention où vous mettez les pieds !

Il démarra, alluma ses phares qu'il laissa éclairer le sol devant moi le temps que je rejoigne ma voiture. Je le suivis jusque chez lui, puis continuai la route vers le sud, vers chez moi.

Aux abords de Prosperous, Lucas Morland et Harry Dixon étaient penchés sur un autre trou. Au début, Harry avait été frappé par l'idée absurde et néanmoins effrayante que la fille s'était déterrée toute seule, comme dans son rêve, et que ce qui était sorti en rampant de cette tombe était bien pire qu'une jeune femme blessée, des insultes plein la bouche. Puis les faisceaux de leurs lampes torches balayèrent de grandes empreintes de pattes dans la terre déblayée, des os cassés portant des traces de crocs. Ils retrouvèrent la tête sous un vieux chêne, et son visage avait été à moitié arraché.

— Je te l'avais dit ! Je te l'avais dit que j'avais vu un loup !

Morland ne répondit rien, se contentant de ramasser les restes qu'il trouvait. Harry se joignit à lui. Impossible de retrouver tout le corps. Le loup, ou un autre charognard, en avait emporté des morceaux. Il manquait un bras et la plus grande partie d'une jambe.

Des preuves, pensa Morland. Ce sont des preuves. Il fallait les retrouver. Pour l'instant, tout ce qu'il pouvait faire, c'était ramasser le plus de morceaux possible de la fille, les emballer dans du film plastique, les mettre dans son coffre et reboucher la tombe. Rien de tel, rien de si terrible, rien qui se rapproche d'un tel manque de chance ne s'était produit depuis plusieurs générations à Prosperous. Si seulement elle ne s'était pas enfuie. Si Dixon et sa salope de femme ne l'avaient pas laissée s'enfuir...

Morland avait envie de cogner Harry. Il avait envie de le tuer. C'était la faute des Dixon, tout ça. Même s'ils dénichaient une fille qui fasse l'affaire, Morland trouverait le moyen de leur faire payer. Bon sang, si Erin n'était pas si vieille et usée, ils auraient pu se servir d'elle. Mais non. La ville ne se nourrissait pas des siens. Elle ne l'avait jamais fait. On s'occupait différemment de ceux qui commettaient des transgressions de l'intérieur. Il existait des règles.

Ils firent trois paquets avec les morceaux, les enveloppant de plastique. Ensuite, ils roulèrent une bonne heure vers le nord, bien au-delà des limites territoriales de Prosperous, et enterrèrent à nouveau les restes de la fille. Sa puanteur leur colla à la peau tout le chemin du retour. Plus tard, une fois rentrés chez eux, ils se frottèrent longuement sous la douche, mais ils la percevaient toujours.

N'entendant plus son mari et ne le voyant pas sortir, Erin Dixon frappa à la porte de la salle de bains. Bryan Joblin s'était endormi dans son fauteuil près de la cheminée. Elle avait songé à le tuer. Elle songeait souvent à tuer, ces derniers temps.

— Harry ? Ça va ?

Elle entendit qu'il pleurait. Elle tourna la poignée de la porte. Elle n'était pas verrouillée.

Son mari était assis sur le rebord de la baignoire, une serviette autour de la taille, le visage dans les mains. Elle s'assit et l'attira vers lui.

— Tu la sens, cette odeur ?

Elle renifla ses cheveux et sa peau, ne détectant que celle du savon.

— Tu sens bon. Tu veux me raconter ?

— Non.

Elle retourna vers la porte et tendit l'oreille. Joblin ronflait toujours. Elle referma et revint s'asseoir, puis, dans un murmure, juste au cas où, elle dit :

— Marie Nesbit m'a appelée tout à l'heure, pendant que ce trou-du-cul ronflait comme un porc.

Marie était son amie la plus proche. Elle était secrétaire à la mairie et descendait d'une des familles fondatrices, tout comme les Dixon. Art, son mari, était un alcoolique, mais gentil et triste plutôt que violent. Erin avait souvent prêté une oreille compatissante à ses déboires.

— Elle m'a dit qu'un détective privé était en ville, et qu'il posait des questions sur la fille.

Harry ne pleurait plus.

— Un flic ?

— Non, un détective privé, comme à la télé.

— Elle t'a dit qui l'avait embauché ?

— Non. Elle a juste entendu le début de ce qu'il disait. Elle ne voulait pas qu'on la surprenne en train d'écouter aux portes.

— Comment il s'appelait ?

— Parker. Charlie Parker. Je suis allée voir sur Google, mais après, j'ai effacé l'historique. Il est dans les journaux.

Alors, c'était pour ça que Morland avait voulu déplacer le corps. Le privé lui avait foutu la trouille. Non. Pas seulement Morland. Il avait beau être le chef de la police, il obéissait aux ordres du conseil. Celui de déterrer le corps venait probablement de Hayley Conyer en personne, mais un loup était passé avant. D'abord la fille, ensuite le privé, et pour finir le loup. La ville commençait à se déliter.

— Harry, j'ai pris ma décision. Je ne vais pas les aider à trouver une autre fille.

Il acquiesça. Comment auraient-ils pu, après avoir laissé fuir la première ? Comment un couple qui avait souhaité avoir une fille sans jamais y parvenir pourrait-il se rendre complice du meurtre de celle d'un autre ?

— Ils vont surveiller le détective, dit Harry. C'est comme ça qu'ils travaillent. On ne peut pas entrer en contact avec lui, pas encore. Peut-être même jamais.

— Alors, qu'est-ce qu'on va faire ?

— Comme je te l'ai dit. On va partir, bientôt. Après, on décidera.

Erin lui pressa la main. Il la pressa en retour.

— Quand ?

— Un ou deux jours, pas plus.

— Promis ?

— Promis !

Elle l'embrassa. Leurs lèvres se touchaient à peine, mais avant qu'ils puissent aller plus loin, on frappa à la porte.

— Hé, vous deux, vous êtes là-dedans ? lança Bryan Joblin.

Erin alla ouvrir. Joblin était là, le regard vitreux, puant la bière bon marché. Il considéra Erin, puis Harry, debout derrière elle, sa serviette autour de la taille, le corps penché pour masquer sa bandaison déclinante.

— Alors, on prend du bon temps ? Merde, vous avez une chambre, quand même ! La salle de bains est à tout le monde, et j'ai envie de pisser...

28

Morland ne rêvait que rarement. Cela l'étonnait. Il savait que tout le monde rêvait. Même ceux qui ne se souvenaient pas de tout au réveil retenaient au moins certains détails. Sa femme rêvait beaucoup, et elle faisait de ses rêves un compte rendu presque exhaustif. Morland, lui, ne pouvait se souvenir de guère plus que d'une poignée de fois où, au réveil, il s'était rappelé un détail de son rêve. Ça ne correspondait pas à des moments particuliers ou à des traumatismes dans sa vie. Pas comme si son père était mort et que, la nuit suivante, il aurait rêvé. Ou comme s'il avait été submergé de cauchemars après avoir cru que sa dernière heure était venue, quand il avait dérapé sur une plaque de verglas, à grande vitesse, et qu'il avait failli partir dans le décor. Ce genre de rapport de cause à effet n'existait pas pour lui.

Après avoir, avec Dixon, trouvé les restes éparpillés de la fille, il sut qu'il se coucherait tard. De fait, il pensa au loup toute la soirée. Il aurait dû croire Dixon, la première nuit, quand il avait déclaré l'avoir aperçu au bord de la route. Il aurait dû faire le rapport avec les sacs-poubelle éventrés ou avec la disparition du chien d'Elspeth Ramsay, mais il avait l'esprit ailleurs, il pensait à cette fille avec un trou dans la poitrine, aux Dixon avec leur conte à dormir debout à propos d'un bout de tissu et d'un morceau de bois, au lent déclin de la ville qu'il fallait enrayer.

Cela faisait des décennies qu'on n'avait pas vu de loup dans l'Etat. Le Saint-Laurent formait une barrière naturelle qui les cantonnait au Canada : Morland, ça lui allait très bien comme ça. Certains, dans le Maine, militaient en faveur de la réintroduction du loup, arguant du fait qu'avant qu'on ne l'éradique, c'était un important maillon de l'écosystème. Pour Morland, ce n'était pas une raison suffisante pour les faire revenir. Après tout, on pouvait dire la même chose des dinosaures et des tigres à dents de sabre... Et que se passerait-il si un gamin se perdait dans la forêt pendant une randonnée avec ses parents ? Ou si un adulte trébuchait, se cassait la jambe et se retrouvait encerclé par une meute ? La même chose qu'avec le chien d'Elspeth Ramsay, probablement, ou la même chose qu'avec la fille, sauf qu'elle, au moins, elle était morte quand le loup avait commencé à la dévorer. Le monde regorgeait de gens pétris de bonnes intentions, mais c'étaient des types comme Morland qui devaient nettoyer derrière eux.

Il se versa un doigt de bourbon. Tout comme il ne rêvait pas souvent, il ne buvait que très rarement de l'alcool fort. Il se demanda si les deux choses étaient liées. Peu importait. Ce soir, c'était différent. Ce soir, il était allé déterrer un cadavre et avait constaté qu'un loup l'avait fait avant lui, l'obligeant à gratter dans la boue à la recherche d'os, de viande en putréfaction, de bouts de plastique et de vêtements. Il avait déjà vu des cadavres – suicides, balles perdues, accidents de la route, ou plus simplement morts naturelles, de celles qui obligeaient les flics à casser un carreau ou défoncer une porte parce qu'un type avait été assez égoïste pour mourir sans en avoir préalablement informé ses amis, sa famille ou ses voisins. Lui-même n'avait jamais tué personne, contrairement à son père, mais Daniel Morland l'avait bien préparé à affronter cette responsabilité qui n'allait pas manquer de lui tomber dessus quand il deviendrait chef de la police. D'ailleurs, Morland était surpris de voir avec quel flegme il avait observé la dépouille de la fille, juste après le coup de fusil. Ça lui avait rappelé le sentiment de tristesse passagère qu'il éprouvait à la chasse, devant un cerf qu'on venait d'abattre.

Il avala une gorgée de bourbon en essayant de se convaincre qu'il était chef de la police dans une ville normale. Une « ville normale » : ses propres termes le firent éclater de rire, et il mit sa main devant sa bouche, comme un enfant qui a peur qu'on le surprenne en train de faire une bêtise. La seule chose normale à Prosperous, c'était que cette ville constituait la preuve qu'un individu peut s'habituer aux actes les plus déplorables. Nombreux étaient ses habitants, même parmi ceux qui étaient les mieux informés de ses secrets, qui se considéraient comme des gens bien, et non sans raison. Ils s'occupaient de leur famille, ils respectaient globalement la loi. Du point de vue politique, Prosperous était la ville la moins conservatrice de la région. La proposition autorisant les mariages entre personnes de même sexe était passée avec une majorité de voix aussi importante qu'à Portland, et aux élections la ville penchait légèrement vers les démocrates ou les indépendants. Néanmoins, ici, les citoyens les plus âgés savaient que la ville était bâtie sur un mensonge, ou sur une vérité trop horrible pour être nommée. Certains préféraient faire semblant de ne rien savoir, et personne ne leur reprochait l'ignorance qu'ils affichaient. Ils n'étaient pas aptes à commander. En fin de compte, tout revenait toujours aux familles fondatrices. Elles s'occupaient de la ville pour tous.

Morland finit son verre. Il aurait dû appeler Hayley Conyer pour lui parler du loup et du bordel autour de la tombe, mais il ne le fit pas. Il avait eu sa dose de Conyer. Le coup de fil pouvait attendre le lendemain. Il organiserait une battue, ils trouveraient le loup et le tueraient. Thomas Souleby avait un vieux chien de chasse qui pouvait se révéler utile pour relever sa trace. Morland ne s'y connaissait pas trop en chasse au loup, hormis ce qu'il venait d'apprendre sur Google au cours de la soirée, et les avis semblaient partagés quant à l'utilité d'une meute de chiens dans une telle chasse. Certains affirmaient que le loup s'enfuirait devant eux, mais au Wisconsin deux cents chiens de chasse morts témoignaient du contraire. La disparition du bâtard d'Elspeth Ramsay suggérait que ce loup-ci ne rechignait pas à tuer un animal domestique à l'occasion. Peu importait : à Prosperous, aux dernières nouvelles, on ne trouvait pas une surabondance de chiens susceptibles de servir à quelque chose face à un loup. Poser des pièges semblait le moyen le plus efficace de l'avoir, mais ils auraient peut-être la chance de le voir passer devant leur ligne de mire, même si en ce moment la chance semblait plutôt en rupture de stock.

Il se mit au lit. Il embrassa sa femme. Elle murmura quelque chose dans son sommeil.

Il rêva.

Dans son rêve, Prosperous était en flammes.

Au cours des jours qui suivirent, les unes des journaux se ressemblaient toutes : UNE QUADRUPLE TRAGÉDIE FRAPPE UNE PETITE VILLE ; LE MAINE PLEURE SES MORTS ; LA MORT FRAPPE PAR QUATRE FOIS UNE COMMUNAUTÉ SOUDÉE…

En Afghanistan, un hélicoptère Black Hawk UH-60 à bord duquel se trouvaient quatre « conseillers militaires » et l'équipage tomba au-dessus de Kandahar. Trois hommes survécurent au crash, dû à une panne mécanique, mais pas à la fusillade avec les talibans qui s'ensuivit. Une photo des trois têtes décapitées et alignées sur le sable circula dans les recoins les plus sombres d'Internet. Deux d'entre eux furent identifiés comme étant le capitaine Mark Tabart et le sergent Jeremy Cutter, tous deux natifs de Prosperous, dans le Maine.

Le même jour, en sortant d'un virage sur la route entre Dearden et Prosperous, Valerie Gillson vit un faon blessé au milieu de la chaussée. L'animal semblait avoir été heurté par un véhicule, ses pattes arrière étaient tordues et brisées. Il grattait le bitume de ses sabots avant et secouait la tête dans son agonie. Valerie descendit de voiture. Elle ne pouvait pas laisser cette pauvre bête ainsi, et elle ne pouvait pas non plus lui passer dessus avec sa voiture pour l'achever : elle n'aurait plus jamais été capable de prendre le volant. Valerie appela le poste de police de Prosperous. Le chef Morland saurait quoi faire. Ce fut Marie Nesbit, de permanence ce jour-là, qui décrocha.

— Marie ? C'est Valerie Gillson... Oui, je vais bien, mais là, je suis à environ deux kilomètres au sud de la ville, et il y a un faon blessé au milieu de la route. Il souffre énormément et...

Elle se tut. Elle venait de remarquer que quelque chose était enroulé autour des pattes arrière de l'animal. On aurait dit des barbelés. Non, pas des barbelés : des racines, ou des ronces assez épaisses, elle ne savait pas trop. Elles s'étendaient jusqu'à la végétation sur le bas-côté. C'était presque comme si on avait posé le faon ici en guise d'appât. Instinctivement, elle prit une photo des pattes de l'animal avec son téléphone.

Elle entendit Marie lui demander de nouveau si elle allait bien.

— Désolée, Marie, je viens juste de remarquer...

Valerie Gillson n'eut jamais l'occasion de confier à Marie ce qu'elle venait de voir parce qu'à cet instant précis un camion qui transportait du bois sortit du virage un poil trop vite. Le chauffeur fit une embardée pour éviter la voiture et percuta Valerie, la tuant sur le coup. On récupéra son téléphone par la suite. On y trouva la dernière photo qu'elle avait prise : les pattes arrière d'un faon, entravées par des racines sombres.

De la bête elle-même, il ne restait nulle trace.

Toujours dans la même journée, mais alors que la soirée était bien avancée, dans l'armurerie à l'arrière du magasin, Ben Pearson posa son fusil préféré sur l'établi. C'était celui dont il s'était servi pour tuer Annie Broyer. Morland lui avait conseillé de s'en débarrasser, et Ben savait qu'il avait raison. La balle avait traversé la fille de part en part, et Ben avait eu beau chercher, il ne l'avait pas retrouvée. Le fusil le reliait au meurtre, et malgré tout le temps et les efforts qu'il avait mis dans la customisation de cette arme, afin d'en faire la plus belle de la région, il lui fallait maintenant la démonter et la détruire.

Ben avait beaucoup pensé à la jeune fille morte. Il ne regrettait pas ce qu'il avait fait. Si elle s'était enfuie, cela aurait été la fin pour eux tous. Pourtant, il ressentait quelque chose, proche de la transgression. Ce n'était pas lui qui aurait dû tuer la fille. On l'avait amenée pour une raison précise. Elle était destinée à la ville. Elle appartenait à Prosperous, et c'était à la ville de lui ôter la vie. En l'abattant, Ben avait dépouillé Prosperous de son dû. Cela ne s'était jamais produit auparavant, jamais au cours de la longue histoire de la communauté. Ben craignait qu'à moins de trouver rapidement une autre fille les répercussions ne s'en fassent sentir. Il décida d'enterrer son fusil dans la forêt. Ça serait son petit sacrifice, son offrande personnelle.

Pour la première – et dernière – fois, Ben trébucha dans son atelier, un endroit qu'il connaissait depuis des décennies. Tandis qu'il tombait, son doigt glissa sur la détente. Le fusil n'aurait pas dû être chargé. D'ailleurs, pour ce que Ben en savait, il ne l'était pas. Ben était méticuleux avec ce genre de détails, il ne laissait jamais de projectile dans la chambre.

La balle lui traversa la poitrine, lui perçant le cœur au passage.

Il mourut, son fusil bien-aimé entre les mains.

29

Dès que les premiers rapports eurent établi un lien entre la mort des soldats en Afghanistan et Prosperous, je m'étais attendu au coup de fil d'Euclid Danes. Un décès par balle, même s'il était apparemment accidentel, et un accident de la route en l'espace de vingt-quatre heures dans la même ville, ça n'aurait pas suscité un tel degré d'intérêt dans les médias, mais quand on y ajoutait la mort des militaires et la façon dont ils avaient été tués, Prosperous attira leur attention, et pas seulement celle des journaux du comté ou de l'Etat. Les médias nationaux posèrent leur regard sur la ville, laquelle fit irruption sur les sites Web du *New York Times* et de *USA Today*. La tâche de parler à la presse échut à Hayley Conyer, en tant que chef du conseil (un infortuné journaliste, qui écrivit qu'elle en était la « cheffe », eut la chance de s'en sortir vivant). Elle se tira fort bien de ce rôle. Elle se montrait polie, digne et distante, donnant aux reporters juste ce qu'il leur fallait pour les empêcher d'avoir envie de fouiner plus avant, mais répétant toujours les mêmes choses et demandant régulièrement qu'on les laisse retourner à leurs affaires : elle parvint à endormir leur curiosité. Prosperous essuya quelques jours de tempête médiatique, puis le calme revint, quoique indéniablement plombé.

Euclid m'appela le troisième jour, au moment où Prosperous commençait à glisser hors de la une des infos.

— On dirait que Prosperous a épuisé sa réserve de chance.

Il n'avait pas l'air de triompher, semblait même plutôt inquiet.

— Ça arrive.
— Pas à Prosperous.
— Il faudra qu'ils s'y fassent.
— C'est bien ce qui m'inquiète. J'ai reçu un coup de fil, tôt ce matin. Sans affichage du numéro d'appel. C'était une voix d'homme, mais je ne l'ai pas reconnue. Il m'a dit qu'on n'allait plus tolérer mon petit merdier, et que si je ne la fermais pas, on allait me mettre dans un trou dans la terre avec ma salope de sœur. Ce sont les mots de mon interlocuteur, pas les miens. J'aime ma sœur, mis à part sa cuisine. On m'a aussi prévenu de ne plus déblatérer devant des étrangers au Benny's.

— Quelqu'un vous a balancé.

— L'argent est rare à Dearden, alors je ne serais pas surpris si quelqu'un se faisait un petit billet en gardant un œil sur moi, mais j'ai pensé que ça valait le coup de vous mettre au courant, pour ce coup de fil. Avec ce qui vient de se passer, Prosperous va souffrir, et les animaux blessés sont dangereux.

— Je m'en souviendrai. Merci, monsieur Danes.

Euclid me dit au revoir et raccrocha.

J'attendis qu'on ait rapatrié les corps des soldats et qu'on les ait mis en terre, puis je repris le chemin de Prosperous.

Ce fut la fille du pasteur Warraner qui l'informa de la présence d'un homme dans le cimetière.

Warraner avait pratiquement terminé les finitions du dernier placard de cuisine, une commande pour un banquier de Rockland et sa femme qui n'avaient même pas sourcillé devant son devis, bien qu'il ait augmenté de vingt pour cent une estimation déjà salée. Les tragédies de ces derniers jours et leurs conséquences pour la ville n'allaient pas lui faire louper sa date de livraison. Il avait déjà une semaine d'avance sur le planning lorsque les décès avaient eu lieu, ce qui était une bonne chose : il ne travaillait pas bien quand la peur lui serrait les tripes, et son rythme avait baissé au cours des troubles récents.

Le conseil devait se réunir le lendemain soir, maintenant que les médias avaient fini leur cirque et qu'ils étaient repartis en quête de nouveaux malheurs à raconter. Warraner avait insisté pour qu'ils se voient avant, mais Conyer s'y était refusée. La présence des journaux, des caméras de télévision, et l'attention non désirée qu'elle générait l'avaient troublée, un malaise qui venait s'ajouter au choc et au chagrin que les quatre morts lui avaient causés. Particulièrement celle de Ben Pearson. Lui et elle étaient proches, même si leurs personnalités différaient beaucoup. Hayley avait quelque chose d'un brahmane, tandis que des orteils à la racine des cheveux Ben incarnait le bon sens terrien du Maine. Contrairement à tant d'autres habitants de la ville, Ben Pearson n'avait pas peur de Hayley Conyer, et elle admirait son indépendance d'esprit. Au conseil, elle respectait son opinion plus que toute autre, l'écoutait quand il n'était pas d'accord avec elle et adaptait ses décisions en conséquence.

A présent, il y avait une nouvelle place vacante au sein du conseil. En temps normal, les membres restants auraient désigné les candidats convenables puis les auraient soumis aux votes des citoyens pour qu'ils entérinent ce choix, mais aujourd'hui Prosperous était en crise, et une élection ne pouvait être envisagée. Le conseil allait poursuivre son travail avec seulement cinq membres. Morland et Warraner resteraient simples observateurs, autorisés à donner des avis ou à faire valoir leur point de vue, mais sans droit de vote.

Les soldats, de même que Valerie Gillson et Ben Pearson, avaient été enterrés dans le nouveau cimetière, au sud. Depuis la fin du siècle dernier, personne ne l'avait été dans l'ancien, à côté de la vieille église, pas même les membres des familles dont les noms s'étalaient sur les stèles. C'était le propre père de Warraner qui avait décrété que le cimetière n'accueillerait plus aucun hôte, et personne n'avait remis en question cette décision. Il n'avait donné qu'une seule raison à ce geste : « Pourquoi prendre le risque de déranger ce qui est au repos ? »

Au cours des derniers jours, Warraner avait prononcé un édit encore plus restrictif. L'enceinte du cimetière était fermée à tous. Personne ne devait y mettre les pieds, et Morland et son équipe, secondés par des jeunes citoyens de confiance, avaient monté la garde vingt-quatre heures sur vingt-quatre pour s'assurer que les visiteurs et les journalistes restaient à bonne distance. Si on avait demandé à Warraner de motiver son geste, il aurait répondu : « Pourquoi prendre le risque le déranger un peu plus ce qui n'est plus au repos ? »

Et maintenant, sa fille de quatorze ans lui annonçait qu'un homme se baladait entre les tombes et prenait des photos de l'église avec son téléphone… Warraner fut saisi d'une telle colère qu'il ne passa même pas chez lui prendre son manteau et courut dans la forêt en manches de chemise, faisant abstraction du froid et des branches qui le retenaient, même s'il gardait en tête la dernière photo de Valerie Gillson, l'image du faon dont les pattes arrière étaient entravées par des ronces, un faon qu'on avait estropié et posé là comme un appât…

Il sortit du sous-bois et vit l'intrus.

— Hé ! cria-t-il. C'est une propriété privée et une terre consacrée ! Vous n'avez pas le droit d'être là !

L'intrus se retourna, et le pasteur Warraner comprit aussitôt que les problèmes de la ville venaient de se corser considérablement.

Je regardai Warraner s'arrêter devant la grille en fer qui entourait le cimetière. Il était essoufflé, et le sang d'une écorchure qu'il s'était faite au cou coulait sur son col de chemise.

— Qu'est-ce que vous faites là ?

Je me dirigeai vers lui. Il surveilla mon approche avec la plus grande attention.

— La même chose que la dernière fois. J'essaie de retrouver une fille qui a disparu.

— Elle n'est pas ici. Et vous perturbez le repos des morts.

Je fis un pas de côté pour éviter une stèle qui penchait. Dessus, les noms et les dates étaient si vieux et érodés qu'ils en étaient devenus totalement illisibles.

— Vraiment ? D'après mon expérience, il en faut beaucoup pour réveiller les morts, sauf si certains n'étaient pas vraiment endormis.

— Ce n'est ni l'endroit ni le moment de vous moquer, monsieur Parker. Notre ville vient de traverser des temps difficiles.

— J'en suis conscient, monsieur Warraner. Et je suis tout à fait sérieux.

A présent, nous étions face à face. Ses mains s'agrippaient à la grille si fort que les jointures de ses doigts blanchissaient. Je poursuivis mon chemin sur la droite, l'obligeant ainsi à me suivre.

— Le portail est de l'autre côté, dit-il.
— Je sais. C'est par là que je suis entré.
— Il est fermé.
— Il l'était sûrement. Mais plus quand je suis arrivé.
— Vous mentez.
— J'imagine que vous pourriez appeler Morland et lui demander de chercher des empreintes. Ou vous pourriez acheter un cadenas de meilleure qualité.
— J'ai tout à fait l'intention d'appeler le chef Morland. Je vais vous faire arrêter pour effraction.

Il fouilla ses poches à la recherche de son portable, sans le trouver. Je lui proposai le mien.

— Allez-y. Appelez. Cela dit, j'avais l'intention de passer le voir, dès que j'en aurais eu terminé ici.

Warraner fut tenté de prendre mon téléphone, mais même lui pouvait se rendre compte de l'absurdité d'un tel geste. La menace de prévenir les flics n'est pas d'une grande efficacité face à quelqu'un qui est lui-même à deux doigts de le faire.

— Que voulez-vous, monsieur Parker ?

Je m'arrêtai à côté d'un trou. Il ressemblait à celui qu'Euclid Danes m'avait montré, près des limites de son terrain.

— Je me demande ce que c'est…

J'étais tombé dessus par accident – littéralement : j'avais failli m'y casser la cheville.

— C'est un terrier de renard.
— Vraiment ?

Je m'agenouillai pour l'examiner. En général, un terrier occupé garde les traces des allées et venues de son hôte, mais celui-ci n'en présentait aucune. Tout autour, la terre était vierge de toute empreinte.

— C'est un grand trou pour un renard, dis-je. Et je ne vois aucun indice de sa présence.
— C'est un vieux terrier.

Des vagues d'hostilité s'écoulaient de lui.

— Vous avez beaucoup de vieux terriers, dans le coin ?

— C'est possible. Je n'ai jamais pris le temps de les recenser. Pour la dernière fois, je vous demande de quitter cet endroit. Immédiatement.

Si on avait tous les deux été des gamins de neuf ans dans une cour de récréation, j'aurais pu lui répondre qu'il n'avait qu'à m'y obliger, ou lui demander ce qu'il allait faire si je refusais, mais un tel échange ne me semblait pas approprié dans un cimetière, et je l'avais suffisamment énervé comme ça. Il resta sur mes talons jusqu'à ce que je rejoigne le portail, et examina le cadenas une fois que je fus revenu du bon côté de la grille. Je n'avais pas été obligé de le casser : une amitié de vingt ans avec Angel m'avait appris les rudiments de la serrurerie. Warraner remit la chaîne en place et le verrouilla de nouveau.

— Vous voulez me suivre jusqu'au poste de police ? demandai-je.

— Non. Je sais que vous allez vous y rendre. Encore des questions à poser, hein ? Pourquoi ne nous laissez-vous pas tranquilles ?

— Les questions restent, même quand les choses se résolvent. Ça fait partie du job.

— Et être un connard suffisant qui ne laisse même pas une ville pleurer ses morts en paix, ça fait aussi partie du job ?

Il savoura le mot « connard ». J'avais déjà été traité de choses bien pires, mais jamais par un diplômé en théologie.

— Non, c'est se montrer humain qui fait partie du job. Vous devriez essayer, monsieur Warraner, ou pasteur Warraner, quel que soit le titre que vous ayez décidé de vous attribuer. Vos morts n'ont plus besoin qu'on s'occupe d'eux, et vos pleurs ne leur feront aucun bien.

Je cherche une fille qui a disparu. Si elle est encore en vie, elle est dans le pétrin. Si elle est morte, c'est quelqu'un d'autre qui est dans le pétrin. Pour un type qui se prétend un homme de dieu, votre compassion va dans la mauvaise direction, d'après moi.

Warraner se fourra les mains dans les poches, comme s'il craignait le mal qu'il pourrait m'infliger avec. Il était grand, et bien bâti. S'il me tombait dessus, je pourrais le sentir passer. Bien sûr, je lui fracasserais le genou avant qu'on n'en arrive à ces extrémités, mais ça ne ferait pas bien sur mon CV. Néanmoins, tout son poids reposait sur sa jambe gauche, raide comme un piquet. S'il bougeait, tant pis pour lui.

Il inspira profondément pour retrouver son calme et sa dignité. L'instant passa.

— Vous ne savez rien de mon dieu, monsieur Parker, lâcha-t-il d'un ton solennel.

Par-dessus son épaule, je regardai les vieilles pierres de son église, les visages au regard lubrique qui se découpaient dans la lumière déclinante de l'après-midi.

— N'en soyez pas si sûr, pasteur.

Tandis que je m'éloignais au volant de ma voiture, il resta les mains dans les poches, le regard fixé sur moi, debout devant le portail dans l'ombre de son église.

Dans l'ombre de son dieu.

30

Morland était en train de regarder par la fenêtre quand je me garai devant ses bureaux. S'il était content de me voir, il faisait de son mieux pour le dissimuler. Les bras croisés, il me dévisagea sans la moindre expression pendant que je remontais l'allée. A l'intérieur, le silence gêné de l'équipe m'accueillit, et je songeai que peu de temps auparavant Morland avait dû pousser une gueulante au téléphone avec Warraner. Personne ne me proposa de café ni de cookie. Personne ne voulait même croiser mon regard.

La porte du bureau de Morland était ouverte. Je m'avançai sur le seuil.

— Ça vous dérange si j'entre ?

— Ça changerait quelque chose ? rétorqua-t-il en décroisant les bras.

— Je peux vous parler d'ici, mais je trouve ça puéril.

Morland me fit signe d'entrer et me demanda de fermer derrière moi. Il attendit que je sois assis pour faire de même.

— A cause de vous, mon téléphone n'a pas arrêté de sonner.

— Warraner ?

— Le pasteur n'était que le dernier de mes interlocuteurs. On m'a signalé qu'un homme conduisant la même voiture que vous pénétrait chez les gens et j'ai envoyé un agent jeter un coup d'œil. Si vous aviez pris votre Mustang dernier cri, j'aurais compris que c'était vous, mais aujourd'hui on dirait que vous avez décidé de laisser votre jouet à Portland.

— Je voulais me faire discret.

— Ce n'est pas l'impression qu'a eue le pasteur. Peut-être n'avez-vous pas remarqué le panneau « Propriété privée » devant le cimetière ?

— Si je faisais gaffe à chaque panneau « Propriété privée » que je vois, je n'arriverais pas à grand-chose. En plus, je me disais que depuis ma dernière visite j'étais pratiquement devenu un membre de la congrégation…

— Il n'y a pas de congrégation.

— Ouais. Je voulais vous en parler, de ça. Je continue à trouver ça bizarre, une secte qui se donne la peine de transporter une église de l'autre côté de l'Atlantique et de la reconstruire pierre par pierre, puis qui hausse les épaules et disparaît.

— Ils se sont éteints.

— C'est une image, n'est-ce pas ? Parce que les descendants des premiers colons vivent toujours ici. Il y a plus de noms anciens à Prosperous que dans la Bible.

— Je ne suis pas historien, mais de nombreuses personnes ici pensent l'être. Les familistes se sont fondus dans le décor. J'ai entendu dire que la pire chose qui leur était arrivée, c'était d'avoir quitté l'Angleterre. Ils avaient survécu parce qu'on les traquait, qu'on les opprimait, et rien ne renforce mieux les convictions d'un homme que lorsqu'on lui affirme qu'il ne peut pas les garder. Avec la liberté de culte vint aussi la liberté de ne pas en avoir.

— Où pratiquez-vous votre culte, Morland ?

— Je suis catholique. Je vais à l'église de Sainte-Marie-l'Immaculée, à Dearden.

— Vous connaissez un certain Euclid Danes ?

— Euclid est méthodiste, même s'ils ne le gardent parmi leurs ouailles que parce qu'ils ont du mal à remplir les bancs de leur église. Comment avez-vous entendu parler de lui ?

Il n'avait pas cligné des yeux, ne s'était pas frotté le lobe de l'oreille gauche ni gratté le nez, n'avait laissé paraître aucun des tics des gens qui mentent ou qui cherchent à cacher ce qu'ils savent... N'empêche. Morland savait très bien que j'avais parlé avec Euclid Danes. Dans une ville comme Prosperous, il aurait fallu un chef de la police particulièrement nul pour l'ignorer. Donc, il faisait semblant, je le laissais faire, et chacun de nous regardait l'autre jouer son rôle.

— Je l'ai trouvé sur Internet.

— Vous cherchiez un rencard ?

— Il est un peu âgé pour moi, même si je parie que c'est une fée du logis.

— Euclid n'est pas très populaire dans cette ville.

— C'est sa plus grande fierté. A sa place, je crois que je ressentirais la même chose. Vous êtes au courant des menaces qu'il a reçues ?

— Il en reçoit tout le temps. Ça ne change pas grand-chose.

— A vous entendre, on dirait que vous les approuvez ?

— C'est un homme seul et têtu qui se met en travers du développement de la ville et de l'argent que ça rapporterait à l'économie locale.

— Comme vous le disiez vous-même, certains individus ne sont jamais aussi résolus que lorsqu'on s'oppose à leurs convictions.

— Je ne pense pas que le premier amendement garantisse à quiconque le droit d'être un trou-du-cul.

— Je pense quant à moi que c'est précisément sa fonction.

Morland leva les bras au ciel.

— Bon sang ! Si je fermais les yeux, j'aurais l'impression de parler avec Danes en personne, et vous ne savez pas à quel point ça m'irrite ! Alors comme ça, vous avez parlé à Danes ? Grand bien vous fasse. Je parie qu'il vous a confié tout ce qu'il faut savoir sur les méchants riches de Prosperous, des abrutis qui ont l'énorme défaut de s'occuper de leur ville. Je me fous complètement de ce que Danes raconte. Nous sommes balayés par une récession, et nous ne nous en sortons pas trop mal. Vous savez pourquoi ? Parce que nous nous entraidons, parce que nous sommes soudés, et ça, ça nous a toujours aidés dans les moments difficiles…

« Au cas où vous ne l'auriez pas remarqué, poursuivit-il, cette ville a encaissé un coup, récemment. Au lieu de vous balader dans les vieux cimetières, vous feriez mieux d'aller faire un tour au nouveau, afin de présenter vos respects aux deux soldats que nous venons d'y enterrer. Vous trouverez leurs croix sans difficulté, des drapeaux sont plantés à côté. Pas loin, vous trouverez également de la terre fraîchement retournée, au-dessus de la tombe de Valerie Gillson, ainsi que les messages laissés par ses enfants. Et si vous regardez sur votre droite, une pile de bouquets de fleurs signale l'endroit où Ben Pearson repose. Quatre morts en vingt-quatre heures, une ville en deuil, et je devrais me taper vos conneries ?!

Il n'avait pas tout à fait tort, mais je choisis de ne pas m'en soucier.

— Je cherche un couple de personnes âgées, repris-je, comme s'il n'avait rien dit. Soixante ans au moins, même si vous connaissez les jeunes, quand on a vingt ans, tous ceux qui en ont plus de quarante sont des vieux.

Mon couple possède une voiture bleue. J'en ai vu quelques-unes en traversant votre petite ville bien propre, mais j'ai résisté à l'envie d'aller frapper aux portes avant de vous avoir parlé. Vous pourriez me faire gagner du temps en m'indiquant les noms et les adresses de tous ceux qui correspondent à ces critères.

Je sortis un carnet de ma poche, tirai le crayon glissé dans les spires de la reliure et patientai. J'avais l'impression d'être une secrétaire attendant qu'on lui dicte une lettre.

— De quoi parlez-vous, exactement ?

— J'ai un témoin qui affirme que les gens qui ont amené Annie Broyer ici sont deux personnes âgées dans une voiture bleue. Parfois, les solutions les plus simples sont les meilleures. Vous pouvez m'accompagner, à moins que vous n'ayez encore quelques discours électoraux à préparer, bien sûr...

On frappa à la porte, derrière moi.

— Pas maintenant ! hurla Morland.

Le battant s'ouvrit néanmoins de quelques centimètres et, en me retournant, je vis la tête d'une secrétaire passer dans l'embrasure.

— Chef, je...

— J'ai dit : pas maintenant !

La porte se referma aussitôt. Morland ne m'avait pas quitté des yeux pendant ce bref échange.

— La dernière fois que vous êtes venu, je vous ai expliqué qu'il n'existait aucune preuve indiquant que la femme que vous recherchiez ait échoué à Prosperous...

— Je pense pourtant que c'est le cas.

— Elle est portée disparue ?

— Non.

— Alors, vous cherchez une sans-abri, une ex-junkie, probablement retombée dans ses anciens travers, et vous voudriez que j'accuse des citoyens de ma ville, des citoyens âgés de surcroît, de l'avoir kidnappée ?!

— Des citoyens âgés, et des jeunes aussi. Mais uniquement ceux qui ont une voiture bleue.

— Sortez.

Je refermai mon carnet et glissai le crayon dans la spirale.

— J'imagine que je vais devoir consulter le registre des immatriculations…

— Faites donc ça. Personne ici ne correspond à ce que vous cherchez. Et si je vous revois dans les limites de la municipalité, je vous arrête pour effraction et harcèlement.

Je me levai. J'avais rempli mon quota d'exaspération d'autrui pour la journée.

— Merci de m'avoir consacré du temps, chef, dis-je en sortant. Vous m'avez été très utile.

Il prit ça pour un sarcasme – je le voyais à son expression –, mais j'étais sincère.

Je n'avais jamais dit à Morland qu'Annie Broyer était une ancienne junkie.

Le loup continuait à tourner autour de la ville. Il était revenu à l'endroit où il avait trouvé le stock de viande et d'os, sous la terre, mais à présent seule en subsistait l'odeur. Pendant un certain temps, les rues s'étaient remplies de plus de lumières et de bruits que d'habitude, de plus d'hommes aussi, et cette agitation l'avait poussé à fuir dans la forêt, mais la faim l'avait fait revenir. Il déchira un sac-poubelle et se nourrit des carcasses de poulet dont il avait senti l'odeur, puis repartit dans la forêt. Il restait maigre, et malgré la double épaisseur de fourrure ses côtes saillaient. La température était de nouveau tombée : cette nuit, elle passerait les moins vingt degrés. L'épaisse couche de graisse sous-cutanée avait fondu au cours de l'hiver, tandis que son organisme puisait dans ces réserves. La nourriture qu'il trouvait dans la ville lui permettait de subsister, mais le mal était déjà fait. Son instinct lui commandait de chercher un abri contre le froid, de dénicher une cachette sombre et chaude. Quand il était jeune, des membres de sa meute avaient parfois colonisé des terriers de renards à l'abandon, et à présent, le loup cherchait un trou dans le sol où se cacher. La douleur irradiait dans tout son corps, et il ne pouvait pas mettre de poids sur sa patte blessée.

Au sud de la ville, il perçut l'odeur d'un cerf. La trace était ancienne, mais le loup identifia la panique et la souffrance qui avaient marqué les derniers instants de l'animal. Le cerf était mort dans la terreur, et sous le doux fumet de la proie le loup en détectait un autre, inhabituel, qui mettait ses sens en alerte. A part l'homme, le loup n'avait pas de prédateurs. Il pouvait se mesurer à un grizzly pour de la nourriture, et un jour, avec sa meute, ils étaient même tombés sur un ours en hibernation, et ils l'avaient mangé. La peur qu'il ressentait à présent lui rappelait sa peur de l'homme, mais ça, ce n'était pas un homme.

Néanmoins, l'odeur du cerf poussa le loup à avancer. Les oreilles collées au crâne, il arqua le dos au passage d'une voiture. La lumière disparut, le son s'éteignit, et le loup poursuivit son chemin, pour finalement déboucher sur une clairière.

Dans cette clairière, il y avait un trou. A côté, presque entièrement dissimulé par les racines et les branchages, se trouvait le cerf, un faon. Le loup plissa les yeux et plaqua ses oreilles en arrière, la queue tendue, parallèle au sol. La menace venait du trou. Il grogna, sa fourrure se hérissa. Il se colla au sol, anticipant une attaque. Le fumet du faon lui emplissait le museau. Il était prêt à se battre pour manger.

Puis sa queue bougea, venant se placer entre ses pattes arrière. Il laissa pendre sa langue et baissa son arrière-train, les yeux toujours fixés sur le trou, mais la gueule en l'air. Son dos s'arqua de nouveau, comme lors du passage de la voiture, mais cette fois-ci, ce n'était pas un geste de peur mais de soumission, la marque de respect de l'animal dominé envers le dominant. Finalement, il s'approcha du faon en restant à distance respectueuse du trou. Les ronces qui entravaient les pattes arrière du faon se détachèrent facilement quand le loup tira sur le cadavre. Malgré la fatigue et la faim qu'il ressentait, il ne commença à manger que lorsqu'il eut traîné le faon aussi loin du trou que possible. L'odeur du danger s'atténua. La menace du dominant s'estompait, s'éloignait.

Elle s'enfonçait plus profondément dans la terre.

On sonna chez Morland. Sa femme voulut aller ouvrir, mais il lui dit qu'il s'en occupait. Il lui avait à peine parlé depuis qu'il était rentré, et il n'avait pas partagé le dîner familial. Sa femme n'avait rien dit, n'avait pas émis d'objections. Morland se comportait rarement ainsi, mais quand c'était le cas il avait en général de bonnes raisons de le faire, et elle avait assez de jugeote pour ne pas lui mettre la pression. Il lui parlerait de ses problèmes quand il le jugerait nécessaire.

Thomas Souleby se tenait sur le seuil. Avec lui se trouvait un homme que Morland ne connaissait pas, chaussé de lourdes bottes, le corps recouvert de plusieurs couches de vêtements. Il avait une barbe rousse, épaisse, parsemée de gris ici et là, et tenait à la main un piège à loup, au bout d'une chaîne.

Les deux visiteurs entrèrent, et Morland referma doucement la porte derrière eux.

III

LA MISE À MORT

« Nous autres humains craignons la bête
qui se cache dans le loup
parce que nous ne comprenons pas la bête
qui se cache en nous. »

Gerald HAUSMAN,
Meditations with the Navajo

31

Ils se réunirent chez Hayley Conyer, comme ils le faisaient chaque fois qu'il fallait discuter en privé de problèmes très importants. Le conseil tenait des réunions publiques régulièrement, dont l'agenda était déterminé longtemps à l'avance et où l'on évitait avec soin les sujets qui fâchent. Elles n'étaient ouvertes qu'aux habitants de Prosperous, à la suite d'une tentative d'Euclid Danes de s'inviter à l'une d'elles. Feu Ben Pearson avait milité en faveur de l'élimination de Danes après cet incident, et il ne plaisantait pas. Si elle avait été soumise au vote, sa motion aurait probablement fait l'unanimité.

Luke Joblin arriva le premier chez Hayley, en compagnie de Kinley Nowell. Kinley était sorti de l'hôpital peu après la mort de Pearson. Il se sentait encore faible, le souffle court et laborieux, mais il entra sans assistance, si ce n'est celle du déambulateur qu'il utilisait déjà depuis dix ans ou plus. Joblin transportait le respirateur artificiel de Kinley. Plus tard, Thomas Souleby les rejoignit, suivi de Calder Ayton. Hayley se montra particulièrement attentionnée envers Calder, dont le chagrin, dû à la disparition de Ben, se lisait sur le visage. Elle lui murmura quelques mots tandis qu'il prenait place à la table, alors que la chaise à sa droite, celle qu'occupait toujours Ben Pearson, était désormais vide.

Le pasteur Warraner arriva en même temps que Morland. Si Hayley n'avait pas été au courant de l'animosité qui existait entre ces deux-là, elle aurait pu les soupçonner de collusion, mais quand elle leur ouvrit, les deux hommes maintenaient une distance entre eux, l'air gênés, et leur langage corporel en disait beaucoup sur le dégoût qu'ils éprouvaient l'un pour l'autre. Elle savait que Morland avait passé une partie de la journée dans la forêt à poser des pièges à loup avec Abbot, le chasseur que Souleby avait ramené en ville. Morland avait l'air épuisé. Bien, songea Hayley : ça le rendrait plus malléable. Elle le prit par le bras, indiquant à Warraner de les devancer dans le salon. Warraner fit ce qu'on lui demandait, mais il ne s'inquiétait pas de ce que Hayley Conyer pouvait vouloir dire à Morland en aparté. Même après leur dernière réunion, au cours de laquelle elle s'était rangée du côté de Morland, Warraner restait sûr de son influence en tant que conseiller spirituel de Hayley.

— Vous avez trouvé l'animal ? demanda-t-elle.

— Non, pas encore. Mais il est toujours dans le coin. On est tombé sur la carcasse d'un faon. Elle portait des marques de crocs. D'après Abbot, l'animal était mort depuis un bout de temps, mais ces traces de morsures étaient récentes, pas plus de vingt-quatre heures. Nous avons posé des pièges et des appâts. On l'aura bientôt. Abbot dit qu'il doit être blessé. Il a vu ça à ses empreintes.

Hayley semblait plus intéressée par le faon. Comme tout le monde, elle avait vu la photo sur le téléphone de Valerie Gillson.

— Le faon, est-ce que c'était…

— Peut-être. Il ne restait pas grand-chose qui permette de l'identifier. Et il y avait un trou non loin de l'endroit où nous l'avons trouvé.

Elle hocha la tête.

— Entre. Les autres sont déjà là.

Morland les rejoignit. Les quatre membres du conseil encore en vie s'étaient installés de part et d'autre de la table, et un fauteuil restait libre à la place d'honneur, pour Hayley. Warraner s'assit à l'autre bout, laissant deux chaises entre lui et Calder Ayton. En plissant les yeux, il pouvait presque voir le fantôme de Ben Pearson occuper l'une des deux, ouvrir un paquet de cookies exotiques ou faire passer des bonbons anglais : il avait toujours mis un point d'honneur à régaler les membres du conseil et les observateurs. Mais sa chaise resta vide, et aucune friandise ne circula. La table aussi était vide. Aucun rapport à consulter, aucun carnet ouvert. Il n'y aurait aucun compte rendu de cette réunion. Jamais.

Hayley éteignit la lumière dans l'entrée et prit place à la table.

— Bon, dit-elle. Commençons.

Harry Dixon s'agenouilla dans le placard de sa chambre et ôta un bout de parquet. La maison était calme. Erin était à son cercle de couture, où les participantes venaient de commencer un couvre-lit à la mémoire des récents disparus de Prosperous. D'après Erin, tellement de femmes voulaient collaborer qu'on avait dû rapatrier des chaises. Bryan Joblin était parti avec elle, même s'il allait l'attendre dans un bar en buvant des coups. Harry se demanda pendant combien de temps encore le conseil allait leur imposer la présence de Joblin. Quelle farce ! Jusqu'à ce qu'Erin et lui trouvent une autre fille, songea-t-il, jusqu'à ce qu'ils aient fait leurs preuves. Joblin n'était ici que pour s'assurer qu'ils se comportaient correctement et qu'ils poursuivaient leurs efforts pour dénicher une remplaçante à Annie Broyer.

A cet effet, plus tôt dans la journée, Harry était allé avec Joblin patrouiller dans les rues de Lewiston et d'Augusta, en quête d'une femme. Ce n'était pas précisément un boulot difficile. Harry pensait que de toute façon Joblin aurait fait la même chose de son temps libre, même si cette quête n'avait pas revêtu de caractère d'urgence. Bon sang, Harry lui-même avait déjà jeté un coup d'œil nostalgique à de jeunes beautés lorsque sa femme n'était pas là, mais ce n'était rien en comparaison de Bryan Joblin. A Prosperous, ce dernier avait la réputation d'un chasseur de minettes de première catégorie, au point que Hayley Conyer en personne avait dû prendre à part Bryan et son père, lors d'une rencontre fortuite dans Main Street, pour les prévenir que si Bryan ne réservait pas sa bistouquette à un usage personnel, ou du moins s'il ne limitait pas cet usage aux vastes contrées qui s'étendaient au-delà des limites territoriales de Prosperous, elle allait la couper elle-même et la pendre à l'entrée de la ville, en guise d'avertissement pour tous ceux qui seraient tentés de s'amuser avec les sentiments – ainsi qu'avec les corps – des femmes sur qui reposait l'existence des futures générations de la ville. Depuis, Bryan Joblin s'était cantonné à chasser dans les réserves de chair fraîche de Bangor, et avait pris l'habitude de changer de trottoir quand il voyait Hayley Conyer, pour éviter une nouvelle confrontation, comme s'il craignait que la vieille femme ne brandisse subitement une lame et ne mette sa menace à exécution.

Cet après-midi-là, Harry et Bryan avaient maté les lycéennes et les jeunes mères de famille. Ça serait l'idéal, avait dit Joblin. Il était pour qu'ils en enlèvent une, ici et maintenant, une jeune brune athlétique qui se trouvait devant le centre commercial, à Augusta, mais Harry l'en avait dissuadé. Il fallait soigneusement planifier ces choses-là. Kidnapper une femme en plein jour, c'était trop risqué. Ils avaient observé quelques femmes sans-abri, mais toutes étaient trop vieilles ou trop mal en point. La viande fraîche était préférable.

« Et si on prenait un enfant ? avait demandé Joblin. Ça devrait être facile, un enfant ? »

Harry n'avait rien répondu. Il s'était juste imaginé Bryan Joblin en train de mourir d'une mort douloureuse.

Joblin avait râlé pendant tout le chemin du retour, mais Harry savait qu'il dirait à son père que les Dixon tentaient de remplir leurs obligations envers la ville, du moins en apparence, et Luke Joblin irait répéter ça devant le conseil. Pour pousser plus loin la supercherie, Harry avait demandé à Bryan de visiter les sites Web de prostituées : vingt-cinq ans maximum, avait-il stipulé, et résidant dans un autre Etat. Eviter les tatouages, et celles qui demandent aux clients de s'identifier. Des indépendantes, pas des filles qui travaillent en agence. Bryan s'était attelé à cette tâche avec enthousiasme. Il avait même imprimé une liste de candidates potentielles pour Harry.

« Tu sais qu'ils peuvent remonter jusqu'à l'ordinateur d'où ses recherches ont été faites ? » avait dit Erin en l'apprenant.

Son sac de couture était posé sur le lit, derrière elle, prêt à l'emploi. Ils s'exprimaient en murmurant. A présent, à cause de leur hôte non désiré, ils passaient la plus grande partie de leur journée dans un silence presque total, comme s'ils faisaient une retraite religieuse.

« Ça n'est pas grave. C'est juste un écran de fumée.
— Eh bien, ça ne me plaît pas. Ça salit notre ordinateur. Du coup, ça me fait quelque chose quand je m'en sers. »

Donnez-moi la force, avait pensé Harry.

« L'ordinateur, on ne va pas l'emporter. Je t'en achèterai un autre quand nous serons...
— Quand nous serons où ?
— Là où nous serons, où que ce soit.
— Quand ?
— Je ne sais pas.
— Quand ? avait-elle répété, les larmes aux yeux. Je ne vais plus tenir très longtemps. Je ne supporte pas sa présence permanente. Je déteste son odeur, les bruits qu'il fait. Je déteste la façon dont il me regarde...
— Il te regarde ? Qu'est-ce que tu veux dire ?
— Bon Dieu ! Mais tu ne vois donc rien ? Rien ! C'est comme si tu ne pouvais pas imaginer qu'un autre homme me trouve attirante ! »

Là-dessus, elle était partie comme une furie pour aller travailler à son grand couvre-lit. Harry l'avait regardée monter dans sa voiture, suivie par celle de Bryan. Bien sûr qu'elle était encore belle. Harry le savait mieux que personne. Il n'aurait pas dû être surpris que Joblin le pense aussi.

Harry posa la section de parquet qu'il avait enlevée sur le tapis et plongea les mains dans la cavité ainsi dévoilée. Il en sortit une boîte rouge ignifugée, une version plus petite de celle où Erin et lui conservaient leurs passeports et les documents importants. La clé se trouvait dans la serrure. Il ne craignait pas que quelqu'un ne trouve la boîte, et il ne voulait pas qu'Erin tombe sur la clé par hasard et lui demande d'où elle venait. Ils n'avaient pas beaucoup de secrets l'un pour l'autre, mais ceci en était un.

Il ouvrit la boîte. A l'intérieur, il y avait cinq mille dollars en coupures de dix et de vingt : la cagnotte réservée aux urgences de Harry. Il avait résisté à l'envie de puiser dedans, même quand son entreprise était au plus bas. Jusqu'à aujourd'hui. Il ne savait pas combien de temps Erin et lui pourraient tenir avec cinq mille dollars, une fois qu'ils seraient en cavale, mais leur principale priorité serait de mettre le plus de distance possible entre eux et Prosperous. Après, il passerait quelques coups de fil. Il lui restait des amis, en dehors de la ville.

La boîte contenait aussi une lettre manuscrite, prête à être postée. Elle était adressée à Hayley Conyer, et l'on pouvait résumer sa teneur à la promesse qu'Erin et lui ne révéleraient rien si on les laissait tranquilles. Malgré tout ce qui s'était passé, Harry restait loyal envers la ville. Il n'avait pas envie de trahir ses secrets.

Le dernier objet dans la boîte était un revolver, un Smith & Wesson 638 à cinq coups, avec un canon de moins de six centimètres de long, et un poids à vide de quatre-vingt-seize grammes. C'était un de ses sous-traitants qui l'avait acheté pour lui, un plombier au casier judiciaire chargé qui lui devait une faveur parce que Harry lui avait donné du boulot quand personne d'autre ne voulait le faire. Harry avait eu peur d'acheter une arme par les filières légales. Il craignait que l'information ne parvienne aux oreilles de Morland, lequel se serait posé des questions, et les questions entraînent des soupçons. Le revolver logeait facilement dans la poche de sa veste préférée, il était puissant, précis et d'un usage facile, même pour un néophyte comme lui. Erin n'aimait pas les armes et n'en tolérait pas sous son propre toit. Si elle découvrait qu'il avait un Smith & Wesson, Harry aurait un besoin urgent des munitions qui se trouvaient à côté de l'arme, au fond de la boîte.

Il transféra l'ensemble dans un sac de toile noire qu'il cacha sur l'étagère du haut dans le placard, derrière une pile de vieux tee-shirts. Il n'en avait rien dit à Erin, mais les préparatifs pour leur départ étaient presque finis. Il avait discuté avec un type qui vendait des voitures d'occasion à Medway, avec qui il s'était mis d'accord pour échanger son pick-up et un peu de liquide contre une voiture. Un matin, alors que Bryan Joblin surveillait Erin, Harry s'était rendu au T. J. Maxx de Bangor avec un papier où étaient notées les mensurations de sa femme, et il avait acheté des sous-vêtements, quelques tee-shirts et des baskets, ainsi que deux valises bon marché. Il n'avait pas besoin de grand-chose pour lui-même : dans la boîte à outils de son pick-up, il avait caché des jeans, des chemises et une paire de bottes neuves dans un sac-poubelle, qu'il avait mis alors dans une des valises. Ensuite, il était allé au Walgreens sur Broadway pour acheter une réplique de tous les articles de toilette qu'il avait vus dans leur salle de bains ou sur la commode de sa femme, puis il était passé chez la sœur d'Erin et lui avait demandé de lui mettre ces valises de côté. A sa grande surprise, elle n'avait pas posé de questions. Ce qui l'amena à se demander ce qu'elle savait, ou ce qu'elle soupçonnait déjà, à propos de Prosperous.

Harry rangea la boîte vide dans la cavité sous le placard et remit le parquet en place. Il lui semblait qu'en prenant l'argent et le revolver il avait arrêté sa décision. Il ne lui restait qu'un dernier pas à franchir. Poster la lettre à Hayley Conyer. Après, il n'y aurait plus de retour en arrière possible.

32

Hayley s'amusait avec lui. Morland se rendait compte qu'elle essayait de le prendre au dépourvu, de le mettre mal à l'aise. Il l'avait vue agir ainsi plus d'une fois, avec ceux qui n'avaient pas l'heur de lui plaire, et son père l'avait mis en garde à ce sujet, quand le temps était venu de prendre sa succession à la tête de la police de Prosperous.

« Elle est intelligente, celle-là ! avait déclaré son père. Souviens-toi de ce que je te dis. Avec elle, fais attention, et ne lui tourne jamais le dos. Au cours des ans, elle a croisé le fer avec beaucoup d'hommes et de femmes qui pensaient être plus intelligents qu'elle, et elle les a tous laissés sur le carreau. »

Même à l'époque, Morland s'était demandé s'il s'agissait seulement d'une métaphore.

A présent, il essayait de s'installer aussi confortablement que possible sur l'une des vieilles chaises grinçantes de la salle à manger, et faisait de son mieux pour garder son sang-froid devant les piques que lui lançait Hayley. Il s'était écoulé pas loin d'une heure, et elle n'avait toujours pas fait la moindre allusion au détective privé. Elle s'y préparait, cependant, faisant en sorte que la tension dans la pièce se concentre autour de Morland, qu'elle devienne si contraignante que lorsque le problème serait finalement abordé le chef de la police se retrouve coincé entre ce qu'il éprouvait et ce qu'elle désapprouvait dans la façon dont il avait agi, même si Morland ne voyait pas bien ce qu'il aurait pu faire d'autre devant l'intérêt de Parker pour la disparue. Mais que voulait-elle donc ? Qu'il tue quiconque jetterait un regard un peu curieux en direction de la ville ? C'était peut-être bien ça, d'ailleurs : Hayley avait toujours été paranoïaque, même si elle tentait de justifier cela en affirmant que le destin de Prosperous et de ses citoyens était entre ses mains. C'était quoi, déjà, l'aphorisme sur le pouvoir qui corrompt ? Quoi que ce soit, il était vrai mais incomplet : le pouvoir ne fait pas que corrompre. Au bout d'un certain temps, il rend également fou.

Ainsi, au cours de l'heure qui venait de s'écouler, Hayley avait ignoré les interventions de Morland, même lorsqu'elle lui avait clairement laissé le temps d'exprimer son opinion. Et quand il ne disait rien, elle lui demandait son avis, puis cessait d'écouter presque aussitôt. Ou alors qu'il était encore au beau milieu d'une phrase, elle reprenait la parole pour solliciter l'avis de quelqu'un d'autre ou pour changer de sujet, tandis que la voix de Morland s'éteignait peu à peu. C'était humiliant, et il était sûr que Hayley avait pour objectif de l'écarter de la réunion, mais il refusait de lui donner ce plaisir. Sa présence était cruciale. Il se doutait de ce qu'elle mijotait, et il fallait qu'il l'en empêche. Elle n'avait pas rencontré ce privé et ne se rendait pas compte du danger qu'il représentait. Même Warraner, qui l'avait pourtant croisé à deux reprises, était coupable de l'avoir sous-estimé, mais cela n'était que la conséquence du sentiment de supériorité mal placé du pasteur. Morland avait observé les deux hommes dans la chapelle : Warraner s'était comporté comme un vulgaire guide touristique, invitant presque Parker à émettre des hypothèses sur la véracité éventuelle d'un savoir caché. Mais le détective était plus subtil et plus astucieux que Warraner ne l'avait cru de prime abord, et quand ce dernier avait fini par s'en rendre compte – avec les questions de Parker à propos des familistes et de Vitel – il était trop tard.

Puis le détective était revenu avec ses histoires de voiture bleue, il avait lancé des piques à Morland et à Warraner, tout comme celles que lui lançait à présent Hayley. Parker avait aussi discuté avec Danes... Danes, qui était plus qu'une simple nuisance. Il avait l'oreille de certaines personnes du corps législatif de l'Etat, même s'il n'avait pas beaucoup d'influence sur le gouverneur actuellement en poste, principalement parce que le gouverneur n'écoutait personne, pour autant que Morland pouvait en juger. Néanmoins, lui-même et le conseil savaient qu'à Augusta Danes était parvenu à semer les graines du soupçon à propos de Prosperous. Certes, la plupart des gens le prenaient pour un barjo, mais c'était un barjo avec de l'argent, et l'argent permettait d'acheter de l'influence.

Morland se remémora la colère de feu Ben Pearson devant l'intrusion de Danes pendant la réunion publique. Ce vieux salaud de Ben avait la bave aux lèvres. Souleby et les autres n'étaient pas en reste et réclamaient du sang, comme les grands prêtres devant Ponce Pilate. Cette fois-là, c'était Hayley qui avait incarné la voix de la raison. Ils ne pouvaient pas tuer Danes, parce que qui savait quels troubles sa mort pourrait susciter si le moindre doute venait à surgir à son propos ? Ils étaient obligés d'attendre qu'il meure d'une mort naturelle, mais pour l'instant Danes affichait sa bonne santé avec la même obstination têtue que Hayley. Parfois, Morland soupçonnait presque Hayley d'apprécier la présence de Danes. Elle semblait considérer avec indulgence ses efforts pour freiner l'expansion de la ville, comme si leur intensité témoignait de l'importance de Prosperous et justifiait son propre rôle de leader.

Prosperous exerçait également une certaine influence sur Augusta. C'était naturel pour une ville aussi riche, et même si ses citoyens n'étaient pas tous politiquement du même bord, ils avaient conscience que les contributions à l'un ou l'autre des partis en présence servaient la cause commune. Néanmoins, il fallait jouer de cette influence avec subtilité. En faisant attention. Morland pressentait que l'investissement de la ville dans les affaires politiques de l'Etat allait bientôt être rentable. Il aurait préféré garder cette carte pour plus tard, mais au fur et à mesure de la discussion, il se sentait de plus en plus mal à l'aise. Il avait l'impression d'observer un serpent prêt à mordre, mais qui n'aurait pas remarqué la lame au-dessus de sa tête.

Le conseil avait pratiquement fini de discuter des victimes de ces derniers jours. Hayley demanda comment les familles supportaient le choc, et Warraner lui exposa en long et en large son rôle de pasteur, chacun des deux rivalisant pour paraître le plus compatissant, le plus compréhensif et le plus peiné par la souffrance de leurs concitoyens. On décida rapidement de constituer un fonds d'aide aux familles, auquel les membres du conseil firent aussitôt de généreuses contributions, Hayley donnant à elle seule autant que tous les autres réunis. Quand ils auraient sollicité le reste des habitants pour des sommes grandes ou petites, cela représenterait une consolation financière de poids pour les familles.

Appelons un chat un chat, songea Morland. Appelons ça un pot-de-vin, un moyen d'acheter du temps et de la loyauté. Il y avait déjà des murmures au sein de la communauté (car Morland y prêtait l'oreille et, quand c'était possible, attisait les flammes du mécontentement à l'encontre du conseil). Pourquoi cela était-il arrivé ? Où donc était passée leur protection ? Que comptait faire le conseil ? S'il n'y pouvait rien, ou pas grand-chose, alors, il était peut-être temps que d'autres se lèvent et endossent la responsabilité de la gestion de la ville, à la place de ces hommes âgés et de cette vieille femme qui avaient si bien servi Prosperous, et pendant si longtemps, mais dont le temps semblait à présent révolu.

Et si l'un des vieux membres s'y opposait – « l'un des » ne faisait ici référence qu'à la seule Hayley Conyer –, la ville comprendrait qu'elle soit frappée de malchance, car les vieilles femmes ont des accidents, et Prosperous accepterait sa mort comme un sacrifice d'un genre différent. Alors, cette réunion du conseil était importante, peut-être la plus importante depuis un siècle. La survie de la ville n'était pas en jeu, pas encore, mais celle du conseil l'était assurément.

— Bon alors, c'est décidé ! lança finalement Hayley.

Elle rédigerait un compte rendu le lendemain, de simples minutes sans conséquence pour une réunion qui en aurait beaucoup. Que la ville, ainsi que ceux qui avaient l'œil dessus, voie comment Prosperous se débrouillait quand les temps étaient difficiles. Entretemps, la vérité circulerait sans bruit, dans les stations-service, au coin des rues ou à la table de la cuisine, une fois les enfants couchés. Les murmures de doute seraient étouffés. Le conseil avait décidé. Tout allait bien se passer.

— Voilà qui nous amène au principal sujet de la réunion de ce soir, dit-elle.

Il y eut un peu d'agitation. Les têtes se tournèrent vers Morland. Celui-ci sentit les liens se resserrer autour de lui et inspira instinctivement, gonflant le torse, tendant les muscles de ses bras comme pour résister à une entrave invisible, se grandissant, gagnant un peu d'espace pour se mouvoir.

Hayley s'enfonça dans son fauteuil. C'était un Carver, le seul autour de la table à être muni d'accoudoirs. Elle posa un bras sur l'un d'eux, le pouce sous le menton, l'index le long de sa joue, et regarda pensivement Morland, comme une reine qui attend les explications d'un courtisan qui l'a déçue avant de décider si elle doit ou non faire entrer le bourreau.

— Alors, Morland, reprit-elle. Parle-nous de ce détective…

33

Ronald Straydeer se pointa chez moi alors que j'étais en train de relire la documentation que j'avais réunie à propos des familistes, à la Maine Historical Society. Ronald était un Indien Penobscot originaire d'Old Town, au nord de Bangor. Il avait servi au Vietnam dans les brigades canines, et comme tant d'autres combattants de cette guerre, il en était revenu avec une fracture à l'âme. Dans son cas, cette blessure était due à la décision des autorités militaires de classer les chiens dans la catégorie « équipement » et de les laisser sur place en tant que « surplus » quand l'armée américaine avait évacué le Sud-Vietnam. Des milliers de chiens furent transférés dans l'armée sud-vietnamienne ou euthanasiés, et nombre de dresseurs, parmi lesquels Ronald, ne pardonnèrent jamais à leur patrie la façon dont elle avait traité ces animaux.

Le Viêt-cong détestait les membres des brigades canines parce qu'ils rendaient presque impossibles les attaques surprises, aussi les chiens et leurs maîtres étaient-ils particulièrement traqués par l'ennemi et subissaient-ils de lourdes pertes. Le lien entre chaque maître-chien et son animal était extrêmement fort, et les dommages émotionnels et psychologiques que provoqua la décision de l'armée américaine sont difficilement quantifiables.

Une hiérarchie plus sage, plus à l'écoute des effets des combats sur le mental des troupes, aurait autorisé ces hommes à adopter leur chien, mais une telle législation n'entra en vigueur qu'en 2000. Du coup, les soldats des brigades canines virent le Sud-Vietnam tomber aux mains des Nord-Vietnamiens tout en sachant que leurs chiens seraient massacrés, par mesure de rétorsion.

Aujourd'hui, Ronald travaillait avec des vétérans, mais sans aucune assistance de la part du gouvernement ou de l'armée. Il ne voulait entendre parler ni de l'un ni de l'autre, d'ailleurs. Je pense que c'est l'une des raisons pour lesquelles il vendait de l'herbe. Pas tant parce qu'il en avait quelque chose à faire de la drogue, mais plutôt parce que c'était un moyen de faire payer à l'Oncle Sam le sacrifice d'Elsa, son berger allemand. Cela dit, Ronald était un dealer récréatif : il donnait plus d'herbe qu'il n'en vendait, et fumait lui-même le reste.

Ça faisait un bout de temps que je ne l'avais pas vu. Quelqu'un m'avait dit qu'il avait quitté la ville. D'après les rumeurs, son frère était malade et Ronald était allé donner un coup de main à sa famille, à Old Town. Etrangement et pour ce que j'en savais, Ronald n'avait pas de frère.

Ce soir-là, ses yeux étaient plus brillants que d'habitude. Il portait une veste bleue, une chemise et un pantalon en jean, et des baskets blanc cassé.

— Tu sais, la chemise en jean avec un jean, c'est un look qui ne va qu'aux chanteurs de country, ou aux fermiers.

Ronald me regarda de travers.

— Dois-je te rappeler que bien avant l'arrivée de l'homme blanc mon peuple arpentait ces terres ?
— En jean ?
— On s'adapte à son époque.

— Pas assez vite, apparemment.

Il me suivit dans mon bureau. Je lui proposai du café, ou une bière, mais il déclina l'offre et s'installa dans l'un des fauteuils. Il était grand, le siège semblait trop petit pour sa taille. En fait, à voir comment il était obligé de serrer les fesses pour tenir dedans, je commençai à m'inquiéter de la possibilité de l'en faire sortir quand il voudrait se lever. En injectant de l'huile de palme par les côtés, peut-être.

— Alors, comment ça va ? lançai-je.
— J'ai arrêté de boire.
— Vraiment ?

Ronald n'avait jamais été un gros buveur, du moins dans mon souvenir, mais il buvait régulièrement, surtout de la bière.

— Ouais. Et j'ai aussi arrêté de fumer de l'herbe.

Ça, c'était un scoop.

— Et le deal aussi ?
— J'ai assez d'argent sur mon compte. Plus besoin de faire ça.
— Tu ne serais pas tombé d'un cheval sur la route de Damas, par hasard ?
— Non, mec. Je monte pas à cheval. Tu confonds avec les Indiens des plaines. Tu devrais lire un peu, te cultiver.

Ronald débita tout ça, sérieux comme un pape. En général, il était difficile de savoir s'il plaisantait ou non, du moins jusqu'à ce qu'il se mette à vous tabasser.

— J'ai entendu dire que tu avais quitté la ville. Je crois que je sais pourquoi, maintenant. Tu travaillais sur toi.
— Et j'ai réfléchi, aussi.
— Et tu voudrais bien me dire à quoi ?
— La vie. Toutes ces merdes philosophiques. Tu peux pas comprendre, vu que t'es blanc.

— Tu as l'air doué pour ça, même vu de chez un Blanc.

— J'ai décidé que pour moi boire, fumer et dealer, c'était pas positif, vu que je travaille avec des hommes pour qui ces activités peuvent devenir des tentations. Si je veux les aider à revenir dans le droit chemin, il faut que j'y sois moi-même, tu comprends ?

— Tout à fait.

— Mais j'ai continué à lire les journaux. T'étais pas dedans. On dirait que ça fait des mois que t'as tiré sur personne. T'as pris ta retraite, ou quoi ?

— En ce moment, vu les circonstances, je pourrais être tenté de briser mon vœu de célibat envers les armes. Tu es venu tester ma volonté, ou y a-t-il quelque chose que je puisse faire pour toi ?

— On m'a dit que t'avais fait le tour des centres pour sans-abri en posant pas mal de questions...

En raison du travail qu'il effectuait avec les anciens combattants, Ronald visitait souvent les centres d'accueil, pour tenter de nouer des liens avec des hommes et des femmes qui se sentaient abandonnés par leur patrie, une fois que leur passage sous les drapeaux avait pris fin. A l'occasion, certains venaient même résider quelque temps chez lui. En dépit de son attitude plutôt froide, Ronald Straydeer semblait disposer d'infinies ressources d'empathie.

— C'est vrai, répondis-je.

— Des anciens combattants ?

Par le passé, Ronald m'avait donné un ou deux coups de main sur des affaires impliquant des militaires ou l'armée. C'était son domaine, et il avait conscience de le protéger.

— Pas vraiment, ou alors, par la bande. Tu connaissais Jude, non ?

— Ouais. C'était un mec bien. Il s'habillait bizarrement, mais il était serviable. J'ai entendu dire qu'il s'était suicidé.

— Je ne crois pas. Ce que je crois, c'est qu'on l'a aidé à rejoindre un monde meilleur.

— T'as une idée du pourquoi ?

— Et je peux te demander pourquoi ça t'intéresse ?

— Quelqu'un doit s'occuper de ces gens-là. Moi, j'essaie. Si quelqu'un s'attaque aux sans-abri pour une raison ou pour une autre, j'aimerais bien être au courant.

C'était une raison aussi valable qu'une autre pour poser des questions.

— C'est encore un peu tôt pour en être sûr, mais je crois qu'il s'est fait tuer parce qu'il était parti à la recherche de sa fille. Elle s'appelait Annie, et elle suivait les pas de son paternel, dans tous les sens du terme. Elle s'était fourvoyée, elle avait fini dans la rue. Je pense qu'elle essayait de ramener son père vers elle, tout en gardant une certaine distance. Elle a séjourné dans un centre d'accueil à Bangor, mais elle n'y est plus. Personne n'est là pour signaler sa disparition, mais j'ai le sentiment qu'on l'a enlevée. Jude s'inquiétait pour elle avant de mourir.

— Et en quoi ça te concerne ?

— Un ami de Jude, un type surnommé Shaky, m'a assuré que Jude avait fait des économies pour se payer quelques heures de mon temps. Considère ça comme mon devoir.

— Je le connais, Shaky. T'as une idée de qui pourrait avoir kidnappé la fille ?

— Tu es déjà allé à Prosperous ?

— Non. J'en ai entendu parler. Je ne pense pas qu'ils aient des masses de temps à consacrer aux Indiens, ni à tous ceux qui ne sont pas blancs et riches.

— A Bangor, Annie a dit à quelqu'un qu'un vieux couple de Prosperous lui avait proposé du boulot. Elle est retournée prendre ses affaires au centre puis est montée dans leur voiture, et c'est la dernière fois qu'on l'a vue.

— Le couple mentait peut-être, estima Ronald. C'est facile de dire qu'on est de quelque part, alors qu'en fait on vient d'ailleurs.

— J'ai envisagé cette possibilité.

— C'est pour ça que t'es un privé.

— C'est vrai. Je trouve que j'ai de la sagesse, pour un Blanc.

— Tu la mets pas très haut, la barre...

— Revenons à Annie Broyer. En parlant d'elle avec les gens, j'ai eu le sentiment qu'elle n'était pas stupide. Sinon, elle n'aurait pas survécu dans la rue pendant aussi longtemps. Je suis convaincu qu'elle a dû demander à ces gens une preuve de leur bonne foi. Elle a déclaré qu'elle allait à Prosperous, et je pense que c'est là qu'elle a atterri. Malheureusement, d'après la police locale, il n'y a pas trace d'elle, et il n'y en a jamais eu.

Je n'avais rien confié de plus à Ronald que ce que Shaky ou les flics de Portland savaient déjà. Mes autres idées, mes soupçons, notamment l'histoire des familistes, je les gardai pour moi.

Ronald resta assis, silencieusement. Il semblait réfléchir à quelque chose, peut-être à la façon dont il allait s'extirper de son fauteuil maintenant qu'il avait appris ce qu'il voulait savoir.

— Comment ils l'ont retrouvé, les gens qui ont tué Jude ? finit-il par lâcher.

« Les gens »... Ronald savait qu'il fallait plus d'une personne pour mettre en scène une pendaison, même pour un homme aussi faible que Jude.

— Ils ont surveillé les centres d'accueil. Comme tu l'as dit, avec ses fringues, il ne passait pas inaperçu.

— Quelqu'un a pu les remarquer. Les sans-abri, les plus affûtés du moins, ils sont toujours en train de mater. Ils surveillent les flics, leurs amis, ceux qui leur en veulent. Au fond du marigot, la vie est dure et brutale. Il faut faire attention si on veut pas se faire bouffer.

Ronald avait raison. Je n'avais pas posé assez de questions dans la rue. J'avais laissé Prosperous et ce que cette ville pouvait représenter m'emmener sur un chemin de traverse, mais peut-être existait-il une autre voie.

— Tu as des suggestions quant à ceux à qui je pourrais m'adresser ?

— Si tu te balades en employant des « quant à ceux à qui » ou ce genre de charabia, personne va te répondre. Laisse-moi faire.

— Tu es sûr ?

— De leur part, j'en apprendrai plus que toi.

Il me fallait bien admettre que c'était vrai.

— Encore une chose, dis-je.

— Oui ?

— Reste discret. Si j'ai raison, et si Jude a été assassiné, les gens qui ont fait ça n'hésiteront pas à agir pour effacer leurs traces. On n'a pas besoin de cadavres supplémentaires.

— Je comprends.

Ronald se leva. Comme prévu, il eut du mal à s'extirper de son fauteuil, mais il y parvint quand même, en poussant fort sur les accoudoirs. Une fois libéré, il jeta au siège un coup d'œil vaguement hostile.

— La prochaine fois, je resterai debout.

— Ça sera mieux pour le mobilier.

Par la fenêtre, il regarda les marais éclairés par la lune.

— Depuis un bout de temps, j'envisage de reprendre un chien.

Il n'en avait plus eu depuis le Vietnam.

— Bonne idée, dis-je.

— Oui.

Pour la première fois depuis qu'il était arrivé, il sourit.

— Oui, reprit-il. Je crois que c'est une bonne idée.

Après son départ, j'appelai Angel et Louis à New York. Ce fut Angel qui répondit. C'était toujours lui qui répondait. Louis considérait que le téléphone était un instrument du diable. Il ne s'en servait qu'avec réticence, et quand il le faisait, sa conversation prenait un tour encore plus minimaliste que lorsqu'il se trouvait face à son interlocuteur, ce qui n'était pas peu dire.

Angel me confia qu'il essayait de trouver d'autres planques du Collectionneur, mais que pour l'instant il avait fait chou blanc. On les avait peut-être toutes trouvées, et peut-être qu'à présent le Collectionneur vivait dans un trou sous terre, comme le personnage d'un livre que je lisais quand j'étais môme. Le héros de ce bouquin avait essayé d'assassiner Hitler, et il avait échoué. Traqué, il était passé dans la clandestinité, il s'était creusé une grotte où il attendait que ceux qui le chassaient montrent leur visage. *La Chasse à l'homme* : c'était ça, le titre du livre. Ils en avaient fait un film, avec Peter O'Toole. Penser à ce livre et à ce film me remit en tête les trous dans la terre, autour de Prosperous. Ils avaient bien été creusés par quelque chose, mais par quoi ?

— Tu es toujours au bout du fil ? demanda Angel.

— Oui, désolé. J'avais l'esprit ailleurs.

— Pas grave. C'est toi qui as mis la pièce dans le téléphone.

— Ça ne te rajeunit pas, de croire qu'on téléphone encore avec des pièces. Tu t'entendais bien avec Thomas Edison…

— Allez vous faire foutre, Thomas Edison et toi.

— Le Collectionneur est encore dans la nature. Il a beau essayer de se fondre dans le décor, son avocat a bien été obligé de laisser des traces. Quelque part, il existe un acte d'achat d'une maison, et on ne l'a pas encore trouvé.

— Je continue à chercher. Et toi ? T'es sur le dos de qui, ces jours-ci ?

Je lui parlai de Jude, d'Annie, de Prosperous et même de Ronald Straydeer.

— La dernière fois qu'on a discuté, tu délivrais des assignations à comparaître. Je savais que ça n'allait pas durer.

— Comment va Louis ?

— Il s'ennuie. J'espère qu'il va faire quelque chose d'illégal, comme ça, au moins, ça l'obligerait à sortir de l'appartement.

— Dis-lui de regarder un film. Tu connais *La Chasse à l'homme* ?

— C'est un porno ?

— Non.

— D'après le titre, on aurait pu croire que c'était du porno gay.

— Pourquoi je regarderais du porno gay ?

— J'en sais rien. Tu envisages peut-être de changer de camp.

— Je ne sais même pas comment tu t'es retrouvé dans ce camp-là. Ce qui est sûr, c'est que t'étais pas le premier choix.

— Allez vous faire foutre, ton camp et toi.

— Dis à Louis de se trouver *La Chasse à l'homme*. Je pense que ça lui plaira.

— D'accord.

Sa voix se fit moins forte dans l'écouteur, tandis qu'il se tournait pour s'adresser à Louis :

— C'est Parker. Il dit qu'il faut que tu te trouves un homme.

J'entendis une voix répondre.

— Il dit qu'il est trop vieux pour ça, me traduisit Angel.

— *La Chasse à l'homme*, avec Peter O'Toole.

— Avec un *O* comme dans *Histoire d'O* ? T'es vraiment sûr que c'est pas du porno ?

Je raccrochai, puis je me préparai un café que j'allai boire dehors, devant le spectacle des marais éclairés par la lune. Des nuages la masquaient par intermittence, changeant la lumière, chassant les ombres. Je tendis l'oreille. Parfois, je souhaitais qu'elles viennent, la fille que j'avais perdue et la femme qui marchait à ses côtés, mais, ce soir-là, je ne les perçus pas. Cela valait peut-être mieux. Quand elles venaient, le sang coulait.

En fin de compte, elles reviendraient. Comme toujours.

34

Morland révéla au conseil tout ce qu'il savait sur le privé : son histoire, la mort de sa femme et de sa fille, plus de dix ans auparavant. Il leur parla de certaines des affaires dans lesquelles il avait été impliqué, celles qui étaient de notoriété publique, mais il les informa également des rumeurs qui circulaient à propos d'autres enquêtes, secrètes celles-là. Il marchait sur une étroite corniche : il désirait leur faire comprendre que le privé représentait une menace, mais sans les inquiéter outre mesure, afin qu'ils ne réagissent pas violemment. Morland était certain que Hayley savait déjà la plus grande partie de ce qu'il avait à dire. En fait, sa prestation était destinée aux autres membres du conseil et à Warraner.

— Tu affirmes qu'il a croisé la route des Croyants ? demanda Souleby.

Un murmure de désapprobation s'éleva parmi les autres. Dans le Maine, le conseil existait depuis plus longtemps que la secte qui se faisait appeler les Croyants, et ses membres actuels la considéraient avec un mélange de gêne et de dégoût. La quête des Croyants pour retrouver leurs frères, des anges déchus comme eux, ne concernait en rien les citoyens de Prosperous. D'un autre côté, la ville ne voulait pas non plus attirer l'attention des Croyants, de ceux qui leur ressemblaient ou de ceux dans l'ombre desquels ils gravitaient. Les Croyants n'étaient qu'un élément d'un complot plus vaste, qui gagnait peu à peu du terrain dans l'Etat du Maine. Le conseil refusait de s'associer à cela, même si des canaux de communication officieux restaient ouverts par l'intermédiaire de Thomas Souleby, lequel, en sa qualité de membre de plusieurs clubs à Boston, évoluait avec aisance dans ces cercles.

— Il a croisé leur route, répondit Morland. Je n'ai entendu que des ragots, mais on peut affirmer sans crainte de se tromper qu'ils ont déploré cette rencontre plus que lui.

Le vieux Kinley Nowell prit la parole. Pour ce faire, il dut ôter le masque à oxygène qu'il avait sur le visage, et chaque mot qu'il prononça sembla lui coûter un effort désespéré. Il avait déjà l'air d'un cadavre, songea Morland. Sa peau était pâle et cireuse, et l'odeur de mort qu'il exhalait se mêlait à celle des médicaments qu'on lui donnait pour retarder sa venue.

— Pourquoi n'a-t-on pas déjà tué ce détective privé ?

— Certains ont essayé, répondit Morland. Et ils ont échoué.

— Je ne parle pas de voyous ou de criminels, dit Nowell.

Il remit son masque et inspira profondément à deux reprises avant de poursuivre :

— Je ne parle même pas des Croyants. Il y en a d'autres, et eux n'échouent jamais. Ils tuent depuis que l'homme existe. Le sang de Caïn coule dans leurs veines.

Les Commanditaires : c'était comme ça qu'on les appelait, d'après ce que Morland en savait. Des hommes et des femmes très riches et très puissants, une sorte de réplique en grand du conseil de Prosperous. Les relations de Souleby.

— S'il est encore vivant, intervint ce dernier, c'est parce qu'ils veulent qu'il reste en vie.

— Mais pourquoi ? rétorqua Nowell. A l'évidence, il représente une menace pour eux, si ce n'est dans l'immédiat, du moins dans le futur. Ça n'a pas de sens de le laisser vivre.

Conyer se tourna vers Warraner – et non vers Souleby –, en quête d'une réponse. A ses yeux, il s'agissait d'un problème théologique.

— Pasteur, auriez-vous une solution à cette énigme ?

Warraner était peut-être arrogant et fourbe, mais ce n'était pas un imbécile. Il réfléchit une bonne minute avant de répondre.

— Ils ont peur de tuer ce qu'ils ne comprennent pas, finit-il par dire. Que désirent-ils ? Ils veulent retrouver leur dieu enseveli et le libérer. Ils sentent qu'ils sont plus proches de leur objectif qu'ils ne l'ont jamais été. Le privé est peut-être un obstacle, ou bien il a peut-être un rôle à jouer dans cette quête. Pour l'instant, ils ne comprennent pas sa nature et ils ont peur d'agir à son encontre car ils craignent, ce faisant, de nuire à leur propre cause. J'ai écouté avec attention ce que nous a dit le chef de la police, et je dois avouer que j'ai peut-être sous-estimé Parker.

Sa remarque surprit Morland. Warraner admettait rarement ses erreurs, et encore moins devant Hayley et les membres du conseil. Cela déstabilisa Morland, qui, du coup, avait baissé sa garde quand Warraner lui planta le couteau dans le dos :

— Cela étant, poursuivit Warraner, Morland l'a également sous-estimé. Il n'aurait pas dû l'emmener à l'église. Parker aurait dû être tenu à l'écart de l'église et de moi-même. Je me suis retrouvé dans une situation où j'ai été obligé de répondre à des questions, ce que j'ai fait du mieux que j'ai pu, étant donné les circonstances.

Menteur ! avait envie de s'écrier Morland. Je t'ai vu te pavaner. Tu n'es qu'un crétin, mais je me souviendrai de ce que tu viens de dire.

— Chef ? demanda Hayley. Est-ce vrai ?

Elle était amusée. Morland s'en rendait compte. Elle se réjouissait de voir ses petits chiens de compagnie s'aboyer à la figure. Il sentit qu'elle voulait qu'il se mette en colère. Les petites humiliations qu'elle lui avait infligées plus tôt dans la soirée n'avaient pas suffi à lui faire perdre son sang-froid. Elle avait peut-être déjà quelqu'un à l'esprit pour lui succéder à la tête de la police de Prosperous, même si Morland ne pensait pas qu'elle avait mené sa réflexion aussi loin. Elle savait simplement qu'il commençait à douter d'elle, et elle souhaitait conserver son poste. Si elle était obligée de sacrifier Morland pour survivre, elle n'hésiterait pas une seconde.

Néanmoins, Morland se contenta de répondre qu'il avait fait ce qu'il pensait être le mieux, et observa avec une certaine satisfaction la déception qui vint voiler le visage de la vieille femme.

Souleby, diplomate comme toujours, choisit ce moment-là pour intervenir :

— Nous balancer nos fautes à la figure ne va rien régler. Morland, la question, c'est : le privé va-t-il laisser tomber ?

— Non, mais...

Morland réfléchit soigneusement à la formulation de ce qu'il allait dire.

— On t'écoute ! le pressa Souleby.

— Eh bien... il n'a aucune preuve, aucun indice. Il n'a que ses soupçons, et ça ne suffit pas.

— Alors pourquoi est-il revenu ici une deuxième fois ?

— Il nous teste. En l'absence de preuves, il veut nous faire réagir. Il veut qu'on fasse quelque chose contre lui. Si nous bougeons, nous confirmerons ses soupçons, et alors il répondra à la violence par la violence. Parker n'est pas simplement l'appât, il est aussi l'hameçon.

— Seulement s'il reste en vie ! s'écria Nowell.

Au fur et à mesure qu'il approchait de la fin, Nowell devenait de plus en plus mauvais, comme s'il souhaitait épuiser tout le mal qu'il avait en lui avant de trépasser.

— Il a des amis, répondit Morland. Ils le vengeraient.

— Ils peuvent mourir aussi.

— Je ne crois pas que tu comprennes de quoi...

— Assez ! croassa Nowell.

Il avait dressé un index décharné, comme la griffe d'un vieux corbeau se découpant sur les ténèbres.

— Je comprends mieux que tu ne le crois ! Tu as peur. Tu es un lâche. Tu...

Le reste de ses accusations se perdit dans une quinte de toux. Luke Joblin lui fixa de nouveau son masque à oxygène sur le visage. A partir de cet instant, les contributions du vieil homme à cette réunion, pour inutiles qu'elles fussent, étaient terminées. Tu ferais mieux de mourir, songea Morland, mourir et libérer une place pour quelqu'un doté d'une once de bon sens et de raison. Nowell croisa son regard, comme s'il lisait dans ses pensées.

— Qu'est-ce que tu étais en train de dire ? le pressa à nouveau Souleby.

Morland cessa de fixer Nowell.

— Ce privé a déjà tué, reprit-il. Certaines de ses victimes sont connues, mais je vous garantis qu'il y en a au moins autant qui ne le sont pas. Un homme qui a fait ça et qui n'est pas derrière les barreaux, qu'on n'a pas privé de ses moyens d'existence ni de ses armes, c'est un homme qui est protégé. Bien sûr, certaines personnes qui œuvrent du bon côté de la loi seraient ravies de voir Parker sortir de l'équation, mais même celles-là seraient obligées d'agir si on touchait à lui.

Le silence s'installa, que seule brisait la respiration torturée de Nowell.

— Ne pourrait-on pas contacter les Commanditaires et leur demander conseil ? demanda Luke Joblin. Ils pourraient peut-être même travailler avec nous...

— On ne demande l'autorisation de personne pour agir, dit Hayley Conyer. Leurs intérêts et les nôtres diffèrent, même dans ce cas. S'ils ne souhaitent pas agir de leur propre chef, ils ne le feront pas pour nous.

— En plus, il y a le problème de la nouvelle fille, intervint Calder Ayton.

C'étaient ses premiers mots depuis le début de la réunion. Morland avait presque oublié sa présence.

— Que veux-tu dire, Calder ? demanda Hayley.

Elle aussi semblait surprise de l'entendre s'exprimer.

— Je veux dire que nous avons reçu un avertissement, ou quatre, selon le point de vue qu'on adopte. Les gens sont inquiets. Quelle que soit la menace que ce privé constitue, il faut livrer une autre fille, et vite. Est-ce qu'on peut se permettre de laisser un homme fouiner dans le coin à un moment aussi sensible dans l'histoire de notre communauté ?

— Quelles sont les nouvelles des Dixon ? demanda Souleby en se tournant vers Morland. Des progrès ?

— Bryan les surveille, répondit Luke Joblin à la place du chef de la police. Il pense qu'ils vont bientôt trouver quelqu'un.

Cependant, Morland avait son propre avis sur la question :

— Bryan m'a dit que Harry et lui avaient prospecté, mais – s'il te plaît, ne prends pas ça mal, Luke – ton fils n'est pas des plus affûtés. A mon avis, on ne peut pas faire confiance aux Dixon. Je pense qu'ils mènent Bryan en bateau. Nous aurions dû confier à quelqu'un d'autre la tâche de trouver une fille.

— Je te rappelle que ce sont tes soupçons qui nous ont conduits à les tester en leur demandant de chercher une nouvelle fille, Morland, répliqua Conyer.

— Il y avait peut-être de meilleurs moyens de s'assurer que les Dixon étaient loyaux envers nous…

— Maintenant, c'est fait. Tes regrets arrivent un peu tard.

De nouveau, Souleby se posa en médiateur :

— S'ils embobinent Bryan, et nous aussi, du coup, pour quelle raison le font-ils ?

— Je pense qu'ils veulent s'enfuir, répondit Morland.

Son opinion fut mal accueillie. Certes, des gens quittaient Prosperous. Ce n'était pas une forteresse, après tout, ni une prison, et par-delà ses limites existait un vaste monde. Néanmoins, ceux qui partaient le faisaient avec une loyauté sans faille envers la ville, et beaucoup finissaient d'ailleurs par y revenir. S'enfuir, c'était autre chose, car cela entraînait le risque que le secret soit révélé.

— Il existe un précédent, du côté d'Erin, dit Ayton.

— On ne reproche pas aux enfants les péchés de leurs parents, intervint Conyer. En plus, sa mère a plus que compensé les manquements de son père.

Elle se tourna vers Morland.

— Tu as pris des mesures ?

— Oui.

— Tu pourrais préciser ?

— Je pourrais, mais je ne préfère pas. Après tout, j'ai peut-être tort. J'espère que j'ai tort.

— Mais le privé ? insista Ayton. Qu'est-ce qu'on fait, pour le privé ?

— On va voter sur cette question, déclara Conyer. Révérend, avez-vous quelque chose à ajouter avant le vote ?

— Simplement que je trouve ce privé dangereux.

Une réponse adroitement ambiguë, songea Morland. Quelle que soit leur décision et quelles qu'en soient les conséquences, ça ne pourrait pas retomber sur Warraner.

— Et toi, Morland ?

— Vous connaissez mon opinion. Si vous vous en prenez à lui et que vous parvenez à le tuer, vous allez attirer des ennuis supplémentaires à cette ville. Si vous ne parvenez pas à vous débarrasser de lui, les conséquences seront encore pires. Le mieux serait de ne rien faire. Il finira par se lasser, ou par se laisser distraire par une autre affaire…

Néanmoins, Morland se demanda s'il ne formulait pas là un vœu pieux. Certes, Parker les laisserait tranquilles pendant un temps, mais il n'oublierait pas. Ce n'était pas son genre. Il reviendrait et reviendrait encore. Le mieux qu'ils pouvaient espérer, c'était que ses visites ne le mènent à rien et qu'avec le temps quelqu'un d'extérieur leur rende le service de le tuer.

Les membres du conseil méditaient ses propos, mais Morland était incapable de dire s'ils avaient eu le moindre impact.

— Merci à tous deux pour vos remarques, dit Conyer. Soyez gentils d'aller attendre dehors, le temps que nous prenions notre décision.

Les deux hommes se levèrent et quittèrent la pièce. Warraner s'emmitoufla dans son manteau, fourra ses mains dans ses poches et s'installa dans un fauteuil sur la véranda. C'était étrange, mais Morland avait la sensation que quelque chose dans les mots de mise en garde qu'il venait de prononcer avait pénétré la carapace de foi aveugle et de confiance en soi illusoire qui protégeait Warraner. Il le lisait sur le visage du pasteur. Warraner ne vivait que pour protéger son église. Pour lui, la sécurité et la bonne fortune dont la ville jouissait n'étaient qu'un sous-produit de la mission dont il se sentait investi. C'était une chose d'accepter l'assassinat d'un sans-abri, un homme dont Warraner pensait qu'il ne manquerait à personne, c'en était une autre de s'impliquer dans une agression contre un individu dangereux, laquelle pouvait fort bien avoir des conséquences négatives, qu'ils parviennent à l'éliminer ou pas.

— Un appât, dit Warraner.
— Quoi ?
— Tu as dit que Parker était prêt à servir d'appât. Pourquoi un homme irait-il prendre un tel risque, notamment pour quelqu'un qu'il ne connaissait même pas ?
— Le sens de la justice, peut-être. Le monde qui s'étend au-delà des limites de notre ville n'est pas aussi corrompu que nous nous plaisons à le croire. Après tout, regarde à quel point nous sommes nous-mêmes atteints par la corruption.
— Nous faisons ce qui est nécessaire.
— Plus pour très longtemps.
— Pourquoi dis-tu ça ?
— Nos coutumes ne peuvent pas perdurer dans le monde moderne. A la fin, on nous découvrira.
— Alors, tu penses que nous devrions arrêter ?
— Soit nous arrêtons, soit quelqu'un nous arrêtera. La première solution serait peut-être la moins pénible des deux.

— Et l'ancien dieu ?
— Qu'est-ce qu'un dieu sans croyants ? Juste un mythe en passe d'être oublié.

Warraner en resta bouche bée. Pour lui, c'était un blasphème.

— Mais que va devenir la ville ? demanda-t-il au bout de quelques instants.

— Elle survivra. Elle deviendra une ville comme les autres.

Morland sentit une remontée de bile dans sa gorge. Comment Prosperous pourrait-elle jamais devenir une ville normale ? Elle était bien trop imbibée de sang, trop embourbée dans le péché…

— Non, trancha Warraner. C'est impossible.

Morland était certain que Warraner ne voyait pas de quoi il parlait.

— Tu n'as pas répondu à ma question, poursuivit ce dernier. Un vague concept de ce que la justice signifie ne suffit pas à expliquer les actes de cet homme.

— La justice, ce n'est jamais vague. C'est la loi qui fait parfois croire que c'est le cas. Quant à Parker…

Morland avait beaucoup pensé à lui. En se documentant sur le privé, il avait presque eu le sentiment de le comprendre, du moins d'un certain point de vue. Lorsqu'il reprit la parole, il s'exprima autant pour Warraner que pour lui-même :

— Je ne crois pas qu'il ait peur de mourir. Il ne cherche pas la mort, il la combattra jusqu'au bout, mais il n'en a pas peur. Je pense qu'il souffre. Il a été affecté par la perte de ses proches, une perte qui lui a causé une douleur atroce. Quand la mort viendra le chercher, elle mettra fin à cette douleur. Jusque-là, rien de ce qu'on pourra lui imposer ne sera pire que ce qu'il a déjà vécu. Cela fait de lui un ennemi redoutable, parce qu'il encaisse mieux que ses adversaires. En plus, les choses qu'il a accomplies, les risques qu'il a pris en faveur d'autres personnes lui ont gagné des alliés, dont certains peuvent se révéler encore plus dangereux que lui, parce qu'ils ne partagent pas son éthique. S'il a une faiblesse, c'est celle-là, le fait d'avoir une éthique. Quand c'est possible, il fera ce qui est juste, car s'il ne le fait pas, il portera le fardeau de la culpabilité…

— Tu le respectes.

— Il faudrait être un imbécile pour ne pas le respecter.

— Mais à t'entendre, on dirait presque que tu l'estimes.

— Oui, répondit Morland. Peut-être plus que je ne m'estime moi-même.

Il descendit les marches jusqu'au jardin de Hayley et alluma une cigarette. Elle n'aurait pas apprécié, mais il s'en moquait. On lui avait clairement fait comprendre son statut, son peu de poids dans les affaires de la ville, la vacuité de son autorité. Une fois que tout ceci serait terminé, il faudrait qu'il donne sa démission. S'il avait de la chance, le conseil l'accepterait et l'autoriserait à s'en aller avec sa famille. Dans le cas contraire, ils le forceraient à rester, simple personnage pitoyable tout juste bon à coller des amendes pour mauvais stationnement ou excès de vitesse.

Cela dit, ils pouvaient faire pire.

Morland sentait la fin approcher, il l'avait senti dès que cette fille avait été abattue. La présence de Parker avait simplement souligné ce qu'il savait déjà. Malgré l'arrivée du printemps, il n'y aurait pas de renaissance, pas pour Prosperous. C'était probablement mieux, d'ailleurs.

Il tira une longue bouffée de sa cigarette, et songea aux loups.

Le loup sentit l'odeur de la viande. Le vent l'apportait jusqu'à lui. Il s'était reposé, à l'abri sous un arbre mort, dormant par intermittence d'un sommeil fiévreux, se réveillant dans la douleur. Puis l'odeur de sang vint. Le loup avait juste mordillé ce qu'on lui avait permis de prendre sur le cadavre du cerf. La viande avait mauvais goût, elle était infectée par la façon dont le faon était mort.

Il se redressa lentement. Il était toujours raide quand il se levait, même s'il ne s'était allongé qu'un court instant, mais la perspective d'une viande fraîche suffit à l'aiguillonner.

Sous la pleine lune, dans un air chargé de sang, il partit en boitant vers le sud.

35

Ce fut Thomas Souleby qui vint chercher Morland et Warraner. Entre-temps, Morland avait fini sa première cigarette et en avait allumé une autre. Les rideaux du salon bougèrent, et il aperçut un visage qui le regardait. C'était peut-être Hayley, mais il n'en était pas sûr. Il écrasa sa cigarette dans les graviers, envisageant de laisser le mégot par terre pour que la vieille bique le trouve le lendemain matin, mais se ravisa. Il n'avait rien à gagner à se montrer mesquin, en dehors d'une satisfaction passagère.

Souleby le renifla quand il passa devant lui.

— Elle va remarquer l'odeur, dit-il. C'est une chose d'en fumer une petite discrètement, et une autre de lui coller les preuves sous le nez.

Morland ne leva pas les yeux vers lui. Il ne voulait pas que Souleby constate à quel point il était désespéré, à quel point il ressentait que le plus important, c'était de laisser Parker tranquille. Tandis qu'il faisait les cent pas dehors en fumant cigarette sur cigarette, sa peur de ce qui les attendait n'avait fait que grandir.

— Elle percevra une odeur bien pire, une fois que tout ceci sera terminé, répondit-il. Toute la ville va puer, et ce sera une odeur de sang.

Souleby ne dit mot.

Dès qu'il entra dans la pièce, Morland sut quelle était leur décision. Il se dit qu'il la connaissait déjà avant de les laisser délibérer, mais l'expression triomphale de vengeance sur la portion de visage de Kinley Nowell que son masque à oxygène ne dissimulait pas lui ôta ses derniers doutes.

A présent que sa victoire était certaine, Hayley Conyer adoptait une attitude plus douce envers son chef de la police, parce que, bien évidemment, c'était en ces termes qu'elle pensait à lui : « son » chef de la police, « son » conseil, « sa » ville. Elle attendit qu'il prenne place, souriant à la façon d'un employeur potentiel sur le point d'annoncer la mauvaise nouvelle à un postulant.

— Nous avons décidé de régler le cas du privé, déclara-t-elle.

— Ça aura des répercussions, répondit Morland.

— Nous en avons tenu compte. Le doigt accusateur pointera… ailleurs.

Morland constata qu'une feuille était posée devant Conyer. Elle sortit un stylo de la poche de son cardigan et dessina un symbole, puis lui tendit le papier sans un mot.

Morland ne le toucha pas. Ce n'était pas nécessaire, car il voyait parfaitement ce qu'elle avait inscrit, mais… il ne voulait pas le toucher. Conyer avait dessiné un trident. Le symbole des Croyants. Une situation déjà difficile et dangereuse était sur le point de devenir potentiellement désastreuse.

— Ils sauront que c'est nous, affirma Morland.

— Il a raison, renchérit Souleby, l'air soudain effrayé. Ça défie tout bon sens.

A l'évidence, cette partie du plan de Conyer n'avait pas été débattue.

— Si nous faisons attention, ils n'en sauront rien, dit Conyer. Et nous faisons toujours attention.

C'était un mensonge, mais Morland ne le lui fit pas remarquer. S'ils avaient vraiment fait attention, le privé n'aurait jamais mis les pieds dans leur ville.

Nowell ôta son masque.

— Et quelle importance, si on apprend que c'est nous ? grinça-t-il. Les Croyants n'étaient déjà pas très nombreux, et le privé s'est débarrassé de ceux qui restaient.

— On n'en est pas sûrs, répondit Morland. Il y en a peut-être d'autres. Ils se cachent. C'est dans leur nature. Et il y a également le problème des Commanditaires. Ils ont toujours entretenu des liens avec les Croyants. Certains d'entre eux sont peut-être même des Croyants. Ils auraient pu prendre des mesures à l'encontre du privé, mais ils ont choisi de ne pas le faire. Ils risquent de ne pas apprécier que nous prenions cette décision à leur place.

— Nous n'en porterons pas le blâme, insista Conyer.

— Vous ne pouvez pas en être sûre.

Morland sentait monter la migraine. Il se massa les tempes, comme si cela pouvait écarter la douleur et la nausée. Il était fatigué. Il aurait mieux fait de se taire, parce que ce débat était inutile. La bataille était perdue, et bientôt la guerre le serait aussi.

— Tu as raison, je ne peux pas en être sûre.

Morland leva les yeux, surpris.

— Mais eux, si, conclut-elle.

Morland entendit bouger derrière lui, et deux ombres se projetèrent sur la table.

D'accord... Tout cela n'avait été qu'une farce : la réunion, la discussion, la délibération finale. La décision avait été prise bien avant, autrement ces deux-là n'auraient pas pu se trouver ici. Ils ne se déplaçaient que lorsque l'exécution était imminente.

— Tu n'as plus besoin de te faire du souci à propos du privé, Morland, dit Conyer. Nos amis vont s'occuper de lui pour nous. Néanmoins, les Dixon restent sous ta responsabilité. Je veux qu'on les surveille. S'ils essaient de s'enfuir, je veux qu'on les arrête... Et s'ils dépassent les limites territoriales de Prosperous, je veux qu'on les tue.

Ils quittèrent les lieux un à un. Personne ne parla. Morland alla dehors fumer une autre cigarette, les regardant s'en aller. Il se moquait de ce que Hayley Conyer pouvait penser de son addiction à la nicotine. C'était le cadet de ses soucis. De toute façon, ses jours à la tête de la police de la ville étaient comptés. Un peu plus tôt, dans le salon, Conyer l'avait émasculé aussi sûrement que si elle s'était servie de la lame dont elle avait menacé Bryan Joblin. C'est pourquoi il semblait approprié que Luke Joblin soit le seul qui traîne encore après le départ des autres. Souleby était parti de son côté, tandis qu'Ayton s'était chargé de Kinley Nowell et de sa malveillance vieillissante.

Morland offrit une cigarette à Joblin, que ce dernier accepta.

— Je savais que tu n'avais pas vraiment arrêté... lâcha Morland.

Joblin avait passé les deux derniers mois à claironner qu'il avait cessé de fumer, et il s'en vantait encore plus fort quand sa femme était dans le coin.

— Barbara le croit, dit Joblin. Je ne sais pas ce qui me coûte le plus cher, les cigarettes ou les pastilles de menthe.

Ils regardèrent les feux stop de la dernière voiture disparaître au moment où elle s'engageait sur la route, en direction de la ville.

— Tu as quelque chose en tête, Luke ?
— Je suis inquiet.
— A propos de Bryan ?
— Bon Dieu, non. Tu as raison, il n'est pas brillant, mais il sait se débrouiller tout seul. Si tu as besoin d'aide pour les Dixon, tu peux lui faire confiance, il te soutiendra. C'est un jeune homme fiable.

Bryan Joblin était tout sauf fiable. Psychopathe sur les bords, il semblait recéler un puits sans fond de méchanceté et de perversions sexuelles, mais Morland garda son opinion pour lui. Déjà qu'il n'avait pas beaucoup d'amis au sein du conseil, il n'avait nul besoin de s'aliéner également Luke Joblin.

— Non. Ce sont les Commanditaires qui m'inquiètent, reprit Joblin après avoir tiré une grande bouffée. Je ne comprends pas pourquoi nous ne les avons pas contactés. Il ne faut pas les contrarier. Ils pourraient nous anéantir. Nous aurions dû leur parler avant d'agir, mais Hayley a écarté cette idée dès qu'on l'a mentionnée. Pourquoi ?

— Parce que nous ne vénérons pas le même dieu, lança Hayley Conyer.

Morland ne l'avait même pas entendue approcher. Joblin et lui étaient seuls, et la seconde d'après Conyer s'était matérialisée derrière eux.

— Je suis désolé, dit Joblin.

Morland n'aurait su dire s'il parlait du fait d'avoir critiqué la décision, de s'être fait surprendre en train de fumer dans le jardin de Conyer, ou des deux. Joblin chercha un endroit pour se débarrasser de sa cigarette. Il ne voulait pas la jeter par terre. Finalement, il décida de l'écraser sur sa semelle, où le mégot laissa une marque de brûlure. Il allait être obligé de cacher sa chaussure jusqu'à ce qu'il trouve le temps de la ressemeler. Sa femme se demanderait quel plaisir un ancien fumeur trouvait à éteindre des cigarettes sur des pompes à trois cents dollars. Morland lui prit son mégot et le glissa dans son paquet, à présent vide.

— Ne sois pas désolé, répondit Conyer. C'est le cœur de tout ce que nous faisons ici, de tout ce que nous essayons de préserver. Nous ne sommes pas comme les Commanditaires, et leur dieu n'est pas comme le nôtre. Leur dieu est mauvais, c'est un dieu en colère.

— Et le nôtre ? demanda Morland.

Il aperçut Warraner, debout sur les marches de la véranda, qui les observait. Derrière lui, deux silhouettes attendaient dans l'entrée.

Hayley posa la main sur l'avant-bras de Morland, avec douceur. C'était un geste étrangement intime, empreint à parts égales de réconfort, de consolation et, à ce qu'il lui sembla, d'une mise à l'écart non dénuée de regret.

— Le nôtre est tout simplement affamé, dit-elle.

Le loup avait trouvé la viande : un cuissot de gibier sanguinolent. Il tourna autour, méfiant malgré l'envie, mais finalement il ne put plus résister.

Il fit deux pas en avant, et le piège se referma sur sa patte.

36

Fondé en 1794 sur les rives de Casco Bay, à l'embouchure de l'Androscoggin, Bowdoin College était régulièrement classé parmi les meilleurs établissements universitaires des Etats-Unis. La liste de ses anciens élèves incluait Henry Wadsworth Longfellow, Nathaniel Hawthorne, l'explorateur Robert Peary et le sexologue Alfred Kinsey. Malheureusement, elle ne semblait pas inclure Warraner, le pasteur de Prosperous. Un coup de fil matinal au bureau des anciens élèves me révéla qu'il n'existait aucune trace de son passage dans cet établissement, et une requête similaire au séminaire de théologie de Bangor produisit les mêmes résultats.

J'étais en train de mâchonner un crayon en me demandant pourquoi Warraner avait menti sur un fait aussi facile à vérifier, quand je reçus l'appel d'une secrétaire de Bowdoin. Apparemment, l'un des professeurs avait envie de me rencontrer. Il était libre cet après-midi même, et voulait savoir si je pouvais trouver le temps de « faire un petit saut ».

— Il a vraiment dit ça ?
— Dit quoi ? demanda la secrétaire.
— « Faire un petit saut » ?
— Il parle comme ça. Il est anglais.
— Ah.

— Oui. Ah.

— Eh bien, dites-lui que je serais ravi de faire un petit saut.

Quelque part au sein de la faculté d'études religieuses de Bowdoin, le nom de Warraner avait déclenché une alarme.

Le professeur Ian Williamson ressemblait à l'image que je m'étais toujours faite des universitaires, image à laquelle ils correspondaient d'ailleurs rarement : légèrement échevelé, mais pas suffisamment pour soulever des inquiétudes quant à sa santé mentale, féru de gilets et de différentes variétés de tweed, même si dans son cas le côté potentiellement vieux jeu de son accoutrement était compensé par les Converse qu'il avait aux pieds. Il était juvénile, barbu et joyeusement distrait, comme si à n'importe quel moment il était susceptible d'apercevoir un nuage intéressant et de se mettre à lui courir après pour l'attraper au lasso avec un bout de ficelle.

Il apparut que Williamson était en fait mon aîné de dix ans. Manifestement, la vie universitaire lui allait comme un gant. Cela faisait plus de vingt ans qu'il enseignait à Bowdoin, mais il s'exprimait encore comme un homme invité à passer le week-end à Downton Abbey. A dire vrai, si un tel accent ne lui permettait pas d'attirer dans son lit toutes les filles du Maine, c'était à désespérer. Le professeur Williamson était spécialisé dans la tolérance religieuse et les traditions mystiques comparées, et son bureau, dans le charmant bâtiment ancien de la faculté, était rempli à parts égales de livres et d'un bric-à-brac religieux, ce qui lui donnait un aspect à mi-chemin entre une bibliothèque et une échoppe.

Il me proposa un café – il possédait sa propre machine à café Nespresso –, puis allongea les jambes, posant les pieds sur une pile de livres, et me demanda pourquoi je m'intéressais à Michael Warraner.

— Je pourrais vous renvoyer la question, dis-je, étant donné qu'il ne semble pas avoir été un de vos anciens élèves.

— Ah, l'escrime ! s'exclama-t-il. Bien. Je vois. Excellent.

— Je vous demande pardon ?

Quant à moi, je ne voyais pas.

— L'escrime !

Il imita une parade avec un fleuret imaginaire, accompagnant son geste d'une onomatopée pour que je comprenne bien, mais je ne pigeais toujours pas.

— Excusez-moi, mais vous voulez qu'on se batte en duel ?

— Quoi ? Non. Je parle d'escrime verbale. Le bon vieil assaut d'estoc et de taille. Philip Marlowe et tout ça. Je parle, vous parlez. Vous savez, ce genre de choses.

Il me dévisagea avec une expression pleine d'entrain. Je le dévisageai avec un peu moins d'entrain.

— Peut-être pas, alors, dit-il en semblant perdre un peu de son enthousiasme.

Je me sentais dans la peau d'un type qui vient de donner un coup de pied à un chiot.

— Disons que Prosperous éveille ma curiosité, tentai-je. Et le pasteur Warraner aussi. Un homme étrange dans une ville bizarre.

Williamson sirota un peu de café. Derrière lui, posés sur son bureau par ailleurs vide, je remarquai trois livres dont les tranches étaient tournées vers moi, bien en évidence. Tous concernaient l'Homme vert. Ce ne pouvait être le fruit d'une coïncidence.

— Michael Warraner a intégré Bowdoin pour y étudier les sciences humaines lorsqu'il avait environ vingt-cinq ans. Dès le début, il semblait clair qu'il était intéressé par l'étude des religions. C'est un cursus exigeant, qui n'attire que les étudiants ayant une vraie passion pour ce sujet. Le cursus long comporte neuf modules, le court cinq, avec deux cours obligatoires : « Introduction à l'étude des religions », aussi appelé Rel. 101, et « Théories sur les religions ». Le reste comprend diverses options : religions asiatiques, islam, judaïsme postbiblique, christianisme et études de genre, ainsi que la Bible et les études comparées. Vous me suivez ?

— Tout à fait.

Williamson se redressa sur sa chaise.

— Warraner n'était pas notre étudiant le plus capable. En fait, son admission a même été sujette à débat, mais il avait des soutiens influents.

— De Prosperous.

— Et d'ailleurs. Clairement, quelqu'un poussait des pions en sa faveur. D'un autre côté, nous étions conscients qu'il y avait de la place chez nous pour un étudiant motivé, et…

— Oui ?

— Il existait une certaine curiosité parmi les membres du corps professoral, moi y compris, autour de Prosperous. Comme vous le savez sûrement, cette ville a été fondée par les membres d'une secte religieuse portée sur le secret, dont l'histoire et le destin restent nébuleux, aujourd'hui encore. En admettant Warraner parmi nous, il nous semblait que nous serions mieux à même d'en apprendre plus sur cette ville et son histoire.

— Et comment cela s'est-il terminé ?

— On en est arrivés à suivre ce que vous pourriez appeler la « ligne du parti ». Warraner nous a fourni une certaine quantité d'informations, et nous avons également été autorisés à étudier l'église et ses environs, mais nous n'avons découvert que très peu de choses que nous ne connaissions pas déjà à propos de la Famille de l'Amour et de Prosperous. En outre, les limites intellectuelles de Warraner sont apparues très vite. Il avait des difficultés à suivre et ses notes atteignaient rarement la moyenne. Finalement, nous avons été forcés de nous séparer de lui.

« Plus tard, le pasteur Warraner, comme il avait commencé à se faire appeler, fut de nouveau admis dans notre établissement, en tant qu'"étudiant spécial". Les étudiants spéciaux sont des personnes qui, pour une raison ou pour une autre, désirent reprendre leurs études à temps partiel. Ils sont évalués en fonction de leur dossier universitaire, mais un système d'équivalence permet de prendre en compte ce qu'on appelle les "acquis de l'expérience". Ils règlent des frais de scolarité, et ne peuvent pas bénéficier de bourses. Leur travail est noté, ils reçoivent un relevé de notes de l'université, mais ils ne peuvent pas obtenir de diplôme. Le pasteur Warraner a suivi dix de ces cours, sur une période de vingt ans environ, avec plus ou moins de succès ou d'enthousiasme selon les cas. Il se montrait étonnamment ouvert s'agissant des problématiques concernant le christianisme, beaucoup moins pour tout ce qui touchait aux religions asiatiques, à l'islam ou au judaïsme. Dans l'ensemble, j'ai l'impression que Warraner voulait obtenir l'imprimatur qu'offrent les études universitaires. Il voulait pouvoir dire qu'il était allé à l'université, c'est tout. Vous dites qu'il prétend également avoir obtenu un diplôme à Bangor ?

Je tentai de me rappeler précisément ce que Warraner m'avait dit.

— Je crois que ses mots exacts ont été : « J'ai fait une licence en religion à Bowdoin, et j'ai suivi un cursus au séminaire de théologie de Bangor. »

— Si l'on a l'esprit bienveillant, ces affirmations offrent une certaine latitude quant à l'interprétation qu'on peut leur donner, la seconde encore plus que la première, d'ailleurs. Je parie que si vous menez une petite enquête, vous découvrirez qu'il a contacté Bangor et qu'il a été rejeté, ou qu'il a tenté d'assister aux séminaires officieusement. Ça collerait bien avec son désir de s'affirmer et sa soif de reconnaissance.

— Quelles autres impressions vous a-t-il laissées ?

— C'était un fanatique.

— Ça fait partie du job, non ?

— Parfois. Mais Warraner parvenait rarement à prononcer plus de deux phrases sans faire référence à « son dieu ».

— Quel genre de dieu vénère-t-il ? demandai-je. Je l'ai rencontré, j'ai visité son église, mais je ne suis toujours pas sûr de vraiment savoir quel genre de pasteur il est.

— En surface, Warraner est un protestant plutôt austère. Avec une touche de baptisme, une pincée de méthodisme, mais également une bonne dose de panthéisme. Rien de bien profond, néanmoins. Sa religion, à défaut d'une meilleure explication, repose sur son église, ses pierres et son mortier. Il vénère un bâtiment, ou ce que ce bâtiment signifie pour lui. Vous dites que vous l'avez visitée ?

— J'ai eu droit au tour du propriétaire.

— Et qu'en avez-vous pensé ?

— Ça manque un peu de croix à mon goût.

— Vous êtes catholique ?

— Occasionnel.

— J'ai été élevé dans la religion anglicane – la basse Eglise, pour être précis –, et j'ai quand même trouvé la chapelle de Warraner particulièrement austère.

— A part les sculptures.

— Oui. Elles sont intéressantes, n'est-ce pas ? Inhabituelles, ici, aux Etats-Unis. Peut-être moins en Angleterre et dans certaines régions européennes, même si celles qui ornent la chapelle de Warraner sont très particulières. C'est une église de familistes, cela ne fait aucun doute, mais même au sein des familistes elle est originale. Elle ne fait pas partie de la branche de leur secte imprégnée d'idées de paix et de bonté, celle qui s'est diluée dans les quakers ou les unitariens. C'est une mouvance plus dure.

— Et Warraner : il est toujours familiste ?

Williamson finit son café. Il sembla tenté de s'en faire un deuxième, puis se ravisa et posa sa tasse.

— Oui, monsieur Parker. A mon avis, non seulement il l'est, mais Prosperous elle-même est restée une communauté familiste. A quelles fins, je ne saurais le dire.

— Et leur dieu ?

— Vous devriez regarder à nouveau ces sculptures à l'intérieur de l'église, si vous en avez l'occasion. Je soupçonne qu'à un moment donné le lien entre Dieu – le dieu chrétien – et le règne de la nature s'est perdu pour Warraner et ceux qui partagent ses convictions religieuses. Tout ce qu'il en reste, ce sont ces sculptures. Pour les habitants of Prosperous, elles sont le visage de leur dieu.

Je me levai, me disposant à partir. Williamson me tendit les livres posés sur son bureau.

— J'ai pensé que ça pourrait vous intéresser. Faites un saut jusqu'à la poste quand vous aurez fini de les lire.

Voilà qu'il recommençait avec ses « sauts ». Il me vit sourire.

— J'ai dit quelque chose de drôle ?

— Je me demandais simplement combien de filles vous avez séduites aux Etats-Unis avec votre accent.

Il sourit également.

— Effectivement, mon accent semble assez populaire, ici. Je soupçonne même qu'il m'a permis d'épouser un parti auquel je n'aurais pu prétendre sans lui.

— N'y voyez qu'un reste d'admiration coloniale pour l'ancien oppresseur.

— Vous parlez comme un licencié en histoire.

— Je ne le suis pas, pourtant, mais Warraner m'a fait le même genre de remarque quand je lui ai parlé. Il a comparé le travail de détective avec la recherche en histoire.

— Les enquêtes ne sont-elles pas toutes historiques ? Un crime est commis dans le passé, et l'enquête est menée dans le présent. C'est une fouille, en quelque sorte.

— Vous pensez tenir un article ?

— Vous savez, je pourrais fort bien en écrire un, maintenant que vous en parlez.

Je feuilletai l'un des bouquins, illustré de nombreux dessins et photos.

— Il y a même des images, dis-je.

— Si vous les coloriez, je serai forcé d'avoir une longue conversation avec vous.

— J'ai une dernière question…

— Allez-y.

— Pourquoi la plupart de ces visages sont-ils menaçants ou hostiles ?

— La peur, répondit Williamson. La peur du pouvoir de la nature, la peur des anciens dieux. Il est également possible que dans les premiers temps leur

Eglise ait vu dans ces sculptures la représentation littérale d'un concept métaphorique : le *radix malorum*, la « racine du mal ». L'Enfer, si vous choisissez d'y croire, se trouve sous nos pieds, pas au-dessus de nos têtes. Il vous faudrait creuser profond pour le trouver, mais il n'était pas difficile pour les chrétiens, qui avaient des liens anciens avec la terre, de concevoir que l'influence maléfique puisse se manifester sous la forme de racines tordues, de lierre grimpant et de visages créés par une chose profondément enfouie qui tenterait de donner une représentation physique d'elle-même à partir des matériaux qu'elle a sous la main. Néanmoins, le dieu représenté sur les murs de la chapelle de Prosperous n'a aucun lien avec la chrétienté. Il est plus ancien, et se situe au-delà des concepts du bien et du mal. Il est, tout simplement.

— A vous entendre, on dirait presque que vous y croyez.

— Peut-être parce que je trouve parfois plus facile de comprendre comment quelqu'un peut concevoir et vénérer un dieu d'arbres et de feuilles, un dieu qui s'est formé en même temps que la terre s'est formée, plutôt qu'un personnage barbu vivant sur un nuage.

— Une crise de foi, alors ?

Il sourit de nouveau.

— Non. Simplement une conséquence naturelle de l'étude des croyances religieuses, et de l'enseignement de la tolérance dans un monde qui associe la tolérance à la faiblesse ou à l'hérésie.

— Laissez-moi deviner : Warraner et vous n'étiez pas vraiment d'accord sur ce dernier point.

— Non. Il n'était pas hostile envers les autres formes de croyances, juste indifférent.

— Quand je le reverrai, dois-je lui passer le bonjour de votre part ?

— Je préférerais que vous ne le fassiez pas.
— Vous avez peur ?
— Je suis méfiant. Vous devriez l'être aussi.

Williamson n'avait plus l'air distrait. Il ne souriait plus, en tout cas.

— Le premier jour de cours, j'aime bien lancer un petit défi à mes étudiants, sous la forme d'un jeu d'association de mots. Je leur demande de faire la liste de tous les termes, positifs ou négatifs, qui leur viennent à l'esprit quand ils pensent à Dieu. Parfois, j'obtiens des pages entières de mots, parfois juste une poignée, mais dans toute ma carrière Warraner est le seul étudiant qui n'ait inscrit qu'un mot. Un seul. Ce mot, c'était « faim ». Warraner et ses semblables vénèrent un dieu affamé, monsieur Parker, et rien de bien ne peut jamais sortir de la vénération d'un dieu qui a faim. Absolument rien de bien.

37

Je rentrai à Scarborough en voiture, et m'arrêtai en chemin au Bull Moose Music, un énorme magasin de disques situé dans un hangar, sur Payne Road, où je passai une heure à fouiller dans les bacs, à moitié par plaisir et à moitié pour me changer les idées. J'avais atteint un cul-de-sac dans l'affaire de Prosperous. La conversation avec Williamson n'avait fait que confirmer mes soupçons sur la ville, sans m'ouvrir de nouvelles pistes.

Je n'étais pas plus proche de retrouver Annie Broyer qu'au début de mon enquête, et je commençais à me demander si je n'avais pas eu tort de penser que ce que j'avais appris au cours de cette dernière semaine était utile, ou même vrai : un vieux couple, une voiture bleue, une allusion à un job à Prosperous faite à une femme dotée des capacités mentales d'un enfant, et l'obsession d'un sans-abri pour les sculptures sur les murs d'une ancienne chapelle. Chaque indice que j'avais découvert était sujet à caution, et il était parfaitement possible qu'Annie Broyer réapparaisse à Boston, à Chicago ou à Seattle dans les jours ou les semaines à venir. Même le fait que Lucas Morland ait qualifié Annie d'ex-junkie pouvait s'expliquer : il lui suffisait d'un coup de fil à Portland ou Bangor pour l'apprendre, coup de fil qu'il avait très bien pu passer après ma première visite. Certains pourraient prétendre que j'avais déjà violé la règle numéro un en matière d'enquête : ne rien présupposer. Ne pas créer des schémas de toutes pièces. Ne pas inventer une histoire pour ensuite essayer de faire coller les faits avec. D'un autre côté, toute enquête nécessite un tant soit peu de spéculation, la capacité de constater un crime et d'imaginer la chaîne d'événements qui pourrait l'avoir provoqué. Une enquête n'est pas simplement une recherche historique, comme l'avait suggéré Warraner. C'est un acte de foi, aussi bien dans ses propres capacités que dans l'existence d'une justice, au sein d'un monde qui a subordonné la justice à la loi.

Néanmoins, je n'avais pas de crime sur lequel enquêter. J'avais simplement un sans-abri, un dépressif notoire qui pouvait très bien s'être pendu sur un coup de blues, et une disparue avec un passé d'alcoolique et de droguée, qui avait dérivé pendant la plus grande partie de sa vie. N'étais-je pas en train de faire une fixation sur Prosperous parce que ses habitants étaient de riches privilégiés, tandis que Jude et sa fille étaient pauvres et en souffrance ? N'étais-je pas en train de stigmatiser Warraner et Morland, alors qu'ils ne faisaient que jouer leur rôle de policier et de pasteur, c'est-à-dire protéger leurs concitoyens ?

Et pourtant…

Michael Warraner n'était pas à proprement parler un imposteur, mais quelqu'un de potentiellement beaucoup plus dangereux : un homme frustré, bardé d'une série de principes spirituels et religieux qui renforçaient la haute opinion qu'il avait de lui-même et de la place qu'il occupait dans le monde. A voir la façon dont Morland avait réagi à ma visite non autorisée de l'église, il semblait clair que Warraner détenait une certaine autorité dans cette ville, ce qui signifiait que des individus influents partageaient ses croyances, ou du moins ne les rejetaient pas totalement.

Cela avait-il quelque chose à voir avec la disparition d'Annie et la mort de son père ? Je n'en savais rien. J'avais simplement un mauvais pressentiment à propos de Prosperous, et j'avais appris à faire confiance à mes mauvais pressentiments. Cela dit, si Angel et Louis avaient été là, ils auraient pu me demander si j'avais jamais eu de bons pressentiments, et si j'avais appris à leur faire confiance, à eux aussi. J'aurais répondu que personne ne me demandait de l'aide quand il n'y avait pas de problème... C'est alors que je me rendis compte que j'engageais des débats – où j'avais le dessous – avec Angel et Louis, alors qu'ils n'étaient même pas présents. Ça m'énerva un peu.

J'entrai dans Portland, m'arrêtai pour voir un film au Nickelodeon, puis manger un Ramburger dans High Street, au Little Tap House. Avant, c'était le restaurant Katahdin qui se trouvait dans cet immeuble, mais il avait déménagé dans Forest Avenue. Un bar à tapas avait brièvement occupé les lieux, jusqu'à ce que le Little Tap House s'installe et se taille une réputation de bar de quartier où la nourriture était bonne. Je bus un soda et parcourus les livres que Williamson m'avait confiés. Ils retraçaient le développement de la sculpture florale à partir du Ier siècle, lors de son adoption par l'Eglise, à ses débuts, et sa prolifération en Europe occidentale. Certaines illustrations étaient plus parlantes que d'autres. Le serveur sembla particulièrement intrigué par le chapiteau de la cathédrale d'Autun, qui représentait un homme en train de disparaître entre les mâchoires d'un visage feuillu. Quelques sculptures, comme ce masque du XIIIe siècle de la cathédrale de

Bamberg, n'étaient pas dénuées d'une certaine beauté qui les rendait encore plus sinistres.

Je retrouvai la source de la citation latine de Williamson : l'évangile apocryphe de Nicodème, où Satan était décrit comme le *radix omnium malorum*, la « racine de tous les maux », à côté d'une photo d'un démon à trois têtes, un *tricephalos*, qui se trouve sur la façade de San Pietro, en Toscane. Un enchevêtrement de pieds de vigne poussait dans les bouches du démon, comme des protubérances issues de la racine originelle, et le texte les qualifiait de « suceurs de sang », dans le contexte d'une autre tête sculptée du XVe siècle, à Melrose Abbey. Là aussi, on trouvait une référence à une relation entre l'homme et les plantes du masque, relation essentiellement hostile ou de nature parasitaire, même si le consensus semblait plutôt suggérer qu'il s'agissait d'une sorte de symbiose, une interaction à long terme entre les deux espèces, pour leur bénéfice mutuel. L'homme profitait des bienfaits de la nature ou de la renaissance qu'entraînait le passage des saisons, et en échange…

Eh bien, cette partie-là n'était pas des plus claires, même si la cathédrale d'Autun, avec ses représentations d'ingurgitation, ouvrait le champ de la spéculation.

Je refermai les livres, réglai l'addition et quittai le bar. Le temps s'était un peu réchauffé depuis la veille – pas beaucoup, mais les types de la météo prédisaient que le plus gros de l'hiver était derrière nous, même si je soupçonnais leurs prévisions d'être quelque peu prématurées. Sur le chemin de chez moi, le ciel était dégagé, et une odeur propre et fraîche montait des marais salants quand je me garai devant la maison. Je fis le tour pour entrer par la cuisine. C'était devenu une habitude depuis que Rachel et Sam avaient déménagé. Emprunter la porte principale et voir le vestibule à moitié vide était plus déprimant que d'entrer par la cuisine, où de toute façon je passais le plus clair de mon temps. Je tendais la main pour taper le code de l'alarme quand ma fille décédée me parla, dans mon dos. Elle ne prononça qu'un seul mot

papa

et ce mot contenait la perspective de vivre et l'espoir de mourir, le commencement et la fin, l'amour et la perte, et la paix et la rage, tout cela enveloppé dans le murmure de ces deux syllabes.

J'étais déjà en train de plonger vers le sol lorsque la première décharge me toucha. Les plombs m'arrachèrent la peau du dos, les cheveux du crâne, la chair des os. Je trouvai la force de refermer la porte d'un coup de pied, mais la décharge suivante explosa le verrou et la plus grande partie de la vitre, me noyant sous une pluie d'échardes de bois et de verre. Je tentai de me relever, mais mon propre sang rendait le sol glissant, mes pieds patinaient. Je parvins à rejoindre l'entrée en titubant. J'entendis des coups de feu derrière moi, un pistolet. Je sentis l'impact des balles dans mon dos, mon épaule, et sur le côté. Je tombai à nouveau, mais malgré la douleur qui gagnait je trouvai la force de pivoter sur la gauche. Je criai en heurtant le sol, en travers du seuil de mon bureau. De la main droite, j'agrippai l'angle du mur et je me traînai à l'intérieur. A nouveau, je refermai d'un coup de pied, puis je parvins à me mettre en position assise, le dos appuyé contre mon bureau. Je sortis mon flingue, le pointai vers la porte et fis feu. Je ne savais pas ce que j'avais touché. Je m'en foutais. J'étais juste content de l'avoir dans la main.

— Venez ! criai-je en postillonnant du sang. Venez !

J'avais crié plus fort la deuxième fois. Je ne savais pas si je me parlais à moi-même, ou à ce qui se trouvait de l'autre côté de cette porte, quoi que ce fût.

— Venez ! dis-je une troisième fois à l'obscurité approchante, aux silhouettes qui s'y dissimulaient et me faisaient signe, à la paix qui gagne enfin chaque chose qui meurt.

Par-dessus ma voix résonnait le beuglement de l'alarme.

Je fis de nouveau feu. Deux balles me répondirent, déchirant le bois de la porte. La première me manqua.

L'autre pas.

— Ve...

Le loup leva les yeux vers les hommes qui l'encerclaient. Il avait essayé de ronger sa patte prisonnière, sans succès. Il était épuisé. L'heure était venue. Il grogna en direction des hommes, la gueule humide de son propre sang. Une odeur amère lui troubla les sens, une odeur de bruit et de mort.

Il hurla. Le dernier son qu'il ferait jamais entendre. Plein de défi et d'une sorte de résignation. Il appelait la mort, pour qu'elle vienne le chercher.

L'arme aboya, le loup sombra dans les ténèbres.

— Tenez-le ! Tenez-le !

Lumière. Pas de lumière.

— Nom de Dieu, j'arrive même pas à l'attraper, tellement il est couvert de sang... OK. A trois ! Un, deux...

— Nom de Dieu !

— Son dos... c'est plus qu'un bout de viande. Qu'est-ce qui s'est passé ?

Lumière. Pas de lumière.

Lumière. Pas de lumière. Lumière.

— Vous m'entendez ?

Oui. Non. Je vis l'infirmier. Je vis Sharon Macy derrière lui. Je tentai de parler, mais aucun mot ne sortit de ma bouche.

— Monsieur Parker, vous m'entendez ?

Lumière. Plus forte, à présent.

— Restez avec moi, vous m'entendez ? Restez !

En haut. Mouvement. Plafond. Lumières.

Etoiles.

Obscurité.

Ténèbres.

38

La maison, plus vaste que la plupart de celles du voisinage, se trouvait dans une rue tout à fait quelconque entre Rehoboth Beach et Dewey Beach, sur la côte du Delaware, entourée de maisons de vacances où se rendaient les habitants de Washington qui avaient un peu d'argent à claquer. Ici, l'éphémère était la norme, même si une poignée de résidents passaient l'année sur place, mais ces derniers tendaient à s'occuper de leurs affaires et à laisser les autres s'occuper des leurs.

Un nombre significatif de demeures appartenaient à des couples gays, car depuis fort longtemps Rehoboth était l'une des villégiatures les plus tolérantes de la côte Est envers les homosexuels, chose surprenante si l'on savait que la ville avait été fondée en 1873 par le révérend Robert W. Todd, qui souhaitait en faire un lieu de réunion méthodiste. Néanmoins, le projet de communauté religieuse imaginé par le révérend Todd fit long feu, et dès 1940 les gays du Tout-Hollywood faisaient la bringue dans la propriété DuPont, au bord de l'océan. Puis, en 1950, le Pink Pony Bar ouvrit, suivi du Pleasant Inn et du Nomad Village dans les années 1960, et ces trois établissements acquirent une réputation de bienveillance envers les citoyens de Washington qui tenaient à rester discrets sur leur homosexualité. Dans les années 1990, certains des résidents les moins tolérants de la ville essayèrent en vain de restaurer ce qu'ils appelaient des « valeurs familiales », allant parfois jusqu'à tabasser quiconque avait ne serait-ce que l'air gay, mais des négociations entre les représentants de la communauté homosexuelle, les propriétaires du coin et la police mirent un terme à ces troubles. Dès lors, Rehoboth se coula gentiment dans son rôle de « capitale de l'été », ou plus exactement de « capitale de l'été gay ».

La grande maison n'était que rarement occupée, même selon les standards des demeures estivales. On n'avait pas non plus confié son entretien et sa surveillance à l'un des agents immobiliers locaux, dont la plupart arrondissaient leurs revenus en pratiquant des locations l'été et en s'occupant des maisons l'hiver. Néanmoins, elle était bien tenue, et selon la rumeur c'était parce que son propriétaire l'avait acquise à des fins de défiscalisation, auquel cas, moins on posait de questions, mieux on se portait, particulièrement dans une région où grouillaient des gens de Washington, lesquels pouvaient tout aussi bien être des agents du fisc. Ou alors, il s'agissait d'un investissement fait par une grosse société, parce que, semblait-il, la maison appartenait à une société écran, elle-même propriété d'une autre société écran, et ainsi de suite, comme une série de poupées russes qui semblait infinie.

Maintenant qu'on était entré dans le dernier mois d'hiver, alors que les plages étaient encore désertes et dénuées de vie, la maison était enfin occupée. On avait remarqué les allées et venues de deux hommes, l'un jeune, l'autre vieux et apparemment frêle, même s'ils ne fréquentaient aucun des bars ou des restaurants du coin.

D'un autre côté, deux hommes vivant ensemble, quel que fût leur âge, cela n'avait rien d'inhabituel à

Rehoboth Beach, aussi leur présence ne souleva-t-elle guère d'intérêt.

Dans la maison, le Collectionneur broyait du noir à côté d'une fenêtre. Elle ne donnait pas sur la mer, mais sur une rangée d'arbres qui protégeait la propriété et ses occupants de la curiosité des passants. Le mobilier était principalement constitué d'antiquités, acquises pour partie grâce à une politique d'investissement avisée, mais principalement par des legs et à l'occasion tout simplement des vols. Le Collectionneur considérait de telles acquisitions comme son dû. Après tout, les précédents propriétaires n'avaient plus l'usage de ces biens, étant donné qu'ils étaient tous, sans exception, morts.

Le Collectionneur entendit Eldritch, l'avocat, tousser et se déplacer dans la pièce d'à côté. Eldritch dormait davantage depuis l'explosion qui avait failli lui coûter la vie et qui avait détruit les archives des crimes publics et privés qu'il avait constituées pendant des décennies d'enquête. La perte de ces archives avait mis un sérieux coup de frein aux activités du Collectionneur. Il n'avait pas appréhendé jusque-là à quel point il dépendait du savoir et de la complicité d'Eldritch pour traquer ses proies. Sans lui, le Collectionneur en était réduit au statut de simple spectateur, tout juste capable de spéculer sur les péchés des autres, mais dépourvu des preuves nécessaires à leur damnation.

Néanmoins, ces derniers jours, Eldritch avait récupéré un peu de son ancienne énergie, et il avait commencé à reconstituer ses archives. Il avait une mémoire extraordinaire, que les souffrances et les disparitions récentes avaient encore aiguisée, l'incitant d'autant plus à livrer ses secrets, sous l'effet de la haine et du désir de se venger. Il avait perdu pratiquement tout ce qui avait de l'importance pour lui : la femme qui avait été sa compagne et sa complice, ainsi que le résultat d'une vie entière de travail consacrée à répertorier les faiblesses mortelles des humains. Il ne lui restait plus que le Collectionneur, et ce dernier serait l'arme avec laquelle il se vengerait.

Alors, si l'avocat avait autrefois été un frein aux pulsions du Collectionneur, aujourd'hui il les alimentait. Chaque jour qui passait rapprochait un peu plus les deux hommes. Cela rappela au Collectionneur que d'un certain point de vue ils étaient père et fils, bien que la chose qui vivait en lui fût très vieille et très loin d'être humaine, et qu'il ait largement oublié sa précédente identité, quand il était le fils du vieil avocat qui toussait dans la pièce adjacente.

La maison était l'une des plus récentes acquises par le Collectionneur, mais également l'une des mieux cachées. Bizarrement, elle devait son existence à Parker, le privé. Le Collectionneur était arrivé à Rehoboth en explorant le passé du détective, une tentative pour comprendre la nature de cet homme. La maison faisait partie du passé de Parker – une partie mineure, certes, mais le Collectionneur était méticuleux –, et elle était donc digne d'intérêt. Modeste mais belle, elle avait attiré le Collectionneur. Il était fatigué de ces planques sommairement meublées, de ces pièces sans tapis, seulement remplies des souvenirs des morts. Il avait besoin d'un endroit pour se reposer, réfléchir, tirer des plans. C'est pourquoi il avait acheté la maison, par l'intermédiaire d'Eldritch. C'était l'une des rares dans lesquelles il se sentait encore en sécurité, surtout depuis que le privé et ses amis s'étaient lancés à sa poursuite afin de le punir pour le meurtre de l'un des leurs. Le Collectionneur avait escamoté l'avocat et l'avait emmené dans le Delaware, une fois que ce dernier avait été suffisamment remis de ses blessures pour voyager, et à présent lui aussi s'y trouvait cloîtré. Jusque-là, il n'avait jamais su ce que c'était que d'être traqué : il avait toujours été le chasseur. Ils avaient failli le coincer à Newark : la douleur récurrente des ligaments déchirés dans sa jambe le lui rappelait constamment. Cette situation ne pouvait pas durer. Il avait une récolte à faire.

Pire encore, à la nuit tombée, les Hommes Creux se rassemblèrent devant sa fenêtre. Il les avait dépossédés de leur vie, renvoyant leur âme à leur créateur. Ce qui restait d'eux traînait autour de lui. Ils étaient là non seulement parce qu'ils croyaient qu'il était l'unique responsable de leurs souffrances – car les morts sont aussi susceptibles de se tromper que les vivants –, mais surtout parce que le Collectionneur était en mesure d'augmenter leur nombre. C'était leur unique réconfort : que d'autres puissent souffrir comme ils avaient souffert. Néanmoins, à présent, ils percevaient sa faiblesse, sa vulnérabilité, et avec elles naissait un espoir, terrible et torturé : que le Collectionneur puisse être éliminé, et qu'avec sa disparition vienne l'oubli qu'ils désiraient tant. La nuit, ils se rassemblaient au pied des arbres, avec leur peau ridée et tachée comme celle d'un fruit gâté, et ils attendaient, souhaitant que le privé et ses alliés tombent sur le Collectionneur.

Je pourrais les tuer, songea le Collectionneur. Je pourrais mettre Parker en morceaux, ainsi que Louis et Angel. Il existait assez de preuves pour justifier cela, assez de péchés pour faire pencher la balance.

C'était probable.

C'était possible.

Mais s'il se trompait ? Quelles en seraient les conséquences ? Il avait tué leur ami dans un accès de rage, et du coup, à présent, il n'était guère mieux qu'un animal marqué, se terrant dans des trous, tandis que le cercle des chasseurs se refermait autour de lui. Si le Collectionneur tuait le privé, ses amis n'auraient de cesse qu'il soit lui-même inhumé. S'il tuait ses amis et laissait Parker en vie, celui-ci le traquerait jusqu'aux confins du monde. Et si, par miracle, il parvenait à les tuer tous les trois ? Alors, une ligne aurait été franchie, et ceux qui, dans les ténèbres, protégeaient le privé viendraient finir son travail. Quel que fût son choix, la fin serait la même : la traque continuerait jusqu'à ce qu'il soit coincé, et que son châtiment lui soit infligé.

Le Collectionneur avait besoin d'une cigarette. L'avocat n'aimait pas qu'il fume à l'intérieur. Il prétendait que ça l'empêchait de respirer. Bien sûr, le Collectionneur pouvait sortir, mais il se rendit compte qu'il avait de plus en plus peur de se montrer, comme si le moindre instant d'inattention pouvait lui être fatal. Il n'avait jamais connu la peur, avant. C'était une expérience déplaisante, mais instructive.

Le Collectionneur conclut qu'il ne pouvait pas tuer Parker. Même s'il le faisait et qu'il échappait aux conséquences, ce serait en fin de compte un acte à l'encontre du Divin. Le privé était important. Il avait un rôle à jouer dans ce qui devait se passer. C'était un humain – le Collectionneur en était sûr, à présent –, et cependant, il avait en lui une facette qui dépassait toute compréhension. D'une certaine façon, Parker avait été touché par le Divin. Ou l'avait touché. Il y avait survécu. Le mal avait été amené devant lui, et à chaque fois Parker avait détruit le mal. Certaines entités craignaient le Collectionneur, mais elles craignaient encore plus le privé.

Il n'y avait pas de solution. Pas d'échappatoire.

Il ferma les yeux et sentit les Hommes Creux triompher avec une jubilation malveillante.

L'avocat Eldritch alluma son ordinateur et reprit le travail en cours : la reconstruction de ses archives. Il progressait par ordre alphabétique, du moins la plupart du temps, mais si un nom ou un détail lui revenait inopinément, il ouvrait un nouveau fichier et y notait l'information. Les archives physiques n'avaient guère été plus qu'un aide-mémoire : tout ce qui était important était gravé dans son cerveau.

Ses oreilles lui faisaient mal. L'explosion qui avait tué sa femme et détruit ses archives lui avait également endommagé l'ouïe, et à présent il devait supporter en permanence des acouphènes intenses. Certains nerfs de ses mains et de ses pieds avaient aussi été touchés, du coup ses jambes étaient prises de spasmes quand il essayait de dormir, ses doigts se recroquevillaient comme des griffes lorsqu'il écrivait ou tapait sur son clavier trop longtemps. Peu à peu, sa santé s'améliorait, mais il était obligé de faire sans l'aide d'un physiothérapeute ou d'un médecin, car le Collectionneur craignait qu'en se montrant il n'attire Parker.

Qu'il vienne, songeait Eldritch dans les pires moments, tandis qu'il gisait dans son lit, éveillé, ses jambes tremblant si violemment qu'il sentait presque ses muscles se déchirer, ses doigts se courbant atrocement, lui causant une telle douleur qu'il avait l'impression que ses os allaient percer sa peau. Qu'il vienne, et qu'on en finisse avec tout ça. Néanmoins, il parvenait à voler suffisamment de sommeil pour pouvoir continuer, et chaque jour il tentait de se convaincre que la souffrance était moins forte que la veille : un peu plus de temps entre les spasmes, comme un enfant qui compte les secondes entre deux coups de tonnerre pour se persuader que la tempête va passer ; un peu plus de contrôle sur ses doigts et ses orteils, comme un accidenté qui apprend à se servir du membre qu'on vient de lui greffer ; un peu moins d'intensité dans le volume de ses acouphènes, comme un espoir que la folie pourrait être tenue à distance.

Le Collectionneur avait mis en place une série de boîtes aux lettres numériques hautement sécurisées pour Eldritch, avec des procédures de vérification à plusieurs étapes et aucun moyen d'accès externe. Tout contact par téléphone était proscrit – trop facile à repérer –, mais l'avocat disposait quand même de ses informateurs, et il était essentiel qu'il reste en contact avec eux. Eldritch ouvrit la première boîte. Il n'y avait qu'un seul message, datant d'une heure à peine, dont le sujet indiquait : « Au cas où vous n'auriez pas vu ceci ». Le message contenait un lien vers un bulletin d'infos.

Eldritch coupa et colla le lien avant de cliquer dessus. Il menait vers un bulletin d'infos de la chaîne NBC 6, de Portland, dans le Maine. Eldritch le regarda en silence, jusqu'au bout, avant d'appeler l'homme dans la pièce d'à côté.

— Viens, dit-il. Il faut que tu voies ça.

Quelques secondes plus tard, le Collectionneur regardait par-dessus son épaule.

— Qu'est-ce que c'est ?

Eldritch relança la vidéo :

— La solution à nos problèmes.

39

Garrison Pryor se dirigeait vers l'Espalier, dans Boylston Street, où il avait réservé une table, quand son téléphone portable, celui qu'il changeait chaque semaine et dont seule une poignée de personnes avaient le numéro, sonna. Il fut assez surpris en voyant s'afficher l'identité de son interlocuteur, et prit immédiatement l'appel.

— Oui ? dit-il.

Pas de formules de politesse. Le Commanditaire principal n'aimait pas bavasser sur des lignes non sécurisées.

— Vous avez vu les infos ?

— Non. J'ai passé la journée en réunions, et je m'apprête à rejoindre des clients pour dîner.

— Votre téléphone dispose d'un accès Internet ?

— Bien sûr.

— Allez sur NBC 6, à Portland. Rappelez-moi ensuite.

Pryor ne discuta pas, ne fit aucune objection. Il était en retard, mais à présent, ça n'avait plus d'importance. Le Commanditaire principal ne passait pas ce genre de coup de fil à la légère.

Pryor raccrocha, puis alla s'adosser contre un mur, près de l'entrée de la station-service Copley T. Il ne lui fallut pas longtemps pour trouver le bulletin d'infos auquel le Commanditaire principal avait fait référence. Il consulta également le site du *Portland Press Herald*, au cas où celui-ci mentionnerait des détails supplémentaires, mais ce n'était pas le cas.

Il attendit un instant, rassemblant ses esprits, puis rappela le Commanditaire principal.

— Vous êtes chez vous ? demanda Pryor.
— Oui.
— Mais vous pouvez parler librement ?
— Pour l'instant, oui. Etait-ce l'un des nôtres ?
— Non.
— Vous en êtes certain ?
— Absolument. Personne n'aurait fait ça sans me consulter au préalable, et je n'aurais jamais donné l'autorisation. La décision avait été prise : nous devions attendre.
— Assurez-vous que nous n'y sommes pour rien.
— Je vais le faire, mais je n'ai aucun doute là-dessus... Cet homme ne manquait pas d'ennemis...
— Nous non plus. S'il se trouve que nous avons quoi que ce soit à voir avec ça, nous en subirons tous les conséquences.
— Je vais faire passer le mot. Toutes les activités seront interrompues jusqu'à ce que vous décidiez de les reprendre.
— Et envoyez quelqu'un à Scarborough. Je veux savoir précisément ce qui s'est passé dans cette maison.
— Je m'en occupe immédiatement.

Il y eut un silence à l'autre bout du fil, puis :

— On m'a dit que l'Espalier est un très bon restaurant.
— C'est vrai.

Pryor mit une ou deux secondes à se rendre compte qu'il n'avait pas dit au Commanditaire principal où il comptait dîner ce soir-là.

— Vous devriez peut-être prévenir vos clients qu'en fin de compte vous ne pourrez pas vous joindre à eux ce soir.

Le Commanditaire principal raccrocha. Pryor resta les yeux fixés sur son téléphone. Il ne l'avait que depuis deux jours. Il ôta la batterie, l'essuya avec ses gants et la balança dans une poubelle. Puis, tout en marchant, il brisa en deux la carte SIM et en jeta les morceaux dans le caniveau. Il traversa Boylston Street en direction de Newbury, s'engagea dans une ruelle sombre, posa son téléphone par terre et se mit à l'écraser du talon, de plus en plus fort, jusqu'à se retrouver en train de sauter furieusement sur des fragments de plastique et de circuits imprimés en jurant. Deux passants lui jetèrent un regard, mais ne s'arrêtèrent pas.

Pryor appuya son front contre le mur le plus proche et ferma les yeux.

Des conséquences : c'était un euphémisme. Si quelqu'un s'en était pris à Parker sans autorisation, il n'y aurait pas de limites au mauvais tour que les choses pourraient prendre.

Dans un appartement de Brooklyn, un rabbin du nom d'Epstein était assis devant l'écran de son ordinateur. Il regardait et écoutait.

La journée avait été longue. Des discussions, des débats et quelque chose qui ressemblait à une petite avancée, à condition d'adopter l'attitude d'un géologue devant la tectonique des plaques. Epstein et deux autres rabbins modérés avaient travaillé d'arrache-pied pour essayer d'amener le conseil communal de Brooklyn et les représentants des hassidim à trouver des compromis sur une longue série de problèmes, comme la séparation des hommes et des femmes dans les autobus municipaux ou les objections des religieux quant à l'usage des vélos, mais sans grand succès. Aujourd'hui, en rémission de ses péchés, Epstein avait dû expliquer le concept du *metzitzah b'peh* – la pratique consistant à sucer la blessure consécutive à la circoncision chez un bébé – à un membre du conseil municipal particulièrement sceptique.

« Mais pourquoi quelqu'un ferait-il ça ? n'arrêtait pas de demander ce dernier. Pourquoi ? »

Pour être honnête, Epstein n'avait pas vraiment de réponse, ou du moins pas de réponse propre à satisfaire le conseiller.

Pendant ce temps, certains parmi les jeunes hassidim semblaient considérer Epstein avec guère plus d'affection que les goyim. Il avait même entendu l'un d'eux le traiter dans son dos d'*alter kocker* – vieux schnock –, mais il n'avait pas réagi. Leurs aînés avaient plus de jugeote, et reconnaissaient quand même qu'Epstein essayait de les aider en endossant le rôle de médiateur, afin de trouver un compromis acceptable pour les deux parties. Cela dit, si on les laissait faire, les hassidim isoleraient Williamsburg du reste de Brooklyn en bâtissant un mur, même s'ils auraient alors à se battre avec les branchés du coin. Le fait que certains édiles municipaux aient comparé publiquement les hassidim à la mafia ne mettait pas d'huile dans les rouages. Par moments, la situation était suffisamment pénible pour qu'un homme raisonnable envisage d'abandonner sa foi et de quitter sa ville. Mais un vieux dicton hébreu proclamait : « Nous avons survécu au pharaon, alors nous survivrons aussi à ça. » Cette vieille blague était une autre façon de formuler ce que célébrait chaque fête juive : ils ont essayé de nous tuer, ils ont échoué, alors mangeons !

Telles étaient les pensées d'Epstein quand il était arrivé chez lui, affamé. A présent, toute idée de repas avait disparu. A côté de lui se tenait une jeune femme vêtue de noir. Elle s'appelait Liat. Elle était sourde et muette, aussi ne pouvait-elle pas entendre les commentaires du bulletin d'infos, mais quand le journaliste apparut à l'écran, elle était en mesure de lire sur ses lèvres ce qu'il disait. Elle capta les images des voitures de police, de la maison, ainsi que la photographie du privé qui resta affichée tout au long du reportage. La photo n'était pas récente. Aujourd'hui, il avait l'air plus vieux. Elle se souvenait de son visage lorsqu'ils avaient fait l'amour, et de la sensation qu'elle avait éprouvée lorsque son corps couturé de cicatrices s'était lové contre le sien.

Tant de cicatrices, tant de blessures, visibles ou invisibles.

Epstein lui toucha le bras. Elle se tourna vers lui pour voir le mouvement de ses lèvres.

— Va là-haut, dit-il. Trouve ce que tu peux. Je vais commencer à faire quelques recherches ici.

Elle acquiesça et sortit de la pièce.

Etrange, songea Epstein : c'était la première fois qu'il la voyait pleurer.

40

Ce fut Bryan Joblin qui leur annonça la nouvelle, juste avant de s'en aller en courant. Son départ à ce moment précis, qui les laissait sans surveillance, leur parut miraculeux. Harry et Erin étaient devenus de plus en plus irritables et la présence permanente de Joblin, qui s'était joyeusement installé dans son rôle de gardien, d'invité, voire de futur complice du crime qu'ils étaient censés commettre, leur tapait sur les nerfs. Il faisait toujours pression sur Harry pour qu'il déniche une fille, comme si Harry avait besoin qu'on le lui rappelle. Hayley était venue en personne, le matin même, alors qu'ils débarrassaient la table du petit déjeuner, et elle avait très clairement fait comprendre aux Dixon que le temps pressait.

« Les choses vont bouger vite dans le coin, d'ici peu », avait-elle déclaré.

Elle était restée sur le seuil, comme si elle éprouvait de la réticence à mettre de nouveau les pieds dans leur maison vétuste.

« La plupart de nos problèmes sont en passe d'être réglés, et nous allons pouvoir nous concentrer à nouveau sur les tâches importantes », avait-elle ajouté.

Elle s'était approchée d'eux. Harry avait perçu l'odeur de menthe dans son haleine, ainsi que ce fumet amer qu'il associait depuis toujours au décès de sa mère, l'odeur des organes internes qui commencent à se dégrader.

« Il faut que vous sachiez qu'à Prosperous certains vous blâment pour la mort de nos jeunes en Afghanistan, ainsi que pour celle de Valerie Gillson et de Ben Pearson. Ils pensent que si vous n'aviez pas laissé cette fille s'enfuir... »

Conyer avait laissé résonner sa phrase, consciente de toute l'ambiguïté qu'elle recélait, avant de poursuivre :

« ... quatre de nos concitoyens seraient encore en vie. Vous avez pas mal de boulot pour vous racheter. Je vous laisse encore trois jours. D'ici là, vous avez intérêt à fournir une fille pour remplacer la précédente. »

Mais Harry savait que dans trois jours ils ne seraient plus là, ou, s'ils y étaient encore, cela voudrait probablement dire que tout était fini pour eux. Ils étaient prêts à s'enfuir. Si Bryan Joblin ne leur avait pas dit ce qui s'était passé avant de s'en aller, ils auraient peut-être attendu un jour de plus, histoire de s'assurer que tout était bien en place pour leur évasion. Là, ils prirent cette nouvelle comme un signe : l'heure était venue. Ils le regardèrent s'éloigner en voiture, tandis que les mots qu'il avait prononcés tintaient encore à leurs oreilles :

« Nous avons descendu le privé ! C'est partout aux infos. Ce connard est hors circuit. Dégagé ! »

Dans les vingt minutes qui suivirent le départ de Joblin, les Dixon avaient quitté la ville.

Harry passa le coup de fil sur la route de Medway. La concession automobile fermait en général vers 18 heures, mais Harry avait le numéro de portable du gérant et il savait que celui-ci ne vivait qu'à deux pâtés de maisons du parking. Il avait dit au type qu'en dernière extrémité il se pourrait qu'il soit obligé de quitter l'Etat en catastrophe. Il lui avait raconté une histoire, prétextant que sa mère était malade, mais Harry savait bien que le marchand de voitures se foutait totalement de l'état de santé de sa mère et que la seule chose qui l'intéressait, c'était que la transaction se fasse, et en cash. Du coup, une demi-heure après qu'ils avaient quitté Prosperous, ils ressortaient du parking du concessionnaire au volant d'un van GMC Savana Passenger avec cent quatre-vingt mille kilomètres au compteur, et ils ne s'arrêtèrent qu'un instant aux abords de Medway pour appeler Magnus et Dianne afin de les prévenir de leur arrivée. Le van était moche comme un glissement de terrain, mais ils pouvaient dormir dedans si nécessaire, et qui savait combien de temps ils allaient passer sur la route et jusqu'où ils iraient ? Ils ne pourraient pas rester chez la sœur d'Erin très longtemps. De fait, même pour une seule nuit, c'était risqué. Et plus ils s'en approchaient, plus Harry se disait qu'ils ne devraient pas y séjourner du tout. Il serait probablement plus avisé d'y faire un saut pour prendre leurs affaires, de se mettre d'accord sur un moyen de rester en contact, puis de trouver un motel où passer la nuit. Plus ils mettraient de distance entre eux et Prosperous, mieux ça vaudrait. Harry fit part de ses inquiétudes à Erin, et fut surpris de constater qu'elle les partageait, sans qu'ils aient besoin de discuter. Le seul regret qu'elle exprima était de ne pas avoir pu tuer Bryan Joblin avant de partir. Elle plaisantait peut-être, mais Harry n'aurait pu l'affirmer.

Ils se garèrent dans l'allée devant la maison. A l'intérieur, c'était allumé, et les rideaux du salon étant ouverts, Harry aperçut Magnus qui regardait la télévision. Son beau-frère se leva en entendant le bruit du moteur, leur fit signe par la fenêtre et vint ouvrir avant qu'ils soient descendus du van.

— Entrez, dit-il. Depuis qu'on a reçu votre coup de fil, on était inquiets.
— Où est Dianne ? demanda Erin.
— Dans la salle de bains. Elle descend dans une minute.

Magnus s'écarta pour les laisser passer.
— Donnez-moi vos manteaux.
— On ne reste pas, annonça Harry.
— Ce n'est pas ce que vous nous aviez dit.
— Je sais, mais je crois qu'il vaut mieux qu'on poursuive notre route. Ils vont se lancer à notre recherche dès qu'ils sauront que nous sommes partis, et ça ne va pas leur prendre longtemps pour établir le lien avec Dianne et toi. Il faut qu'on mette de l'espace entre Prosperous et nous. Je ne peux pas t'expliquer pourquoi. Il faut qu'on laisse cette ville loin derrière nous. Très loin.

Magnus referma la porte. Harry sentit un courant d'air en provenance de la cuisine. Une rafale traversa la maison, ouvrant la porte de la salle à manger sur leur gauche. Ils virent Dianne, assise devant la table.
— Je croyais que tu étais… commença Erin.

Elle n'alla pas plus loin.

Bryan Joblin était assis en face de Dianne, une arme pointée sur elle. Calder Ayton se tenait derrière lui, également une arme à la main, mais dirigée vers la tête de Kayley, la fille de Dianne et Magnus.

Harry fit lentement glisser sa main vers le revolver dans la poche de sa veste, mais à ce moment-là Morland sortit du salon. Il posa une main sur le bras de Harry.
— Ne fais pas ça, dit-il, presque avec bienveillance.

La main de Harry sembla hésiter, puis retomba. Morland prit le Smith & Wesson dans sa poche.
— Tu as un port d'arme ?

Harry ne répondit rien.
— Je ne crois pas que tu en aies un.

Il posa le canon du revolver contre le crâne d'Erin, puis pressa la détente. Les murs couleur crème se couvrirent de rouge. Harry en était encore à essayer d'intégrer l'image de sa femme s'effondrant sur le sol que Morland logea une balle dans la poitrine de Magnus, puis, faisant trois pas en avant, tua Dianne d'une autre balle dans la tête, juste sous l'arête du nez.

Les cris de Kayley ramenèrent Harry à la réalité, mais il était déjà trop tard. Morland l'envoya au sol d'une poussée. Harry s'affala à côté de sa femme, morte à présent. Il la fixa. Ses yeux étaient fermés, son visage déformé par le rictus du choc final. Il se demanda si elle avait souffert. Il espérait que ce n'était pas le cas. Il l'avait aimée. Il l'avait tellement aimée.

Morland l'écrasait de son poids. Il sentait la bouche du canon que le flic frottait contre son visage.

— Vas-y ! cria Harry. Vas-y !

Mais le flingue disparut, et Morland lui passa les menottes dans le dos. Kayley avait cessé de crier, et sanglotait. On aurait pu penser que quelqu'un lui avait mis une main devant la bouche, parce que le son paraissait assourdi.

— Pourquoi ? demanda Harry.

— Parce qu'on ne peut pas avoir plusieurs meurtres et pas d'assassin, répondit Morland.

Il releva Harry, lequel tourna vers lui un regard vitreux. Morland affichait une expression de désespoir total.

Calder Ayton et Bryan Joblin franchirent la seconde porte donnant sur le salon, emmenant Kayley entre eux. Ils traversèrent la cuisine et sortirent par-derrière. Peu après, Harry entendit le bruit d'un coffre de voiture qu'on refermait, puis un véhicule qui s'éloignait.

— Qu'est-ce que vous allez lui faire ? s'enquit-il.

— Je crois que tu le sais. On t'avait demandé de trouver une fille, et on dirait qu'en fin de compte tu as accompli ta tâche.

Bryan Joblin réapparut dans la cuisine. Il sourit à Harry en s'approchant de lui.

— Et maintenant ? demanda Harry.

— Bryan et toi, vous allez faire un tour. Je vous rejoindrai dès que possible.

Morland tourna les talons, s'apprêtant à partir, mais il marqua une pause. Puis :

— Dis-moi, Harry. La fille, elle s'était enfuie, ou vous l'aviez laissée partir ?

Quelle importance, songea Harry. Elle était quand même morte, et bientôt lui-même allait la rejoindre.

— Nous l'avons laissée s'enfuir.

Le fait d'avoir dit « nous » le poussa à regarder Erin, et, ce faisant, il ne fut pas en mesure de voir l'expression qui s'afficha brièvement sur le visage de Morland. Une expression d'admiration.

Harry aurait voulu pleurer, mais les larmes refusaient de venir. Il était trop tard pour les larmes, de toute façon. Elles ne serviraient à rien.

— Je suis désolé qu'on en soit arrivés là, dit Morland.

— Va en enfer.

— Oui. Je pense que c'est là que j'irai.

41

Une journée passa. La nuit tomba. Tout était différent, et pourtant, tout était inchangé. Les morts restaient morts, attendant que les vivants viennent grossir leurs rangs.

Aux abords de Prosperous, un 4×4 massif se rangea sur le bord de la route, dégorgeant un passager avant de reprendre en vitesse la route vers l'est. Ronald Straydeer mit son sac à l'épaule et s'éloigna en direction de la forêt, se frayant un chemin vers la vieille église.

42

Le bâtiment à un étage en briques rouges arborait une enseigne : *BLACKTHORN APOTHICAIRE*, même si cela faisait des années que le magasin n'avait rien vendu et que le vieux Blackthorn n'était plus de ce monde. Pendant la plus grande partie de son histoire, cela avait été l'unique commerce de Hunts Lane, une ancienne ruelle de Brooklyn bordée d'écuries initialement destinées à héberger les chevaux des riches qui vivaient dans Remsen Street et Joralemon Street, toutes proches.

Le bois de la devanture était noir, le lettrage sur la vitre et au-dessus de la fenêtre était doré, et la porte d'entrée perpétuellement close. Les volets des fenêtres du premier étage étaient fermés, tandis qu'au rez-de-chaussée une vitrine protégée par un grillage métallique à petites mailles contenait un assortiment d'objets anciens en pagaille, toute une collection de boîtes et de bouteilles dont les étiquettes, lorsqu'elles étaient lisibles, portaient les noms de compagnies disparues depuis longtemps et de produits qui ressemblaient fort à des remèdes de charlatan : l'Antidouleur magique de Dalley, le Revigorant aromatique du docteur Ham, le Nervin du docteur Miles...

Un ancêtre du dernier des Blackthorn avait apparemment jugé utile de proposer de tels produits à ses clients, à côté d'autres potions plus étranges encore. Un présentoir fixé à la porte contenait des paquets de Mélange à fumer contre l'asthme de Potter (« peut être fumé dans une pipe avec ou sans tabac ») et des cigarettes pour soigner l'asthme, du même Potter, fabriqués au XIXe siècle, de même que des cigarettes Espic et de la poudre Legras, que Marcel Proust adorait et dont il se servait pour lutter contre son asthme et son rhume des foins. Outre la stramoine, un dérivé de l'herbe aux fous, *Datura stramonium*, que l'on considérait comme un remède efficace aux troubles respiratoires, ces produits contenaient également, à divers degrés, de la potasse et de l'arsenic. Aujourd'hui, dans la vitrine sombre de Blackthorn Apothicaire, et bien qu'ils eussent depuis longtemps perdu les faveurs du public, ils voisinaient avec des boissons au malt pour les mères qui allaitent, des bouteilles vides de vin de coca à base de cocaïne, du chlorhydrate d'héroïne et des potions à base de morphine ou d'opium, pour la toux, les rhumes ou les poussées de dents.

A l'époque où le dernier des Blackthorn entrait dans le crépuscule de sa vie – dans un magasin qui, fort à propos, évitait la lumière du jour grâce à un emploi judicieux de rideaux et un usage parcimonieux de l'électricité –, le commerce qui portait son nom ne vendait plus que des herbes médicinales, et aujourd'hui le magasin, qui sentait le renfermé, abritait encore les preuves de la foi de Blackthorn en l'efficacité des potions naturelles. Les pots de verre alignés sur les étagères en acajou contenaient des herbes moisies et desséchées, même si les huiles semblaient avoir résisté au temps sans altérations notables. Des ardoises calligraphiées posées entre les étagères détaillaient les diverses maladies et les herbes disponibles pour lutter contre leurs symptômes, de la mauvaise haleine (persil) aux flatulences (fenouil et aneth), aux ulcères (hydraste), au cancer (myrtille, polypore en touffe, grenadier, framboise) et à la crise cardiaque congestive (aubépine). Le tout était recouvert de poussière et de cadavres d'insectes, excepté par terre, où un passage régulier avait tracé un sentier étroit à travers ces décennies de détritus. Ce sentier prenait naissance à côté de l'entrée principale, sur le seuil d'une porte latérale, puis traversait un vestibule décoré de photos de personnes disparues et de paysages peints par des amateurs, qui trahissaient une fascination morbide, voire proche de la folie, pour les travaux des romantiques allemands les plus dépressifs, et franchissait une porte dont les panneaux étaient décorés de scènes de la Passion du Christ avant de déboucher sur le magasin proprement dit. La destination finale de ce petit chemin, en l'occurrence l'entrée de l'arrière-boutique où l'apothicaire préparait ses teintures et ses poudres, était dissimulée par une paire de rideaux de velours noir.

A présent, tandis qu'une pluie froide martelait la ville, des petites taches de lumière brillaient à travers les trous que les mites avaient percés dans le velours et scintillaient telles des étoiles quand des silhouettes se déplaçaient derrière les rideaux. La nuit était tombée, et la ruelle était déserte, hormis la présence des deux hommes abrités sous l'auvent d'une ancienne écurie de l'autre côté de la rue. Ils observaient le magasin et les vagues signes de vie qui en provenaient.

Deux jours s'étaient écoulés depuis la fusillade.

— Il me fait froid dans le dos, dit Angel.

— Il fait ça à tout le monde, répondit Louis. Les morts déménageraient s'ils étaient enterrés à côté de lui.

— Pourquoi ici ?

— Pourquoi pas ?
— Pas faux. Ça fait combien de temps qu'il se terre dans ce trou ?
— Deux semaines, si ce que j'ai entendu dire est vrai.

Localiser l'endroit avait coûté une somme d'argent considérable à Louis, ainsi que le renvoi d'une faveur qu'il ne pourrait donc plus réclamer. Il s'en moquait. C'était personnel, cette fois-ci.

— C'est accueillant, lâcha Angel. Façon Dickens. Adapté à la situation. Tu sais où il était, ces dernières années ?
— Non. Il s'est toujours beaucoup déplacé.
— Pas trop le choix. Il ne doit pas se faire beaucoup d'amis, dans son job.
— Probablement pas.
— Après tout, tu ne t'en faisais pas non plus.
— Non.
— A part moi.
— Ouais. D'ailleurs, à ce sujet…
— Va te faire foutre.
— C'est l'autre option.

Angel fixa le bâtiment, qui semblait le fixer en retour.

— Etrange qu'il soit revenu maintenant.
— Oui.
— Tu sais ce qu'il a foutu pendant tout ce temps ?
— Ce qu'il a toujours fait : infliger de la douleur.
— Il pense peut-être que ça soulagera un peu la sienne.

Louis regarda son partenaire.

— Tu sais, tu deviens vraiment philosophe aux moments les plus inattendus.
— Je suis né philosophe. C'est juste que je ne me soucie pas de partager mes pensées avec les gens. Je

crois que je suis stoïcien, si j'ai bien compris ce que ça veut dire. De toute façon, j'aime bien comment ça sonne.

— Pour en revenir à ton commentaire précédent, il aimait bien infliger de la douleur et regarder d'autres gens en faire autant, même quand lui-même ne souffrait pas.

— Si tu croyais en Dieu, tu pourrais considérer ça comme une vengeance divine.

— Le karma.

— Ouais, ça aussi.

La pluie continuait à tomber.

— Tu sais, reprit Angel, il y a un trou dans cet auvent.

— Oui.

— C'est... un peu comme une métaphore, ou un truc dans le genre.

— Ou bien juste un trou.

— Tu n'as aucune poésie en toi.

— Non.

— Tu crois qu'il sait qu'on est là ?

— Il le sait.

— Alors ?

— Si tu veux aller frapper, ne te gêne pas pour moi.

— Qu'est-ce qui se passera ?

— Tu seras mort.

— Je me doutais que ça serait un truc de ce genre. Alors, on attend ?

— Oui.

— Jusqu'à quand ?

— Jusqu'à ce qu'il ouvre la porte.

— Et ?

— S'il essaie de nous tuer, on saura qu'il est dans le coup.

— Et s'il n'essaie pas, c'est qu'il n'est pas dans le coup ?

— Non. C'est peut-être juste qu'il est plus intelligent que je ne le croyais.

— Tu disais que c'était l'homme le plus intelligent que tu aies jamais rencontré.

— C'est vrai.

— Ça ne présage rien de bon pour nous.

— Non.

Ils entendirent un bruit de l'autre côté de la rue : le son d'une clé dans une serrure et d'un verrou qu'on tirait. Angel fit un pas sur la droite, son arme déjà dans la main. Louis se fondit dans l'ombre sur sa gauche. Une lumière naquit lentement dans l'entrée, visible à travers le demi-cercle de verre brisé au-dessus de la plus petite des deux portes. Celle-ci s'ouvrit doucement, dévoilant un homme gigantesque, debout sur le seuil. Il était totalement immobile, les mains légèrement écartées du corps. Si Angel et Louis avaient voulu le tuer, cela aurait été l'occasion idéale. Le message semblait clair : l'homme qu'ils étaient venus voir voulait discuter. Il n'y aurait pas de massacre.

Pas pour le moment.

Le regard d'Angel passait des volets clos du premier étage à l'entrée de la ruelle où ils se trouvaient. Hunts Lane. Une impasse. Si c'était un piège, ils ne pourraient pas en réchapper. Il avait interrogé Louis sur leur façon d'approcher, se demandant s'il ne vaudrait pas mieux que l'un d'eux reste dans Henry Street, la rue dans laquelle donnait l'impasse, mais Louis avait émis une objection :

« Il sait qu'on vient. Il est le dernier.

— Ce qui veut dire ?

— Ça veut dire que si c'est un piège, il déclenchera le mécanisme bien avant qu'on entre dans la ruelle. On sera morts dès qu'on mettra les pieds à Brooklyn. On n'en saura rien jusqu'au moment où la lame s'abattra. »

Angel ne trouvait pas ça trop rassurant. Il n'avait rencontré cet homme qu'en une seule occasion, quand celui-ci cherchait à recruter Louis – et donc Angel – pour son propre compte. Ce souvenir ne s'était jamais dissipé. Par la suite, Angel s'était senti empoisonné, comme si respirer le même air que cet homme l'avait à jamais contaminé.

Louis apparut de nouveau dans la lumière. Il avait levé son arme, visant la tête de la silhouette sur le seuil. L'homme fit un pas en avant, et une lampe à détecteur de mouvement s'alluma au-dessus de lui. Il était vraiment énorme, sa tête posée sur ses épaules comme une stèle sur une pierre tombale, son torse et ses bras incroyablement massifs. Angel ne reconnut pas son visage, et il s'en serait certainement souvenu s'il avait déjà vu un tel monstre. Il était chauve, le crâne couturé par un treillis de cicatrices, les yeux très clairs et très ronds, comme deux œufs durs enfoncés dans son visage. Il était extraordinairement moche, comme si Dieu avait créé l'homme le plus laid du monde et lui avait ensuite mis un pain dans la gueule.

Le plus frappant, c'était le costume jaune vif dont il était vêtu. Il lui conférait un air de gaieté feinte, dû, peut-être, à la croyance erronée qu'il semblerait moins menaçant s'il s'habillait de couleurs vives. Il regarda Louis approcher, et Angel se rendit compte qu'il n'avait pas vu l'homme cligner des yeux, pas une seule fois. Ses yeux étaient tellement grands qu'il n'aurait pas pu rater ça, ses paupières auraient battu comme une paire d'ailes.

Louis baissa son arme, et simultanément l'homme leva la main droite. Il montra à Louis une petite bouteille en plastique et sans attendre de réaction il pencha la tête en arrière et se mit des gouttes dans les yeux. Quand il eut terminé, il avança d'un pas, sous la pluie, et fit silencieusement signe d'entrer à Louis et à Angel, la main droite désormais tendue comme s'il était le vigile de la pire boîte de nuit de la planète.

Angel s'approcha d'un pas réticent. Il pénétra derrière Louis dans la pénombre du vestibule, mais à reculons, gardant ses yeux et son flingue braqués sur le géant au regard fixe. Celui-ci ne les suivit pas. Il resta debout sous la pluie, le visage tourné vers le ciel, tandis que l'eau coulait sur ses joues comme des larmes.

43

Angel et Louis remontèrent le sentier tracé dans la poussière à la lumière d'une simple lampe qui clignotait dans un coin. La pièce sentait les herbes fanées depuis longtemps, une odeur dont s'étaient imprégnés le bois et la peinture écaillée sur les murs, mais sous laquelle on percevait aussi celle des médicaments, plus prégnante au fur et à mesure qu'ils s'approchaient des rideaux masquant la pièce du fond.

Une autre odeur flottait en dessous de celles-là : la puanteur caractéristique des chairs en putréfaction.

Louis avait rangé son arme dans son holster, et Angel fit de même. Lentement, Louis tira les rideaux, dévoilant la pièce où un homme était assis à un bureau, simplement éclairé par une lampe à abat-jour vert. Son visage n'était pas dans le cône de lumière, mais malgré la pénombre Angel se rendit compte qu'il était encore plus déformé que lors de leur précédente rencontre. L'homme leva la tête avec difficulté quand ils entrèrent.

— Bienvenue, dit-il. Vous ne m'en voudrez pas de ne pas vous serrer la main.

Il avait du mal à articuler. Lorsqu'il leva la main droite vers la lampe, Angel et Louis virent ses doigts, si déformés qu'ils semblaient avoir totalement disparu, simples moignons au bout de son bras. Ils n'eurent aucune réaction, si ce n'est l'étincelle de compassion qui fit brièvement cligner les yeux d'Angel, incapable de ne pas ressentir d'empathie, même pour un type comme celui-là. Sa réaction ne passa pas inaperçue.

— Epargnez-moi ça, dit l'homme. Si je pouvais me débarrasser de cette maladie en vous la transmettant, je le ferais dans la seconde.

L'homme émit un gargouillis, et Angel mit un moment à comprendre qu'il riait.

— En fait, ajouta-t-il, je vous la transmettrais, si je le pouvais, pour le simple plaisir du partage.

— Monsieur Cambion, vous n'avez pas changé, dit Louis.

D'un mouvement de poignet, Cambion tourna la lampe de façon qu'elle éclaire son visage.

— Oh, mais si. J'ai changé.

Son nom officiel était la maladie de Hansen, en référence au dermatologue norvégien qui, en 1873, avait identifié la bactérie qui en était la cause, mais pendant plus de quatre mille ans les hommes l'avaient simplement appelée la lèpre. Aujourd'hui, cette pathologie autrefois considérée comme incurable pouvait être guérie grâce à des multithérapies à base de rifampicine, molécule qui permettait de traiter les deux types de lèpre, qu'elle soit multibacillaire ou paucibacillaire, mais Cambion faisait partie des rares patients, des quelques infortunés, qui ne réagissaient pas aux traitements. On ne savait pas très bien pourquoi, mais certains avançaient que lorsque les premiers symptômes de la maladie s'étaient manifestés ils avaient été soignés avec de la rifampicine administrée en monothérapie et non pas combinée avec de la dapsone et de la clofamizine, ce qui avait développé chez lui une résistance au traitement. Le malheureux médecin responsable de cette erreur avait disparu, mais sa proche famille ne l'avait pas oublié, d'autant qu'elle recevait toujours des morceaux de son corps à intervalles réguliers. En fait, il ne semblait même pas certain qu'il soit mort, car ces bouts de chair avaient l'air en bon état, même en tenant compte des conservateurs dans lesquels ils étaient emballés.

Cela dit, la vérité, quand on parlait de Cambion, était une denrée rare. Son nom lui-même était une invention. Au Moyen Age, un cambion était le rejeton mutant d'un humain et d'un démon. Caliban, l'adversaire de Prospero dans *La Tempête*, était un cambion, sur l'île qui « ne comptait pour l'honorer aucune forme humaine[1] ». La seule chose dont on était sûr à propos de Cambion, c'était que son état empirait rapidement, comme le soulignait sa présence dans l'ancien commerce de l'apothicaire. On aurait même pu dire qu'il dégénérait, mais d'un autre côté Cambion avait toujours été dégénéré de nature, et on pouvait considérer les symptômes physiques de sa maladie comme une manifestation externe de la corruption qu'il portait en lui. Cambion était riche et dénué de toute morale. Il avait tué – des hommes, des femmes, des enfants –, mais au fur et à mesure que la lèpre lui mangeait les chairs, qu'elle limitait ses mouvements et privait l'extrémité de ses membres de toute sensibilité, il avait cessé de tuer pour se contenter d'organiser des meurtres. Il avait toujours pratiqué ces à-côtés lucratifs, car sa réputation attirait vers lui des hommes et des femmes aussi vils que lui, mais à présent, c'était devenu son activité principale. Cambion était celui que les gens contactaient

---

1. Shakespeare, *La Tempête*, acte I, scène 2 (traduction de Pierre Leyris et Elizabeth Holland, Gallimard, coll. « La Pléiade »).

quand ils souhaitaient combiner le meurtre avec le viol et la torture, quand ils voulaient que leurs ennemis souffrent avant de mourir. On racontait que lorsqu'il en avait la possibilité, Cambion aimait bien regarder. Ses hommes – si l'on pouvait les désigner ainsi, car leur capacité à faire le mal remettait en question leur humanité – acceptaient des contrats que tout le monde refusait, par éthique ou par prudence. Néanmoins, leur sadisme constituait leur faiblesse. C'était la raison pour laquelle les services que proposait Cambion étaient aussi pointus, mais aussi ce qui les forçait, lui et ses monstres, à se terrer dans les ténèbres. Les actes auxquels ils s'étaient livrés avaient entraîné des promesses de vengeance tout aussi barbares.

La dernière fois qu'Angel avait vu Cambion, plus de dix ans auparavant, ses traits montraient déjà les premiers signes d'ulcères et de lésions, certains nerfs avaient commencé à s'hypertrophier, dont le nerf auriculaire, derrière les oreilles, et le supraorbital, sur le crâne. A présent, les ravages de la maladie le rendaient presque méconnaissable. Son œil gauche était à peine visible, une simple fente dans les chairs de son visage, et le droit était grand ouvert mais vitreux. Sa lèvre inférieure, qui avait gonflé démesurément, s'était affaissée, ce qui le forçait à garder la bouche ouverte en permanence. Son cartilage nasal s'était dissous, laissant deux trous séparés par une bande osseuse. Ce qui restait de sa peau était couvert de protubérances qui avaient l'air aussi dures que des pierres.

— Qu'en pensez-vous ? demanda Cambion en postillonnant.

Angel était content de ne pas s'être approché plus près du bureau. Après sa première – et jusqu'ici dernière – rencontre avec Cambion, il avait pris le temps de se documenter à propos de la lèpre. La plus grande partie de ce qu'il savait ou croyait savoir sur cette maladie s'était révélé faux, notamment le fait qu'elle se transmettait par le toucher. On étudiait encore les voies de transmission, mais il semblait que la principale passait par les sécrétions nasales. Angel observa les postillons sur le bureau de Cambion et se rendit compte qu'il était en apnée.

— Vous n'avez pas l'air d'aller mieux, dit Louis.

— Vous ne prenez pas grand risque à l'affirmer.

— Vous devriez peut-être essayer…

Louis claqua des doigts et se tourna vers Angel.

— C'est quoi, déjà, le truc dont tu te sers pour ta gale ?

— C'est de l'hydrocortisone. Et ce n'est pas la gale. Ce sont des inflammations dues à la chaleur.

— Ouais…

Louis se tourna de nouveau vers Cambion.

— De l'hydrocortisone. Vous devriez essayer ce truc.

— Merci du conseil. Je vais y réfléchir.

— Je vous en prie ! Vous avez aussi contaminé Bob l'Eponge, le gars qui attend dehors ?

Cambion réussit à sourire.

— Je ferai part à Edmund du nom que vous lui donnez. Je suis sûr qu'il trouvera ça amusant.

— Qu'il trouve ça drôle ou pas, je m'en cogne, fit Louis.

— Ça ne m'étonne pas. Edmund souffre de lagophtalmie, une forme de paralysie qui affecte le nerf facial, celui qui contrôle les muscles peauciers, et notamment ceux qui servent à fermer les paupières. Du coup, ses yeux ne sont pas correctement lubrifiés.

— Putain, vous faites la paire.

— J'aime à penser qu'en me voyant Edmund parvient à mettre ses propres problèmes en perspective.

— Ça serait pas mal de prendre un garde du corps avec une bonne vue, non ?

— Edmund n'est pas simplement mon garde du corps. Il est mon infirmier et mon confident. En fait...

Cambion agita son moignon.

— ... on pourrait dire qu'il est ma main droite. En revanche, j'ai toujours l'usage de la gauche.

Il la montra pour la première fois. Elle avait encore trois doigts et un pouce, pour l'instant serrés autour de la crosse d'un pistolet modifié, avec une détente bien plus grande que la normale. Le canon pointait vaguement en direction de Louis.

— Si on avait voulu vous tuer, ce serait déjà fait, dit ce dernier.

— Pareil.

— On a eu du mal à vous trouver.

— Et cependant, vous êtes là. Je savais que vous finiriez par arriver jusqu'à moi, une fois que vous auriez épuisé toutes les autres possibilités. Vous avez sillonné Portland de long en large, avec votre ami. Il ne reste plus une pierre en place.

C'était vrai. Dans les heures qui avaient suivi la fusillade, Angel et Louis avaient commencé à poser des questions, parfois aimablement, parfois moins. Certaines conversations avaient eu lieu au calme, dans des restaurants chics, autour d'un café, d'autres devant une bière dans l'arrière-salle d'un bar miteux. Il y avait eu des coups de fil, des dénégations, des menaces et des mises en garde. Chaque intermédiaire, chaque entremetteur, chaque facilitateur qui connaissait le monde des tueurs à gages avait été contacté, directement ou indirectement : Louis voulait des noms. Il voulait savoir qui avait pressé la détente et qui avait passé le contrat.

La difficulté était que Louis soupçonnait que les tueurs – car il pensait que la combinaison d'un fusil de chasse et d'un pistolet était la marque d'un travail en équipe – n'avaient pas été recrutés par les canaux habituels. Il ne doutait pas qu'il s'agisse de pros, ou du moins il était parti de cette hypothèse. Ça ne sentait pas le boulot d'amateur, pas avec Parker, et la présence probable de deux tireurs renforçait cette idée. S'il avait tort, et qu'on découvrait que le responsable était un solitaire enragé, alors, ça serait aux flics de faire leur enquête. Louis tomberait peut-être sur le tireur avant eux, à la faveur d'une indiscrétion, mais ce monde-là n'était pas le sien. Dans le monde de Louis, les gens qui tuaient étaient payés pour ça.

Cependant, les liens de Louis avec le privé étaient connus de tous, et dans le monde de Louis, personne n'aurait accepté le contrat, ni en tant qu'intermédiaire ni en tant qu'exécutant. Mais il fallait vérifier, juste pour être sûr.

Une autre possibilité était que le contrat ait quelque chose à voir avec les allées et venues de Parker dans des régions plus ténébreuses, c'est pourquoi Louis était entré en contact avec Epstein, le vieux rabbin de New York. Louis avait clairement fait comprendre à Epstein que s'il découvrait quelque chose et qu'il le gardait pour lui, ça lui déplairait profondément. Entre-temps, Epstein avait envoyé dans le Maine sa propre tueuse fétiche, Liat. Elle arrivait un peu tard à la fête, songea Louis. Comme eux tous.

Une troisième voie pointait en direction du Collectionneur, mais Louis avait presque aussitôt écarté cette possibilité. Un fusil de chasse, ce n'était pas le style du Collectionneur, qui en tout état de cause serait d'abord venu s'occuper d'eux, Angel et lui. Louis soupçonnait le Collectionneur de vouloir garder Parker en vie par obligation, même s'il ne savait pas pourquoi, malgré les efforts de Parker pour lui expliquer la situation. Si jamais Louis parvenait à le coincer, il faudrait qu'il pense à lui poser la question avant de lui mettre une balle dans la tête.

Au final, il restait l'affaire sur laquelle Parker travaillait avant de se faire tirer dessus : la fille disparue, le mort dans la cave et la petite ville, Prosperous, mais Louis n'en savait pas plus là-dessus. Si quelqu'un avait engagé un tueur à Prosperous, c'était à Louis de le prendre en chasse. Il trouverait les tireurs, et les ferait parler.

C'est pourquoi Angel et lui se trouvaient à présent devant Cambion, parce que ce dernier se moquait de Louis, de Parker, de tout et de tout le monde, et qu'il faisait affaire avec des gens trop mauvais et trop dépravés pour s'en soucier plus que lui. Même si Cambion n'était pas impliqué – ce qui restait à prouver –, il disposait de contacts dans des zones que Louis lui-même ne connaissait pas. Les créatures qui se cachaient là avaient des griffes, des crocs, et crachaient du poison.

— C'est joli chez vous, dit Louis.

Ses yeux commençaient à s'accoutumer à la pénombre. Il distinguait des médicaments contemporains sur les étagères derrière Cambion, ainsi qu'une porte qui menait probablement à la pièce où celui-ci dormait. Louis le voyait mal monter des escaliers. Un fauteuil roulant était replié dans un coin. A côté, il y avait un bol en plastique, une cuillère et une serviette. Sur le bureau de Cambion, un bol en porcelaine et une cuillère en argent, et sur une desserte, à sa droite, un bol et une cuillère similaires.

Curieux, songea Louis. Deux personnes, mais trois bols.

— Je commençais à apprécier mon nouveau domicile, mais je pense que je vais devoir déménager de nouveau. Quel dommage : tous ces bouleversements me pompent toutes mes forces, et il est difficile de trouver des endroits adaptés, où l'atmosphère est aussi agréable.

— Ne déménagez pas à cause de moi, répliqua Louis.

Il ne daigna même pas faire de commentaire sur l'ambiance. Le vieux magasin de l'apothicaire lui semblait le dernier stade avant la salle d'embaumement.

— Comment donc ? Seriez-vous en train de me dire que je peux faire confiance à votre discrétion ? Que vous ne soufflerez mot à quiconque de ma présence ici ? Ma tête est mise à prix. La seule raison pour laquelle vous m'avez approché d'aussi près est que vous avez décliné un contrat sur moi. Je ne comprends d'ailleurs toujours pas pourquoi.

— Parce que je pensais qu'un jour comme aujourd'hui viendrait.

— Un jour où vous auriez besoin de moi ?!

— Un jour où j'aurais besoin de vous regarder dans les yeux pour voir si vous mentez.

— Posez la question.

— Vous avez quelque chose à voir avec ça ?

— Non.

Louis resta parfaitement immobile, les yeux fixés sur l'homme en train de pourrir. Finalement, il hocha la tête.

— Qui, alors ?

— Personne dans mon cercle.

— Vous en êtes sûr ?

— Oui.

Le mouvement était presque imperceptible, mais Angel vit les épaules de Louis s'affaisser. Cambion était le dernier intermédiaire. A présent, la traque allait devenir beaucoup plus difficile.

— J'ai entendu une rumeur, pourtant...

Louis se raidit. Le jeu commençait. Avec Cambion, il y avait toujours un jeu.

— Et ?
— Que pouvez-vous me proposer en échange ?
— Qu'est-ce que vous voulez ?
— Mourir en paix.
— Quand on vous regarde, ça paraît peu plausible.
— Je veux que le contrat soit annulé.
— Je ne peux pas faire ça.

Cambion, qui avait gardé son pistolet en main pendant toute la durée de la conversation, le posa sur son bureau et ouvrit un tiroir d'où il sortit une enveloppe. Il la fit glisser vers Louis.

— Parler me fatigue, dit-il. Ceci devrait suffire.
— Qu'est-ce que c'est ?
— Une liste de noms. Les pires d'entre les hommes et femmes.
— Ceux dont vous vous êtes servi.
— Oui. Et les crimes dont ils sont coupables. Je veux racheter le contrat avec leur sang. Je suis fatigué qu'on me traque. J'ai besoin de me reposer.

Louis fixa l'enveloppe des yeux, effectuant ses calculs. Finalement, il la prit et la glissa dans la poche de sa veste.

— Je ferai ce que je pourrai.
— Ces noms-là suffiront.
— Oui, je pense que oui. Et maintenant, la rumeur…
— Un homme et une femme. Mariés. Des enfants. De parfaits Américains moyens. Ils n'ont qu'un seul employeur. Une poignée de contrats, mais ils sont très bons.
— Qu'est-ce qui les motive ?
— Pas l'argent. L'idéologie.
— Politique ?
— Religieuse, si ce que j'ai entendu dire est vrai.

— Où ?

— Caroline du Nord, mais ce n'est peut-être plus le cas. C'est tout ce que je sais.

Derrière eux, le géant vêtu de jaune reparut. Il tendit un papier à Louis, sur lequel était inscrit un numéro de portable. La réunion était terminée.

— Bientôt, j'aurai quitté les lieux. Servez-vous de ce numéro pour confirmer que le contrat a été annulé.

Louis mémorisa le numéro avant de rendre le bout de papier à Edmund, qui le fit disparaître dans les replis de sa main gigantesque.

— Il vous reste combien de temps ? demanda Louis à Cambion.

— Qui sait ?

— J'ai l'impression que ça serait miséricordieux de laisser le contrat arriver à son terme.

Edmund s'écarta pour les laisser sortir, et leur emboîta le pas.

— Vous le pensez peut-être, mais je ne suis pas encore prêt à mourir, répondit Cambion.

— Ouais, dit Louis tandis que les rideaux retombaient derrière lui. Et franchement, c'est dommage.

44

Ronald Straydeer avait l'habitude de dormir à la belle étoile. Il l'avait fait dans les jungles du Vietnam, dans les grandes forêts du nord du Maine et à côté de ses champs de marijuana, dans l'Etat de New York, pendant une période d'incompréhension mutuelle avec des collègues planteurs, période qui connut son épilogue lorsque Ronald en précipita un la tête la première dans un trou qu'il s'attacha ensuite à reboucher soigneusement.

C'est pourquoi Ronald comprenait l'importance d'une bonne alimentation et de vêtements adéquats, particulièrement par temps froid. A même la peau, il portait du polypropylène, pas du coton, parce qu'il savait que le coton retient l'humidité et qu'à cause du phénomène de convection l'air froid et l'humidité drainent la chaleur corporelle. Il avait mis une chapka, parce que, lorsque la tête se refroidit, le corps limite la circulation sanguine à ses extrémités. Il bougeait sans cesse, même s'il ne s'agissait que de petits mouvements des bras, des doigts et des orteils, destinés à générer de la chaleur. Il avait apporté beaucoup d'eau et un assortiment de noix, de graines, de barres énergétiques, de viande séchée, de salami et de plats préparés, parce que parfois, un repas chaud est nécessaire – même quand on a l'impression qu'il s'agit de bouffe pour les chats –, ainsi que des boîtes de conserve autochauffantes contenant de la soupe et du café. Il ne savait pas combien de temps il allait passer dans la nature, mais il avait pris quatre jours de vivres, qui dureraient plus longtemps s'il se rationnait. Il était armé d'un fusil de chasse pour lequel il avait un permis, un Browning BAR Mark II Lightweight Stalker, calibre 308. Si besoin était, il pourrait toujours prétendre qu'il chassait l'écureuil ou le lièvre, voire le coyote, même si, avec le Browning, ceux-ci ne laisseraient à la postérité que quelques bouts de fourrure et des souvenirs.

Il avait eu de la chance. La forêt autour de la vieille église était un mélange d'arbres à feuilles caduques et de conifères, même si ces derniers étaient les plus nombreux. Il avait installé son couchage dans le bosquet le plus épais qu'il avait trouvé, et recouvert son duvet de branches. Il avait ensuite effectué une reconnaissance approfondie des lieux, mais sans pénétrer dans le périmètre de l'église – non par superstition, mais simplement parce que si Shaky avait raison l'église était importante, et les gens ont tendance à protéger les lieux qu'ils estiment l'être. Il avait vérifié le portail et la grille, ne voyant rien qui indique la présence de moyens de surveillance électronique, mais il ne souhaitait surtout pas déclencher un détecteur de mouvement caché. Il ne s'était pas non plus risqué en ville. Ronald était un homme imposant, facile à remarquer. D'ailleurs, il aurait probablement l'occasion de visiter la ville bien assez tôt.

Pour passer le temps, il lisait. Il avait apporté un exemplaire de *La Maison d'Apre-Vent*, de Dickens, que Parker lui avait recommandé, autrefois. A l'époque, il l'avait acheté, mais ne s'était jamais décidé à le lire. L'heure semblait venue de s'y mettre, à présent.

Shaky, tout comme Jude avant lui, était persuadé que Prosperous était pourrie, et il en avait à moitié convaincu Ronald avant même que ce dernier ne s'y rende. A Portland, Shaky avait accompagné Ronald à droite et à gauche, posant calmement des questions aux sans-abri à propos de ce qu'ils avaient pu voir dans les jours qui avaient précédé la mort de Jude. Shaky avait le don de calmer les gens. Il ne se montrait jamais menaçant et généralement il était apprécié. Ronald avait songé qu'être en sa compagnie, c'était comme partager celle d'un gentil labrador : un chien âgé, sans doute, mais amical et tolérant. Bien sûr, il n'avait pas fait part de ces réflexions à Shaky. Il ne savait pas trop comment il les aurait prises.

Malgré tous leurs efforts, ils n'avaient rien appris de concret au cours d'une longue journée de recherches et de questions, jusqu'à tomber sur une source improbable : la femme qu'on appelait Frannie, celle que Shaky avait vue discuter avec Brightboy le jour où ce dernier avait tenté de lui fracasser le crâne. En général, Shaky faisait tout son possible pour éviter Frannie, à cause de son caractère plutôt intimidant et de l'image qu'elle lui évoquait invariablement : celle d'un homme qui se fait arracher le nez d'un coup de dents. En revanche, elle ne faisait pas du tout peur à Ronald. Il avait déclaré à Shaky qu'il la connaissait de longue date, depuis une époque où elle avait encore presque toutes ses dents.

« C'est vrai qu'une fois elle a mordu un type et a recraché son nez devant lui ? » lui avait demandé Shaky.

Après tout, Ronald connaissait peut-être la vérité sur la question.

« Non. Ce n'est pas vrai. »

Shaky avait paru soulagé, mais Ronald n'avait pas fini :

« Elle ne l'a pas recraché, elle l'a avalé. »

Shaky avait été à deux doigts de vomir. Au cours de la conversation qui avait suivi, il avait pris grand soin de rester en permanence derrière Ronald. Si elle avait pris goût à la chair masculine, il faudrait qu'elle franchisse ce rempart avant de lui tomber dessus.

Frannie avait paru contente de retrouver Ronald, même si ça s'était moins vu quand elle avait compris qu'il ne vendait plus d'herbe. Usant principalement de mots crus, elle avait pris quelques instants pour lui faire part de la profonde déception que constituait pour elle cette décision. Ronald avait accepté cette opinion sans se plaindre, et lui avait donné le nom de quelqu'un qui pourrait l'aider à trouver de la marijuana, ainsi qu'un billet de vingt pour qu'elle puisse faire bombance.

En échange, Frannie leur avait parlé du couple qu'elle avait vu près de la cave de Jude.

Frannie n'aimait pas se mélanger. Elle évitait les centres d'accueil. Elle était toujours en colère, ou en train de se calmer entre deux colères. Elle n'aimait personne, même pas Jude. Elle ne lui avait jamais rien demandé, et il ne lui avait jamais rien proposé, ayant bien trop de jugeote pour ça. Shaky ne comprenait pas pourquoi elle s'ouvrait à Ronald, même avec le plan beuh et les vingt dollars. Ce n'est que plus tard qu'il comprit : Frannie avait été flattée de l'attention que Ronald lui portait. Ce dernier lui parlait comme il l'aurait fait avec n'importe quelle autre femme. Il se montrait courtois. Il souriait. Il n'avait pas hésité à s'enquérir de la blessure qu'elle avait au bras et lui avait même recommandé quelque chose pour la soigner. Il ne faisait rien de tout ça de façon hypocrite : Frannie s'en serait aperçue aussitôt. Non, Ronald lui parlait comme à la femme qu'elle avait été autrefois et qu'elle était peut-être toujours, au plus profond d'elle-même. Depuis combien de temps cela ne lui est pas arrivé ? s'était demandé Shaky. Des décennies, probablement. Elle n'avait pas toujours été comme ça et, comme tous ceux qui finissent dans la rue, elle n'avait pas choisi ce destin. Tandis qu'elle discutait avec Ronald, Shaky l'avait vue se métamorphoser. Son regard s'était adouci. Elle n'était pas belle et ne le serait plus jamais, si tant est qu'elle l'avait été un jour, mais pour la première fois Shaky voyait en elle autre chose qu'un individu dont il fallait avoir peur. Elle avait baissé la garde, et Shaky avait été frappé par l'idée qu'elle vivait dans une peur permanente, car s'il était difficile pour un homme d'être sans-abri, ça l'était infiniment plus pour une femme. Il l'avait toujours su, mais ça n'était qu'un concept abstrait, qui, en général, ne s'appliquait qu'aux filles plus jeunes, aux adolescentes, à l'évidence les plus vulnérables. Il avait fait l'erreur de penser que d'une certaine façon, pour Frannie, c'était devenu plus facile avec le temps, en tout cas pas plus dur, et là, il se rendait compte qu'il avait eu tort.

Frannie avait raconté à Ronald qu'en passant devant la cave de Jude, la nuit précédant sa mort, elle avait vu une voiture garée en face. Comme elle était toujours prête à tout, et que demander ne coûtait rien, elle avait frappé à la vitre dans l'espoir de récolter un dollar.

« Ils m'en ont donné cinq. Cinq dollars. Juste comme ça.

— Ils t'ont demandé quelque chose en échange ? »

Frannie avait secoué la tête.

« Rien.

— Ils ont demandé si Jude était dans le coin ?

— Non. »

Parce qu'ils étaient déjà au courant, avait songé Shaky. Et qu'ils étaient trop intelligents pour attirer l'attention sur eux en achetant des informations à une vieille sans-abri. Ils lui avaient donné de l'argent – ils s'étaient montrés généreux, mais pas trop –, et elle était partie, les laissant attendre tranquillement que Jude se pointe.

Ronald lui demanda alors ce dont elle se souvenait à leur propos. Elle se rappelait une voiture gris métallisé, des plaques du Massachusetts, mais ça, elle n'en était pas sûre. La femme était jolie, à la façon des femmes qui font tout pour rester en forme quand elles vieillissent et qui finissent avec des rides sur leur visage hâlé, qu'elles auraient pu éviter en se résignant à conserver un peu de chair sur leurs os. L'homme n'avait plus beaucoup de cheveux et portait des lunettes. Il avait à peine jeté un œil sur Frannie. La femme lui avait donné l'argent, et avait répondu à ses remerciements par un bref sourire.

Les informations de Frannie ne constituaient pas grand-chose, si ce n'est une petite récompense pour les efforts qu'ils avaient accomplis toute la journée. Ronald s'apprêtait à dire au revoir à Shaky et à rentrer chez lui. Sur le chemin du retour, il comptait appeler Parker et lui faire part de ce qu'il avait appris. Mais en passant devant un bar sur Congress Avenue, ils avaient vu le visage du privé s'afficher à la télévision. Ils étaient entrés, Ronald avait payé une bière à Shaky, commandant pour lui-même un soda, et ils avaient regardé le bulletin d'infos. Shaky lui avait dit que ça devait avoir un rapport avec Jude et sa fille. Si c'était le cas, alors, ça avait également un rapport avec Prosperous, et donc avec la vieille église.

Voilà pourquoi Ronald se trouvait à présent dans la forêt, en train de manger des plats préparés et de lire Dickens. Même si Shaky se trompait, au moins Ronald essayait-il de faire quelque chose, mais il fallait bien admettre que le sans-abri n'avait pas tort : Prosperous sentait l'embrouille, et la vieille église cent fois plus.

Depuis son arrivée, il n'y avait pas eu beaucoup d'activité. A deux reprises, une voiture de patrouille avait emprunté la route jusqu'à l'église, mais à chaque fois le flic s'était contenté de vérifier le cadenas et de faire rapidement le tour du cimetière. Ronald s'était servi de ses jumelles pour relever le nom du flic sur son badge : Morland.

A part ça, l'unique visiteur fut un homme grand, la quarantaine, une calvitie naissante, vêtu d'un jean, de bottes et d'une veste en daim marron. Il arriva au cimetière par le nord-ouest, et son apparition devant l'église surprit Ronald. La première fois, Ronald le vit ouvrir la porte du bâtiment et y entrer, mais il n'y resta qu'à peine quelques instants. Ronald songea qu'il devait s'agir du pasteur, Warraner. Parker avait parlé de lui à Shaky, ainsi que du chef de la police, Morland. D'après Shaky, Jude et Parker avaient eu des mots avec ces deux-là. Ronald ne suivit pas Warraner quand ce dernier quitta les lieux, mais par la suite il trouva le sentier qui menait de l'église à la maison du pasteur. Mieux valait savoir d'où il venait.

Le pasteur refit une courte apparition le premier jour, peu avant le coucher du soleil, avec une pelle et un râteau. Il entreprit d'enlever les mauvaises herbes dans une zone située à une quinzaine de mètres du mur ouest de l'église. Ronald le regardait à travers ses jumelles. Quand Warraner eut terminé, un trou d'une soixantaine de centimètres de diamètre apparut. Alors, le pasteur s'en alla, apparemment satisfait, et Ronald ne l'avait pas revu depuis.

A présent, l'obscurité gagnait à nouveau, et Ronald se préparait à passer une autre nuit dans la forêt lorsqu'une voiture arriva. Elle approchait lentement, tous feux éteints, et s'arrêta bien avant les grilles du cimetière. Deux hommes en sortirent. Ronald les observa à l'aide de ses jumelles à vision nocturne Armasight. L'un d'eux était Morland, en civil cette fois-ci. L'autre, un vieil épouvantail vêtu d'un long manteau et d'un chapeau de feutre. Ils ne dirent pas un mot tandis que Morland déverrouillait la grille. Puis ils entrèrent.

Un second véhicule, un break, se présenta. Morland et l'épouvantail s'arrêtèrent pour le regarder arriver. Il se rangea le long de la première voiture et une femme âgée en sortit, côté conducteur, ainsi que deux autres hommes installés à l'arrière, dont l'un, qui portait un masque à oxygène sur le visage et une bouteille dans le dos, dut recourir à l'aide de la femme et de son compagnon. Soutenu par les deux autres, il pénétra dans le périmètre de l'église.

Finalement, le pasteur apparut, venant du nord-ouest. Il n'était pas seul. Une jeune fille de dix-huit ou dix-neuf ans vêtue d'une veste rembourrée passée au-dessus d'une chemise de nuit, des baskets délacées aux pieds, marchait à côté de lui. Elle avait les mains attachées dans le dos, du ruban adhésif sur la bouche. A sa droite, un autre homme, âgé d'une dizaine d'années de plus que le pasteur, tenait la jeune fille par le bras, au-dessus du coude, la guidant de façon qu'elle ne trébuche pas sur les vieilles pierres tombales. Il murmurait et souriait. La fille ne se débattait pas et ne tentait pas de s'enfuir. Ronald se demanda si elle était droguée, car elle avait les yeux mi-clos et elle traînait des pieds.

Ils l'emmenèrent du côté du mur ouest, là où Warraner avait débroussaillé les mauvaises herbes plus tôt dans la journée. Ronald essaya de s'approcher, mais il ne voulait pas prendre le risque de se faire repérer en faisant du bruit. Il se contenta de se redresser légèrement pour mieux distinguer ce qui se passait. La nuit était calme et claire. Quand il écoutait attentivement, il entendait les voix des membres du groupe porter jusqu'à lui. Warraner dit à la fille de s'arrêter, qu'ils étaient presque arrivés. L'homme qui la tenait par le bras l'aida à s'agenouiller, et les autres formèrent un demi-cercle autour d'elle, la masquant pratiquement au regard de Ronald. Une lame apparut, Ronald retint son souffle. Il posa les jumelles et prit son fusil, dont il bascula la lunette de visée en mode nocturne. La lunette n'était pas aussi puissante que les jumelles et ne lui donnait pas une vision aussi large de la scène, mais si quelqu'un tentait de planter ce couteau dans cette fille, flic ou pas flic, il allait l'abattre avant que le métal touche sa peau. Le Browning était à rechargement automatique, ce qui lui donnait quatre coups de feu avant de devoir faire une pause.

Cependant, ils se servirent du couteau pour couper les liens qui entravaient les mains de l'adolescente. Ronald les vit tomber à côté d'elle, puis l'homme qui l'avait guidée lui ôta sa veste, ne lui laissant que sa chemise de nuit pour se protéger du froid. Dans la lunette de visée, elle ressemblait à un fantôme blafard. Il visa l'homme qui tenait la lame et attendit, mais celui-ci la rangea, et aucun des autres n'était armé.

Ils reculèrent, masquant partiellement la fille. Néanmoins, il distinguait toujours sa chemise de nuit, une tache blanche sur le fond noir. Il déplaçait sa lunette de visée d'un dos à l'autre, à l'affût d'un mouvement, attendant que l'un d'eux sorte une arme ou s'approche de la fille, mais personne ne bougeait. Ils avaient l'air d'attendre.

Ronald pointa sa lunette sur ce qu'il apercevait encore de la fille. Une ombre de la largeur d'un doigt rampa sur le blanc de sa chemise de nuit, comme si la lune avait éclairé une branche en surplomb.

Mais il n'y avait pas de branche, et il n'y avait pas de lune.

Une seconde apparut, puis une troisième, comme des craquelures sur de la glace. Soudain, il y eut du mouvement, un brouillard de blanc, puis un craquement sourd, comme une branche qui se brise. Les silhouettes se regroupèrent, masquant la jeune fille à Ronald l'espace d'un instant.

A présent, ils se dispersaient. Warraner partit en direction de chez lui, tandis que l'homme qui l'accompagnait retournait avec les autres vers les voitures. Quelques minutes plus tard, les grilles étaient de nouveau closes et les voitures s'éloignaient vers la route principale, leurs feux toujours éteints.

Ronald attendit un quart d'heure, puis se dirigea vers le cimetière. Il grimpa par-dessus la grille sans se soucier d'un quelconque détecteur de mouvement et s'approcha de l'endroit où il avait vu la jeune fille pour la dernière fois. S'agenouillant, il vit des traces, comme si l'on avait remué la terre. Des mottes avaient été arrachées, bien que le sol fût sec, et des sillons dans la poussière semblaient indiquer qu'on avait traîné quelque chose. Ils convergeaient là où le trou s'était trouvé, mais à présent, celui-ci s'était refermé. Il n'en subsistait qu'un léger creux dans le sol.

Ronald posa son fusil et commença à gratter la terre à mains nues. Il creusa jusqu'à ce qu'un de ses ongles se casse, mais ne trouva aucune trace de l'adolescente, rien que de la terre et des grosses racines, dont Ronald ne comprenait pas bien d'où elles pouvaient venir, car il n'y avait pas d'arbres dans le cimetière. Il s'assit par terre, le souffle court. Au-dessus de lui, la vieille église se dressait, menaçante.

Sur le sol, il remarqua quelque chose de pâle, le prit entre ses doigts. Un petit bout de tissu d'un centimètre de côté environ, accroché à une brindille.

Je ne suis pas fou, se dit-il. Je ne suis pas fou.

Il ramassa son fusil et piétina la terre pour dissimuler le fait qu'il avait creusé. Quand il considéra qu'il avait fait tout ce qu'il pouvait, il rejoignit sa cachette, ramassa ses affaires et se prépara à partir. Il vérifia qu'il ne laissait rien derrière lui, ni objet ni détritus, même s'il se connaissait assez pour savoir que ce n'était pas son genre. Néanmoins, il valait mieux prendre le temps de s'en assurer. Quand il eut terminé, il se mit en marche. Il n'était pas encore 23 heures. En progressant prudemment, il atteignit Dearden peu avant minuit, et s'accroupit contre un arbre aux abords de la ville, s'installant aussi confortablement que possible. Il composa un numéro, mais ce n'était pas le 911. Il but une tasse de café pour se réchauffer, ce qui ne l'empêcha pas de continuer à frissonner, et quand le pick-up arriva, tout son corps lui faisait mal.

Les frères Fulci l'aidèrent à grimper dedans et le ramenèrent à Scarborough.

45

La voiture d'Angel et Louis était garée à l'intersection d'Amity Street et de Henry Street, à environ quatre pâtés de maisons au sud de Hunts Lane. Ils discutaient tout en marchant, la tête baissée à cause de la pluie.
— Alors ? demanda Angel.
— Il ne nous dit pas tout ce qu'il sait.
— Mais tu crois ce qu'il nous a dit ?
— Oui.
— Pourquoi ?
— Parce qu'il a quelque chose à gagner à ne pas tout nous dire, mais rien à nous mentir, et c'est un homme qui considère toujours son intérêt, qui calcule constamment si la cote est en sa faveur. Il n'était pas l'intermédiaire du contrat sur Parker, mais il a plus d'informations qu'il ne veut bien l'admettre sur qui est le responsable.
— Tu sais tout ça juste en le regardant droit dans les yeux…
— Je comprends cet homme-là. Et je sais qu'il a peur de moi.
— Ça fait de lui le membre d'un club assez ouvert.
— Oui, mais tous les membres de ce club ne disposent pas des ressources nécessaires pour s'attaquer à l'un de mes amis. Cambion, si. Cependant, il est assez

intelligent pour comprendre que s'il s'impliquait là-dedans, il devrait aussi me descendre, et ça, ça ne s'est pas produit.

— Ce qui veut dire que les tueurs ne te connaissent pas, ou qu'ils s'en foutent.

— Et tu sais bien que ça ne peut pas être la seconde hypothèse.

— Que Dieu nous en préserve. Tu n'aurais plus de raisons de continuer à vivre.

— Exactement.

— Alors, quelles sont les informations sur les tueurs que Cambion garde pour lui ?

— Leurs noms. Cambion ne donne pas dans le commerce de rumeurs. Il les a peut-être croisés à l'occasion. Il a peut-être même tenté de les recruter.

— Et comme toi, ils ont décliné.

— Mais, contrairement à moi, ils semblent être des fanatiques religieux.

— C'est vrai. Personne ne pourrait t'accuser d'encombrer les églises de ta présence, sauf si tu devais flinguer une grenouille de bénitier. Du coup, Cambion va attendre que tu annules le contrat sur sa tête avant de t'en dire plus ?

— En théorie, je pense que c'est ça.

— Et tu peux le faire ? Tu peux l'annuler ?

— Non. C'est allé trop loin. Il y a trop de gens qui ont intérêt à le voir mort, soit à cause de ce qu'il a fait, soit à cause de ce qu'il sait.

— Mais s'il est aussi intelligent que tu le dis, il devrait le comprendre, non ?

— Probablement.

— Alors, c'est quoi le truc ?

— Il essaie de gagner du temps. Comme je te l'ai dit, il calcule si la cote est en sa faveur. Je pense qu'il sait pertinemment qui nous recherchons, alors à présent il tente de déterminer si les gens qu'on a envoyés buter Parker sont plus dangereux que moi. Si c'est le cas, il pourra me vendre à eux en échange de ce dont il a besoin : de l'argent, une planque ou, plus vraisemblablement, la tête de ceux qui veulent sa peau. Si Cambion juge que les tueurs ne sont pas assez bons pour m'avoir, alors il nous les balancera, mais il attendra qu'on ait plus à lui offrir. Je ne pense pas qu'il mentait quand il disait qu'il voulait finir ses jours en paix. Il veut que sa protection soit garantie, et il sait bien qu'à moi tout seul je ne peux pas lui donner ça.

Angel prit le temps de réfléchir là-dessus.

— Les fédéraux, dit-il au bout d'un moment. Il veut la protection du gouvernement.

— Oui, les fédéraux.

— Mais on n'en connaît qu'un seul.

— C'est vrai.

— Et il ne nous aime pas.

— Non. Mais en cet instant, je dirais qu'il s'intéresse beaucoup à nous.

— Comment tu peux en être sûr ?

— Parce que je me dis que c'est lui qui nous suit depuis tout à l'heure.

— La grosse Ford bleue ? Je me demandais justement qui ça pouvait bien être. Il pense peut-être qu'on ne l'a pas repéré.

— Je crois qu'il s'en fout.

Louis descendit sur la chaussée devant la voiture qui les suivait au pas, mit ses doigts entre ses lèvres et siffla, l'obligeant à freiner à quelques mètres de lui.

— Taxi ! cria-t-il.

Derrière les essuie-glaces, l'agent Ross, du FBI, lui sourit. Ses lèvres bougèrent sans émettre de son, tandis qu'Angel, rejoignant Louis, mettait sa main en pavillon contre son oreille.

— « Fils de quoi » ? dit-il.

La deuxième fois, Ross cria le mot, pour qu'il n'y ait pas de confusion possible.

Ils prirent place dans la salle du Henry's, où chacun commanda une Brooklyn Brown Ale. Cela semblait approprié, vu le quartier. Ils étaient pratiquement seuls dans le bar, vu l'heure.

— C'est moi qui paye, dit Ross quand on leur apporta leurs bières. Ça craint déjà assez que je m'assoie avec vous, je ne voudrais pas qu'en plus on m'accuse de corruption…

— Hé, c'est pas comme ça que cet agent de Boston s'est fait choper, celui qui était proche de Whitey Bulger ? demanda Angel. T'es en train de boire un coup avec tes potes, et la seconde d'après, t'en prends pour quarante ans…

— Pour commencer, on est pas potes.

— Ça me blesse, ça, répondit Angel. Comment je vais faire, maintenant, pour faire sauter mes amendes ?

— C'est le NYPD qui s'en occupe, tête de nœud.

— Ah bon ?

Angel but une gorgée de bière.

— Mais admettons que je me gare où j'ai pas le droit à Washington ?

— Va te faire foutre.

— Vous savez, vous êtes plus vulgaire que les fédéraux dans les séries télé.

— Je suis vulgaire juste quand je suis stressé.

— Vous devez être très stressé, là.

Ross se tourna vers Louis.

— Il est toujours comme ça ?

— Pratiquement.

— Je ne pensais pas dire ça un jour, mais tu dois être un saint.

— Je crois aussi, répondit Louis. Mais il est utile, de temps à autre.

— Je ne tiens pas à en savoir plus sur la question, fit Ross avant de boire une grande gorgée au goulot. Vous êtes passés le voir ? reprit-il.

— Parker ?

— Non, le pape. A ton avis, de qui je pourrais bien parler ?

Angel et Louis échangèrent un regard. Angel voulait monter dans le Maine, mais Louis n'était pas d'accord. Il lui semblait qu'ils seraient plus utiles à Parker en restant à New York. Il avait raison, bien sûr, mais Angel avait du mal à accepter l'idée. Il aimait bien Parker, vraiment, et si ce dernier devait ne pas s'en sortir, Angel aurait bien voulu lui faire ses adieux.

— Non, répondit Louis. Il paraît qu'il est mourant.

— C'est ce que j'ai entendu dire.

— C'est vrai ?

— Il est comme les chats : il a neuf vies. Par contre, je ne sais pas combien il en a déjà perdu.

Ils laissèrent planer la remarque, le temps de boire un peu de bière.

— Qu'est-ce que vous voulez, agent Ross ? demanda enfin Louis.

— D'après ce que j'ai compris, vous êtes en train de retourner la ville pour trouver qui lui a tiré dessus. Je me demandais où vous en étiez.

— C'est une proposition d'échange d'informations ? Si c'est ça, vous allez être déçu.

— Je sais chez qui vous étiez, dans Hunts Lane.

Louis cligna des yeux. Pour lui, c'était la marque d'une surprise extrême, l'équivalent d'un évanouissement, pour le commun des mortels. Ross s'en aperçut.

— Tu nous prends vraiment pour des billes ?

— C'est une question pour la forme ?

— Tu veux voir le dossier que j'ai sur toi ?

Louis laissa passer la question.

— Vous le surveillez depuis combien de temps ? demanda Angel.

— Depuis qu'il est revenu en ville. A quoi il ressemble, ces jours-ci ? On n'a pas pu prendre une bonne photo de lui. Sur les dernières qu'on a, il n'a pas l'air au mieux.

— Je crois qu'il galère un peu pour se trouver des rencards, répondit Louis.

— Il est impliqué ?

Ross les dévisagea, attendant la réponse. Il était très patient. Une minute entière s'écoula, mais ça ne semblait pas le déranger.

— Non, finit par répondre Louis. Pas directement, en tout cas.

— Vous aviez prévu de l'arrêter ? demanda Angel.

— On n'a que des ragots sur lui. On a entendu dire qu'il y a une prime à la clé pour celui qui lui fera faire le grand saut, répondit Ross.

Son regard se fixa sur Louis.

— Je me suis dit que t'avais peut-être besoin de liquide, en ce moment.

— Vous vous trompez de mec, dit Louis.

— A l'évidence.

— Vous nous avez écoutés ?

— J'aurais bien aimé. Il n'a pas mis les pieds dehors depuis qu'il s'est installé dans cette vieille boutique. Il n'y a pas de téléphone fixe, et s'il se sert de portables, ce sont des jetables. Il mène toutes ses affaires loin des fenêtres, ce qui nous empêche d'enregistrer les vibrations des vitres, spécialement avec tous ces rideaux.

— Et ?

— Je dirais qu'il tente une approche informelle en vue de faire annuler le contrat sur sa tête. C'est ça ?

A nouveau, Louis attendit un moment avant de répondre. Angel ne pipa mot. Si des infos devaient être troquées, c'était à Louis de décider ce qu'il donnait, et ce qu'il voulait en échange.

— C'est vrai, dit Louis. Vous envisagez de lui proposer un marché ?

— On pense qu'il connaît pas mal de secrets.

— Il vous saignera pour chacun de ceux qu'il vous révélera, et vous ne réussirez jamais à le faire témoigner.

— C'est peut-être pas ce qu'on veut. Peut-être qu'on veut juste des noms. Notre boulot, ce n'est pas simplement de mettre des gens derrière les barreaux. C'est aussi d'avoir certaines infos.

Angel pensa à la liste de noms qui se trouvait dans la poche de Louis. Elle avait peut-être de la valeur. Ou peut-être pas. Vraisemblablement, la vérité devait se trouver quelque part entre les deux.

Ross finit sa bière le premier et brandit la bouteille en direction de la serveuse, pour commander une autre tournée, même si Louis avait à peine touché à la sienne.

— J'ai entendu dire qu'il avait essayé de t'enrôler, dans le temps, lâcha Ross.

— C'est pas si vieux que ça.

— T'as pas mordu ?

— Tout comme vous, il semblait avoir une opinion erronée de ce que je fais pour gagner ma vie.

— Et tu n'avais pas l'air de l'apprécier.

— Il n'y avait déjà pas grand-chose d'appréciable chez lui. Maintenant, il y en a encore moins, tellement il a pourri sur pied.

La seconde tournée arriva, mais aucun des trois ne fit un geste vers les bières. Angel sentit que la négociation, quelle qu'elle soit, venait d'atteindre un point crucial, même si, pour ce que lui-même en comprenait, rien ne semblait avoir vraiment progressé. Les négociations, ce n'était pas son fort, à Angel. Il ne risquait pas trop d'être recruté par l'ONU.

— Je vous pose à nouveau la question, dit Louis. Qu'est-ce que vous voulez de moi, agent Ross ?

Il fixa Ross comme un serpent qui cherche à hypnotiser sa proie avant de frapper. Ross ne cilla pas. Il avait adopté l'approche « trois types discutent en buvant une bière », mais ça n'avait pas marché. Il le savait probablement avant, mais ça ne coûtait rien de tenter le coup. Sous l'œil d'Angel, Ross se métamorphosa : il se redressa sur son siège, son expression se durcit et il sembla rajeunir de plusieurs années. Angel comprit alors pourquoi Parker s'était toujours montré si prudent avec Ross. Comme Cambion, ce dernier était une créature qui avançait masquée, le dépositaire de beaucoup de secrets.

— Je suis venu te prévenir que je ne vais pas tolérer une campagne de vengeance, même si c'est pour ton pote. Je ne vais pas la tolérer parce qu'elle pourrait interférer avec mon boulot, si je considère tes méthodes avec un peu de recul. Chaque homme et chaque femme que tu vas buter, c'est une source de moins pour mon enquête. Ce n'est pas comme ça que ce truc-là fonctionne.

— Et qu'est-ce qu'on voit d'autre, quand on prend un peu de recul, agent Ross ? demanda Angel. C'est quoi, « ce truc-là » ?

— C'est la traque de quelque chose qui se cache depuis avant l'apparition de la vie sur cette planète, répondit Ross. Une entité, enfouie sous terre depuis longtemps. Ça te va, comme recul ?

Angel prit sa bière.

— Vous savez, dit-il. Je crois que je vais la boire, finalement.

Il descendit d'un coup la moitié de la bouteille.

— Et vous y croyez, à l'existence de cette... « entité » ? demanda Louis.

— Ce que je crois n'a aucune importance. L'important, c'est ce que croient ceux qui la cherchent, et le chaos qu'ils ont créé – et qu'ils créeront encore – jusqu'à ce qu'on les arrête.

— Alors, vous voudriez qu'on se retire et qu'on reste là sans rien faire ? demanda Louis.

— Je ne suis pas idiot. Ne rien faire, c'est pas ton genre. Je veux une coopération. Tu partages ce que tu trouves.

— Et ensuite, vous nous dites si on peut agir ? Ça m'a l'air d'être le plus mauvais deal depuis que les Indiens se sont fait baiser en vendant Manhattan...

— Ça semble aussi un bon moyen de se retrouver en prison, ajouta Angel. On pourrait tout aussi bien vous signer nos aveux à l'avance. On vous dit ce qu'on compte faire, et vous répondez : « C'est une idée géniale ! Allez-y, les gars ! » Ensuite, on se retrouve tous les deux à se regarder en chiens de faïence devant un juge.

— Il n'a pas tort, renchérit Louis. Dans ces conditions, pas de deal.

A sa décharge, Ross ne parut ni trop surpris ni particulièrement déçu. Il tira une enveloppe en kraft de sa poche, prit l'unique photo qui se trouvait dedans et la posa sur la table. On y voyait un symbole en forme de fourche, sommairement gravé dans un morceau de bois. Angel vit immédiatement de quoi il s'agissait : le signe des Croyants. Parker avait croisé leur chemin par le passé. Angel et Louis aussi. Les Croyants n'avaient pas apprécié la rencontre.

— Elle a été prise où ? demanda Angel.

— Chez Parker, tout de suite après la fusillade. Maintenant, vous comprenez pourquoi je vous demande d'avancer avec précaution ?

Louis fit pivoter la photo à l'aide de sa bouteille de bière, afin de mieux la voir.

— Oui, dit-il. Bien sûr.

A son tour, il tira une enveloppe de sa poche et la tendit à Ross sans un mot. Celui-ci l'ouvrit et jeta un coup d'œil à la liste de noms, de lieux et de dates tapés à la machine. Il n'avait pas besoin que Louis lui explique ce que c'était.

— Ça vient de Cambion ? demanda-t-il.

— Oui.

— Pourquoi il t'a donné ça ?

— Il pense que je pourrais servir de médiateur dans les négociations à propos de son contrat.

Ross plia la liste et la remit dans l'enveloppe.

— Pourquoi est-ce que tu me la donnes ?

— C'est ce que vous vouliez, non ?

— Oui.

— Maintenant, vous n'avez plus besoin de faire un marché avec lui, et vous pouvez arrêter de le surveiller.

— Pour le laisser à ta merci.

— Je n'en aurai pas pour lui.

— Est-ce que ça me concerne ?

— Je ne vois pas en quoi.

Ross posa l'enveloppe en équilibre sur la paume de sa main droite, comme s'il comparait son poids au coût de cet acte pour son âme.

— Tu es allé voir Cambion parce que tu penses qu'il sait quelque chose à propos du contrat sur Parker. Je parie un dollar tout neuf qu'il t'a fait saliver avec l'apéritif, mais que tu es convaincu qu'il y a un plat de résistance. Ta partie du deal, c'était de négocier pour lui. Ne te fatigue pas à me dire si je suis chaud. Je ne voudrais pas que tu aies l'impression de te compromettre.

— Je suis loin d'avoir cette impression, agent Ross.

— Sauf que maintenant tu n'as plus rien.

— Excepté une porte ouverte sur Cambion, sans interférence, si jamais j'en ai besoin. On est d'accord ?

L'enveloppe resta sur la paume de Ross quelques secondes de plus, puis disparut dans sa poche.

— On est d'accord. Et Parker ?

— Si ça nous mène aux Croyants, je vous le ferai savoir par l'intermédiaire d'Epstein, le rabbin. Sinon, vous ne vous mêlez pas de nos affaires.

— T'es un fils de pute arrogant, tu le sais ?

— Au moins, vous ne me traitez pas de prétentieux. Ça aurait pu provoquer un sérieux désaccord entre nous.

Ross se leva et posa un billet de vingt sur la table.

— Messieurs, c'est un plaisir de faire affaire avec vous.

— Idem, dit Louis.

— Vous êtes sûr que vous ne pouvez rien faire pour mes amendes ? demanda Angel.

— Va te faire foutre.

— Je garde quand même votre numéro, répondit Angel. Juste au cas où.

46

Angel et Louis ne dirent plus rien jusqu'à chez eux, Louis craignant que Ross n'ait fait placer un micro dans leur voiture histoire de protéger ses arrières, même si une fouille approfondie de l'habitacle n'avait rien donné. Ce n'était pas grave : Louis n'avait pas survécu aussi longtemps en se montrant imprudent, et Angel n'avait rien de plus urgent à faire que fouiller une voiture à la recherche d'un micro, du moins, c'est ce que Louis déclara.

Mme Bondarchuk, la vieille dame qui vivait dans l'appartement en dessous du leur, les accueillit à leur retour. Elle était leur unique locataire, ainsi que leur unique voisine, l'immeuble étant la propriété d'une des sociétés-écrans de Louis. Mme Bondarchuk avait des loulous de Poméranie auxquels elle prodiguait tout son amour et toute son attention, étant donné que M. Bondarchuk était parti depuis longtemps pour un monde meilleur. Pendant de longues années, Angel et Louis avaient pensé que M. Bondarchuk était décédé, mais, récemment, il était apparu que M. Bondarchuk avait simplement déménagé en 1979, et que ledit monde meilleur se trouvait à Boise, dans l'Idaho. Mme Bondarchuk ne regrettait pas son mari. Elle expliqua que s'il n'était pas parti elle aurait fini par le tuer. Les loulous de Poméranie le remplaçaient de façon très satisfaisante, malgré leur propension à japper, même si Mme Bondarchuk possédait exclusivement des mâles, qu'elle castrait en outre à la première occasion, fait qui suggéra à Angel et à Louis que Mme Bondarchuk avait peut-être conservé un certain ressentiment envers M. Bondarchuk. Mme Bondarchuk excusait le caractère bruyant des loulous de Poméranie en avançant que cela faisait d'eux d'excellents chiens de garde, et qu'à eux seuls ils faisaient office de système d'alarme. Louis prenait ça de bonne grâce, même si l'immeuble était déjà doté d'un système d'alarme à rendre jaloux un gouvernement et qu'en général seul un gouvernement pouvait s'offrir.

Quelques années auparavant s'était produit ce que Mme Bondarchuk persistait à appeler « l'événement déplaisant », c'est-à-dire une tentative d'effraction violente dans l'immeuble, laquelle s'était soldée par la mort des assaillants. L'incident n'était pas allé jusqu'aux oreilles de la police, car, comme Angel l'avait expliqué à Mme Bondarchuk en dégustant un gâteau au chocolat accompagné d'un verre de lait, il était parfois important d'éviter d'attirer l'attention des forces de l'ordre, d'autant que ces dernières ne comprenaient pas toujours qu'à l'occasion il fallait répondre à la force par la force. Mme Bondarchuk, assez âgée pour se souvenir de l'arrivée des nazis dans son Ukraine natale et de la mort de son père pendant le siège de Kiev, se montra très réceptive à ce point de vue. Elle déclara à un Angel stupéfait que sa mère et elle avaient transporté des armes pour les résistants ukrainiens et qu'elle avait observé de loin comment sa mère et quatre autres veuves castraient et tuaient un membre du bataillon de police allemand Ostland qui avait eu la mauvaise fortune de tomber entre leurs mains. A sa manière, en tant que Juive dont le peuple avait été massacré à Minsk, à Kostopil et dans la forêt de Sossenki, elle comprenait l'importance de dissimuler un secret aux autorités et la nécessité de commettre un acte violent pour lutter contre des dégénérés. Depuis cet incident, elle s'était montrée encore plus protectrice envers ses deux voisins, lesquels ne lui facturaient qu'un loyer symbolique et s'assuraient qu'elle bénéficie de tout le confort nécessaire.

Une fois qu'ils eurent salué Mme Bondarchuk et se furent assurés que l'immeuble était sécurisé, Louis servit deux verres de meerlust rubicon, un rouge d'Afrique du Sud, et la conversation dériva vers les événements de l'après-midi. Aux fenêtres, des bourrasques de neige masquaient la vue, mais sans grand enthousiasme, comme les derniers coups de feu d'une armée en déroute. Louis ôta sa veste et remonta ses manches de chemise. Elle était d'un blanc immaculé, et aussi lisse que lorsqu'il l'avait enfilée. Angel était toujours étonné de constater à quel point son partenaire restait impeccable en toutes circonstances. Lui-même froissait une chemise rien qu'en la regardant. La seule façon qu'il aurait eue de parvenir au même résultat que Louis aurait été de l'amidonner au point qu'elle devienne aussi rigide que le plastron d'une armure.

— Pourquoi tu as donné cette liste de noms à Ross ? demanda-t-il.

Il n'y avait pas la moindre trace de reproche dans sa voix. Simplement de la curiosité.

— Parce que je n'aime pas Cambion, et que je serai content quand il sera mort.

Louis fit tourner le vin dans son verre.

— Tu n'as rien remarqué d'étrange dans son petit Berghof ? ajouta-t-il.

— Si je savais ce que c'est, je pourrais peut-être répondre. J'imagine que tu parles de cette vieille boutique.

— Ta culture a beaucoup de marge pour se développer...

— Eh bien, ça te donne un objectif. Et pour répondre à ta question, dans le petit Machin-Chose de Cambion, tout était étrange.

— J'ai compté trois bols, dont un en plastique. Mais je n'ai compté que deux personnes.

— Le troisième traînait peut-être depuis le repas précédent.

— Peut-être.

— Mais ce n'est pas ton avis.

— C'était un endroit vétuste et bizarre, mais bien rangé. A part ces bols.

— Un bol en plastique... Tu crois qu'il héberge un enfant, là-dedans ?

— Je ne sais pas. Je pense simplement qu'Edmund et lui ne sont pas les seuls à se terrer dans ce trou.

— Tu envisages d'y retourner pour tirer les choses au clair ?

— Pas encore. Nous avons d'autres priorités.

— En parlant de ça : tu as donné la liste à Ross, mais qu'est-ce qu'on a obtenu en échange ?

— Nous savons que les Croyants n'ont rien à voir avec le contrat sur Parker.

Angel se demanda si le vin et les deux bières qu'il avait bues un peu plus tôt n'avaient pas fini de détruire ses neurones déjà pas bien vaillants : Ross leur avait montré une photo, non ? Avait-il menti ?

— Et la photo ?

— Elle ne signifie rien. C'est une fausse piste. Ces gens, qui qu'ils soient, ne signent pas leurs crimes. On ne voit ça que dans les romans de gare. Tu crois que j'ai déjà buté un type en laissant ma carte de visite au motif que ça paierait de se faire un peu de pub ?

Angel en doutait, mais allez savoir…

— Tu crois que Ross se dit que c'est une fausse piste ?

— Fausse piste ou pas, il s'en moque. C'est un clou de plus dans leur cercueil, et il se fout de savoir qui c'est qui le plante.

— On ne dit pas « qui c'est qui », le reprit Angel. Grammaticalement, ce n'est pas très correct, tu sais ?

Louis n'était pas le même en public et en privé, et parfois, il oubliait quel rôle il était en train de jouer.

— Cet enculé de Ross avait raison quand il parlait de toi, tu sais ?

— Ross ne peut même pas faire sauter une amende, c'est lui-même qui l'a dit. Alors qu'est-ce qu'on fait ? On retourne voir Cambion pour lui annoncer qu'on a vendu son avenir aux fédéraux, ou on lui ment et on prétend que tu cherches toujours à annuler son contrat ?

— Ni l'un ni l'autre. J'ai des contacts en Caroline. S'il y a un couple qui opère dans le secteur, certaines personnes seront au courant.

— Pas s'ils font attention. Pas s'ils ne travaillent pas pour le fric, mais pour un objectif plus ou moins judicieux.

— Comme nous, tu veux dire ?

— Exactement comme nous, religion mise à part.

— Ouais… Eh bien, regarde à quel point on a été durs à trouver. Il n'y a pas si longtemps, des fils de pute ont essayé de faire sauter la porte de l'immeuble avec des explosifs, et cette nuit Ross aurait pu nous rouler dessus s'il l'avait voulu. On les aura, peu importe le temps que ça nous prendra.

— Et ensuite ?

— On les fera parler.

— Et après ?
Louis but une gorgée de vin. Il était bon.
— On les tuera.

Au moins deux des hypothèses de Louis étaient correctes. On peut retrouver même l'homme le plus prudent, à condition d'y mettre suffisamment d'acharnement et de ressources. L'individu trempé qui se tenait à un coin de rue dans l'Upper West Side, là où les pauvres s'offrent à la vue des riches et, plus inquiétant pour ceux qui craignent un effondrement imminent de notre société, les riches à celle des pauvres, avait passé beaucoup de temps et dépensé beaucoup d'argent à établir où Angel et Louis habitaient. En fin de compte, c'était l'attaque dirigée contre leur immeuble – « l'événement déplaisant » qui avait créé des liens entre Angel et Mme Bondarchuk – qui avait attiré son attention. Louis avait fait tout son possible pour que la police n'apprenne pas ce qui s'était produit, mais l'homme posté à l'angle de la rue représentait une forme alternative de loi et de justice, et de tels incidents étaient très difficiles à dissimuler à ses yeux et à ceux de son père.
Le Collectionneur alluma sa cigarette en protégeant de ses mains la flamme de l'allumette, puis se mit à fumer en la tenant entre le pouce et l'index, l'abritant de l'humidité avec ses autres doigts. Il était arrivé juste quand Louis et Angel pénétraient dans l'immeuble. Il ne savait pas d'où ils venaient, mais se doutait qu'ils traquaient les auteurs de l'agression contre le privé. Le Collectionneur admirait leur détermination, leur concentration : pas de voyage dans le Nord au chevet du privé, pas de brassage d'air inutile à la manière de ceux qui ont du chagrin sans moyens ou une colère sans objet. Ils avaient même mis de côté sa propre traque pour se concentrer sur leur priorité la plus immédiate.

Le Collectionneur se doutait que c'était Louis qui donnait l'impulsion principale, mais il ne fallait pas sous-estimer son amant. Les tueurs dénués d'émotions survivaient rarement très longtemps. Le truc, c'était de contrôler ses états d'âme, pas de les étouffer. L'amour, la colère, le chagrin – c'étaient des armes, chacun à leur façon, et il fallait les maîtriser. Le dénommé Angel aidait Louis à le faire. Sans lui, ce dernier serait mort depuis longtemps.

Cependant, Angel aussi était dangereux. Louis évaluait les risques et, quand la situation ne lui semblait pas à son avantage, il attendait une meilleure occasion pour frapper. Le logicien en lui tenait toujours la barre. Angel était différent. Une fois qu'il avait pris la décision d'agir, il s'attaquait à sa proie, encore et encore, jusqu'à ce qu'elle ou lui-même succombe. Il savait comment canaliser ses émotions pour en faire des armes. Ce genre de force, ce genre de détermination, ne devait pas être sous-estimé. La plupart des gens ne se rendent pas compte que l'issue d'un combat se décide au cours des premières secondes, pas au cours des dernières. Afficher sa détermination, même face à plus fort que soi, est un grand pas vers la victoire finale.

Néanmoins, pour le Collectionneur, le plus étrange était de prendre conscience qu'il avait fini par admirer ces deux hommes. Tandis qu'ils le pourchassaient, détruisant l'une après l'autre les planques qu'il avait aménagées avec tant de soin, il avait été impressionné par leur férocité et leur ruse. Certes, le Collectionneur avait tué l'un d'eux, mais cela avait été une erreur. Il s'était laissé submerger par ses émotions, et il acceptait d'en payer le prix : la perte de ses planques. Cependant, il commençait à se lasser de cette traque. Afin de négocier une trêve, il avait dans l'idée de donner à ces deux hommes ce qu'ils cherchaient. Si ça ne suffisait pas, eh bien… Il avait un travail à faire, et leur traque lui mettait des bâtons dans les roues. La menace qu'ils constituaient, le temps et les efforts qu'ils lui demandaient pour la combattre, ainsi que le fait qu'ils détournaient son attention de ses véritables objectifs permettaient à des hommes et des femmes particulièrement pervers de poursuivre leurs malversations envers les plus faibles. Des verdicts étaient en attente. Et sa collection en manque de nouveaux objets.

Il appela Eldritch d'une cabine. Passant outre aux objections du vieil homme, le Collectionneur avait engagé une infirmière pour s'occuper de lui pendant son absence. Il lui faisait confiance. Elle était la nièce de la femme qui, jusqu'à son récent décès, avait mis de l'ordre dans le bureau d'Eldritch et un peu de chaleur dans son lit. Elle était discrète, savait se montrer aveugle, sourde et muette, tout à la fois.

— Comment vous sentez-vous ? demanda le Collectionneur.

— Je vais bien.

— La femme prend bien soin de vous ?

— Je peux prendre soin de moi tout seul. Elle est tout le temps dans mes pattes…

— Considérez que c'est une faveur que vous me faites. Ça apaise mon inquiétude.

— Je suis touché. Tu les as trouvés ?

— Oui.

— Tu es entré en contact avec eux ?

— Non, mais je vais bientôt leur faire parvenir un message. Nous nous rencontrerons demain.

— Ils ne seront peut-être pas d'accord.

— L'un est pragmatique, l'autre guidé par ses principes. Ce que je vais leur proposer plaira aux deux.

— Et si ce n'est pas le cas ?

— Alors, tout cela va continuer, et inévitablement le sang finira par couler. Mais ils ne voudront pas de cette solution, je vous le garantis. Je pense qu'ils sont aussi las que moi. Leur priorité, c'est le privé : le privé, et ceux qui lui ont tiré dessus. Qui sait, je parviendrai peut-être à obtenir un petit extra pour nous, une récompense que vous cherchez depuis des années.

— C'est-à-dire ?

— L'adresse d'un homme corrompu, répondit le Collectionneur. L'antre d'un lépreux.

47

Le flic apprivoisé de Garrison Pryor avait eu du mal à accéder à la scène de crime. La police de Scarborough avait investi les lieux, de même que des gars des services d'investigation criminelle de l'Etat du Maine et du FBI, lequel avait dépêché des agents de Boston et de New York. L'accès à la maison et à ses environs avait été bloqué dès l'arrivée de la première voiture de patrouille, et l'information était rigoureusement contrôlée à coups de menaces de suspension, voire d'emprisonnement, pour quiconque se rendrait coupable d'indiscrétion parmi les policiers ou le personnel médical.

Malgré toutes ces précautions, l'homme de Pryor parvint à discuter avec un ambulancier et, les flics étant des flics, il reconstitua le tableau en accumulant les petits détails qu'il glanait en écoutant les autres et en la fermant. Cela dit, plusieurs jours passèrent avant que Pryor entende parler du symbole qu'on avait gravé dans le bois de la table de cuisine du privé. Cette information le plaça dans une position délicate : devait-il en parler au Commanditaire principal immédiatement, ou plutôt attendre d'en savoir plus ? Il choisit la première solution. Il ne voulait fournir au Commanditaire principal aucune raison de douter de lui, et préférait plaider l'ignorance et travailler à la corriger plutôt que d'être accusé de garder des informations par-devers lui et de se retrouver en butte aux soupçons.

Tandis qu'un soleil matinal essayait de percer les nuages gris au-dessus de Boston, le Commanditaire principal écouta en silence Pryor lui communiquer ce qu'il avait appris. Le Commanditaire principal n'était pas le genre d'homme à interrompre son interlocuteur, tout comme il ne tolérait pas qu'on l'interrompe.

— Etait-ce effectivement l'œuvre des Croyants ? demanda-t-il quand Pryor eut terminé son exposé.

— C'est possible, mais si c'est le cas, ce n'est pas le fait de quelqu'un que nous connaissons. Il n'y a aucun lien avec nous.

Pryor n'avait pas besoin de mentionner que la plupart des Croyants étaient morts. Pour commencer, ils n'avaient jamais été plus d'une poignée, et le privé et ses alliés les avaient pratiquement tous tués. On n'en avait pas discuté officiellement, mais la plupart des Commanditaires considéraient l'élimination des Croyants comme une bénédiction. Chaque groupe était soumis à des obsessions et à des motivations qui lui étaient propres, et même si de temps à autre leurs visées convergeaient, aucune des deux parties ne faisait entièrement confiance à l'autre. Pendant des générations, les Commanditaires avaient été contents de se servir des Croyants quand ça leur convenait. Certains s'étaient même ralliés à leur cause. Il existait des connexions entre eux.

— Si quelqu'un a gravé le symbole des Croyants sur une scène de crime, cela représente un lien potentiel avec nous tous, dit le Commanditaire principal. Une enquête, quelle qu'elle soit, pourrait nous porter préjudice.

— C'est peut-être le fait de renégats. Si c'est ça, on va avoir du mal à les trouver. On ne connaît l'identité que de ceux qui ont croisé la route de Parker. Les autres sont restés cachés, même de nous. En fin de compte, mon instinct me dit que ce symbole est une fausse piste. Celui qui a déclenché l'attaque, ou qui en a donné l'ordre, veut détourner l'attention.

— Certaines personnes se serviraient volontiers d'un simple soupçon pour s'attaquer à nous… Et le privé ?

— Il est toujours dans un état critique. En off, les médecins déclarent qu'il ne survivra pas. Même s'il s'en sort, il ne sera plus le même homme. Après tout, il n'a peut-être plus aucun rôle à jouer dans ce qui va se passer.

— Peut-être pas… Mais il se peut aussi que son rôle ait changé.

Laurie, l'assistante personnelle de Pryor, frappa à la porte de son bureau. Irrité, il lui fit signe de s'en aller. Que pouvait-elle donc avoir de si urgent à lui communiquer ? S'il y avait le feu, il aurait entendu l'alarme.

Néanmoins, elle insista, un rictus d'anxiété sur le visage.

— Monsieur, je crois que je vais devoir vous rappeler plus tard, dit Pryor.

— Un problème ?

— Je crois, oui.

Il raccrocha, et Laurie entra aussitôt.

— J'avais demandé…

— Monsieur Pryor, l'interrompit-elle, des agents de la brigade des délits financiers du FBI sont en bas. La sécurité tente de les retenir, mais ils ont des mandats.

Cette brigade enquêtait entre autres sur les fraudes liées aux actions boursières et aux échanges de marchandises. Les craintes exprimées par le Commanditaire principal semblaient se préciser. L'agression contre Parker avait fourni une ouverture à leurs ennemis. Il s'agissait peut-être d'un coup à l'aveuglette, mais peut-être aussi d'un message qu'on leur envoyait.

Nous savons que vous êtes là.
Nous savons.

Pendant que Garrison Pryor se préparait à affronter les enquêteurs du FBI, Angel appela Rachel Wolfe. Elle venait de rentrer chez elle, dans le Vermont, après avoir passé deux jours à Portland, au chevet du père de sa fille. Celle-ci était repartie avant elle. Si Rachel considérait qu'il était important que Sam ne perde pas les repères de son quotidien et qu'elle n'avait rien à gagner à veiller un mourant indéfiniment, elle l'avait autorisée à voir brièvement son père dans l'unité de soins intensifs. Rachel avait eu peur d'exposer sa fille à ce spectacle, mais Sam avait insisté. Jeff, le compagnon de Rachel, avait fait l'aller-retour jusqu'à Portland avec Sam. Il n'était pas particulièrement fan de l'ex de Rachel, mais il s'était comporté avec délicatesse depuis l'agression, et elle lui en était reconnaissante. A présent, elle discutait avec Angel de tubes, d'aiguilles, de blessures et de pansements. Un rein avait lâché. Des plombs de fusil de chasse avaient été péniblement extraits de son crâne et de son dos, dont un certain nombre se trouvaient dangereusement près de sa colonne vertébrale. On évoquait de possibles lésions cérébrales. Il était toujours dans le coma. Son corps semblait avoir déconnecté toutes ses fonctions non essentielles afin de lutter pour sa survie.

— Comment Sam l'a-t-elle pris ? demanda Angel.
— Elle n'a pas versé une larme. Alors que Jeff, qui n'aime pas trop Charlie, semblait touché. Mais Sam… Elle a simplement murmuré quelque chose à l'oreille de son père, et elle n'a pas voulu me dire quoi. Apparemment, sur le chemin du retour, elle était silencieuse. Elle n'avait pas envie de parler. A un moment, du côté de Lebanon, quand Jeff s'est retourné pour la regarder, elle dormait profondément.

— Tu as essayé de lui en parler depuis ?
— Je suis psychologue : c'est mon quotidien de parler des choses. Elle a l'air... bien. Tu sais ce qu'elle m'a dit ? Qu'elle pensait que son père était en train de prendre une décision.
— Quelle décision ?
— S'il voulait vivre ou mourir...

La voix de Rachel se brisa en prononçant ce dernier mot.

— Et toi, comment ça va ?

Angel entendait qu'elle se contrôlait, qu'elle essayait de ne pas pleurer.

— Ça va... C'est compliqué. J'ai l'impression de ne pas être loyale envers lui... Comme si je l'avais abandonné. Je ne sais pas si ce que je raconte a un sens...
— Tu te sens coupable.
— Oui.
— Parce que tu couches avec un trou-du-cul comme Jeff.

Elle ne put s'empêcher de pouffer.

— C'est toi le trou-du-cul, tu le sais ?
— On me le dit souvent.
— Jeff a été bon avec moi. Et tu sais ce qu'il y avait de plus bizarre, à l'hôpital ?
— J'ai l'impression que tu vas me le dire.
— Carrément ! C'est le nombre de femmes qui se présentaient pour prendre de ses nouvelles. J'avais l'impression d'être au chevet du roi Salomon. Une petite flic brune, et une femme de cette ville... Dark Hollow ! Tu t'en souviens ? Tu devrais. Il y avait eu une fusillade.

Angel fit la grimace. Pas tant à cause du souvenir de la ville que de celui de la femme. Lorna Jennings, l'épouse du chef de la police de Dark Hollow. Il y aurait eu de quoi raconter, mais pas le genre d'histoire qu'on avait envie d'évoquer avec la mère de la progéniture de quelqu'un, même s'ils étaient aujourd'hui séparés et que le quelqu'un en question agonisait sur un lit d'hôpital.

— Ouais, ça m'évoque quelque chose.
— Tu te souviens d'elle ?
— Pas tant que ça.
— Menteur. Il a couché avec ?
— J'en sais rien.
— Allez !
— Bon Dieu, j'en sais rien ! Je ne le suis pas partout avec une chandelle et des préservatifs…
— Et la femme flic ?

Il devait s'agir de Sharon Macy. Parker lui en avait parlé.

— Non, il n'a pas couché avec elle. Ça, j'en suis sûr.

Angel tenta de se rappeler s'il avait déjà eu une conversation aussi bizarre que celle-ci, mais sans succès.

— Il y avait encore une autre femme. Elle traînait autour de l'unité des soins intensifs, et j'avais l'impression que les flics avaient autorisé sa présence, mais elle ne faisait pas partie des forces de l'ordre. Elle est sourde et muette, et se balade avec un flingue. J'ai vu comment elle le regardait…
— Liat, dit Angel.

Epstein avait dû l'envoyer surveiller Parker. Un choix étrange, pour un ange gardien. Efficace mais étrange.

— Il a couché avec elle, hein ? Sinon, il aurait dû.

Nom de Dieu, songea Angel.

— Ouais, il a couché avec elle.
— C'est bien son genre de coucher avec une femme qui ne peut pas lui répondre.
— Juste une fois.
— Tu es quoi, Angel ? Son thuriféraire personnel ?
— C'est toi qui me fais jouer ce rôle ! J'ai simplement appelé pour savoir comment tu allais. A présent, je regrette d'avoir posé la question.

Rachel éclata de rire. C'était un rire franc, et Angel était content de lui avoir offert au moins cela.

— Tu vas aller le voir ? demanda-t-elle.

— Bientôt.

— Vous êtes à leur recherche, c'est ça ? A la recherche de ceux qui ont fait le coup ?

— Oui.

— Personne n'a jamais été aussi près de l'avoir. Personne ne l'a touché aussi durement jusqu'ici. S'il meurt...

— Ne dis pas ça. Souviens-toi des paroles de ta fille : il est en train de prendre une décision, et il a des raisons de revenir. Il aime Sam, et il t'aime, toi, même si tu couches avec un trou-du-cul comme Jeff...

— Laisse tomber ! Va plutôt te rendre utile !

— Oui, madame !

Angel raccrocha. Louis était à côté de lui. Il tendit à Angel un Beretta 21A Bobcat muni d'un silencieux à peine plus long que le canon de l'arme. Ainsi équipé, le flingue pouvait être utilisé dans un restaurant sans faire plus de bruit que le tintement d'une petite cuillère sur une tasse. Dans la poche de sa veste, Louis en avait un autre.

Ils s'apprêtaient à se rendre utiles.

Ils allaient rencontrer et, si nécessaire, tuer le Collectionneur.

48

Ronald Straydeer, assis dans le salon de son domicile, près du champ de courses de Scarborough Downs, tenait une vieille photo de lui, en uniforme, le bras autour du cou d'un énorme berger allemand. Sur la photo, il souriait, et il aimait à penser qu'Elsa souriait aussi.

Dommage qu'il ait arrêté de fumer de l'herbe. Dommage qu'il ait arrêté de boire. Ç'aurait été facile de recommencer l'une ou l'autre activité, voire les deux. Etant donné les circonstances, cela n'aurait rien eu de surprenant ni de blâmable. Mais il préférait parler à la photo et au fantôme de la chienne qui se trouvait dessus.

Les gens, et particulièrement ceux qui manquaient de jugeote, lui demandaient souvent pourquoi il n'avait jamais pris un autre chien depuis toutes ces années. Certains prétendaient que ceux qui ont des chiens doivent se résigner à les perdre, car ces animaux ont une espérance de vie relativement courte. Le truc – si on peut appeler ça un truc –, c'était d'apprendre à aimer l'âme de l'animal, à admettre qu'elle passe de chien en chien et que chacun d'eux représente la même ligne de vie. Ronald pensait qu'il y avait du vrai là-dedans, mais il songeait aussi que les hommes pourraient dire la même chose des femmes, et vice versa. Il avait connu beaucoup de femmes, il en avait même aimé une ou deux, aussi avait-il une certaine expérience en la matière. Cependant, certains individus perdaient leur conjoint assez tôt dans la vie et ne parvenaient jamais à en trouver un autre. Ronald retrouvait quelque chose de ce sentiment de perte immense dans ce qu'il éprouvait pour sa chienne disparue. Il n'était pas sentimental – même si certains prenaient son chagrin pour de la sentimentalité. Il avait aimé cette chienne, tout simplement, et Elsa avait sauvé sa vie et celle de ses frères d'armes en plus d'une occasion. Finalement, il avait été obligé de l'abandonner, de la trahir, et depuis l'image d'Elsa, enfermée dans une cage, grattant le grillage tandis qu'on la lui arrachait, l'avait poursuivi chaque jour. Son unique espoir, c'était qu'ils se retrouveraient peut-être dans un monde meilleur.

A présent, il parlait au fantôme de sa chienne, lui racontait l'église, la jeune fille et les ombres qui l'avaient encerclée avant qu'elle soit entraînée sous terre. Ronald aurait pu aller trouver la police, mais il y avait un flic impliqué là-dedans. Et qu'aurait-il pu leur dire ? Qu'il avait vu une adolescente s'agenouiller au bord d'un trou et y disparaître ? Tout ce qu'il avait, c'était un bout de tissu blanc. Pouvaient-ils en tirer une trace d'ADN ? Il n'en savait rien. Ça dépendait probablement du temps qu'il était resté en contact avec la peau de la jeune fille, si cela avait été le cas. Il avait glissé le bout de tissu dans un sac de congélation transparent doté d'une fermeture à glissière, qui se trouvait à présent devant lui. Il le porta à la lumière, sans distinguer la moindre trace de sang sur le tissu. Il était simplement taché de terre. Ronald ne connaissait pas le nom de la jeune fille, il n'était même pas sûr de pouvoir l'identifier, ne l'ayant entraperçue qu'à travers le filtre verdâtre de sa lunette de visée nocturne. Il savait simplement qu'il ne s'agissait pas d'Annie, la fille de Jude, dont ce dernier lui avait montré des photos. Ronald avait une mémoire étonnante des visages et des noms. L'adolescente avalée par la terre était plus jeune qu'Annie. Il se demanda si la fille de Jude reposait également quelque part dans ce cimetière, si elle avait subi le même sort que cette pauvre fille. Combien d'autres dormaient sous cette église, dans l'étreinte des racines ? (Car ce n'étaient pas des ombres qui l'avaient entourée avant qu'elle disparaisse, oh non…)

Instinctivement, Ronald savait que même si les gens le croyaient et qu'on lançait des recherches, on pourrait creuser longtemps et profond dans ce cimetière sans trouver la moindre trace de la jeune fille. Tandis qu'il fouillait la terre de ses mains dans l'espoir de trouver un signe d'elle, il avait senti une présence hostile et profonde, une faim maléfique incarnée. Encore maintenant, il se félicitait d'avoir trouvé de l'eau dans le camion des frères Fulci pour se laver les mains de la terre de cet endroit. Ensuite, il s'était essuyé avec une serviette qu'il avait jetée dans une benne à ordures, afin que plus jamais quelqu'un ne s'en serve. Il était content de ne pas avoir pollué sa propre maison avec la moindre particule de cette terre maudite, et il se gardait bien d'ouvrir le sac contenant le tissu, de peur qu'une minuscule poussière ne s'en échappe et ne contamine tout.

Le privé aurait su quoi faire, mais il était mourant. Cela dit, il avait des amis, des hommes intelligents, des hommes dangereux. Des hommes qui s'étaient lancés à la recherche des responsables. Ronald ne trouvait pas difficile d'établir un lien entre l'enquête de Parker sur la disparition d'Annie Broyer et la fille qu'il avait vue se faire avaler par la terre sous les yeux d'un groupe d'hommes et de femmes. Il ne fallait pas beaucoup d'imagination pour se dire que ces gens-là auraient pu décider d'ôter la vie à Parker.

Et s'il se trompait ? Eh bien, les amis du privé lui ressemblaient plus qu'ils ne le savaient eux-mêmes, et ils avaient de la colère à revendre. Ronald trouverait bien le moyen de les contacter et, une fois ensemble, ils vengeraient les pauvres gens piégés sous la terre de Prosperous.

Au moment même où Ronald se faisait ces réflexions, la police découvrait les corps de Magnus et Dianne Madsen, ainsi que celui d'Erin Dixon. Une fois l'identité d'Erin établie, la police de l'Etat du Maine informa Lucas Morland des faits. Etant donné que Kayley Madsen et Harry Dixon n'étaient pas sur les lieux, on envoya une voiture de patrouille chez les Dixon, sans y trouver la moindre trace de leur présence. On diffusa des photos d'eux sur les chaînes d'info, et un concessionnaire de Medway signala qu'il avait vendu un GMC Passenger à Harry Dixon quelques jours plus tôt. On retrouva le van dans un bois aux abords de Bangor. Harry était derrière le volant avec un trou à l'arrière du crâne par lequel était sortie la balle tirée par le pistolet qu'il avait dans la main. Sur le siège passager, un chemisier au col taché de sang, dont la taille correspondait à celle des vêtements de Kayley Madsen. Plus tard, des tests ADN confirmeraient que ce sang était bien celui de Kayley, même si on n'avait trouvé aucune trace d'elle.

PROSPEROUS : LA VILLE MAUDITE DU MAINE, proclama la plus sensationnaliste des unes des journaux parus au cours des jours suivants. La ville grouillait d'enquêteurs de la police de l'Etat du Maine, mais Morland gérait la chose sans difficulté. Il se montrait diligent, coopératif et modeste. Il savait rester à sa place.

Une seule fois, il s'alarma, quand un certain Ross, un agent du FBI originaire de New York, vint le voir. Celui-ci s'assit dans son bureau et, tout en grignotant un cookie, posa des questions sur le privé, Parker. Pour quelle raison ce dernier était-il venu à Prosperous ? Que voulait-il savoir ? Mais une des questions de Ross fournit une échappatoire à Morland : Parker avait-il discuté avec Harry Dixon ou avec sa femme ? Morland n'en savait rien, mais il admit que c'était possible, bien qu'il fût incapable de préciser pourquoi Parker aurait voulu parler aux Dixon. Néanmoins, tout ce qui établissait un lien entre Parker et les Dixon était bon pour Morland, et bon pour Prosperous. C'était une impasse, et Morland se souciait comme d'une guigne que le FBI et la police de l'Etat passent des décennies à fouiller cette histoire.

— Puis-je savoir pourquoi le FBI s'intéresse au fait qu'un détective privé se soit fait tirer dessus dans le Maine ? demanda Morland.

— Simple curiosité, répondit Ross. Dites-moi, votre ville semble traverser une mauvaise passe, ces derniers temps…

— Oui. Il paraît que ce genre de choses arrive par vagues de trois…

— Vraiment ? Si je ne m'abuse, dit Ross en comptant sur ses doigts… ça fait six… Non, neuf, si l'on inclut les Madsen et leur fille disparue… Attendez ! Ça fait même onze avec le sans-abri de Portland et sa fille, également disparue. Ça fait beaucoup. On est loin de la vague de trois, en tout cas.

Ce n'était pas la première fois que Morland entendait ça. Les enquêteurs de la police de l'Etat avaient dit plus ou moins la même chose, et Morland lui fit la même réponse qu'à eux :

— Monsieur, d'après mon estimation personnelle, il y a eu deux meurtres perpétrés par des extrémistes religieux à des milliers de kilomètres d'ici, un vieil homme qui s'est tué accidentellement avec une arme de chasse, un accident de la route et, pour notre plus grand regret, un meurtre suivi d'un suicide impliquant deux de nos concitoyens. Je ne peux pas me prononcer sur les suicides ou les disparus de Portland. Je sais simplement ce que notre ville a enduré. Je ne comprends pas pourquoi Harry Dixon a tué ces gens-là. J'ai entendu dire qu'il avait des problèmes d'argent, mais c'est le cas de beaucoup de gens, qui ne choisissent pas pour autant de tuer leur famille. Peut-être que les récents événements l'ont fait dérailler. Je ne suis pas psychiatre. En revanche, si vous parvenez à établir un lien entre tous ces décès, je ne remettrai plus jamais en question les sommes tirées de nos impôts que le gouvernement verse au FBI.

Ross termina son cookie.

— Et une tentative de meurtre sur un détective privé, dit-il. J'allais l'oublier, celle-là.

Morland ne releva pas. Il en avait fini avec le type du FBI.

— Puis-je vous aider pour quoi que ce soit d'autre, agent Ross ?

— Non. Je crois que c'est tout. Je vous remercie pour le temps que vous m'avez consacré. Et le cookie était très bon. Mes compliments au chef.

— C'est ma femme.

— Vous êtes un homme chanceux.

Ross se leva et boutonna son manteau avant de sortir. Il faisait encore frisquet dans le coin.

Trente minutes plus tard, Morland reçut un coup de fil du pasteur Warraner.

Ross était passé à l'église.

49

Dans un premier temps, Angel et Louis pensèrent que le message du Collectionneur n'était qu'une façon de les narguer. L'enveloppe, livrée par un coursier à vélo, contenait une griffe d'ours du collier ayant autrefois appartenu à leur ami, feu Jackie Garner, et une carte du Lexington Candy Shop, sur Lexington Avenue, la confiserie qui se trouvait à cette adresse depuis 1925. Ce n'est qu'en retournant la carte que Louis vit une date – celle du jour même – et une heure – *11 heures* – inscrites au dos. Il comprit qu'il s'agissait d'autre chose. Cependant, était-ce un rameau d'olivier ou un piège ? Impossible à dire.

Même le choix du lieu de rendez-vous n'était pas sans signification : le Lexington Candy Shop était l'endroit où Gabriel, le mentor aujourd'hui décédé de Louis, tenait ses réunions avec ses clients, et parfois aussi avec les exécutants pour qui il faisait office d'agent, et dont Louis faisait partie. Peut-être qu'il n'y avait pas autant d'écart entre Gabriel et Cambion que Louis l'aurait souhaité. Gabriel n'avait été qu'un Cambion avec un sens moral plus développé, et ça ne voulait pas dire grand-chose. Certaines choses qui poussaient dans des éprouvettes avaient un sens moral plus développé que celui de Cambion. Du coup, l'écart entre Cambion et Louis était peut-être bien moindre que ce dernier ne se plaisait à le croire. La différence, c'était que Louis avait changé. Mais Cambion n'avait pas un homme tel qu'Angel à ses côtés. Cela dit, un homme tel qu'Angel n'aurait jamais fait alliance avec un type comme Cambion. Louis se demanda si Angel avait entrevu la possibilité de sa rédemption bien avant qu'il ne la perçoive lui-même. Il trouva cette idée à la fois flatteuse et légèrement dérangeante.

Le Collectionneur, en choisissant ce lieu pour rencontrer Louis, lui indiquait qu'il connaissait tout de lui et de son passé. Cela ajoutait à l'étrangeté de son invitation. Quoi qu'il en soit, ce n'était pas là le geste de quelqu'un qui tend un piège mais plutôt celui de quelqu'un qui tombe volontairement dedans.

Lorsque Louis et Angel entrèrent, les seuls clients étaient deux Japonais qui prenaient frénétiquement des photos de la déco intérieure, avec ses percolateurs à gaz et sa signalétique d'un autre âge. Le Collectionneur était assis au fond de la salle, à côté de la porte où un panneau proclamait *Privé – Réservé au personnel*. Ses mains étaient posées à plat sur la table, de chaque côté de sa tasse de café. Il était habillé comme toujours ou presque : un long manteau noir et usé, un pantalon de couleur sombre, une veste dans les mêmes tons et une chemise qui avait dû être blanche, mais qui, tout comme ses doigts tachés de nicotine, tirait franchement sur le jaune. Ses cheveux gominés, coiffés en arrière, retombaient sur le col de sa chemise, agrémentant sa couleur jaunâtre de touches de gras. Il a l'air encore plus cadavérique que la dernière fois où on s'est rencontrés, songea Angel. En général, c'est ce qui arrive à quelqu'un quand il est traqué…

Après qu'Angel et Louis furent entrés, une femme entre deux âges sortit de derrière le comptoir, verrouilla la porte et afficha le panneau *Fermé*. Puis elle servit à la hâte deux tasses de café et disparut par la porte réservée au personnel sans les regarder, ni eux ni l'homme empestant le tabac qui les attendait.

Les deux touristes japonais posèrent leurs appareils photo et firent face au Collectionneur. Le plus jeune adressa un signe presque imperceptible à deux de ses compatriotes qui surveillaient la scène de l'autre côté de la rue, à l'angle de Lexington et de la 83e. L'un d'eux traversa et vint se poster devant la vitrine, tandis que l'autre gardait un œil sur les abords de l'établissement.

— Vous croyez que je ne les avais pas remarqués ? demanda le Collectionneur. Je les ai repérés avant même qu'ils prennent conscience de ma présence.

Louis prit place à la table du Collectionneur, face à lui mais légèrement sur sa droite, et Angel fit de même, mais sur sa gauche, formant ainsi un genre de triangle létal. Tout en s'asseyant, ils sortirent leurs Beretta de façon que le Collectionneur puisse les voir, mais non un quidam passant dans la rue.

— On vous a cherché, dit Louis.

— J'ai remarqué. Vous devez être en manque de maisons à incendier.

— Vous nous auriez fait faire pas mal d'économies en carburant, si vous étiez venu ici quelques mois plus tôt.

— J'aurais également pu tracer une croix sur mon front, pour que vous y placiez une balle.

— Vous auriez surtout dû faire plus attention dans le choix de vos victimes.

Louis tira de sa poche le collier de griffes d'ours de Jackie Garner. Les griffes s'entrechoquaient avec un bruit d'os tandis qu'il les égrenait entre ses doigts. Puis il fit apparaître la dernière, celle que le Collectionneur avait glissée avec son invitation.

— On pourrait dire la même chose de feu votre ami, répondit le Collectionneur.

Lentement, avec des gestes précis, de façon à ne pas provoquer de réaction chez les deux hommes qui lui faisaient face, le Collectionneur prit sa tasse et but une gorgée de café.

— Nous pouvons, si tel est votre désir, jouer au jeu de la culpabilité jusqu'au coucher du soleil, mais aucun de nous n'a de temps pour ça, poursuivit-il. M. Garner avait fait une erreur, et quelqu'un dont j'étais proche en a payé le prix. J'ai eu une réaction de colère, et M. Garner est mort. Vous ne m'en voudrez pas si je refuse que des hommes tels que vous, dont les mains sont tachées du sang d'innocents autant que de coupables, me fassent la morale sur le bien-fondé du meurtre. L'hypocrisie est un vice particulièrement irritant.

Angel se pencha légèrement vers Louis.

— Est-ce qu'un tueur en série nous fait la leçon, là ?

— Il me semble que oui, en effet.

— C'est une nouvelle expérience.

— C'est vrai. Pourtant, une fois mort, il ne me manquera pas.

— A moi non plus.

Le Collectionneur avait reposé ses mains à plat sur la table. Il ne montrait aucun signe d'inquiétude. Il ne se rendait peut-être pas compte qu'il était si près de mourir, ou alors, il s'en moquait, tout simplement.

— J'ai appris que votre ami, le privé, est mourant, dit-il.

— Ou encore vivant, rétorqua Angel. C'est une question de point de vue.

— C'est un homme peu ordinaire. Je ne prétends pas le comprendre, mais je préférerais qu'il s'en sorte.

Le monde est plus coloré quand il est là. Il attire le mal comme la lumière les papillons, ce qui facilite l'exécution de ceux qui s'y adonnent.

— Vous êtes venu lui souhaiter un prompt rétablissement ? demanda Louis. Nous lui passerons le message, ne vous inquiétez pas. Et si jamais il venait à mourir, vous serez peut-être en mesure de lui exprimer vos regrets en personne.

Le Collectionneur regarda par la fenêtre en direction des deux Japonais, puis vers les deux qui se trouvaient à l'intérieur.

— Où est-ce que vous les trouvez ?

— On les attire, comme la lumière les papillons, lâcha Louis, en s'appropriant la comparaison du Collectionneur.

— C'est ce que vous êtes, à présent ? La force de la lumière ?

— A défaut de mieux.

— Je soupçonne que la lumière que vous émettez n'est guère qu'un reflet... Bon, vous êtes à la recherche des types qui lui ont tiré dessus. Je peux vous aider.

— Comment ?

— Je peux vous donner leurs noms. Je peux vous dire où les trouver.

— Et pourquoi feriez-vous ça ?

— Il s'agirait d'un marché. Eldritch est malade. Il a besoin de repos et de temps pour se remettre. Cette traque le fatigue. Quant à moi, elle interfère avec mon travail. Pendant que j'essaie de garder un coup d'avance sur vous, des hommes et des femmes pervers en profitent en toute impunité. Alors, je vous donne les noms, et la première partie du marché, c'est que vous arrêtiez la traque. Elle doit vous lasser autant que moi, et vous savez bien que M. Garner avait commis une erreur. Si je ne l'avais pas tué, il aurait passé le restant de ses jours dans une cellule. D'une certaine manière, je lui ai rendu service. Il n'aurait pas tenu longtemps, en prison. Il n'était pas de la même trempe que nous.

Angel serra plus fort la crosse de son arme. Entendre cet individu suggérer que le meurtre de Jackie était une sorte de bénédiction, ça lui était quasiment insupportable.

— Au moins, il aurait été jugé.

— Je l'ai jugé. Il a avoué. Vous faites référence aux méandres de la loi, rien de plus.

Louis prit la parole. Il ne dit qu'un seul mot, à la fois un avertissement et une imprécation :

— Angel.

Au bout de une ou deux secondes, Angel se détendit.

— Vous disiez qu'arrêter la traque n'était que « la première partie du marché », reprit Louis. C'est quoi, le reste ?

— Je sais qu'en cherchant les auteurs de la fusillade vous êtes tombés sur toutes sortes d'individus intéressants. Et aussi que l'un d'eux était Cambion.

— Pourquoi ?

— Parce qu'une fois les autres pistes explorées c'était la seule qui vous restait. Je doute qu'il vous ait fourni les réponses que vous souhaitiez.

— On l'a rencontré, confirma Louis.

— Et ?

— Il nous a dit que c'était un couple, un homme et une femme, qui avait fait le coup. Il a promis de nous en dire plus.

— Bien sûr. Qu'est-ce qu'il a demandé en échange ?

— La même chose que vous : de rappeler les chiens. Cela dit, c'est peut-être un monstre, mais c'est un monstre qui n'a pas descendu un de nos potes. En fin de compte, je pourrais décider de courir le risque avec lui...

— Vous seriez déçu. Il va vous balancer aux tueurs, vous et votre petit ami. Potentiellement, ils ont plus de valeur que vous pour Cambion. Vous n'exécuterez jamais ses ordres, mais eux, ils lui devront une faveur, et ils sont très, très bons dans leur domaine.

Louis comprit que le Collectionneur avait raison. Ça ne faisait que confirmer ce qu'il soupçonnait déjà : Cambion avait plutôt intérêt à s'allier avec les tueurs qu'avec eux.

— Poursuivez.

— Voici mon offre : je vous donne leurs noms. En échange, je veux une trêve, et l'adresse de Cambion. Il mérite la hache depuis longtemps.

— Et si on refuse ? demanda Louis. Si on décide de vous tuer, ici et maintenant ?

Sous la table, Louis pointa le canon de son arme vers le Collectionneur. La première balle l'atteindrait aux tripes, la dernière à l'arrière du crâne, quand il tomberait en avant et que Louis lui administrerait le coup de grâce.

De la main droite, le Collectionneur désigna la chaise à côté de lui. Angel et Louis remarquèrent alors la chemise cartonnée verte posée dessus.

— Ouvrez-la, dit-il en reposant ses mains à plat sur la table.

Louis se leva sans jamais quitter des yeux le Collectionneur et alla prendre la chemise. Les deux Japonais dans la salle se déplacèrent également, leurs armes à présent visibles. Le Collectionneur resta immobile, le regard fixé sur le dessus de la table devant lui, pendant que Louis feuilletait le dossier. Il contenait des pages dactylographiées, des photos, et même des transcriptions de conversations téléphoniques.

— C'est votre histoire, indiqua le Collectionneur. L'histoire de votre vie : tous les meurtres que nous avons retracés, toutes les preuves que nous avons accumulées. Par chance, c'est l'un des rares dossiers qu'Eldritch avait en double. Il y a suffisamment d'infos là-dedans pour vous damner si j'avais fait ce choix-là. En revanche, si je ne sors pas d'ici vivant, Eldritch s'assurera qu'une copie de ce dossier parvienne au procureur général du district sud de New York, à celui de l'Etat, ainsi qu'à la branche d'enquêtes criminelles du FBI. Ça devrait les aider à remplir les failles agaçantes qu'ils ont dans leurs propres dossiers.

Pour la première fois depuis le début de l'entretien, le Collectionneur se détendit. Il s'adossa à son siège et ferma les yeux.

— Comme je vous l'ai dit, je suis fatigué par cette traque, reprit-il. Elle prend fin maintenant. J'aurais pu me servir de ça pour vous forcer à arrêter, mais j'ai le sentiment de devoir m'amender pour ce qui est arrivé à M. Garner. Je veux que vous me donniez votre parole que la chasse est finie. Je veux Cambion. En échange, vous obtenez la possibilité de venger le privé.

Louis et Angel se regardèrent. Le premier voyait bien que le second répugnait à passer un marché avec cet homme, mais le dossier venait de faire monter les enchères, et en tout état de cause Angel tomberait d'accord avec tout ce qui pourrait protéger Louis. Les infos sur ceux qui avaient essayé de tuer Parker n'étaient plus qu'un bonus.

— D'accord, dit Louis.

— Si le privé s'en sort, votre parole l'engage aussi. Sinon, la trêve sera rompue.

— C'est compris.

— Ceux que vous cherchez s'appellent William et Zilla Daund. Ils vivent à Asheville, en Caroline du Nord. Ils ont deux fils, Adrian et Kerr. Leurs enfants ne sont pas au courant des petits extras criminels que pratiquent leurs parents.

— Qui les a embauchés ?

— Il faudra que vous le leur demandiez.

— Mais vous, vous le savez.

— Je crois que ce nom, « Daund », vient du nord-est de l'Angleterre : de Durham, ou peut-être du Northumberland. Ils vous donneront eux-mêmes les détails. A présent, j'aimerais que vous remplissiez la seconde partie de notre marché.

— Cambion est à Hunts Lane, à Brooklyn, dit Louis. S'il n'est pas déjà parti. Il se terre dans un ancien magasin d'apothicaire.

— Il y a quelqu'un avec lui ?

— Un colosse du nom d'Edmund.

Le Collectionneur se leva.

— Alors, nous en avons fini. Je vous souhaite bonne chance dans votre enquête.

Il boutonna son manteau et fit le tour de la table.

— Vous pouvez garder le dossier, lança-t-il à Louis en passant devant lui. Nous en avons plusieurs copies, maintenant.

Ils le laissèrent partir et se perdre dans la foule de Lexington Avenue.

— Tu n'as pas mentionné la présence éventuelle d'une troisième personne à Hunts Lane, avec Cambion et son copain, fit remarquer Angel.

— Non... Il faut croire que ça m'est sorti de la tête.

50

J'étais assis au bord du lac, sur un banc de bois peint en blanc. Il faisait froid, même avec une veste, aussi avais-je fourré mes mains dans mes poches pour leur épargner le plus gros de sa morsure. A ma gauche, au sommet d'une petite colline, le centre de réadaptation, une ancienne capitainerie du XIXe siècle entourée de bâtiments de briques rouges à un étage, plus récents. Des sapins poussaient tout autour, et il ne restait plus que de rares plaques de neige sur l'herbe. Le calme régnait dans le parc.

Le calme régnait partout.

A mes pieds, il y avait un petit galet noir. Il semblait incroyablement lisse. J'avais envie de le prendre dans ma main. Quand je l'ai saisi, je me suis aperçu qu'il avait un défaut sur l'autre face. Un éclat avait sauté ; une face était ébréchée, inégale. Alors, j'ai levé les yeux vers l'étendue d'eau et j'ai balancé le galet. Quand il a touché la surface, elle a craqué comme de la glace, même si elle n'était pas gelée. Les fissures se sont propagées, s'éloignant de moi, traversant le lac, fracturant la forêt et les montagnes à l'arrière-plan, jusqu'à ce que le ciel lui-même se brise en éclairs noirs.

J'ai entendu des pas derrière moi, senti une main légère sur mon épaule. Elle portait une alliance. Je me souvenais de cet anneau. Je me rappelais l'avoir passé à un doigt devant un prêtre. A présent, un des ongles était cassé.

Susan.

— Je savais que ce n'était pas réel, dis-je.
— Pourquoi ? fit ma femme défunte.

Je ne me suis pas retourné pour la regarder. J'avais peur.

— Parce que je ne me rappelle pas comment je suis arrivé ici. Parce qu'il n'y a pas de douleur.

Je parlais des blessures qu'infligent les balles, et des blessures qu'inflige une perte.

— Il n'est pas nécessaire que cette douleur perdure, dit-elle.
— Il fait froid.
— Ça va durer... un temps.

Je me suis retourné. J'avais envie de la voir. Elle était telle qu'elle avait été avant que le Voyageur ne porte sa lame sur elle. Et pourtant, non... Elle était à la fois plus, et moins, que ce qu'elle avait été.

Elle portait une robe d'été, comme toujours ici. Depuis son décès, chaque fois que je l'avais entraperçue, elle portait cette robe, même si en ces occasions je ne voyais jamais son visage. Je ne le voyais qu'en d'autres circonstances. Quand la robe était maculée de sang et que son visage n'était qu'une bouillie rouge. Je n'étais jamais parvenu à réconcilier ces deux versions de ma femme défunte.

A présent, elle était de nouveau belle, mais son regard était distant, concentré sur autre chose, comme si ma présence l'avait arrachée à des activités plus agréables et qu'elle souhaitait les reprendre au plus vite.

— Je suis désolé, dis-je.
— Pourquoi ?

— Parce que je t'ai quittée. Parce que je n'étais pas là quand il est venu te chercher.

— Tu serais mort avec nous.

— Je l'aurais peut-être arrêté.

— Non. Tu n'étais pas aussi fort, à l'époque, et lui avait tellement de rage. Tellement de rage…

Ses ongles s'enfoncèrent dans mon épaule, et je me retrouvai chez nous, à regarder en sa compagnie ce que le Voyageur leur faisait, à elle et à notre fille. Tandis qu'il travaillait, une autre version de ma femme se tenait derrière lui, le corps et la tête tremblants, le visage comme un brouillard rouge. C'était celle-là que j'avais déjà vue. C'était la femme qui déambulait dans mon monde.

— Qui est-ce ? demandai-je. Qu'est-ce que c'est ?

— Elle est ce qui reste. Elle est ma colère. Toute ma haine et mon chagrin, ma douleur et ma souffrance. Elle est la chose qui te hante.

Sa main me caressa la joue. Ça brûlait.

— J'avais beaucoup de colère, dit-elle.

— Je le vois. Et quand je mourrai ?

— Elle mourra aussi.

Les restes de notre fille étaient étalés sur les genoux de sa mère. Jennifer était déjà morte quand il avait commencé à tailler. Il fallait s'en réjouir, j'imagine.

— Et Jennifer ?

Je la sentis hésiter.

— Elle est différente.

— En quoi ?

— Elle navigue entre les mondes. Elle retient l'autre version. Elle ne t'abandonnerait pas, même dans la mort.

— Elle me murmure des choses.

— Oui.

— Elle écrit dans la poussière sur les vitres.

— Oui.

— Où est-elle, maintenant ?
— Tout près.
Je regardai, sans pouvoir la trouver.
— Je l'ai déjà vue dans cette maison, une fois.

Des années après que leur sang eut été versé, j'avais été poursuivi à travers ces pièces, traqué par un couple d'amants. Mais ma fille les attendait – ma fille, et la créature pleine de rage qu'elle tentait de contrôler, mais qu'elle fut contente de lâcher sur eux en cette occasion.

— J'aimerais la voir.
— Elle viendra, quand elle sera prête.

J'observai le Voyageur, qui continuait à tailler. Il n'y avait pas de douleur.

Pas pour moi.

Nous étions de retour à côté du lac. Les fissures et les crevasses étaient réparées. Rien ne perturbait ce monde fragile. Je me tenais debout près de la berge. Il n'y avait aucun clapot. Aucune vague.

— Qu'est-ce que je dois faire ? dis-je.
— Qu'est-ce que tu veux faire ?
— Je crois que je veux mourir.
— Alors, meurs.

Je ne voyais pas mon image se refléter dans l'eau, mais je voyais celle de Susan. Dans ce monde-ci, c'était elle qui avait de la substance et moi qui n'en avais pas.

— Que va-t-il se passer ?
— Le monde va continuer. Tu croyais qu'il tournait autour de toi ?
— Je ne pensais pas qu'il y avait autant d'ironie dans l'au-delà.
— Je n'ai pas eu l'occasion d'être sarcastique depuis un bout de temps. Tu ne traînais pas dans le coin.
— Je t'aimais, tu sais ?
— Je sais. Je... t'aimais aussi.

Ses mots trébuchèrent sur ses lèvres, ils ne lui étaient pas familiers, mais je sentis que les prononcer avait dégelé quelque chose au plus profond d'elle-même, comme si ma présence lui rappelait à quoi cela avait ressemblé d'être un humain.

— Si tu restes ici, les choses continueront sans toi. Le monde sera différent. Tu ne seras plus là pour ceux que tu aurais pu protéger. D'autres prendront peut-être ta place, mais qui peut le dire ?

— Et si j'y retourne ?

— La souffrance. La perte. La vie. Une autre mort.

— Dans quel but ?

— Tu me demandes quel est ton but ?

— Peut-être.

— Tu sais ce qu'ils cherchent. Celui Qui Attend Derrière Le Miroir. Le Dieu des Guêpes. Le Dieu Enseveli.

— Et je suis censé les arrêter ?

— Je doute que tu le puisses.

— Alors, pourquoi devrais-je y retourner ?

— Il n'y a pas de « devoir ». Si tu y retournes, c'est parce que tu l'auras choisi, afin de protéger ceux qui, sans cela, resteraient sans protection.

Elle s'approcha de moi. Je sentais la chaleur de son haleine contre mon visage. Une odeur d'encens.

— Tu te demandes pourquoi ils viennent vers toi, pourquoi tu les attires, tous ces déchus, murmura-t-elle comme si elle craignait qu'on ne l'entende. Quand tu passes du temps près d'un feu, tu sens la fumée. Ces choses ne cherchent pas simplement leur Dieu Enseveli. Elles cherchent un feu qu'elles veulent éteindre, mais qu'elles ne trouvent pas. Tu as été près de ce feu. Tu as été en sa présence. Tu portes sur toi l'odeur de sa fumée, alors, elles viennent te chercher.

Elle s'écarta. Son reflet s'estompa, puis disparut. J'étais seul. Je fermai les yeux. Quand je les rouvris, ma fille était à côté de moi. Elle mit sa main dans la mienne.

— Tu es froid, dit Jennifer.
— Oui.

Ma voix se brisa sur ce simple mot.

— Tu veux qu'on aille faire une promenade, papa ?
— Oui. J'aimerais vraiment ça.

51

La Bourse d'échange aux livres de Battery Park était située au centre d'Asheville, en Caroline du Nord. On y trouvait des livres anciens, ou d'occasion, ce à quoi Louis ne trouvait rien à objecter, ainsi que du vin et du champagne, et à cela non plus il n'avait rien à redire.

Zilla Daund faisait partie du club de lecture qui se tenait dans la boutique. En compagnie de quatre autres femmes, elle discutait de la biographie de Cléopâtre écrite par Stacy Schiff, devant un verre de vin pétillant et le genre de mignardises qui passait pour de la nourriture aux yeux de ces femmes minces et attirantes. Louis était installé un peu plus loin, un verre de pinot noir à la main et un exemplaire de *Max Perkins : éditeur de génie*, de A. Scott Berg, sur les genoux. Il l'avait choisi parce que Perkins avait été l'éditeur de Thomas Wolfe, le citoyen le plus célèbre d'Asheville, même si Louis, qui ne supportait pas la prose de Wolfe, s'efforçait de comprendre pourquoi Perkins s'était donné cette peine. D'après ce qu'on lisait dans cette biographie, le premier roman de Wolfe, *Ange exilé*, n'était à peu près tolérable que parce que Perkins avait forcé l'auteur à enlever soixante mille mots de son manuscrit. Selon les estimations de Louis, dans l'édition de cinq cents pages de Scribner, *Ange exilé* en comptait encore quatre cent quatre-vingt-dix-neuf de trop.

Zilla Daund avait l'air de prendre la lecture très au sérieux, sans toutefois paraître comprendre à quel point on pouvait y trouver du plaisir. Son exemplaire de *Cléopâtre* était lardé de petits post-it de différentes couleurs, et Louis était certain qu'elle avait parsemé les pages de commentaires : « Intéressant ! », « Tout à fait d'accord ! », « Essentiel ! », comme un étudiant en première année de licence qui se fraye un chemin dans *L'Attrape-cœurs* pour la première fois. Mince et blonde, elle avait la musculature d'un coureur de fond. On aurait pu la trouver belle, sans cet air prématurément vieilli des gens qui s'exposent trop souvent aux éléments, et sans sa volonté de fer, qui se traduisait par des sourcils perpétuellement froncés et une crispation de la mâchoire, comme le rictus émacié d'un serpent sur le point de frapper.

Cela faisait trente-six heures que Louis observait Daund, mais il ne s'en était jamais encore approché autant. C'était sa méthode : commencer de loin, puis se rapprocher lentement. Pour l'instant, d'après ce qu'il avait pu constater, elle suivait la routine ordinaire d'une femme au foyer de la classe moyenne. Ce matin-là, elle était allée faire une heure d'exercice au gymnase du coin, avant de rentrer prendre une douche et se changer. Puis, peu après le déjeuner, elle avait rejoint son club de lecture. La veille, après un brunch avec quelques amies, elle était allée faire du shopping au centre commercial, puis avait farfouillé dans les rayonnages d'une boutique de livres d'occasion et dîné avec son mari et leur fils cadet. L'aîné, en deuxième année de licence à l'université George Washington, n'était pas à la maison. Le plus jeune venait d'avoir seize ans, mais il n'allait pas avoir l'occasion de dîner chez lui avant un bout de temps. En cet instant précis, il se trouvait à l'arrière d'un van qui s'enfonçait dans la forêt nationale de Pisgah, avec deux hommes dont il n'avait pas eu le temps de voir le visage lorsqu'ils l'avaient kidnappé. Il était probablement terrifié, mais Louis était indifférent aux terreurs de cet adolescent. Il voulait un atout dont il pourrait se servir contre les Daund s'ils refusaient de parler.

Pendant ce temps, Angel surveillait de près William Daund, lequel travaillait dans le département de littérature et langues de l'université de Caroline du Nord, à Asheville. Louis aurait parié un dollar que William Daund avait lu *Ange exilé* si souvent qu'il pouvait en réciter des passages par cœur. Il avait même dû aimer ce livre ! Louis était impatient de le buter.

Zilla Daund termina de donner son opinion sur le caractère impitoyable de Cléopâtre, qui apparemment n'hésitait pas à tuer des gens de sa famille lorsque la situation l'exigeait. « Elle vivait dans un temps de meurtres et de trahisons, avait-elle dit à ses amies. Je ne crois pas qu'elle tuait par plaisir. Elle tuait parce que c'était la solution la plus efficace à ses problèmes. »

Les autres avaient ri – c'était bien la Zilla qu'elles connaissaient, celle qui suivait toujours le plus court chemin entre le point A et le point B, quels que soient les obstacles –, et Zilla de s'esclaffer avec elles. Enfin, elles se séparèrent. Louis reporta son attention sur Maxwell Perkins. Dans une lettre datée du 17 novembre 1936, Perkins essayait d'accepter le fait que Wolfe coupait les liens. « Je sais que tu ne ferais jamais une chose qui ne serait pas sincère, écrivait-il à Wolfe. Ni une chose que tu ne trouverais pas correcte. »

Louis éprouvait de l'admiration pour la foi de Perkins, même si en fin de compte elle avait été vaine.

— Il a ruiné Thomas Wolfe, vous le saviez ?

Louis leva les yeux. Zilla Daund se tenait devant lui, son exemplaire de *Cléopâtre* sous le bras, la main droite dissimulée dans la poche de sa veste.

— Il s'en est bien mieux sorti avec Hemingway et Fitzgerald, répondit Louis. On ne peut pas gagner à tous les coups.

Il ne laissa pas son regard dériver vers la main droite de Zilla. Se contenta de la fixer, droit dans les yeux.

— Non. Peut-être pas. Profitez de votre verre de vin, et de votre livre.

Elle s'éloigna, tandis que Louis songeait : Elle m'a cadré, ou du moins elle le croit. Aucune importance. Si elle et son mari sont aussi intelligents que Cambion et le Collectionneur le pensent, ils ont dû rapidement comprendre que le privé qu'ils avaient essayé de tuer était différent, et que ses assassins ne seraient pas seulement traqués par les flics, mais aussi par des hommes assez semblables à eux... Ils ne s'attendaient peut-être pas à ce qu'on les retrouve aussi vite...

Louis se demanda si Cambion les avait déjà prévenus.

Il appela Angel tandis qu'elle traversait la rue en direction du parking.

— Il est où ?

— Dans son bureau. Il a fait des TD toute la matinée, et maintenant, il va donner un cours jusqu'à 16 heures.

— S'il annule, préviens-moi.

— Pourquoi ?

— Je pense que sa femme a la trouille. Si c'est le cas, elle va le contacter. Tu sais où il est garé ?

— Oui.

— Surveille sa bagnole.

— Et toi, qu'est-ce que tu fais ?

— Je m'occupe de la maison. Reste avec lui. Et, dis-moi...

— Ouais ?

— Tu as lu *Ange exilé* ?

— Putain, non ! Ça doit bien faire mille pages. Pourquoi je lirais ça ?

— Je savais bien que je ne t'aimais pas sans raison.

— Ah ouais ? s'exclama Angel. Eh bien, si jamais j'en trouve une moi aussi, je te le ferai savoir.

Louis avait toujours un coup d'avance sur elle. Il s'était garé juste devant l'entrée de la boutique. Dès qu'elle eut disparu, il régla l'addition et retourna à sa voiture. Le matin même, Angel s'était occupé de l'alarme de la maison, après s'être assuré que William Daund était occupé à la fac. Quand Zilla Daund y arriva, Louis l'attendait à l'intérieur, et lorsqu'il colla le silencieux de son calibre 22 contre sa tempe, elle serra son sac et ne dit qu'un seul mot :

— Enculé !

— Pas par toi, en tout cas. Et pour ta gouverne, tu as tout faux, à propos de Maxwell Perkins.

Il referma le battant du pied et fit un pas en arrière.

— Tu sais pourquoi je suis là ?

— Le contrat dans le Maine.

— Quelqu'un t'a prévenue ?

— On avait compris, au vu des répercussions, mais on nous a aussi passé un coup de fil.

— Cambion ?

Elle ne répondit pas.

— Ça ne va pas forcément te consoler, mais il vous a balancés juste avant. Pas tout, juste de quoi nous appâter.

— On s'est fait baiser.

— C'est vrai. Lâche ton sac.

C'était un grand sac à main, qui lui pendait à l'épaule gauche. Louis l'avait observée quand elle buvait son vin, aussi savait-il qu'elle était droitière avant même qu'elle ne s'adresse à lui à la boutique, la main droite dans sa poche, avec probablement une arme pointée sur lui. Il estima qu'elle en avait au moins une sur elle, et peut-être une autre dans son sac.

— Si tu es armée, tu ferais mieux de me le dire maintenant.

— Dans mon sac.

— Et rien dans la poche droite de ton manteau ?

— Oups !

Louis recula en lui ordonnant de laisser glisser son manteau à terre. Il fit un bruit sourd en tombant sur le parquet.

— Tu en as d'autres ?

— Fouillez-moi.

— On est dans le Sud. Les hommes de couleur doivent faire gaffe avec les Blanches, dans le coin. Je préférerais que tu me répondes. Simplement.

— A la ceinture, côté gauche.

— T'as peur qu'une guerre éclate ?

— On vit dans un monde dangereux.

Sous son manteau, elle portait un cardigan assez ample pour dissimuler une arme.

— Sers-toi de ta main gauche, dit Louis. Juste le pouce et l'index. Lentement.

De l'avant-bras, Zilla Daund ouvrit le pan de son manteau, puis elle fit glisser le cardigan vers le haut en se servant de sa paume, dévoilant son revolver, un petit Smith & Wesson 642, chambré en 38 Special.

— Bizarre, lâcha-t-elle. Le holster est coincé...

Il la vit se raidir, la devança d'une seconde. Dans un mouvement fluide, elle pivota tout en levant la main droite pour le frapper, mais il la cogna à la tempe avec son Beretta et accompagna sa chute, puis balança son 38 hors de portée. Elle était sonnée mais consciente. Il la cloua au sol en pressant son flingue contre sa nuque et fit glisser son cardigan jusqu'aux coudes afin d'entraver ses mouvements, puis il la fouilla. Elle portait un jean moulant, mais il vérifia quand même qu'elle n'avait pas de lame sur elle. Quand il eut terminé, il la relâcha et la regarda rajuster ses vêtements. Il trouva son téléphone et le lui tendit.

— Appelle ton mari.
— Pourquoi ?

Elle semblait dans les vapes, mais il songea qu'elle exagérait peut-être la chose à son intention. Il lui permit de s'asseoir le dos contre le mur, l'obligeant cependant à garder les jambes tendues et les mains posées sur les cuisses. Cela lui compliquerait la tâche si elle essayait de se lever et de se jeter sur lui. Il ne se faisait aucune illusion quant au danger que cette femme représentait.

— Parce que je sais que tu l'as appelé après m'avoir parlé, à la boutique, et que d'après moi il attend que tu lui confirmes que tout va bien.

Angel avait appelé Louis pour le prévenir qu'il était en vue de la maison, et que William Daund arrivait. « Laisse-le venir », avait répondu Louis.

Il attendit qu'elle trouve « Bill » dans son répertoire, puis au moment où elle s'apprêtait à presser le bouton pour l'appeler, il appuya de nouveau le canon de son arme contre sa tempe.

— Je sais que ton mari est en chemin, tu peux donc comprendre que je ne travaille pas en solo. Quelqu'un le suit. Si tu dis quelque chose qui lui met la puce à l'oreille, nous le saurons. Tout ceci ne doit pas nécessairement mal finir.

Elle le dévisagea. A présent, tous les effets secondaires réels ou simulés du coup qu'elle avait reçu avaient totalement disparu.

— On sait tous les deux que c'est faux. J'ai vu votre visage.

— Tu n'imagines pas à quel point ça pourrait devenir pire, pour toi… et ta famille.

Ce fut l'argument de la famille qui emporta le morceau. Il ne s'agissait plus simplement d'elle et de son mari.

— Enculé… murmura-t-elle de nouveau.

— Si tu te souciais tellement de la sécurité de tes enfants, tu aurais dû choisir un autre métier. Vas-y, appelle. Monte le volume, mais ne mets pas sur haut-parleur.

Elle obtempéra.

— Zill ? dit son mari.

— Je suis à la maison. Mais il faut quand même qu'on parle.

— J'arrive. Ne dis rien au téléphone.

— OK. Fais vite.

Elle coupa la communication.

— Zill et Bill, dit Louis. Mignon.

Elle ne répondit pas. Il pouvait la voir cogiter, essayer de trouver des options. Quelques secondes plus tard, son propre téléphone sonna.

— Angel.

— Daund sera là dans cinq minutes.

— Reste aussi près de lui que possible.

— Pas de problème.

Louis, son flingue toujours pointé sur la tête de Zilla, reprit la parole :

— Tu vas ramper jusqu'à la cuisine sur le ventre. C'est parti.

— Quoi ?!

— Et si tu tentes de te relever, je te bute.

— Vous n'êtes qu'un animal…

— Là, tu deviens blessante. Dépêche-toi.

Il la suivit, le Beretta pointé sur elle tout du long. C'était une cuisine en noyer, avec en son centre une table et quatre chaises assorties. Quand Zilla atteignit la table, Louis lui ordonna de se relever lentement et d'y prendre place, face à la porte. Il prit une tasse sur une étagère et la posa devant elle. La cuisine faisait toute la largeur de la maison. Louis se posta à côté d'un placard aux portes vitrées contenant des boîtes de conserve, accolé au frigo, près d'une seconde ouverture qui donnait sur un salon-salle à manger plutôt vaste. D'où il se tenait, il ne voyait pas la porte d'entrée, mais il pouvait surveiller la femme.

On entendit une voiture se garer devant la maison. Une minute plus tard, le bruit d'une clé dans la serrure. C'était le moment. C'était maintenant que Zilla Daund allait prévenir son mari.

La porte s'ouvrit. Trois choses se passèrent presque simultanément.

Zilla Daund cria le nom de son mari et se jeta à terre.

William Daund leva l'arme qu'il avait déjà dans les mains et se mit à tirer.

Angel apparut derrière lui et lui logea une balle dans la tête. Puis il entra, referma la porte et enjamba le corps de sa victime sans un regard. Pas par manque de sensibilité, par manque de curiosité, plutôt. Il jeta un coup d'œil par la fenêtre du salon... Rien ne suggérait que quiconque ait été témoin de ce qui s'était passé. D'un autre côté, ils ne pouvaient être sûrs de rien, et les flics pouvaient fort bien se présenter à l'entrée dans les cinq minutes. Il fallait faire vite.

Lorsqu'il rejoignit Louis dans la cuisine, Zilla Daund était debout, près de l'arrière-cuisine. Louis la tenait en joue, mais elle avait un grand couteau à la main. Il ne percevait pas clairement contre qui elle comptait s'en servir, mais que ce soit contre elle ou quelqu'un d'autre, les conséquences ne seraient pas belles à voir.

— Depuis le début, vous ne comptiez laisser qu'un de nous en vie.

— Non, répondit Louis. Aucun de vous n'était censé survivre. Le premier à entrer ici allait simplement vivre un peu plus longtemps.

Elle fit tourner le couteau et en posa la pointe sur sa gorge.

— Vous allez repartir les mains vides...

— Avant de faire ça, il faudrait que tu passes un coup de fil à ton fils.

Il posa un téléphone portable sur la table et le fit glisser jusqu'à Zilla, puis Angel et lui baissèrent leur pistolet. Elle saisit le portable, vit un nom sur l'écran : Kerr, son fils cadet.

Elle appela. Il répondit.

— Kerr ? demanda-t-elle.

— Maman ? Maman ?

— Kerr ? Est-ce que ça va ?

— Je ne sais pas où je suis. Des hommes m'ont kidnappé et je suis dans un van qui roule depuis des heures... Maman ? J'ai peur. Qu'est-ce qui se passe ?

— Tout va bien se passer, chéri. C'est juste une erreur. Ces hommes vont te libérer très vite. Je t'aime.

— Maman ? Qu'est-ce...

Elle coupa la communication. Elle remit le couteau dans son présentoir, se mordit la lèvre en secouant la tête. Son regard était ailleurs. Une larme coula sur sa joue, sans qu'on sache pour qui elle coulait.

— J'ai votre parole ?

— Il sera relâché sans qu'on lui ait fait aucun mal, répondit Angel.

Il n'aimait pas ça. Il n'aimait pas ça du tout. Menacer des enfants, ce n'était pas dans sa nature. Nécessaire, peut-être, mais pas juste pour autant.

— Comment puis-je en être sûre ?

— Sans vouloir souligner l'évidence, tu n'as pas vraiment le choix, répliqua Louis. Cela dit, je pense que

Cambion t'en a révélé assez sur nous, et tu as probablement appris deux ou trois choses de ton côté, depuis.

— On a passé quelques coups de fil, admit-elle.

— Et ?

— Si on avait su pour vous, on vous aurait tués avant de s'attaquer au privé.

— Ambitieux.

— Prudent, en tout cas.

— Non. Si vous aviez été prudents, vous auriez fait votre petite enquête avant de vous lancer.

D'un hochement de tête, Zilla lui concéda qu'il n'avait pas tout à fait tort.

— Qui vous a demandé de tuer Parker ? demanda Louis.

— Hayley Conyer.

— Qui est Hayley Conyer ?

— La présidente du conseil municipal de Prosperous, une ville du Maine.

— Pourquoi ?

— Je n'ai pas posé la question, mais tout ce que fait Hayley, elle le fait pour le bien de sa ville.

— Vous avez d'autres commanditaires ?

— Non, simplement elle.

— Vous faites ça pour de l'argent ?

— Elle paye, mais nous l'aurions fait pour rien, si nécessaire. Nos ancêtres viennent de cette ville.

— Qui d'autre était au courant ?

— Morland, le chef de la police. Le pasteur Warraner. Les autres membres du conseil.

— Est-ce que vous avez maquillé en suicide la mort d'un sans-abri du nom de Jude, à Portland ?

— Oui.

— Et vous avez tué sa fille ?

— Non.

— Qu'est-ce qu'il y a de si particulier, à Prosperous ?

Le rictus de détermination que Louis avait déjà remarqué revint s'afficher sur le visage de Zilla Daund.

— C'est tout ce que vous obtiendrez, dit-elle.

— Vous avez balancé votre ville sans trop vous faire prier.

— Je ne l'ai pas balancée. Prosperous va vous bouffer... tout crus.

Louis tira. Deux fois. Elle s'effondra, son corps s'agita encore quelques secondes sur le sol, puis elle mourut. Louis s'approcha de la fenêtre donnant sur la rue. La nuit commençait à tomber. Dans cette banlieue-dortoir de construction récente, les maisons trônaient toutes au milieu de jardins séparés par des arbres et des haies. Certaines étaient éclairées, mais il n'y avait pas un chat dans les rues. Louis se demanda comment on pouvait vivre dans un lotissement tel que celui-ci, avec des maisons presque identiques sur des terrains bien délimités, différant juste assez les unes des autres pour donner l'illusion de l'individualité. Peut-être que tuer des gens était l'unique moyen que les Daund avaient trouvé pour ne pas devenir fous.

S'ils avaient eu plus de temps, ils auraient fouillé la maison, mais Angel se sentait mal à l'aise. Il tira de sa poche deux flasques contenant du phénol liquide, et les deux hommes refirent le trajet qu'ils avaient effectué en aspergeant leurs traces de ce composé chimique, qui a pour caractéristique de détruire l'ADN. Lorsqu'ils eurent terminé, ils retournèrent chacun à leur voiture. Il ne leur fallut que quelques secondes pour ôter les autocollants qui recouvraient leurs plaques d'immatriculation et les brûler. Louis passa un coup de fil aux ravisseurs de Kerr et leur enjoignit de libérer leur otage, mais pas avant le lendemain matin. A ce moment-là, Angel et lui seraient loin d'Asheville, Caroline du Nord, mais considérablement plus près de Prosperous, Etat du Maine.

52

En réalité, ils ne se rendirent pas immédiatement à Prosperous, mais prirent un peu de temps pour s'organiser.

Une des sociétés-écrans de Louis loua un appartement sur Eastern Promenade, à Portland, et au Great Lost Bear Dave Evans fit semblant de ne pas remarquer les réunions qui avaient lieu dans son bureau, se résignant même à faire sa paperasserie dans un box de la salle, près du bar. Deux hommes d'affaires japonais et leurs épouses se rendirent à Prosperous, où tout le monde trouva leur courtoisie et leur enthousiasme charmants. Ils prirent de nombreuses photos, comme tous les touristes orientaux. Ils acceptèrent même de bonne grâce qu'on leur interdise l'accès au cimetière à côté de la vieille église. Le terrain n'était pas sécurisé, leur dit-on, mais la municipalité travaillait sur un projet d'allée entre les tombes qui permettrait d'atteindre la chapelle. Peut-être pourraient-ils la visiter lors d'un prochain séjour.

Un soir, peu après l'arrivée d'Angel et Louis à Portland, Ronald Straydeer se présenta au Great Lost Bear. Ronald ne fréquentait pas beaucoup les bars de la ville à l'époque où il buvait, et à présent qu'il était sobre il avait encore moins de raisons de le faire, mais Angel et

Louis préféraient mener leurs affaires ailleurs que chez eux, car moins il y avait de gens connaissant leur adresse, mieux ils se portaient. C'était Rachel Wolfe qui avait arrangé le rendez-vous, étant donné que Ronald ne connaissait aucun autre moyen de contacter les deux hommes qu'il cherchait. Ronald lui avait laissé un message à l'hôpital, où Parker se trouvait toujours dans le coma. Il s'était montré bref, demandant juste à Rachel de le rappeler. Elle l'avait rencontré une ou deux fois, quand elle vivait encore à Scarborough, et connaissait le respect mutuel qui les liait, lui et son ex. C'est pourquoi elle ne posa pas de questions quand il lui demanda de le mettre en contact avec Angel et Louis, se contentant de transmettre le message. Lorsque Angel l'avait rappelé, Ronald avait déclaré simplement : « J'ai vu quelque chose se produire à Prosperous. Quelque chose de mauvais. » Angel avait aussitôt su qu'ils allaient bientôt disposer d'une nouvelle pièce du puzzle.

Devant un café, Ronald leur raconta la scène dont il avait été témoin : une adolescente avalée par la terre à l'ombre d'une ancienne église, tandis qu'un groupe d'hommes et de femmes âgés regardait le spectacle en compagnie d'un policier et d'un pasteur. Si son récit avait surpris les deux hommes, ils n'en montrèrent rien. Et s'ils étaient sceptiques, Ronald n'en perçut rien non plus.

— Que pensez-vous qu'il lui soit arrivé ? demanda Louis.

— Je crois que quelque chose l'a tirée vers l'intérieur.

— Quelque chose...

Ronald crut qu'il s'agissait de la première manifestation de doute de leur part, mais il se trompait. Il se rendit compte que ces hommes avaient vu et entendu des choses bien plus étranges encore.

— Ça ne va pas suffire, reprit Louis. On a besoin de plus de détails. On ne peut pas se lancer là-dedans à l'aveuglette.

Ronald s'était dit la même chose. Il avait fouillé dans sa mémoire ce qu'il avait retenu des coutumes tribales – le culte du cèdre des Cherokees, fondé sur la croyance que le créateur avait imprégné cet arbre des âmes de ceux qui étaient morts à l'époque de la nuit éternelle ; les Canotila, ces habitants des arbres des légendes des Lakota ; un conte abenaki, selon lequel l'homme serait né de l'écorce d'un frêne ; les Mikumwasus, le petit peuple qui, selon les Penobscot, la tribu de Ronald, vivait dans les forêts –, mais sans trouver d'explications à ce qu'il avait vu. Il avait une image à l'esprit, celle d'un grand arbre qui poussait à l'envers, avec son faîte dénué de feuilles enfoncé sous la terre, son tronc qui s'étendait vers le haut et ses racines torturées qui se frayaient un chemin vers la lumière ; en son cœur, entouré par les coquilles des jeunes filles mortes, se trouvait l'entité qui était venue de loin, l'esprit qui avait pénétré les pierres de l'ancienne église, la suivant dans son périple à travers la terre et l'océan avant de se retirer dans le sol où avaient été posées les fondations de sa reconstruction, se modelant elle-même à partir du bois et de la sève. La question qui taraudait Ronald était la nature de cette entité, parce qu'il croyait que les hommes créaient leurs dieux tout autant, sinon plus, que les dieux créaient les hommes. Si cet ancien dieu existait, c'était parce que des hommes et des femmes lui permettaient de continuer à vivre à travers leurs croyances. Ils le nourrissaient, et lui les nourrissait en retour.

Ronald tira de sa veste une liasse de photocopies qu'il posa devant Angel et Louis. Les photos imprimées dessus, non datées, représentaient les têtes sculptées qu'on pouvait admirer à l'intérieur et à l'extérieur de la chapelle de la Congrégation des Temps d'avant l'Eden. Il les avait trouvées au fin fond des archives de la Maine Historical Society en suivant sans le savoir la même piste que Parker, celle des illustrations de têtes feuillues qu'on trouvait dans les églises et les cathédrales d'Europe occidentale. Les Anglais appelaient ce dieu l'Homme vert, mais il était plus vieux que ce nom d'au moins un millénaire, et son esprit plus vieux encore. Quand les premiers hommes arrivèrent, il les attendait au milieu des arbres, et son image se forma dans leur esprit : un visage constitué de bois et de feuilles.

— C'est peut-être à ça que ça ressemble, dit Ronald.

Angel prit l'une des photos. C'était le visage de l'hiver, le plus blafard et le plus hostile de ceux qui décoraient l'église de Prosperous. Il songea à ce que Ross leur avait dit à Brooklyn. Peu importait qu'une chose existe ou non. L'important, c'était le chaos provoqué par ceux qui croyaient en son existence.

— Vous avez mentionné des racines.

— Oui. Je crois que ce sont des racines qui l'ont tirée vers le bas.

— Des racines et des branches. Du bois.

— Et qu'est-ce que ça fait, le bois ? demanda Louis.

Angel répondit en souriant :

— Ça brûle.

Les meurtres d'Asheville n'étaient pas passés inaperçus à Boston, où les hommes de Garrison Pryor avaient suivi les mêmes pistes qu'Angel et Louis, quoique plus discrètement. Les décès de William et Zilla Daund n'avaient fait que confirmer ce que Pryor avait commencé à soupçonner : l'agression contre le privé avait été commanditée par Prosperous. Cela signifiait aussi que la décision de laisser le symbole des Croyants sur la scène de crime avait été prise là-bas et que Pryor pouvait faire un paquet avec tous les ennuis qui l'affectaient en ce moment et le déposer à l'entrée de la ville.

Jusqu'à présent, Prosperous n'avait que rarement troublé sa tranquillité. C'était une communauté repliée sur elle-même, et il ne voyait pas de raison d'interférer avec elle tant qu'elle restait discrète. Néanmoins, l'insularité de la ville, son refus de reconnaître l'existence d'un monde au-delà de ses limites territoriales, monde qui pouvait se trouver affecté par les décisions qu'elle prenait, ainsi que l'obstination de ses édiles à la préserver à n'importe quel prix perturbaient désormais le statu quo.

Prosperous avait agi d'une façon qui rendait la vengeance inévitable.

L'appel leur parvint sur le portable d'Angel, en numéro masqué. Quand Angel lui tendit l'appareil et qu'il entendit la voix du Collectionneur à l'autre bout du fil, Louis ne fut pas si surpris que ça.

— Très impressionnant, dit le Collectionneur. Pour être franc, je me suis demandé si Cambion n'avait pas eu raison de parier sur eux, mais à l'évidence, ils n'étaient pas aussi doués qu'il le croyait.

— Je pense qu'ils s'étaient gâté la main à tuer des sans-abri, répondit Louis.

— Oh, ils ont assassiné bien d'autres personnes, mais je suis d'accord. Ils pataugeaient dans le petit bassin.

— Comment saviez-vous que c'était eux ?

— Par élimination. J'ai posé quelques questions qui m'ont permis d'apprendre que Parker avait fourré le nez dans les affaires de Prosperous. Il était possible que la ville n'ait rien à voir là-dedans, mais Cambion a été l'élément qui m'a convaincu. Cela faisait longtemps qu'il s'intéressait aux tueurs fétiches de Prosperous.

— Vous auriez pu nous le dire. Vous auriez pu nous donner le nom de la ville, tout simplement.

— Mais alors, où serait le défi ? Et je vous connais, Louis, peut-être même mieux que vous ne vous connaissez vous-même. Vous êtes méticuleux. Vous préférez découvrir les choses par vous-même. Qu'est-ce que les Daund vous ont donné ? Prosperous, ou plus que ça ? Attendez... Des noms. Ils vous ont donné des noms. Vous ne seriez pas partis sans ça. J'ai raison ?

Louis posa son verre de jus d'orange. Avant le coup de fil, il était en train de consulter les pages économiques du *Times*, mais à présent, il voulait bien admettre que tout l'intérêt qu'il portait au journal, sans même parler du jus d'orange, s'était dissipé.

— Un nom, concéda-t-il. La femme m'a donné un nom.

— Hayley Conyer.

— Merde !

— Oh, elle n'aimerait pas vous entendre jurer comme ça. C'est une femme qui vit dans la crainte de dieu. Un dieu avec un « d » minuscule, soit dit en passant.

— Elle vous intéresse ? Vous voulez un rencard ?

— Elle est très âgée.

— Sans vouloir vous offenser, je ne crois pas que vous puissiez vous permettre de faire le difficile.

— Laissez tomber vos facéties. C'est une femme intéressante, et Prosperous est une ville fascinante. Vous allez aimer.

— Conyer figure sur votre liste ?

— Oh oui.

— Alors, pourquoi ne l'avez-vous pas éliminée ?

— Parce qu'il ne s'agit pas seulement d'elle, mais de toute la ville. Depuis des générations. Pour rendre justice aux péchés de Prosperous, il faudrait que je déterre quatre siècles d'ossements et que je les incinère sur un bûcher. Il faudrait mettre le feu à toute cette ville, et c'est au-delà de mes capacités.

Louis vit où il voulait en venir.

— Mais pas des nôtres.

— Non.

— Pourquoi devrions-nous détruire toute une ville ?

— Parce qu'elle est complice de ce qui est arrivé à Parker, et que si vous ne la rayez pas de la carte, elle transmettra ses traditions aux générations suivantes. Et ce sont vraiment de sales traditions. Prosperous est une ville qui a faim.

— Du coup, vous voulez qu'on se tape le sale boulot à votre place ? Allez vous faire foutre.

— Ne soyez pas comme ça. Vous allez vous amuser, je vous le garantis. Oh, et faites particulièrement attention à leur église. Les flammes ne suffiront pas. Vous devrez creuser bien plus profond, et détruire ça avec quelque chose de bien plus puissant.

Louis sentit que la conversation touchait à son terme.

— Vu qu'on se fait des politesses, vous avez retrouvé votre ami Cambion ?

Le Collectionneur se trouvait dans les locaux de Blackthorn Apothicaire. Il avait une lame à la main, sur laquelle restait un peu de sang.

— Il est parti avant que nous ayons pu faire connaissance.

— Pas de bol.

Louis était sincère.

— Oui, c'est vrai, répondit le Collectionneur tout aussi sincèrement.

Une ou deux secondes s'écoulèrent.

— Vous m'aviez dit qu'il vivait avec quelqu'un d'autre, reprit le Collectionneur.

— Oui. Un colosse. Vêtu de jaune. Difficile de ne pas le voir.

— Personne d'autre ?

— Pas que je sache.

— Hmm.

Le Collectionneur posa les yeux sur les restes de ce qui avait été un être humain, couché sur une paillasse devant lui. L'homme n'avait plus d'yeux, plus d'oreilles, plus de langue. La plupart de ses doigts et de ses orteils manquaient également. Des points de suture marquaient l'endroit où il avait été émasculé. Le Collectionneur l'avait tué par pitié.

— Vous savez, dit-il, je crois que j'ai retrouvé le médecin de Cambion... N'oubliez pas de m'envoyer une carte postale quand vous serez à Prosperous.

Il raccrocha. Angel regarda Louis par-dessus le journal.

— Vous êtes devenus potes, tous les deux ?

Louis lâcha un soupir.

— Tu sais, parfois je souhaiterais n'avoir jamais entendu parler de Charlie Parker...

Garrison Pryor était assis dans un coin tranquille de l'Isabella Stewart Gardner Museum de Boston. Il avait vue sur la pièce adjacente, aussi savait-il que personne ne l'observait ni ne pouvait l'entendre. Depuis la visite du FBI dans ses bureaux, il s'inquiétait d'une possible surveillance au point de friser la paranoïa. Il ne passait plus de coups de fil de l'extérieur ou sur les téléphones de la société, particulièrement quand il communiquait avec le Commanditaire principal. Celui-ci, l'homme le plus important dans la hiérarchie, changeait de téléphone portable chaque jour. Néanmoins, ils avaient désormais recours à un ancien stratagème, primitif mais virtuellement indétectable, pour transmettre des informations sensibles : un simple code fondé sur l'exemplaire du jour du *Wall Street Journal* – page, colonne, paragraphe, ligne. Nombreux étaient ceux parmi les Commanditaires les plus âgés qui trouvaient cela rassurant, et Pryor pensait que certains conseilleraient de s'y tenir, même une fois que le FBI se serait lassé d'enquêter sur les malversations financières imaginaires dont il les soupçonnait.

L'attention que l'agence gouvernementale leur portait était gênante, voire irritante, mais guère plus que cela. La société Pryor Investments, ayant retenu les leçons de ses précédentes erreurs, se montrait à présent extrêmement méticuleuse dans son fonctionnement. Bien sûr, ce n'était qu'une société-écran. Totalement opérationnelle, lucrative, mais un écran tout de même. La véritable machinerie des Commanditaires était si profondément enfouie, et depuis si longtemps, dans des sociétés bien établies, des banques, des trusts, des œuvres caritatives et des organisations religieuses, qu'elle était impossible à retracer. Que le FBI et ses alliés se cassent donc les dents sur Pryor Investments. Certes, il était dommage que le privé du Maine s'y soit intéressé en premier lieu, mais ce n'était qu'un manque de chance, rien de plus. A l'évidence, il avait parlé de ses soupçons, raison pour laquelle le FBI était venu frapper à la porte de Pryor. Néanmoins, ils ne trouveraient rien, et au final ils porteraient ailleurs leur attention.

A présent, dans l'atmosphère apaisée du musée, Pryor parlait au téléphone avec le Commanditaire principal.

— Qui a tué le couple d'Asheville ?

— On n'en est pas certains, répondit Pryor, mais on pense qu'il s'agit des assassins à la solde de Parker.
— Ils ont réussi là où nous avons échoué.
— On n'était pas loin. Le sang des Daund coulait encore sur le sol quand j'ai obtenu leur nom.
— Du coup, ils nous ont évité la peine de les tuer nous-mêmes.
— Je suppose que oui. Et maintenant, qu'est-ce qu'on fait ?
— Maintenant ? Rien.
Pryor était surpris.
— Et Prosperous ?
— Laissons les amis de Parker finir ce qu'ils ont commencé. Pourquoi mettre les mains dans le cambouis quand ils peuvent le faire à notre place ?
Le Commanditaire principal s'esclaffa.
— On n'a même pas besoin de les payer !
— Et ensuite ? demanda Pryor.
— Les affaires reprennent. Vous avez des mines à acquérir.
Oui, songea Pryor. C'est vrai.

53

Lucas Morland avait l'impression d'avoir vieilli de plusieurs années en quelques jours, mais pour la première fois il se prenait à espérer que Prosperous pourrait se sortir de tout ça sans encombre, du moins en ce qui concernait les autorités judiciaires. La police de l'Etat du Maine ne l'avait plus contacté depuis quarante-huit heures et ses enquêteurs avaient quitté la ville. Une version des faits semblait remporter l'adhésion de tous : Harry Dixon, déprimé et soumis à des difficultés financières, avait tué sa femme, sa belle-sœur, son beau-frère et vraisemblablement sa nièce, avant de retourner son arme contre lui. Des recherches approfondies pour retrouver Kayley Madsen dans la ville et ses environs n'avaient rien donné. La police de l'Etat avait même vaguement fouillé le cimetière, sous l'œil attentif du pasteur Warraner. Le seul moment de tension s'était produit lors de la découverte d'un endroit où la terre avait été remuée, à côté de l'église, mais en creusant les enquêteurs n'avaient trouvé que les vestiges de ce qu'ils avaient pris pour un terrier – trop étroit, ils en étaient sûrs, pour qu'on puisse y enterrer le corps d'une adolescente.

Restait le problème du privé. Le contrat sur sa tête avait merdé et, comme Morland l'avait prévu, il avait entraîné toute une série de répercussions dont la plus importante était l'assassinat des Daund. Morland ne savait pas comment on les avait retrouvés. Il ignorait également s'ils étaient morts sans rien révéler ou s'ils avaient tout confessé à leurs agresseurs dans l'espoir de survivre, ou plutôt de sauver leur fils, qui s'était fait kidnapper au même moment. Dans le meilleur des cas, ceux qui cherchaient à venger Parker ne se trouvaient plus qu'à un pas de la ville. Morland avait cherché à faire comprendre à Conyer et aux autres le danger qui les menaçait, mais ils s'y refusaient. Ils étaient convaincus que leurs actes avaient protégé la ville et qu'en retour la ville les protégerait. Pourquoi n'en irait-il pas ainsi ? Après tout, ils lui avaient donné une fille.

A présent, Morland se trouvait de nouveau chez Conyer, assis à la même table, dans la même pièce, à boire du thé dans les mêmes tasses. Le soleil brillait entre les arbres. C'était la première journée véritablement chaude depuis des mois. L'atmosphère était lumineuse. Le bruit de la neige qui fondait rythmait le temps comme le battement discret d'une horloge.

— Tu t'es bien débrouillé, Lucas, dit Hayley entre deux gorgées de thé.

Morland avait à peine touché au sien. Désormais, chaque minute passée en présence de Hayley Conyer était une souffrance.

— Ne crois pas que le conseil n'apprécie pas tes efforts à leur juste valeur, reprit-elle.

Il ne se trouvait là que parce que ce vieux salaud de Kinley Nowell avait fini par rendre l'âme. Il était mort le matin même, dans les bras de sa fille. Un trépas plus paisible que ce qu'il méritait. Pour Morland, Kinley Nowell avait toujours manqué singulièrement d'humanité, même selon les standards d'une ville qui alimentait en jeunes filles un trou dans la terre.

Cependant, la mort de Nowell lui fournissait une dernière chance de faire entendre raison à Conyer. Le conseil devrait le remplacer, mais Hayley avait mis son veto à la nomination de Stacey Walker, la jeune avocate, à la place de Nowell, bien que la majorité des membres se soit prononcée pour. A la place, elle poussait Daniel Cooper, un homme des plus têtus et bornés, presque aussi âgé que Nowell, et qui admirait Conyer avec une ferveur confinant à la stupidité. Même après tous les événements qui s'étaient produits, elle essayait encore de consolider sa position.

— Il faut simplement qu'on se serre les coudes un peu plus longtemps, ajouta-t-elle, et tout cela ne sera plus qu'un souvenir.

Elle savait pourquoi il était là, mais cela ne la ferait pas dévier d'un iota. Elle avait déjà dit à Morland qu'elle trouvait Stacey Walker trop jeune et trop inexpérimentée pour siéger au conseil. « Quand l'époque est noire, écoute les cheveux blancs », avait-elle déclaré. Morland ne savait pas s'il s'agissait d'un vrai dicton ou si elle venait de l'inventer, mais dans un cas comme dans l'autre il n'était pas d'accord. C'étaient les cheveux blancs qui les avaient mis dans ce pétrin. La ville avait besoin d'un nouveau départ. Il songea à Harry Dixon et à la question qu'il avait posée, la nuit où ils avaient enterré Annie Broyer.

Que se passerait-il s'ils arrêtaient de le nourrir ?

De mauvaises choses, aurait répondu Hayley Conyer si elle s'était trouvée avec eux. Elle aurait énuméré les malheurs que Prosperous venait de subir – la mort des soldats en Afghanistan, celle de Valerie Gillson et de Ben Pearson –, puis elle aurait conclu : « Tu vois ? C'est ce qui se passe quand on manque à nos devoirs envers la ville ! »

Pourtant, si tout cela n'était qu'un mythe auquel ils avaient choisi de croire par erreur ? Leur dieu était peut-être plus dépendant d'eux qu'eux de lui. Leur foi lui donnait du pouvoir. S'ils le privaient de cette foi, que se passerait-il ?

Un dieu pouvait-il mourir ?

Que la ville subisse son lot d'infortunes. Que ses habitants courent les mêmes risques que le reste des êtres humains, pour le meilleur ou pour le pire. Morland était surpris de constater à quel point le sort de Kayley Madsen l'avait secoué. Il avait entendu les histoires, bien sûr. Son propre père l'avait préparé à ce spectacle, alors, il croyait savoir à quoi s'attendre. Mais il n'était pas prêt à affronter ça pour de vrai. Ce qui le hantait le plus, c'était la vitesse à laquelle la terre avait avalé cette jeune fille, comme lorsqu'un magicien fait disparaître quelque chose.

Si on l'écoutait, on arrêterait de nourrir cet ancien dieu.

Hayley Conyer lui faisait obstacle : Conyer, et ceux qui lui ressemblaient.

— Nous devons mettre de côté nos dissensions et nous tourner vers l'avenir, dit-elle. Laissons les difficultés que nous venons de traverser rester dans le passé.

— Mais elles sont encore présentes. Ce qui est arrivé aux Daund le prouve bien.

— Tu prétends que leur mort est liée à ce qu'ils ont fait pour nous récemment ?

— Vous m'avez dit vous-même qu'ils ne travaillaient que pour Prosperous. C'est forcément pour ça qu'on les a tués.

Elle balaya l'argument d'un geste de la main.

— Ils ont peut-être été tentés d'accepter d'autres contrats sans nous mettre au courant. Et même si ce n'est pas le cas et qu'ils ont été retrouvés à cause de ce qui est arrivé au privé, ils ne nous auront pas trahis.

— Même pas pour sauver leur fils ?

Question stupide. Hayley Conyer n'ayant pas d'enfants et n'ayant jamais semblé vouloir être mère, qu'on puisse éprouver de tels sentiments envers sa progéniture dépassait de loin ses facultés de compréhension.

— Hayley ! relança Morland. Ils vont venir ici. J'en suis certain.

Et c'est ta faute, avait-il envie d'ajouter. Je t'avais prévenue. Je t'avais dit de ne pas t'engager sur cette voie. J'aime cette ville autant que toi. J'ai même tué pour elle. Mais toi, tu penses que quelle que soit la décision que tu prendras, quelle que soit la chose que tu trouveras appropriée, elle le sera également pour Prosperous. Ce en quoi tu as tort. Tu es comme ce roi français qui disait que l'Etat, c'était lui, avant que le peuple ne lui prouve qu'il avait tort en guillotinant un de ses descendants.

Morland n'était pas le seul à penser cela. D'autres étaient du même avis. Le temps du conseil sous sa forme actuelle touchait à sa fin.

— S'ils viennent, nous nous en occuperons, poursuivait Hayley. Nous...

Morland n'écoutait plus. Ses pensées dérivaient. Il ne dormait pas bien, ces derniers temps, et quand il parvenait à somnoler un peu, ses rêves étaient hantés par des visions de loups. Il s'étira, sortit un mouchoir de sa poche. Hayley Conyer parlait toujours, lui donnant un cours sur l'histoire de la ville, leurs obligations envers celle-ci, la sagesse du conseil... Il avait l'impression d'entendre les croassements d'un vieux corbeau. Elle dit quelque chose à propos d'une période d'essai, mentionna également que personne n'était irremplaçable.

Elle évoqua la possibilité qu'il prenne des vacances prolongées.

Il se leva. Cela lui demanda un grand effort. Son corps lui semblait incroyablement lourd. Il regarda le mouchoir. Pourquoi l'avait-il sorti de sa poche ? Ah, il s'en souvenait à présent. Il fit le tour de la table et se posta derrière Conyer, puis plaqua le mouchoir sur le nez et la bouche de la vieille femme et serra. Il passa son bras gauche autour d'elle, la maintenant dans son fauteuil, ses bras menus pressés contre elle. Elle se débattit, mais il était grand, tandis qu'elle-même était âgée. Morland ne la regarda pas dans les yeux pendant qu'il la tuait. Il fixa les arbres dans le jardin, par la fenêtre. Sur l'érable le plus proche, on voyait les bourgeons d'hiver rouges. Bientôt, au début du printemps, ils allaient éclore en fleurs rouge et jaune.

Hayley Conyer ruait dans son fauteuil. Il sentit son âme la quitter, et l'odeur de sa mort. Il relâcha son étreinte, examina son nez et sa bouche. Aucun signe apparent de blessure : juste une petite rougeur à l'endroit où il avait pressé ses narines, rien de plus. Il la laissa s'affaler sur la table et téléphona à Frank Robinson, l'unique médecin de la ville, qui, comme Morland, pensait que l'heure du changement approchait à grands pas. Robinson ferait un excellent conseiller.

— Frank, dit-il une fois que la standardiste le lui eut passé, j'ai une mauvaise nouvelle. Je suis venu voir Hayley Conyer et je l'ai trouvée effondrée sur la table de sa salle à manger. Elle est morte. J'imagine que son vieux cœur a fini par lâcher. Ça doit être à cause de tout ce stress.

Il était peu probable que le légiste en chef de l'Etat insiste pour qu'on fasse une autopsie, mais même si c'était le cas, Robinson aurait toute autorité pour la pratiquer lui-même. En attendant son arrivée, Morland prendrait des photos pour les inclure dans son rapport.

Robinson lui parlait.

— Oui, répondit Morland. C'est une grande perte pour la ville. Mais nous devons aller de l'avant.

Deux de moins, pensa Morland. Encore un, et il pourrait prendre le contrôle du conseil. Le type à surveiller, c'était Thomas Souleby, qui avait toujours voulu se trouver à sa tête. Warraner pouvait également poser problème, mais la tradition voulait que le pasteur ne siège pas, pas plus d'ailleurs que le chef de la police. Néanmoins, Warraner n'avait pas beaucoup d'amis à Prosperous, contrairement à Morland. En outre, si Morland parvenait à faire cesser cette folie, il faudrait qu'il s'occupe aussi de Warraner. Sans berger, pas de troupeau. Sans pasteur, pas d'église.

Il regarda ses mains. Il n'avait encore jamais fait feu, même sous l'effet de la colère, jusqu'au jour où il avait tué les Dixon et leur belle-famille. A présent, il avait plus de morts sur la conscience qu'il ne pouvait en compter sur les doigts d'une main. Il avait même tué Harry Dixon. Bryan Joblin s'était porté volontaire, mais Morland n'était pas certain que Joblin soit capable d'accomplir une chose aussi simple et cependant aussi dangereuse sans tout foutre en l'air. Il l'avait laissé assister à la scène. C'était le moins qu'il pouvait faire.

Morland aurait dû se sentir plus perturbé qu'il ne l'était, mais, hormis les derniers instants de Kayley Madsen, il n'avait pas de poids sur la conscience, car il pouvait justifier devant elle chacun des assassinats qu'il avait perpétrés. En décidant de fuir, Harry Dixon n'avait pas laissé le choix à Morland. Il aurait fini par avouer à quelqu'un comment Annie Broyer avait trouvé la mort à Prosperous. L'emprise de la ville sur ses citoyens déclinait au fur et à mesure qu'ils s'en éloignaient. C'était vrai pour n'importe quelle croyance. Elle ne se maintenait que grâce à la proximité de ceux qui la partageaient.

Une voiture se gara, Frank Robinson en sortit. Morland aurait voulu monter dans son propre véhicule et quitter les lieux, mais il était allé trop loin, à présent. Un vers d'une pièce de théâtre lui traversa vaguement l'esprit. Le souvenir devait remonter à ses années de lycée, parce qu'il n'avait pas mis les pieds dans un théâtre depuis une bonne vingtaine d'années. Shakespeare, probablement… Quelque chose qui disait que lorsqu'on avait un truc à faire, autant le faire vite.

Si Morland parvenait à se débarrasser de Souleby, le conseil tomberait entre ses mains.

Le conseil, et la ville.

La nouvelle du décès de Hayley Conyer fut relayée dans les journaux, comme tout ce qui touchait à Prosperous ces derniers temps. L'idée selon laquelle le cœur de la vieille femme n'avait pas tenu le choc face aux troubles récents faisait consensus, même si tous ne la partageaient pas.

— Bon sang, dit Angel à Louis. Si ça continue comme ça, on n'aura plus personne à tuer, là-bas.

La patience de Louis ne manquait pas de l'étonner. Ils étaient toujours à Portland, et n'avaient encore rien entrepris contre Prosperous.

— Tu penses que c'est une mort naturelle ? reprit-il.

— Une mort est toujours due à des causes naturelles, si tu regardes bien.

— Ce n'est pas ce que je voulais dire.

— Je serais surpris si elle n'était pas morte en ruant dans les brancards. Zilla Daund nous a dit que le contrat sur Parker venait du conseil de Prosperous et en particulier de cette Conyer. Maintenant, elle est morte.

Si j'étais l'un des membres de ce conseil, je commencerais à bien verrouiller ma porte la nuit. C'est comme ce truc dans Sherlock Holmes : une fois que tu as éliminé tout ce qui est impossible, ce qui reste, même si c'est improbable, est la vérité.

— Je ne suis pas sûr de comprendre, lâcha Angel.

— Quand toutes les autres personnes dans une pièce sont mortes, celle qui reste, pour respectable qu'elle soit, est l'assassin.

— Correct. Tu as quelqu'un à l'esprit ?

Louis s'approcha de la table de la salle à manger, sur laquelle s'étalaient une série de photos de la ville, de différents immeubles et de quelques citoyens. Certaines avaient été prises par les « touristes » japonais, d'autres récupérées sur des sites Web. Louis en sélectionna cinq.

— Souleby, Joblin, Ayton, Warraner et Morland, dit-il.

Il fit glisser celles de Joblin et d'Ayton sur le côté.

— Pas ceux-là.

— Pourquoi ?

— Mon instinct. Souleby a peut-être ça en lui, je veux bien l'admettre, mais pas les deux autres. Le premier est trop vieux, l'autre ne cadre pas.

Ensuite, Louis ôta celle de Warraner.

— Encore une fois, pourquoi ?

— Ça n'aurait pas de sens. Tout ceci a un rapport avec leur vieille église, et Conyer et le conseil ont agi pour la protéger. L'église, c'est le bébé de Warraner. Il n'aurait pas de raison de s'en prendre à quelqu'un qui agit en faveur de ses intérêts.

Louis effleura du doigt la photo de Souleby. Ils avaient constitué un dossier sur chacun des membres du conseil, ainsi que sur Warraner et Morland. Souleby était un homme intéressant, impitoyable en affaires, avec des relations à Boston. Néanmoins…

— Ça fait beaucoup de meurtres pour un vieil homme. Beaucoup trop.

Il écarta aussi la photo de Souleby.

— Ce qui nous laisse Morland, déclara Angel.

Louis examina la photo du chef de la police. Elle provenait du site Web de la ville. Morland souriait à l'objectif.

— Oui… Ça nous laisse Morland.

54

Thomas Souleby essayait de faire ses bagages sous l'œil de sa femme, Constance, qui s'énervait de plus en plus à voir comment il balançait ses vêtements dans le grand sac marin en cuir. Il avait toujours été nul à chier pour ça, songea-t-elle. Mais elle n'exprima pas sa pensée à voix haute. Après cinquante ans de mariage, son mari prétendait encore être choqué par ce qu'il appelait son « langage fleuri »...

— Laisse-moi faire ! s'exclama-t-elle en le poussant gentiment du coude.

Elle ressortit les vêtements du sac et les plia correctement avant de les remettre dedans.

— Va plutôt chercher ton nécessaire de rasage, ajouta-t-elle.

Thomas obtempéra. Il ne mentionna pas que plier correctement ses affaires n'était pas la chose la plus importante en ce moment. Quoi qu'il en soit, sa femme le faisait plus vite et plus efficacement que lui – il avait toujours été du genre à se hâter lentement –, et il était inutile de discuter avec elle, pas lorsqu'il s'agissait de la logistique du quotidien. Sans elle, ils n'auraient jamais atteint le degré de confort et d'aisance matérielle dont ils jouissaient aujourd'hui. Thomas n'avait jamais été un homme attentif aux détails. Il s'intéressait aux concepts. C'était sa femme qui était méticuleuse.

Quand il revint dans la chambre, le sac était déjà à moitié rempli : des chemises, un pull, deux pantalons, une seconde paire de chaussures avec des chaussettes et des sous-vêtements, le tout proprement glissé dedans. Il ajouta son nécessaire et un Colt 1911 qui avait appartenu à son père. Le Colt n'était pas enregistré. Il y avait de cela fort longtemps, son père lui avait parlé de l'importance de préserver certains secrets, particulièrement dans une ville telle que Prosperous. En constatant l'ascension lente mais régulière de Lucas Morland, Souleby en vint à se sentir reconnaissant envers son père de ce legs. Souleby considérait qu'il savait bien juger un caractère – dans le cas contraire, il n'aurait pas réussi en affaires –, et il n'avait jamais fait confiance à Lucas Morland, pas plus qu'il ne l'avait estimé. Ce dernier pensait avoir plus de jugeote que ses aînés, mais Prosperous ne fonctionnait pas ainsi. Souleby avait également remarqué un changement chez le chef de la police au cours des dernières semaines. Il pouvait presque en percevoir l'odeur, comme si sa sueur en avait été altérée. Hayley l'avait ressenti, elle aussi. C'est pourquoi, juste avant sa mort, elle avait exprimé l'idée de remplacer Morland au poste de chef de la police par un de ses adjoints, plus malléable. Souleby sentait encore la main de la vieille femme posée sur son bras, la force de sa poigne, quand, la veille, elle lui avait parlé pour la dernière fois.

« Ecoute-moi, Thomas Souleby, et ouvre grand tes oreilles, avait-elle dit. Je suis en bonne santé, autant que n'importe quelle autre femme de Prosperous. Ma mère a vécu jusqu'à quatre-vingt-dix-huit ans, et j'entends battre largement son record. S'il m'arrive quelque chose, tu sauras. Ça viendra de Morland, et il ne s'arrêtera pas à moi. Tu n'es pas de ses amis, il ne te porte pas dans son cœur, c'est certain. Il ne comprend pas cette ville. Il ne s'en soucie pas autant que nous. Il n'a aucune foi. »

Ensuite, Calder Ayton l'avait appelé. Calder, qui était l'ami de tout le monde, mais qui n'avait plus été le même depuis la mort de Ben Pearson. Souleby pensait que Calder avait aimé Ben d'amour : si Ben n'avait pas été un hétérosexuel résolu et Calder le produit d'une époque aux idées moins larges, les deux auraient pu vivre ensemble sous l'œil tolérant et amusé de la communauté. Mais Calder avait dû se contenter d'une sorte de relation platonique, que la part qu'il détenait dans le magasin de Ben et le veuvage de ce dernier rendaient possible. Les deux caquetaient, se lançaient des piques et se critiquaient comme le vieux couple qu'ils étaient secrètement. A présent, songea Souleby, Calder ne durerait plus très longtemps. Morland n'aurait pas besoin de le tuer, même en imaginant que Calder ait les tripes pour s'opposer à lui, ce dont Souleby doutait. Calder était comme veuf, et sans Ben pour lui tenir compagnie il allait dépérir et s'éteindre rapidement.

Ce fut donc Calder qui l'informa de la mort de Hayley. Souleby n'avait pas été surpris. Ils étaient deux des trois conseillers encore en vie, et il avait toujours été plus proche de Calder que de Luke Joblin, trop bling-bling à son goût. Ce qui le surprit, en revanche, ce fut le ton de Calder. Il savait. Il savait !

« Qui est-ce qui l'a trouvée ? avait demandé Souleby.

— Morland. »

Tout était dans la façon dont il avait prononcé son nom.

« Il pense qu'elle a eu une crise cardiaque, avait-il ajouté.

— Et je parie que Frank Robinson est déjà en train de signer le certificat de décès, à l'heure où nous parlons.

— C'est ce que j'ai entendu dire... Morland va s'en prendre à toi, Thomas. »

Le combiné avait glissé légèrement dans sa main. Il y avait de la sueur sur sa paume.

« Je le sais... Et toi ?

— Il n'a pas peur de moi.

— Peut-être te sous-estime-t-il ? »

Souleby l'avait entendu s'esclaffer tristement.

« Non. Il me connaît par cœur. Ce coup de fil est mon dernier geste de défi. Je vais démissionner du conseil.

— Personne ne démissionne du conseil. »

Seule la mort pouvait mettre un terme au service d'un membre du conseil. Les élections n'étaient là que pour le décorum. Tout le monde savait ça.

Calder était assis dans l'arrière-boutique du magasin de Ben. En réalité, c'était autant le sien que celui de Ben, mais à ses yeux c'était celui de Ben, même à présent qu'il n'était plus. Il avait posé les yeux sur les flacons remplis de pilules qu'il accumulait depuis la mort de son ami.

Bientôt. Bientôt.

« Il y a toujours un moyen, Thomas... Fais attention à toi. »

A présent que son sac était prêt, Thomas embrassa sa femme et se prépara à partir.

— Où vas-tu aller ? demanda-t-elle.

— Je n'en sais rien. Pas trop loin, mais assez pour me mettre à l'abri de Morland.

Il aurait à passer des coups de fil. Il avait encore beaucoup d'alliés en ville, mais il n'en voyait guère qui soient susceptibles de tenir tête à Morland. Contrairement à lui, ce n'étaient pas des tueurs.

— Qu'est-ce que je vais lui dire quand il arrivera ? demanda Constance.

— Rien. Parce que tu ne sais rien.

Il l'embrassa sur la bouche.

— Je t'aime.

— Je t'aime, moi aussi.

Elle le regarda s'éloigner au volant de sa voiture.

Cela faisait moins d'une heure qu'il était parti lorsque Morland sonna à leur porte.

Souleby roula jusqu'à Portland et se gara dans le parking longue durée de l'aéroport international. De là, il prit le bus jusqu'à Boston, réglant son billet en liquide. Il ne savait pas jusqu'où Morland irait pour le retrouver, et il n'était pas un espion, mais il espérait que si Morland découvrait où était sa voiture, ces précautions lui compliqueraient un peu la vie. Il demanda à son beau-fils de louer une chambre pour lui sous le nom de Ryan, dans un club du côté de Massachusetts Avenue, dont il avait vu une publicité sur Expedia. Souleby savait que ce club ne demandait pas de papiers d'identité, et se contentait de remettre une clé à celui qui se présentait sous le nom utilisé pour la réservation. Puis il se rendit à pied à Back Bay, s'installa dans un café en face de l'immeuble de Pryor Investments et attendit. Quand Garrison Pryor finit par en sortir, un téléphone portable à l'oreille, Souleby se leva et se mit à le suivre. Il le rattrapa quand Garrison s'arrêta à un passage pour piétons.

— Salut, Garrison.

Pryor se retourna.

— Je vous rappelle, dit-il avant de raccrocher. Qu'est-ce que tu fais là, Thomas ?

— J'ai besoin d'aide.

Le feu passa au rouge. Pryor s'engagea sur la chaussée, mais Souleby n'avait pas de mal à marcher à son rythme. Il était beaucoup plus grand que Pryor, et en meilleure forme aussi, malgré son âge.

— Je ne fais pas dans l'humanitaire. Ni pour toi ni pour ton conseil.

— On a échangé des informations, par le passé.

— C'était avant que des tridents commencent à être gravés dans le bois des maisons de Scarborough. Tu as une idée des ennuis que vous m'avez causés ?

— J'ai déconseillé cette action.

— Pas assez fermement.

— On a des problèmes, à Prosperous. De gros problèmes.

— J'ai remarqué.

— Notre chef de la police est hors de contrôle. Il faudrait le… retirer du jeu pour que nous puissions retrouver une certaine stabilité. On peut vous récompenser, tes collègues et toi.

— C'est allé trop loin.

— Garrison, insista Souleby en tendant la main pour arrêter Pryor, le forçant à lever les yeux vers lui. Morland va me tuer.

— Je suis désolé d'entendre ça, Thomas. Vraiment désolé. Mais nous n'allons pas intervenir. Si ça peut te consoler, d'une manière ou d'une autre les jours de Prosperous sont comptés. A la fin, peu importe qui restera : toi, Morland, le conseil. Des hommes sont en chemin. Ils vont vous rayer de la carte.

Souleby baissa la main.

— Et vous allez laisser cela se produire ?

Pryor reprit son téléphone et composa un numéro. Il attendit que la connexion se fasse, le porta à son oreille et posa la main sur l'épaule de Souleby en guise d'au revoir.

— Thomas, dit-il en s'éloignant, nous allons vous regarder disparaître dans les flammes, tous autant que vous êtes.

Morland était assis dans son bureau. Il était frustré, mais sans plus. Souleby serait obligé de revenir. Sa femme était ici. En son absence, Luke Joblin et Calder Ayton avaient accepté la tenue d'élections sitôt que Hayley Conyer aurait été inhumée, sans émettre la moindre objection à la liste de candidats pour les trois places vacantes.

Morland avait préparé un nom supplémentaire. Il avait le sentiment qu'un nouveau poste allait bientôt se libérer.

55

Lorsque Morland se retrouva de nouveau face à Thomas Souleby, c'était devant la tombe de Hayley Conyer. En reconnaissance de ses bons et loyaux services envers la ville de Prosperous, elle fut enterrée dans le vieux cimetière, à l'ombre de l'église dont elle avait tant œuvré à protéger l'héritage, et dans laquelle son corps avait reposé, la veille de son inhumation. Seule une poignée de citoyens parmi les plus importants furent autorisés à entrer dans l'église pour la cérémonie funéraire, même si on installa des haut-parleurs à l'extérieur pour ceux qui voulaient la suivre. Dieu joua un rôle dans l'événement, et la nature aussi. Au cours de l'oraison funèbre, le pasteur Warraner fila une métaphore à propos des saisons qui se succédaient et du voyage que fait une vie entre le printemps et l'hiver avant de renaître à nouveau.

Une fois le cercueil placé dans la cavité, les membres du conseil, assistés de Morland et de Warraner, furent chargés de le recouvrir de terre. C'était une marque de respect, mais Morland ne put s'empêcher de penser à la dernière fois où il avait manipulé une pelle au-dessus d'un corps. Les citoyens de Prosperous commençaient à partir. Du thé et du café étaient prévus dans les locaux de la mairie, où l'on partagerait des souvenirs sur

Hayley Conyer et où les conversations tourneraient autour de l'élection de nouveaux conseillers. En outre, personne ne voulait manquer l'occasion d'échanger quelques ragots sous le couvert du deuil : l'absence de Thomas Souleby jusqu'au matin des funérailles n'était pas passée inaperçue, et la tension dans les relations qu'il entretenait avec le chef de la police Morland était de notoriété publique, même si les circonstances de leur différend du moment – le départ forcé de Hayley Conyer de ce bas monde – ne l'étaient pas.

Morland rattrapa Souleby à mi-chemin de la grille du cimetière. Il le prit par le bras et l'entraîna sur le côté.

— Faisons quelques pas ensemble, Thomas...

La femme de Souleby l'attendait à l'extérieur. Morland songea qu'elle allait peut-être se précipiter vers eux pour protéger son mari, mais Thomas leva la main pour lui faire signe que tout allait bien. Si Morland lui voulait du mal, il agirait un autre jour et dans un autre contexte.

— Tu nous as manqué, déclara Morland. Ton absence tombait mal. La ville était en deuil. Elle s'est tournée vers le conseil pour qu'il lui serve de guide, et le conseil s'est alors tourné vers toi, son membre le plus âgé, mais tu n'étais pas là.

Souleby ne comptait pas accuser Lucas Morland de meurtre. Ni maintenant ni plus tard. Il lui restait une chance de survivre à tout ceci, voire de retourner la situation à son avantage. Les trois candidats au conseil étaient relativement jeunes et manipulables. Certes, ils n'étaient pas ses propres créatures, mais pas non plus celles de Morland. Il ne fallait pas qu'il donne à ce dernier une excuse pour s'en prendre à lui, même si le caractère illusoire d'une telle stratégie lui apparaissait facilement.

Morland n'avait peut-être pas besoin d'excuse pour agir.

— Je suis parti pour affaires, dit Souleby.

— Ça te dérangerait de me dire lesquelles ?

— C'est privé. Personnel.

— Tu en es sûr ? Parce que si ça avait quelque chose à voir avec Prosperous, il faudrait que je le sache. C'est une période délicate. Nous devons nous serrer les coudes.

Souleby s'arrêta et se tourna vers le chef de la police.

— Qu'est-ce que tu veux, Morland ?

— Je veux que tu présentes ta démission au conseil.

— Tu sais bien que c'est impossible. D'après notre règlement…

— Le règlement a changé. Le conseil s'est réuni en ton absence.

— Il n'y avait pas de conseil. Deux membres ne suffisent pas à atteindre le quorum.

— Comme je te le disais, nous traversons une période délicate. Nous ne savions pas ce qui t'était arrivé, et ta femme ne nous était pas d'une grande aide. Il y avait des décisions à prendre. Calder Ayton et Luke Joblin ont consenti à accepter des mesures temporaires en attendant l'élection d'un nouveau conseil et la pérennisation du nouveau règlement. Les membres du conseil ne seront plus élus à vie, et aucun ne pourra effectuer plus de deux mandats successifs. Je t'aurais mis au courant de ces changements plus tôt, si j'avais su où te trouver.

Souleby comprenait ce qui se passait. S'il démissionnait, il perdrait tout pouvoir. Il n'aurait plus aucune protection.

Pour finir, Morland viendrait le chercher. Il le ferait, parce que, s'il restait en vie, Souleby représenterait toujours une menace. Calder Ayton allait bientôt mourir, et

Luke Joblin était dans le camp de Morland, il l'avait toujours été. Seul Souleby connaissait en détail ce qui avait été accompli au nom du conseil, et ce que Morland lui-même avait fait.

— Et si je refuse de démissionner ?

Souleby distingua du mouvement entre les arbres, vit que nombre des membres des principales familles n'avaient pas encore quitté les abords du cimetière. Ils observaient la scène, et lorsqu'il porta son regard sur eux, ils lui tournèrent le dos, un par un, jusqu'à ce qu'il ne voie plus aucun visage. Alors, mais seulement alors, ils commencèrent à se disperser.

— La volonté du peuple prévaudra, Thomas.

Souleby sut qu'il était seul, désormais.

Morland sourit tristement, puis s'éloigna. Ce n'est que lorsqu'il vit sa Crown Vic remonter sur la route que Souleby rejoignit sa femme de l'autre côté de la grille.

— Qu'est-ce qu'il t'a dit ? demanda Constance.

— Je veux que tu ailles t'installer chez Becky et Josh, répondit-il.

Becky était leur fille aînée. Elle vivait à New Haven. Josh, son mari, était le neveu de Calder Ayton. Souleby avait confiance en lui.

— Non, je ne veux pas.

— Tu vas le faire. Tout ceci va se tasser, mais pour l'instant la situation est compliquée. Je ne peux pas me permettre de m'inquiéter pour toi pendant que j'essaie d'arranger les choses.

— Non. Non, non...

Elle se mit à pleurer. Il la prit dans ses bras.

— Ça va aller, dit-il, sachant que c'était un mensonge. Tout va bien se passer.

Constance s'en alla l'après-midi même. Becky vint la chercher en voiture. Elle essaya de poser des questions à son père, mais il refusa de répondre, et elle connaissait suffisamment la façon dont Prosperous fonctionnait pour ne pas insister, du moins dans l'immédiat.

Souleby se servit un verre de brandy. Il regarda le soleil se coucher. Il se sentait somnolent, mais ne s'endormit pas.

Ce fut Luke Joblin qui vint le chercher, peu après 20 heures. Son fils Bryan attendait à l'arrière de leur voiture. Souleby l'aperçut à la lumière du plafonnier, quand Luke ouvrit la portière. Il aurait pu lutter, bien sûr, mais à quoi bon ? Il avait placé son vieux Colt sous l'oreiller de sa femme. Elle le retrouverait, et elle saurait.

— Allons-y, Thomas, dit Luke.

Il avait parlé gentiment, mais avec fermeté, comme lorsqu'on s'adresse à un parent âgé qui refuse de faire ce qui est le mieux pour lui.

— Il est temps de partir...

56

Le téléphone sonna le lendemain soir, au moment où Morland se préparait à se mettre au lit. Il venait de sortir de la douche, avait enfilé un pantalon de pyjama et un vieux tee-shirt des Red Sox. Tranquillement, il mangeait un sandwich dans le noir avant d'aller se coucher et de, pourquoi pas, prendre un peu de bon temps avec sa femme. Cela faisait plus d'une semaine qu'ils n'avaient pas fait l'amour. Morland n'avait pas eu la tête à ça, c'était compréhensible. Sa femme n'aimait pas qu'il mange le soir, mais il n'était pas forcé de le lui dire, ce qu'elle ignorait ou n'était pas en mesure de prouver ne pouvait pas lui faire de mal. C'était également vrai dans tant d'autres domaines...

En début de soirée, il avait rendu visite à la femme de Souleby – quelle salope, celle-là ! –, en compagnie de Luke Joblin et de trois représentants des principales familles de Prosperous. Ils avaient félicité Constance Souleby pour ses adorables petits-enfants et la magnifique maison où sa fille et son beau-fils l'accueillaient, car la meilleure menace était celle qui ne sonnait pas comme une menace, celle qui vous laissait tout loisir d'imaginer tout seul les pires situations. Becky, la fille de Constance, avait proposé du café, mais personne n'avait accepté.

« Qu'est-ce que vous avez fait à Thomas ? avait demandé Constance après les politesses d'usage.

— Rien, avait répondu Morland. Nous voulons juste qu'il ne soit pas dans nos pattes jusqu'à l'élection. Nous ne voulons pas qu'il interfère, or vous savez qu'il le ferait. Il est en sécurité. »

L'élection devait avoir lieu le samedi suivant. Elles avaient toujours lieu le samedi, afin de permettre à un maximum de personnes de voter.

« Pourquoi ne m'a-t-il pas appelée ?

— Si tu veux, nous lui dirons de le faire, lui avait assuré Luke Joblin d'un ton raisonnable. Nous avons dû lui prendre son téléphone portable. Tu comprends bien pourquoi. »

Si Constance Souleby comprenait, elle ne l'avait guère montré.

« Vous n'aviez pas le droit ! Aucun droit de faire ça !

— La ville change, madame Souleby, avait repris Morland. Nous avons failli ne pas surmonter le chaos de ces dernières semaines. Ça ne peut pas durer comme ça. Il ne faut plus que le sang coule à Prosperous. L'ancien conseil, avec tout ce qu'il a accompli, appartient désormais à l'histoire. Nous devons trouver le moyen de nous adapter au XXIe siècle... »

Un frisson de gêne avait parcouru les trois représentants des familles principales, deux hommes et une femme parmi les plus âgés de Prosperous. Morland les avait convaincus de la nécessité d'un changement, mais ça ne voulait pas dire qu'ils n'en avaient pas peur.

« Thomas peut s'adapter », avait affirmé Constance.

Elle essayait de ne pas supplier, mais cela s'entendait quand même dans sa voix.

« Le problème n'est pas là. La décision est déjà prise. »

Il n'y avait plus rien à ajouter. Morland, Joblin et les

trois autres s'étaient levés. Quelqu'un avait marmonné un au revoir, qui était resté sans réponse.

Morland avait presque rejoint sa voiture quand Constance Souleby se mit à geindre. Luke Joblin l'avait entendue, également. Morland l'avait vu se raidir, même s'il essayait de faire abstraction des gémissements de la vieille femme.

« Pourquoi lui avoir dit que son mari allait l'appeler ? » avait demandé Morland.

Thomas Souleby n'allait plus jamais téléphoner à qui que ce soit. On ne retrouverait pas son corps. Une fois les élections passées, on signalerait sa disparition.

« J'essayais de la calmer...
— Tu as l'impression que ça marche ? »

Les plaintes de Constance avaient gagné en intensité, puis presque aussitôt diminué. Morland pouvait presque voir la fille de Constance Souleby prendre la tête de sa mère entre ses mains, l'embrasser, l'apaiser.

« Pas vraiment... Tu penses qu'elle a compris ?
— Oh oui.
— Qu'est-ce qu'elle va faire ?
— Rien.
— Tu as l'air bien sûr de toi.
— Elle ne se retournera pas contre la ville. Elle n'a pas ça dans le sang. »

A présent, en entendant la sonnerie de son portable, Morland se demandait s'il avait eu raison de se montrer si catégorique. Les grands changements étaient toujours traumatisants, et les traumatismes entraînaient souvent des actes qu'on ne pouvait anticiper et qui ne correspondaient pas nécessairement au caractère des gens.

Sa femme apparut en haut des marches, elle venait voir ce qui le retenait. Elle avait revêtu une chemise de nuit au tissu très fin. Il distinguait les courbes de son corps à travers. Il jeta le reste de son sandwich dans l'évier avant qu'elle ne le remarque. Il s'en débarrasserait le matin venu. En général, il se levait avant elle.

— Tu es obligé de répondre ?

— Laisse-moi simplement voir qui c'est...

Il alla dans le vestibule consulter l'écran de son portable.

Warraner.

Il fallait encore qu'il règle le problème du pasteur... Les rumeurs sur ce que Morland se proposait de faire avaient déjà dû arriver jusqu'à lui. Il faudrait convaincre Warraner de se plier à la volonté de la ville, mais ça ne serait pas facile. Cependant, il continuerait à s'occuper de son église, et il pourrait prier son dieu dans le silence de ses murs. Le pasteur espérait peut-être qu'en cas de coup dur la ville se tournerait de nouveau vers l'église, et que les anciennes coutumes reverraient le jour. Pour que cela se produise, il faudrait que les prières de Warraner soient d'une puissance infernale, parce que Morland était prêt à envoyer le pasteur rejoindre Hayley Conyer et Thomas Souleby plutôt que de laisser une autre jeune fille s'agenouiller à côté d'un trou dans le cimetière.

Il envisagea de ne pas répondre, mais il était toujours le chef de la police. Si Warraner voulait entamer un débat, il lui demanderait d'attendre le lendemain, mais s'il s'agissait de quelque chose de plus urgent...

Il décrocha.

— Warraner, je suis sur le point de me coucher...

— Il y a un sans-abri devant l'église. Il crie au meurtre...

Merde.

— J'arrive !

Il se tourna vers sa femme.

— Je suis désolé…
Elle était déjà repartie se coucher.

Warraner raccrocha. Dans un coin de son salon gisait le corps de Bryan Joblin, qui avait eu la mauvaise fortune de se trouver là lorsque les hommes étaient arrivés et la mauvaise idée de saisir son fusil en les voyant. Il était mort aussitôt. Depuis quelque temps, Joblin avait des vues sur Ruth, la fille aînée de Warraner… Ce problème-là, du moins, semblait réglé.
Non loin de Joblin, la femme et les enfants de Warraner étaient sous la menace d'un flingue assez similaire à celui qui se trouvait sous le nez du pasteur. Quand Warraner se focalisait sur le bout du canon – et il pouvait difficilement faire autrement, car il était vraiment tout près –, le visage cagoulé de l'homme qui tenait l'arme devenait flou. Le pasteur ne pouvait faire le point que sur l'un ou l'autre, mais pas les deux en même temps : soit l'instrument de sa mort, soit l'homme qui lui laisserait peut-être la vie.
— Tu t'es bien débrouillé. Si, je t'assure…
Warraner n'était pas capable de répondre. Il avait tout juste été en mesure de parler d'une voix calme à Morland. Il déglutit.
— Et ma famille ? Qu'est-ce qu'il va lui arriver ?
— Rien. Mais je ne peux pas te promettre la même chose.

La nuit, au poste de police de Prosperous, un agent effectuait la permanence et, en cas d'urgence, prévenait le chef, voire la police de l'Etat, même si jusqu'à présent aucun incident n'avait été suffisamment grave pour solliciter l'assistance de cette dernière. Cette nuit-là, l'agent, c'était Connie Dackson. Elle était en train de rebrancher la prise de la machine à café quand les deux hommes entrèrent. L'un avait un fusil, l'autre un pistolet. Tous deux portaient des cagoules noires.

— Ne fais pas un geste ! ordonna l'homme au fusil en pointant son arme sur Connie.

Personne ne l'avait jamais mise en joue, et elle avait tellement peur qu'elle n'aurait pas pu bouger, quoi qu'il arrive. Ils la forcèrent à s'allonger face contre terre, lui passèrent ses propres menottes aux poignets, puis la bâillonnèrent et l'enfermèrent dans l'unique cellule de la ville, vieille de plus d'un siècle, tout comme le bâtiment où elle se trouvait. Elle avait des barreaux verts, à travers lesquels Connie voyait parfaitement bien les deux hommes en train de débrancher l'ensemble des systèmes de communication de la police.

Morland était au volant. Il n'avait pas pu joindre Connie Dackson sur son portable, mais il n'était pas inquiet, pas encore. Elle l'avait peut-être oublié dans sa voiture si elle était en patrouille, ou alors elle était aux toilettes, tout simplement. Elle était peut-être même déjà chez Warraner, à essayer d'amadouer le clodo pour qu'il quitte les lieux, un clodo qui déblatérait sur des meurtres qui auraient eu lieu près de l'église. C'est alors que Morland se rendit compte qu'il était crevé : Warraner n'aurait jamais été assez stupide pour appeler Dackson, si elle risquait d'entendre quelque chose qu'il ne fallait pas qu'elle sache. Il allait devoir régler ça tout seul, comme un grand.

En arrivant, le premier détail qui le frappa fut la porte de l'église, ouverte. La grille de l'enceinte n'était pas verrouillée, la chaîne qui la retenait traînait par terre. Elle avait été coupée, comme celle qui, un peu plus loin, barrait l'accès à la route.

Le second, c'était qu'il n'y avait pas l'ombre d'un clodo.

Il ne héla pas Warraner. Pas besoin. Il le voyait à présent, agenouillé sur le seuil de son église. Derrière lui se tenait un homme de grande taille, une cagoule sur la tête, un pistolet appuyé sur le crâne du pasteur.

— Chef Morland, dit l'homme. Content que vous ayez pu venir.

Morland songea qu'il avait une voix de Noir. Aucun Noir ne résidait à Prosperous, ce qui n'avait rien d'inhabituel dans un Etat aussi blanc que le Maine, l'un des rares où il était impossible de faire porter le chapeau de la criminalité aux Noirs. Les Blancs s'en tiraient très bien tout seuls.

Morland leva son propre pistolet.

— Baissez votre arme ! ordonna-t-il.

— Jetez un coup d'œil autour de vous, Morland.

Ce qu'il fit. Trois autres silhouettes, également cagoulées, se matérialisèrent dans la pénombre du cimetière. Deux d'entre elles pointaient une arme vers lui, la troisième avait une bobine de câble à la main, dont la vue amena Morland à remarquer les fils tirés un peu partout dans le cimetière et qui pendaient sur certaines tombes. Bougeant légèrement sur sa droite, il repéra un des trous qui avaient tant intéressé les enquêteurs de la police de l'Etat quand ils étaient venus pour Kayley Madsen. Des câbles s'y enfonçaient.

— Qu'est-ce que vous fabriquez ? demanda-t-il.

— On met la touche finale à notre installation, un truc à base de thermite et de semtex. On va détruire ta ville, et on va commencer par l'église. Maintenant, baisse ton flingue. Je veux causer. Le pasteur m'a beaucoup parlé de toi.

Mais Morland n'avait pas envie de causer.

A la place, il se mit à tirer.

A Prosperous, personne ne vivait dans Main Street, l'artère centrale entièrement dévolue aux commerces. Peu avant minuit, elle était déserte, tout comme ses alentours.

Lentement, des hommes sortirent de l'ombre, huit en tout. Ronald Straydeer se trouvait à leur tête, le visage masqué, comme ceux de tous les autres. Des huit, Ronald était le seul à ne pas avoir assisté aux obsèques de Jude. Shaky était à côté de lui.

— Tu es sûr de vouloir le faire ? demanda Ronald.
— Sûr, répondit Shaky, une grenade incendiaire dans sa bonne main.

Un vent froid soufflait de l'est. C'était bien. Il attiserait les flammes.

On entendit un bruit de verre brisé.

Quelques minutes plus tard, Prosperous commençait à brûler.

Morland courait pour sauver sa peau. Les balles ricochaient sur les pierres tombales, passaient en sifflant tout près de ses oreilles avant d'aller se perdre dans la forêt. Il avançait en zigzaguant, s'accroupissait, s'abritait derrière les stèles, mais sans jamais s'arrêter. Ils étaient supérieurs en nombre, et ils pouvaient facilement l'encercler et le tuer. De toute façon, il n'avait pas le choix. Il fallait qu'il sorte du cimetière, car sous peu il allait s'y produire une gigantesque explosion.

Il ne se dirigea pas vers le portail. Trop évident… Il piqua un sprint en direction de la grille et la franchit en l'escaladant. La balle qu'il prit dans le haut du bras ne l'arrêta pas. La forêt était devant lui, et il s'évanouit dans l'obscurité. Jetant un regard en arrière, il vit qu'à présent la porte de l'église était refermée. La fusillade avait cessé et, dans le silence revenu, il entendit la voix de Warraner s'élever derrière les vieux murs de pierre.

Le pasteur avait manifestement profité de la confusion pour se barricader à l'intérieur.

— « Quand les hommes séparent les chardons des semences… », chantait Warraner.

Les silhouettes devant l'église se mirent à courir. Morland rechargea son pistolet et mit en joue l'homme le plus proche. Il pouvait peut-être encore mettre un terme à tout ça. Son doigt se raidit sur la détente.

Il ne tira pas. Après tout, n'était-ce pas ce qu'il voulait, ce qu'il cherchait ? Autant que tout ça finisse ainsi. Il baissa son arme et s'enfonça plus profondément dans la forêt, mettant le plus d'espace possible entre l'église et lui. S'il parvenait à rallier sa voiture et à retourner en ville, Dackson et lui pourraient se terrer au poste et y attendre des renforts.

En atteignant la route, il vit un halo orange au-dessus de Prosperous. La ville brûlait déjà, mais à peine avait-il eu le temps d'enregistrer ce fait qu'une énorme explosion secoua l'atmosphère. Le sol trembla avec une telle force que Morland fut projeté à terre. Une pluie de débris, de la terre, des roches, du bois lui tombèrent dessus, et il ressentit la vague de chaleur qui suivit la détonation.

Il se couvrit la tête des mains et pria tous les dieux qui lui vinrent à l'esprit.

57

Main Street n'était plus qu'un alignement de briques fumantes et de devantures carbonisées. Au moins l'un des immeubles datait du XVIIIe siècle, les autres étaient à peine plus récents. Les historiens et les architectes parleraient de tragédie.

L'église de la Confrérie des Temps d'avant l'Eden se retrouva éparpillée dans la forêt, sur les routes et dans ce qui restait du cimetière, c'est-à-dire pas grand-chose. Pendant de nombreuses années on continuerait à découvrir des restes humains carbonisés, dont la plupart étaient enterrés là depuis longtemps. Pour incroyable que cela paraisse, il n'y eut que trois victimes : le pasteur Michael Warraner, qui se trouvait dans l'église quand elle avait été pulvérisée, Bryan Joblin, abattu de sang-froid dans la maison de Warraner, et Thomas Souleby, le conseiller le plus âgé de la ville, qui avait accompagné Morland au cimetière quand Warraner avait appelé pour signaler un sans-abri, et qui n'avait pu s'enfuir à temps. Frank Robinson pratiqua l'autopsie de Souleby, afin qu'aucun doute ne subsiste en la matière. Contrairement à ce qui s'était produit pour le pasteur, on avait retrouvé assez d'éléments du corps de Souleby pour pouvoir l'enterrer.

Pas beaucoup, certes, mais suffisamment.

Les journaux et les caméras des télévisions étaient de retour, et n'allaient pas repartir de sitôt. Quand on lui posait des questions à propos de la reconstruction, le chef de la police de la ville, Lucas Morland, répondait que dans Main Street les travaux allaient commencer au plus vite, mais que pour l'église il ne savait pas trop. Les explosifs avaient causé de tels dégâts que la rebâtir coûterait une fortune, à supposer que ce soit possible. On pourrait peut-être ériger un monument pour la commémorer, avait-il suggéré. Le nouveau conseil en débattrait dès qu'il aurait été élu.

La responsabilité de ce qui fut décrit presque aussitôt comme « un acte de terrorisme » était peu claire. On se focalisa successivement sur les islamistes, les fascistes, les sécessionnistes, les opposants au gouvernement fédéral, les socialistes radicaux et les extrémistes religieux, mais Morland savait qu'aucune de ces pistes n'aboutirait.

La vérité, c'est qu'ils n'auraient jamais dû s'en prendre à ce privé.

La mairie avait subi d'importants dommages, principalement à cause des efforts couronnés de succès qui avaient été faits pour détruire les équipements de la caserne des pompiers. L'agent Connie Dackson avait vu le bâtiment brûler. Ses ravisseurs l'avaient tirée de sa cellule et mise à l'abri, à l'écart de la déflagration. D'après leur accent et leur politesse pour le moins surprenante, elle pensait qu'ils étaient peut-être asiatiques, mais elle n'aurait pu en jurer. Le poste de police de Prosperous avait immédiatement été transféré dans des locaux temporaires, dans la salle de réunion des anciens combattants.

Lucas Morland, qui s'y trouvait, le troisième jour suivant l'attaque de sa ville – car c'était bien ce qu'elle était, désormais, « sa » ville –, regardait par la fenêtre la neige qui fondait dans les décombres de Main Street, formant un ruisseau d'une eau claire en haut de la pente et noire comme du pétrole quand elle atteignait le bas. Il allait peut-être neiger à nouveau, mais ça ne tiendrait pas. Ils en avaient fini avec l'hiver, et l'hiver en avait fini avec eux. Ils avaient survécu – il avait survécu –, et la ville deviendrait plus forte et meilleure après cette purge. Il se sentait pris d'un profond sentiment d'admiration pour sa communauté. Sitôt les derniers incendies maîtrisés, l'opération de nettoyage avait commencé. Les immeubles étaient classés en deux catégories, à rénover ou à détruire, selon les dégâts qu'ils avaient subis. Des promesses de dons atteignant des montants à six chiffres avaient déjà été rassemblées. Des appels avaient été passés aux compagnies d'assurances pour les informer qu'on ne tolérerait pas qu'elles se dérobent à leurs obligations, appels qui eurent un impact certain, principalement parce qu'ils venaient de membres de leurs propres conseils d'administration, qui entretenaient des liens avec Prosperous.

Morland ne se faisait pourtant pas d'illusions, les problèmes de la ville – et plus particulièrement, ses propres problèmes – n'étaient pas terminés. Les responsables de cette destruction pouvaient très bien décider de remettre ça. Il se rappelait les mots d'un des types, au cimetière : « Le pasteur m'a beaucoup parlé de toi... » Même dans ses derniers instants, Warraner avait trouvé le moyen de le baiser. Au moins, Bryan Joblin était mort, lui aussi. C'était toujours un souci de moins.

Qu'ils reviennent, songea-t-il. Qu'ils reviennent, je ferai face. La prochaine fois, je serai prêt, et je les tuerai.

Il n'entendit pas la femme approcher. Il n'avait plus de bureau attitré et se trouvait maintenant au milieu des autres services, dans la salle de réunion des anciens combattants. Les gens entraient et sortaient en permanence, dans un bruit de fond permanent.

— Lucas.

Il détourna son regard de la fenêtre. Constance Souleby se tenait devant lui. Elle tenait une arme : un vieux Colt. Sa main ne tremblait pas, et elle-même était le calme incarné.

— Tu aurais pu l'épargner.

Morland distingua du mouvement derrière elle, quelqu'un qui approchait à toute vitesse. Il entendit des cris d'angoisse. On avait vu le Colt.

— Je suis… commença-t-il.

Le Colt interrompit sa phrase, et la vie de Morland prit fin.

IV

LE RETOUR

« La matinée vagabonde, le visage brûlé,
Et je suis la mort de la lune,
Sous mon visage le glas de la nuit s'est brisé
Et je suis le nouveau loup divin. »

Adonis (Ali Ahmad Saïd Esber),
Le Loup divin

58

Ronald Straydeer était dans son jardin quand la voiture arriva. L'hiver était fini, c'était sûr, et il était en train de déblayer la neige, l'entassant derrière sa remise en bois, où elle pourrait fondre tout à loisir.

Il posa les mains sur le manche de sa pelle tandis que la voiture se garait, et éprouva une pointe de peur en voyant les deux hommes en sortir. Il ne leur avait pas parlé depuis cette nuit-là, à Prosperous, mais ils n'étaient pas du genre à laisser traîner des indices derrière eux. Ils n'avaient pas de raisons de s'inquiéter, ni pour lui ni pour les hommes qu'il avait emmenés mettre le feu à Prosperous. Certains avaient déjà quitté l'Etat. Ceux qui restaient se tairaient.

Les deux hommes le regardaient, appuyés contre les portières.

— Belle journée, dit Angel.
— C'est vrai.
— La fin de l'hiver.
— Oui.

Angel jeta un coup d'œil à Louis, qui haussa les épaules.

— On est venus vous remercier, reprit Angel. On est venus voir Parker, aussi, et dire au revoir. Il est temps pour nous de retrouver la civilisation.

— J'ai téléphoné à l'hôpital. Ils disent qu'il n'y a aucune évolution.

— Il faut garder espoir.

— Oui, répondit Ronald. Je crois à cette idée-là.

— Quoi qu'il en soit, on a un cadeau pour vous. Si vous l'acceptez, bien sûr.

Angel se glissa à l'arrière du véhicule et en ressortit avec un chiot berger allemand dans les bras. Une femelle. Puis il se dirigea vers Ronald, le déposa à ses pieds et lui tendit la laisse. Ronald ne fit pas un geste pour la prendre. Il regarda le chiot. Celui-ci s'assit, se gratta, puis se releva et posa ses pattes avant sur la jambe de Ronald.

— Parker nous a parlé de vous, dit Angel. Il nous a affirmé qu'il était temps que vous ayez un autre chien. Il pense que vous commencez à le croire aussi.

Ronald mit sa pelle de côté, se pencha et gratta la tête du chiot, qui jappa de joie et continua à essayer de grimper sur sa jambe.

Ronald prit la laisse des mains d'Angel et la détacha.

— Tu veux venir avec moi ? demanda-t-il au chiot.

Il partit vers la maison. Sans un regard pour Angel, l'animal le suivit, en faisant des petits bonds pour rester à hauteur de son nouveau maître.

— Merci ! lança Ronald.

Louis remonta dans la voiture, rejoint par Angel.

— Je t'avais dit qu'il en voudrait, dit Louis.

— Ouais. Je pense que tu te ramollis, avec l'âge.

— Peut-être.

Il fit marche arrière dans l'allée de Ronald.

— Comment ça se fait qu'on n'ait jamais eu de chien ? demanda Angel.

— J'en ai pas besoin. Je t'ai, toi.

— C'est vrai...

Il réfléchit quelques secondes à la réponse de Louis.

— Hé...

59

J'étais assis sur le banc près du lac, ma fille à mes côtés. Nous ne parlions pas.

Sur un affleurement de terrain vers l'est, il y avait un loup. Il nous observait, comme nous l'observions.

Une ombre se projeta en travers du banc, et je vis ma femme défunte se refléter dans l'eau. Elle me toucha l'épaule, je sentis sa chaleur.

— Il est temps, dit-elle. Tu dois te décider.

J'entendis le bruit d'une voiture qui approchait. Jetant un coup d'œil par-dessus mon épaule, j'aperçus une Ford Falcon 1960 blanche, garée sur la chaussée. Je l'avais déjà vue en photo. C'était la première voiture ayant appartenu en propre à mon père et à ma mère. Un homme était installé derrière le volant, une femme sur le siège passager. Je ne distinguais pas leurs visages, mais je savais qui ils étaient. Je voulais leur parler. Leur dire que j'étais désolé. Leur confier ce que chaque enfant a envie de confier à ses parents quand ils sont partis et qu'il est trop tard pour dire quoi que ce soit : que je les aimais, et que je les avais toujours aimés.

— Est-ce que je peux leur parler ?

— Seulement si tu les accompagnes, répondit ma femme défunte. Seulement si tu choisis de faire le grand voyage.

Je vis les têtes des occupants de la voiture se tourner vers moi. Je ne pouvais toujours pas distinguer leurs traits.

Plus de souffrance, pensai-je. Plus de souffrance.

Un long hurlement s'éleva des collines derrière le lac. Je vis le loup lever le museau vers le ciel bleu azur en réponse à cet appel, et la clameur s'intensifia dans les collines, devenant plus joyeuse, mais il ne bougeait toujours pas. Il avait les yeux fixés sur moi.

Plus de souffrance. Qu'elle cesse donc.

Ma fille prit ma main dans la sienne. Elle pressa quelque chose de froid contre ma paume. En ouvrant le poing, je vis un galet de couleur sombre, lisse d'un côté, ébréché de l'autre.

Ma fille.

Mais j'avais une autre fille.

— Si tu fais le grand voyage, je viendrai avec toi, dit-elle. Mais si tu restes, je resterai aussi.

Je regardai la voiture, essayant de distinguer les visages derrière le pare-brise. Je secouai lentement la tête. Leurs visages se détournèrent, et la voiture démarra. Je restai à l'observer jusqu'à ce qu'elle disparaisse. Quand je tournai de nouveau les yeux vers le lac, le loup était toujours là. Il me fixa pendant quelques instants encore, puis se glissa entre les arbres en jappant, tandis que les hurlements de la meute lui souhaitaient la bienvenue.

Le galet pesait lourd dans ma main. Il voulait que je le jette. Quand je le ferais, ce monde allait se briser et un autre viendrait prendre sa place. Je commençais déjà à sentir une série de brûlures, mes blessures commençaient à chanter. La main de ma femme défunte était encore posée sur mon épaule, mais son contact se faisait plus froid. Elle me murmura quelque chose à l'oreille – un nom, une mise en garde –, mais dès qu'elle eut prononcé le dernier mot, j'eus le plus grand mal à m'en souvenir. Dans l'eau du lac, son reflet s'estompait peu à peu, tandis qu'à côté le mien commençait à apparaître. Je tentai de serrer la main de ma fille un peu plus fort.

— Attends juste un peu plus longtemps, dis-je. Juste...

Remerciements

Tout d'abord, la Famille de l'Amour a vraiment existé, et la plus grande partie de leur histoire telle qu'elle est racontée dans ce livre est vraie. Ont-ils jamais posé les pieds dans le Nouveau Monde, je ne le sais pas, mais je suis reconnaissant à Joseph W. Martin et à son livre *Religious Radicals in Tudor England* (Hambledon Continuum, 1989), grâce auquel j'ai pu nourrir mes maigres connaissances à leur propos. L'histoire des visages feuillus est également vraie, et *The Green Man in Britain* de Fran et Geoff Doel (The History Press, 2010), *The Green Man* de Kathleen Basford (D.S. Brewer, 1998) et *A Little Book of the Green Man* de Mike Harding (Aurum Press, 1998) se sont révélés très utiles... et légèrement perturbants.

Le centre d'accueil d'Oxford Street (The Oxford Street Shelter), le centre d'accueil de Portland (The Portland Help Center), le centre de réhabilitation pour alcooliques de Skip Murphy (Skip Murphy's Sober House) et le centre Amistad existent tous. Ces organismes fournissent une aide d'une importance capitale aux sans-abri et aux personnes souffrant de désordres psychologiques dans la région de Portland. Merci beaucoup à Karen Murphy et à Peter Driscoll, du centre Amistad. A Sonia Garcia, de Spurwink, et à Joe Riley, du centre de Skip Murphy, pour m'avoir donné l'autorisation de mentionner ces organismes. Si vous souhaitez faire un don à l'un d'eux, ou vous renseigner sur les services qu'ils proposent, vous pouvez le faire aux adresses suivantes :

Amistad
www.amistadinc.com
PO Box 992
Portland, ME 04101

Oxford Street Shelter
City of Portland
207-761-2072

Portland Help Center
www.spurwink.org
899 Riverside Street
Portland, ME 04103

Skip Murphy's Sober Living
www.skipmurphys.com/soberhouse
PO Box 8117
Portland, ME 04104

Mes remerciements, comme toujours, s'adressent à Sue Fletcher, Swati Gamble, Kerry Hood, Lucy Hale, Auriol Bishop et toute l'équipe de Hodder & Stoughton ; à Breda Purdue, Ruth Shern, Siobhan Tierney, Edel Coffey et tout le monde chez Hachette Irlande ; à Emily Bestler, Judith Curr, Megan Reid, David Brown, Louise Burke et tout le staff à Atria/Emily Bestler Books et Pocket Books ; à Darley Anderson, mon agent, ainsi qu'à sa merveilleuse équipe. Clair Lamb et Madeira James, qui s'occupent des sites Web et de bien d'autres choses, font un excellent travail. Jennie Ridyard est aujourd'hui devenue mon coauteur ainsi que l'autre moitié de ma vie, mais continue à faire preuve d'une remarquable tolérance envers moi, de même que nos enfants, Cameron et Alistair. Quant à vous, cher lecteur, merci de continuer à lire ces petits livres étranges. Sans vous, tout ceci n'aurait pas grand sens.

Et bonjour à Jason Isaacs.

Composé par Nord Compo

Imprimé en France par CPI
en février 2016

POCKET - 12, avenue d'Italie - 75627 Paris Cedex 13

N° d'impression : 3015537
Dépôt légal : mars 2016
S26203/01